Look for the bare necessities
The simple bare necessities
Forget about your worries and your strife
I mean the bare necessities,
Are Mother Nature's recipies
That bring the bare necessities of life

La canción de Baloo
TERRY GILKYSON

PABLO TUSSET

Lo mejor que le puede pasar a un cruasán

punto de lectura

Título: Lo mejor que le puede pasar a un cruasán

Torrelaguna, 60. 28043 Madrid (España) www.puntodelectura.com

ISBN: 84-663-1865-8
Depósito legal: B-10.706-2006
Impreso en España – Printed in Spain

Diseño de cubierta: Pdl
Diseño de colección: Punto de Lectura

Impreso por Litografía Rosés, S.A.

59 / 1

PABLO TUSSET

Lo mejor que le puede pasar a un cruasán

La Hermandad de la Luz

Lo mejor que le puede pasar a un cruasán es que lo unten con mantequilla: eso pensé mientras rellenaba uno abierto por la mitad con margarina vegetal de oferta, me acuerdo. Y me acuerdo también de que estaba a punto de hincarle el diente cuando sonó el teléfono.

Lo hice, a sabiendas de que tendría que contestar con la boca llena:

—Séee...

—¿Estás ahí?

—No, he salido. Graba el mensaje después de la señal y déjame en paz: piiiiiiiiiiiiiip.

—No empieces con tonterías, ¿qué masticas?

—Estoy desayunando.

—¿A la una del mediodía?

—Es que hoy he madrugado. ¿Qué quieres?

—Que te pases por el despacho. Tengo novedades.

—Vete a la mierda, no me gustan las adivinanzas.

—Y a mí no me gusta hablar por teléfono. Hay dinero. Puedo esperarte media hora, ni un minuto más.

Cortó y me quedé masticando cruasán y pensando si ducharme, afeitarme, o sentarme a fumar el primer Ducados del día. Me decidí por fumar mientras me afeitaba;

contando con que nadie se me acercara demasiado la ducha podía esperar, en cambio la barba de tres días me hace parecer un tiñoso a diez metros de distancia. Pero los primeros problemas empezaron enseguida: no quedaba ni café ni camisas limpias, tuve que desmontar media sala de estar antes de dar con las llaves y el cabrón del sol me sacudió en plena cara nada más salir del portal. Aun así mantuve el tipo como un jabato y logré llegar hasta el bar de Luigi.

Entré pisando fuerte, por si acaso:

—Luigi, ponme un cortao. Y a ver si me guardas un par de cruasanes que te sobren que me acabo de comer el último. Por cierto, ¿les haces levantar pesas o qué? Si se te pusiera la polla tan dura como los cruasanes tendrías mejor cara.

—Mira, si quieres cruasanes del día los pagas a precio de barra, si no te jodes y te comes los que buenamente te dé. ¿Te conviene?

—Psss..., no sé si he entendido el negocio. Luego cuando venga a pagar el cortado me lo explicas más despacio. Y dame también un Ducaditos, haz el favor.

—Oye, ¿cómo es que no te envío a tomar po'l saco ahora mismo?

—Porque cuando tengo pasta me dejo diez boniatos en este garito infecto.

—Y cuando no, tengo que fiarte hasta el tabaco...

»Ah, antes que se me olvide: la Fina pasó ayer por aquí buscándote. Dice que la llames. Oye, ¿tú a la Fina te la follas o qué? Tiene unas buenas tetorras...

—Irás de morros al infierno, por adúltero.

El sol persistía en su empeño de tocarle los cojones al personal, pero logré salir del bar y salvar las dos manzanas que me separaban del portal del despacho procurando seguir las aceras en sombra. Treinta y pico escalones después estaba ante la puerta de «Miralles & Miralles, Asesores Financieros». El segundo Miralles soy yo; el primogénito debía de estar dentro, afeitado, duchado y encorbatado desde las siete de la mañana. Lancé un «hola» general a la peña y saludé particularmente a la María con un «qué tal». «Ya ves, hijo, batallando con los teléfonos... Uh, qué gordo te has puesto...» «Es que me cuido. Procuro comer mucha grasa y no moverme demasiado.» Vi que en los despachos del fondo estaban atendiendo a dos parejas de clientes y decidí no armar mucho alboroto con el resto del personal. Sólo el Pumares, que andaba entre las mesas, saludó levantando las cejas. Le devolví el gesto y me fui directo hacia el despacho de Miralles *The First*.

Me había visto ya acercarme a través de los cerramientos acristalados. Es difícil pillarlo desprevenido.

—A ver si enchufas el aire acondicionao, que tienes al personal agonizando —dije nada más entrar, por si mi Estupendo Hermano había previsto alguna impertinencia de bienvenida.

—Debe de ser el ardor de la resaca, que te da sofocones.

—Si no me estafaras en los balances la tendría.

—Mejor así. Tengo un encargo para ti.

—Pensaba que te bastabas tú solito.

—Alguien tiene que remover la basura, y a ti siempre se te ha dado mejor.

—¿Vas a divorciarte, te mudas de casa...?

—Si no te importa ya me reiré después. Necesito que me averigües algo.

—Supongo que me darás alguna pista. A ver: ¿lo que tengo que averiguar es de color azul?

—Estoy buscando al propietario de un solar..., de una casa vieja en Les Corts. Diez mil duros si me lo tienes para antes del lunes.

Una cosa estaba clara: si *The First* ofrecía cincuenta mil pelas por un nombre es que esa información daba para hacer un negocio neto de varios millones. No debía de ser nada ilegal —*The First* no hace nunca nada ilegal—, pero apestaba a diez kilómetros: el perjudicado debía de ser un jubilado, un huerfanito, la última foca monje del Mediterráneo.

Procuré exprimirlo un poco, la mala conciencia tiene un precio:

—Verás, es que ando ocupado estos días.

—¿Te estás dejando crecer las cejas? Cincuenta mil por un nombre con sus dos apellidos, ni un duro más. ¿Te conviene?

En media hora dos veces el mismo ultimátum. Perra vida.

—Necesito algo por adelantado.

—Te pagué los alquileres el día diez: no me digas que ya te has bebido ciento cincuenta mil pesetas...

—También compré el periódico y un tubo de dentífrico. Quiero veinticinco ahora.

—Quince.

Bué: hice gesto de transigir de mala gana. Él echó el sillón de ruedas hacia atrás y sacó del cajón del escritorio la caja del metálico. Tres mil duros eran muchos más de los que esperaba conseguir ese día, y empecé a hacer cábalas sobre la mejor manera de invertirlos mientras Miralles *The First* completaba la cifra a base de monedas de quinientas. A parte de la silueta modelada en el gimnasio más pijo del barrio y el traje de butic con nombre de cateto carpetovetónico, era talmente el avaro de Dickens.

Di la vuelta a la mesa y me coloqué junto a él para recoger las monedas.

—Gracias, tete —dije, vocalizando lo mejor que puedo, que es bastante.

—Te he dicho mil veces que no me llames «tete».

—¿Crees que a mí me gusta?: lo hago sólo para molestarte.

Me tendió la dirección en un pósit, haciendo un dengue de asco:

—Y a ver si te duchas. Hueles mal.

Esperé a estar cerca de la puerta para contestar:

—Es el tufo de los Miralles, tete: a ti también te ronda.

Salí lo más rápido que pude para dejarlo rabiando bajo su pretaporté de Prudencio Botijero; alcancé a oírle algo, pero se le quedó la voz a mis espaldas.

Uno a cero a mi favor. Y quince mil pelas en el bolsillo.

Lo siguiente era pasarse por el súper a comprar algo. Me apetecía empapuzarme una fuente de espaguetis bien mojaos en nata líquida, y por supuesto había que comprar una pieza de mantequilla de verdad para untar los cruasanes de Luigi. Todo eso se podía conseguir con mil pelas, el resto hasta las primeras cinco mil daba para patatas, huevos, cerdo con clembuterol y ternera de seso espongiforme. Otros cinco papeles iban a caer por la noche en el bar de Luigi; descontando lo que le debía ya sólo podría beber por valor de unas cuatro mil pelas, pero emborracharse en el bar de Luigi con eso es razonablemente posible, mucho más que en cualquier otro garito del barrio con los cinco boniatos enteros (eso sin contar con que a Luigi siempre se le pueden dejar a deber las últimas). El resto hasta las quince mil iba a ser para pillar costo, llevaba al menos cuarenta y ocho horas sin fumarme un triste porro.

Valorando prioridades decidí pasarme por los jardines de la calle Ondina a ver si estaba el Nico y solucionar lo primero el asunto de la medicación. Hubo suerte y allí lo encontré, lo que no siempre es fácil por la mañana —supongo, porque las mañanas no son mi fuerte—. Estaba sentado en el respaldo de un banco, con las botazas sobre el asiento. Reconocí a su lado a ese amigo suyo que parece que acabe de salir de Mathaussen. La gente no tiene término medio: o pretaporté de Silverio Montesinos, o chándal Naik con más mierda que logotipo.

—Qué quieres, picha.

—Cinco taleguitos.

Después de una pausa que me hizo sospechar un acceso autista, se fue caminando hacia el margen del parque con parsimonia de peripatético y me quedé a solas con el compái de Mathaussen, que tampoco parecía muy espitoso que digamos.

—¿Oye, y cuando se pague en euros cuánto valdrán los cinco talegos? —pregunté, más que nada por ver si el tío seguía vivo.

—Yo qué sé, colega: es todo el mismo rollo...

Ahí se quedó el amigo, pero a mí me entraron verdaderas ganas de saberlo. Si seis euros son mil pelas, cinco mil pelas serían treinta euros. Números casi redondos, aunque era seguro que el Nico encontraría la manera de encarecer la mercancía aprovechando la movida. El compái, entretanto, parecía haber entrado en un bucle reflexivo que más valía no perturbar, así que encendí un Ducados y me senté en el banco a fumarlo. Lo bueno que tienen los colgaos es que uno puede sentarse a su lado a fumar en silencio durante media hora y no pasa nada, se distraen solos. En cambio treinta segundos en el ascensor con un Usuario Registrado de Güindous le agotan la paciencia a cualquiera. Claro que los colgaos son fatales para según qué cosas: no dicen nada entretenido, no se les puede pedir dinero, y cuando alguno se mete a guardia de tráfico o profesor de lógica acaba montando unos pollos horrorosos con las preferencias en el cruce y los condicionales contrafácticos. El caso es que saqué del bolsillo el pósit que me había dado *The First*, por ver si la dirección que le interesaba caía cerca. «Jaume Guillamet n.º 15», había escrito con esa letra suya tan estupenda. Me entretuve en intentar localizar mentalmente el número; conozco bien la calle, el 15 tenía que estar en la parte alta. Ensayé un paseo mental Guillamet arriba tratando de recordar todos los edificios a derecha e izquierda, pero quien intente un ejercicio semejante se convencerá de una de mis más originales hipótesis —erróneamente atribuida a Parménides— según la cual la realidad tiene unos agujeros así de gordos. A todo esto llegó el Nico con la pieza y se acabó el viaje astral. Me despedí de él y del compái con ese simulacro de cortesía con que uno le habla a su camello de cabecera y salí por la parte baja del parque. El día prometía: porros, comida y priva. Sólo la perspectiva de tropezar con la Fina enturbiaba un poco el horizonte. Es sabido que las mujeres son pozos sin fondo, capaces de absorber toda la atención que uno pueda dedicarles; pero me refiero, claro está, a las que no cobran en metálico por el asunto de la jodienda, y lamentablemente la Fina no cobraba, al menos en metálico.

La cosa es que de camino al súper me desvié un poco para comprobar la numeración de Jaume Guillamet.

Viniendo por Santa Clara; el primer número que vi fue el 57, sólo tuve que remontar la calle un centenar de metros. Ya de lejos me di cuenta de cuál había de ser la casa que interesaba a *The First*. Había pasado por delante tantas veces que nunca se me había ocurrido fijarme, pero saltaba a la vista que era un edificio inverosímil en aquel contexto: una casucha de principios de siglo, con un jardincillo cercado por una tapia del que emergían un par de árboles altos. Resultaba difícil entender cómo demonios seguía allí ese resto, entre bloques de ocho o nueve plantas, con las ventanas cegadas y el jardín interrumpiendo toda la anchura de la acera. Por su culpa todo aquel tramo de calle parecía un cuadro de Delvaux, o Magritte: ruinas, estatuas, estaciones sin trenes ni pasajeros, esa especie de ausencia, de inmovilidad inquietante: el retrato de lo que falta. Desde luego no pensaba llamar al timbre si es que lo había, la parte razonable que queda en mí aconsejaba dejar ese paso para cuando me hubiera duchado, vestido con ropa limpia y pensado en algún buen pretexto que ofrecer a quien pudiera abrirme; pero sí que me detuve un poco pasando por delante. La tapia se alzaba unos dos metros, y la hiedra que la rebosaba parecía bien alimentada, sugería que el edificio no estaba del todo deshabitado. Rodeé el jardincillo en busca de la puerta de acceso, por ver si había algún letrero, o un timbre, y distraído en la observación pisé una mierda de perro al doblar la primera esquina del saliente. Auténtica mierda de perro, de las que casi no se encuentran desde que todo el mundo anda recogiéndole los cagarros a su euro-mascota con una bolsa de Marks & Spencer. Traté de desembarazarme refrotando contra el canto del bordillo, pero la plasta estaba amazacotada en el rinconcillo curvo que forma el tacón y tuve que quitarme el zapato. Busqué a mi alrededor un papel o algo con que limpiarme, y, atado al poste de la electricidad que se alzaba pegado a la tapia, encontré uno de esos trapitos rojos que suelen colgarse al extremo de una carga cuando sobresale por detrás del coche. No llegué a quedar convencido de no atufar a perro de marca en cuanto entrara en el súper, pero terminé por dejarlo estar cuando el trapito quedó intocable.

Como el trabajo de investigación estresa enseguida, con eso di por terminada mi jornada laboral. Así que solté el trapito en el puto suelo (me gusta comprobar a simple vista que vivo en Barcelona, y no en Copenhague) y me fui camino del súper antes de que cerraran.

En el Dia siempre parece que estén rodando una película del Vietnam, no sé qué pasa, pero es más barato que el Caprabo de la Illa, donde en cambio uno siempre espera encontrarse a Fret Aster y Yinyer Royers bailando una polca en la sección de congelados. Añadí a las previsiones de abasto todas las chuminadas de compra compulsiva que me fui encontrando entre el desorden de cajas sin abrir, como recién soltadas en paracaídas desde un Hércules, y tras la enorme cola de la caja comprobé satisfecho que la cuenta no superaba demasiado las cuatro mil pelas. Además, en el colmo de la previsión, se me ocurrió pasar por el estanco a comprar un Fortuna pa los porros.

Al llegar a casa aún tuve paciencia para no fumarme el primero hasta haberme duchado (incluso yo mismo empecé a notar que olía a oso bailarín), pero en cuanto salí del agua como un tritón triunfante ni siquiera me molesté en secarme y me senté en el sofá a liar. Cargué bien el canuto, y después de los dos días de abstinencia no tardé en notar un cosquilleo agradable. Lástima que el estado general de la sala no acompañara a la pulcritud de mi persona, recién duchada y desodorizada. Mis resabios burgueses siempre se exacerban después de una ducha, quizá por eso me ducho lo menos que puedo, así que me quedé mirando fijo al televisor apagado con la esperanza de que en la contemplación de la nada se me pasaran las ganas de limpiar. Pero es increíble lo reveladora que puede llegar a ser una tele apagada: te refleja a ti delante de ella: una caña.

Sólo el timbre del teléfono fue capaz de devolverme al planeta Tierra.

—Siií.

—Buenos díaaaas. Le llamo de Centro de Estudios Estadísticos con motivo de un estudio general de audiencia de medios. ¿Sería tan amable de atendernos durante unos segundos?, será muy breve.

Era la voz de una chica tele-márqueting, con esa extrema dulzura que sin embargo no puede ocultar la mala leche típica del que detesta su trabajo. Pero lo peor es que el rollo de la encuesta tenía toda la pinta de ser sólo una excusa para intentar venderme algo, y eso sí que me jode.

Decidí ponérselo difícil:

—¿Una encuesta...? Qué bien: me *encantan* las encuestas.

—Ah, ¿sí?, pues está de suerte... ¿Me podría decir su nombre, por favor?

—Rafael Bolero.

—Rafael Bolero qué más.

—Trola: Rafael Bolero Trola.

—Muy bien, Rafael, ¿cuántos años tienes?

—Setenta y dos.

—¿Profesión?

—Pastelero.

—Pas-te-le-ro, estupendo. ¿Te gusta la música?

—Uf: horrores.

—¿Siií?: ¿y qué tipo de música?

—*El Mesías* de Haendel y *La Raspa*. Por este orden.

La tía estaba empezando a titubear, pero no se dio por vencida. Todavía preguntó si oía la radio, si veía la tele, si leía periódicos y cuáles y al fin, después de soltarme el rollo entero, abordó la cuestión:

—Muy bien, Rafael... Pues mira: en agradecimiento por tu colaboración, y como veo que te gusta la música clásica, te vamos a regalar una colección de tres CD's, casets o discos completamente gratis. Sólo nos tendrás que abonar los gastos de envío: dos mil cuatrocientas doce, ¿te parece bien?

—Ay, pues lo siento mucho, pero tendría que consultarlo con mi marido...

Mi voz es inequívocamente masculina, del tipo cavernoso, y la tía estaba ya alucinando. Fue el momento justo de lanzarme a saco:

—Huy, perdona, no te extrañes, es que verás, somos una pareja de hecho homosexual, ¿no sabes?, vivimos juntos desde que salimos del centro de desintoxicación y montamos la pastelería, va para seis meses. Y mira por dónde un cliente que también es gay y nos compra lionesas (porque, me está mal el decirlo, pero tenemos unas lionesas di-vinas...), pues resulta que nos inició en la Hermandad de la Luz por Antonomasia..., ¿pero ya conoces la Hermandad, supongo?

—Pues... no...

—Uh, pues tienes que conocerla. Nosotros estamos encantados. Fíjate que por las mañanas mi marido va a hacer apostolado y yo me quedo en la pastelería; y por la tarde invertimos el turno... ¿Así que tú no has visto la Luz todavía?

—No, no...

—¡No?, pues no te apures que eso se arregla enseguida. A ver, ¿cómo te llamas?

La tía estaba ya acojonada del todo.

—No, es que...

—O mejor, mira: dame tu dirección y esta tarde vengo a verte y charlamos, ¿qué te parece?

—No, perdone, es que no nos permiten dar la dirección...

—¿Que no te permiteeen...? Eso no es problema: yo inmediatamente te localizo la llamada en el ordenador y envío a una Gran Hermana Lésbica para que hable con tu jefe, ¿vale? Ah, ya me salen los datos en pantalla, a ver..., ¿llamas de Barcelona, verdad? Si esperas un momento me saldrá enseguida la dirección exacta...

No resistió más, oí el clic del teléfono colgado a toda prisa.

Misión cumplida. Le di una larga calada al porro y me fui a poner agua a hervir para los espaguetis de excelente humor. En aquel momento no sabía qué es lo que estaba pasando en Miralles & Miralles; ni sabía, desde luego, en qué berenjenal estaba a punto de meterme.

Carga delantera sobresaliente

Me despertó de la siesta un trueno descomunal, brrrrrrrrrrrrrrrrrm, justo mientras soñaba con unas criaturas pérfidas dotadas de la singular facultad de hincar sus piernecillas en tierra, convertirlas en raíces, y sobrevivir indefinidamente en forma vegetal. Hasta tenían nombre: borzogs, se llamaban: un extraño híbrido entre la ortiga y el duende. Uno se paseaba tranquilamente entre ellos sin sospechar nada y, de repente, zas, cobraban movimiento, sacaban las raíces del suelo convertidas de nuevo en piernas, y te mordían las pantorrillas con saña, la madre que los parió.

Eran más de las siete de la tarde. Llovía a lo bestia, tormenta de primavera, breve pero jevi, y acabé de despejarme mirando la cortina de agua desde la ventana. Barcelona mola cuando llueve: los árboles recuperan el verde, los buzones el amarillo, los techos de los autobuses el rojo vivo, lavados por el agua abundante. No sé qué coño pasa con los autobuses de Barcelona que desde arriba se ven siempre llenos de mierda. Menos cuando llueve fuerte y todo se pone verde, azul, rojo, colores primarios sobre gris marengo, y la ciudad parece de juguete, un Scalextric, o un Tente. Puse café al fuego para afrontar el segundo despertar del día, mucho más plácido este de la tarde, y le di a la palanquita de la radio. Sonó algo lento, con voz de negra melosa y largos fraseos de saxo. Después encendí el ordenador y lo dejé arrancando mientras liaba un porro y salía el café. Enseguida me apalanqué delante de la pantalla y conecté con el servidor. A ver.

Doce mensajes. Tres de ellos pura propaganda; los otros nueve tenían más chicha. Los revisé superficialmente para empezar a discriminar: John desde Dublín que hola qué tal, *I've been writting some Primary Sentences these days and here I send you a few*, etcétera; los de la Oficina General de Patentes que no podían facilitarme la información solicitada, bla-bla-bla; Lerilyn desde Virginia, que no soportaba a sus compatriotas y que echaba mucho de menos Barcelona, besos con V y hasta pronto sin H... Me detuve un poco más en una nota del Boston Philosophy College que me invitaba a dar una charla en los cursos de verano. Por supuesto no pensaba asistir, pero me recreé un rato en ella para fortalecer mi ego. En la calle no soy nadie, pero en la Red tengo un nombre y entre mis resabios burgueses me queda un resto de vanidad. Los otros seis mensajes venían de la lista de direcciones del Metaphisical Club y desconecté para leerlos tranquilamente. Por lo que pude empezar a ver todos hacían referencia a mi último envío. «Si toda palabra inaugura un concepto, basta decir "todo aquello que no existe" para que todo aquello que no existe cobre realidad», trataba de contrariarme un tal Martin Ayakati, con cierta lógica no por defectuosa menos meritoria.

Me propuse ser ordenado e ir respondiendo a medida que leía. Le di al botón de respuesta y empecé a redactar en castellano:

«Decir "todo aquello que no existe" inaugura, efectivamente, un concepto; pero no trae a la existencia más que a ese concepto que inaugura, es decir, una cierta entidad de la que nada sabemos excepto que recibe el nombre de "Todo aquello que no existe". Téngase en cuenta que del mismo modo que una mujer puede llamarse "Rosa" y eso no significa que haya de tener espinas...».

Había empezado a entrar en calor cuando sonó el teléfono. Estaba visto que aquél era el día de las interrupciones telefónicas.

—Siií.

—Llevo un cuarto de hora llamándote y comunicas.

Era *The First*. Debía de haber llamado mientras recibía el correo.

—¿Qué coño quieres ahora?, hemos quedado para el lunes, ¿no?

—Ya no. Olvídate del asunto.

—¿Queé?

—Que te olvides. Ya no me interesa la información.

—Ah ¿no?, pues a mí sí que me interesan las cincuenta mil pelas.

—Estoy seguro de que no habrás empezado aún a trabajártelas.

—Pues sí: me han ocupado espacio mental. Y un trato es un trato: me debes la pasta.

—Bueno, quédate con las quince mil que te he adelantado.

Eso sí que era raro. Había que aprovechar la oportunidad para sangrarlo.

—Las quince mil ya no las tengo; y he rechazado otro encargo contando con que me darías el viernes las treinta y cinco restantes, así que ya me explicarás.

—Vale, no me marees: pásate mañana por aquí y te doy el resto. Pero olvídate del asunto, ¿me oyes?: olvídate.

Curioso: *The First* me regalaba cincuenta mil pelas por todo el morro, sin discutir, ni regatear, ni meterse conmigo. Algo gordo se traía entre manos, seguro, o eso al menos sugería la vehemencia de sus palabras, «olvídate», un imperativo extraño, «olvídate», ahora sé que lo dijo alarmado, pero en aquel momento me pareció sólo impaciente, una impaciencia que me venía bien para darle final a la conversación antes de que tuviera ocasión de arrepentirse por haberme prometido el dinero:

—Muy bien, me paso mañana. Oye, ahora estoy ocupado... Y si has de volver a llamar haz el favor de no dar esos timbrazos.

—Espera, hay otra cosa.

—Qué pasa.

—Papá: se ha roto una pierna.

—¿Una pierna?... ¿Para qué?

No era broma, es que me sorprendió la noticia. Mi Señor Padre no hace nunca nada sin motivo que lo justifique.

—Un accidente. Un coche le ha dado un golpe. Me ha llamado desde el hospital y he ido a buscarlo. Mamá está un poco histérica, ¿no te ha llamado?

—No... ¿Es grave?

—No. Lo han enyesado hasta la rodilla. Tiene para poco más de un mes, pero se ha puesto de mal humor porque pensaban trasladarse a Llavaneras este fin de semana y quedarse ya todo el verano. Pásate a verlos cuanto antes, haz el favor, los dos están un poco nerviosos.

Era la primera vez que *The First* me hacía una petición semejante, pero lo verdaderamente raro, lo alarmante, era que lo hiciera «por favor». Quizá el accidente de nuestro Señor Padre lo había puesto nervioso —quién sabe si bajo el pretaporté de Lorenzo Barbuquejo a mi Estupendo Hermano le quedaba todavía alguna entraña—, pero desde luego seguía siendo inaudito que soltara la pasta con tanta facilidad.

Levanté otra vez el teléfono y marqué el número del cuartel general de los Miralles. No sé: debió darme un subidón de amor filial.

Se puso directamente mi Señora Madre, lo que no era tampoco muy habitual. A las primeras palabras noté que se le había pasado el susto, pero aún estaba alterada. Le pregunté por qué no me había avisado enseguida del accidente, más que nada por mostrar alguna solicitud.

—¿Tú crees, Pablo José, que con todo lo que ha pasado tengo la cabeza para nada? Además, he llamado y no estabas, y después con el trajín se me ha olvidado. Tu hermano ha ido a buscarlo al hospital.

—¿Está por ahí? ¿Puede ponerse?

—No, déjalo, se ha tumbado en la cama. Está de un humor horrible. Supongo que vendrás a verlo...

No sé por qué accedí pero lo hice:

—Bueno, puedo pasarme un momento mañana por la mañana. Tengo que ir al despacho a ver a Sebastián y aprovecharé el viaje.

—Muy bien. Ven sobre la una y tomaremos un aperitivo antes del almuerzo.

Eso me obligaba a quedarme a comer. Bué..., un día es un día.

Lié otro porro y me serví más café esperando volver a concentrarme en el correo, pero no pude. En realidad no era para tanto: SP se había abollado un poco la gamba y *The First* había tenido un momento de debilidad, nada demasiado extraordinario; pero está visto que el coco me va a su bola y cuando no quiere concentrarse en algo no hay manera. Me levanté de la butaca y volví a la ventana. Había parado de llover; sonaba en la radio algo de El Último de la Fila, esa voz que le da trascendencia a cualquier tontería que cante, y empecé a ponerme tristón paseando la vista por la sala, un verdadero campo de agramante que se extendía ante mis ojos. Casi temí que de entre la jungla de la habitación pudiera surgir un borzog y se lanzara a morderme las pantorrillas. Me dio tan mal rollo la idea que me dejé llevar por otro resabio burgués y pensé que había llegado el momento de ponerse a limpiar. Decidí empezar por el dormitorio, que viene a ser el ojo del huracán, pero bajo un montón de calzoncillos que habían ido sedimentando a los pies de la cama me encontré con un suplemento atrasado de *El País* y me quedé enganchado tratando de recordar por qué demonios debía de haberlo traído a casa. Gracias a esta sutil maniobra de despiste, al rato se me habían pasado ya las ganas de limpiar, pude volver a dejar los calzoncillos donde estaban y dirigirme a la cocina en busca de algo comestible. Me apetecían horrores un par de huevos con puntillas y un plato de patatas fritas ahogadas en mayonesa. La nevera recién recargada daba de sí para eso y para mucho más.

Ya me había puesto manos a la obra cuando, por cuarta vez en lo que iba de día, sonó el teléfono, justo cuando las patatas estaban dorándose en la sartén grande y el aceite de los huevos empezaba a humear en la pequeña.

—Diga.

—Holaaa, qué taaal...

Detesto a la gente que no se identifica cuando llama por teléfono. Todo el mundo cree que has de reconocer su voz al instante incluso a través de un altavoz de mierda. Pero a esta la identifiqué enseguida: era la Fina.

—Ya ves, me pillas a punto de freírme unos huevos.

—Y qué: qué me explicas...

Tampoco me gusta nada que me llamen por teléfono y esperen que sea yo el que dirija la conversación. Digo yo que el que llama tiene que dar el pie, al menos... Pues la Fina no lo ve así.

—Nada. Ya te digo: friendo huevos.

—¿A estas horas?

—Qué pasa, ¿no se pueden comer huevos a las horas sin erre?

Risa. Si algo tiene de bueno la Fina, aparte de las tetas, es que se ríe con mis gilipolleces. Eso la salva.

—Oye, se me van a quemar las patatas...

—¿No eran huevos?

—Huevos con patatas. Patatas fritas. Fritas en aceite. De oliva.

Ahora insinuó una risita falsa y al fin se soltó:

—¿Quieres que nos veamos luego?

—¿A qué hora?

—No sé. De aquí a un rato... A las nueve, o así. ¿Quedamos donde Luigi?

Las patatas se habían quemado, pero estaban buenas igual. Me las zampé cubiertas de mayonesa para empujar los huevos y me quedé espatarrao en el sofá. Me entró pereza, enormes ganas de ponerme a ver la tele y ventilarme una bolsa de cacahuetes en cuanto me entrara otra vez la gazuza. Siempre pienso que veo la tele menos de lo que debería; además, siempre que la veo es de madrugada, cuando no queda más remedio que escoger entre el anuncio de AB

Flex y alguna obra maestra del cine clásico. Por supuesto siempre elijo el AB Flex, pero a la tercera vuelta del vídeo empiezo a echar de menos un buen programa de máxima audiencia en Telecinco, con esos decorados llenos de escalinatas y trampolines. Así es como siempre me había imaginado el cielo que nos prometían los Hermanos Maristas a cambio de no hacernos manolas en la capilla. Total: me levanté del sofá de mala gana y anduve un rato buscando por los armarios algo limpio que ponerme. Encontré un polo viejo, pero noté que al levantar los brazos se me salía del pantalón por debajo del ombligo. Me acordé entonces de que en casa tenía un espejo y fui a ver: morcilla de metro ochenta embutida en un Fred Perry de los tiempos de Starsky y Hutch. Revolví de nuevo hasta dar con una camisa lo suficientemente grande para mis hechuras aunque erosionada en el cuello por la abrasión de la barba. ¿Quién demonios iba a entretenerse en mirarme el cuello de la camisa? La Fina, sí; pero la Fina es de confianza y le da igual cómo lleve los cuellos de las camisas. Lo peor era que me sentía un poco pesado: los huevos, la mayonesa, el esfuerzo de subir y bajar del taburete para remirar por los armarios... Suerte que pude tirarme un pedo largo y ruidoso que desalojó medio litro de volumen intestinal y dejó espacio para la papilla.

Cuando llegué al bar eran casi las nueve y media, pero la Fina suele retrasarse aún más que yo. Era la hora de los perros: después de cenar, todos los inadaptados del barrio salen de casa con la excusa del perro y terminan en la tasca de Luigi, así que aquello parece un concurso canino. Tras la barra, además de Luigi, se afanaba Roberto, el camarero del turno de noche. No hay mucho que decir del Roberto, puede caracterizarse bastante bien con un solo adjetivo: es mejicano; aunque en realidad sólo se le nota cuando habla, porque lo de cantar corridos se le da fatal. Le pedí una cerveza y me apalanqué en la barra. Por la tele daban la versión moderna de *La mosca*, y una pareja que comía pulpitos sentada en la mesa más próxima hacía aspavientos de asco. Me tomé la birra casi de un trago y pedí otra. Tanto el Luigi como el Roberto tenían trabajo atendiendo las mesas, así que a falta de mejor entretenimiento seguí mirando la tele. El prota estaba ya bastante mosqueado, como si dijéramos, con la cara llena de bubones a punto de reventar y tics de insecto que le sacudían todo el cuerpo: «Si no te marchas, creo..., creo que... te haré daño», le dice el hombre-mosca a su novia, goteando babazas. Acabé la segunda cerveza y seguí con la tercera. Detesto hacer de mi vida un diálogo interior, así que estuve relojeando la tele hasta el final de la película y flirteando vagamente con una boxer mientras su dueño terminaba de dejarse el jornal en la tragaperras. Ya casi me había olvidado de que estaba esperando a alguien cuando al fin apareció la Fina, aunque para ser exactos habría que decir que más que una aparición aquella entrada fue un advenimiento. Se había puesto un vestido de punto que le marcaba al milímetro el cuerpo, tetas incluidas, pero sólo hasta quince centímetros por debajo del chichi: el resto hasta los botines de ama de llaves sado eran unas medias de malla romboidal. Además se había teñido el pelo de naranja —muy corto, rapado por la parte de la nuca—, se había maquillado perfilando especialmente los labios, y llevaba colgado un pendiente largo que oscilaba apuntando hacia el escote, por si no se lo habías mirado todavía. Los de las tragaperras perdieron un Triple

Bonus, al de los pulpitos le cayó un lamparón en la camisa y al Luigi casi le da la tos. Fue él el primero en ir a recibirla: se acercó al extremo de la barra reclamando el beso de saludo y, con una untuosidad que no se molestó en disimular, le dijo algo en un susurro, cuánto tiempo sin verte, tú por aquí, o cosa parecida. Hasta que no terminó la ceremonia no pudimos pedir cerveza y apalancarnos en la mesa del fondo.

—Es que me estaba depilando las piernas —dijo la Fina nada más sentarnos. Ésa era la excusa que daba por haber llegado dos horas tarde. La soltó con esa timidez que imita tan bien.

—¿Y tu marido?

—En Toledo: una presentación de productos Hewlett Packard.

—¿Cómo no te has ido con él?

—No me apetecía. Además, es mejor que vaya solo. Por la noche se emborrachan con los de la competencia en algún *top-less* y discuten sobre si es mejor la impresión *inkjet* o la láser. Y si voy yo les estropeo lo del *top-less* y tienen que discutir en una tasca.

—Te sienta bien ese vestido.

Había que decírselo, qué coño, para algo se había pasado dos horas emperifollándose.

—¿Te gusta?, hace tiempo que lo tengo, pero no me lo pongo nunca.

—Bueno, tampoco debe de ser el vestido: eres tú, que no estás mal.

—Oh... Hacía tiempo que no me decías esa clase de cosas.

—Porque hacía tiempo que no te veía así de bien el bodi.

—Será porque tú no quieres...

Touché. Ya sólo podía escabullirme haciendo alguna payasada. Puse cara de hombre-mosca dominado por los espasmos:

—Si no te marchas, creo..., creo que... te haré daño.

—¿Y eso?

La Fina no había visto la peli. Probé poniendo cara de niño pecoso cantando con acento yanki:

—Qué seraaá, seraaaá, *what ever will be, will be...*

Se rió mucho muchísimo, tapándose la boca con una mano. Cuando se le empezó a pasar me pidió que volviera a hacer esa cara, por favor, por favor, por favor. Me negué; insistió; empecé a ponerme nervioso; más risa por la cara de ponerme nervioso... Suerte que llegó el Luigi con las cervezas. Acercó una silla y se sentó junto a la Fina:

—¿Y tu marido...?

—En Toleeeeedo.

—¿En Toledo? ¿Y qué coño hace en Toledo con esta mujer que tiene aquí?

Intervine a favor del pobre José María:

—¿Y qué coño haces tú dándonos la vara si tienes a tu mujer en casa?

—Bueno, pero mi mujer no está tan maciza como ésta.

—En cuanto la vea se lo digo.

—Bah, ¿te crees que no lo sabe?...

»Así que en Toledo, eh... —volvió a prestarle atención a la Fina—. Pues yo estoy aquí, ¿ves?, a tu disposición para lo que necesites.

A ella le dio por hacerse la interesante:

—Ah ¿sí?, ¿y qué servicios ofreces?

—Completo. Y gratis.

—Sólo faltaría...

—Pues no te creas: los hombres como yo se cotizan.

—Sí, para hacer piensos cárnicos —terció yo.

—Tú calla, que estoy hablando con la señorita.

—Señora, si no te importa. Estoy casada.

—Bueno, pero un marido en Toledo es como un tío en Alcalá.

—Vuelve el viernes.

—Tenemos dos días...

Visto que el Luigi tenía trabajo me fui a la barra a por tabaco y me terminé allí la cerveza. Debía de llevar ocho o diez y empezaba a estar borracho, pero aún quedaba noche. Por lo pronto las siguientes dos horas iban a ser la habitual mezcla de confidencias de la Fina y procacidades surtidas de parte de Luigi, que se sienta a nuestra mesa cada vez que puede tomarse un respiro entre bocadillos. El Roberto es siempre un poco más comedido, se acerca a ratos hasta el fondo a fumar un cigarro, a veces a contestar una llamada del móvil que le cuelga de la cinturilla, pero no acostumbra a sentarse con los clientes. Algún otro habitual aparece y se llega también a nuestra mesa; cruzamos alguna bobada y si la conversación no es lo suficientemente escabrosa se va. Sólo en los huecos quedamos a solas la Fina y yo tratando de recomponer la charla, lo que no está del todo mal porque interrumpir una conversación ayuda a veces a no perderse siguiendo el hilo —la hipnosis de la gallina que avanza sobre una línea blanca—, y además porque la Fina es una mujer, es decir un agujero, y si uno no se agarra a los bordes puede desaparecer para siempre tragado por el vacío. Total que salimos camino de otro abrevadero pasadas las dos y media, tras el consabido chupito de vodka en la barra y la escena cómica de despedida con el Roberto y el Luigi.

Pude pagarlo todo, incluido lo que debía de la mañana, pero las últimas en el Bikini debían correr a cuenta de la Fina. Éste es el momento en que aprovecha siempre para colgárseme del brazo y apoyar la mejilla en mi hombro mientras caminamos Jaume Guillamet arriba. El resultado es un avance en ligero zig-zag que fácilmente se confunde con el deambular ensimismado de los enamorados.

—Eres confortable.

Me dice, agarrándome un deltoides con toda la palma.

—Claro, porque estoy gordo. Si no te empeñaras en adelgazar también tú serías confortable.

—Huy, no: tengo que perder al menos cinco kilos más.

—No seas boba: cinco kilos de tetas y culo degradados a calor que aumentará la entropía universal...

—¿Lo cuálo?

—¿Sabes lo que ha tardado la naturaleza en poder dotarte de esas tetas que tú desprecias? Con el orden cósmico no se juega, bonita...

—A ti porque te gustan gordas. Además, ¿no habías dicho que estaba tan buena?

—Antes estabas requetebuena, has perdido exactamente un «requete».

Aquella noche precisamente forcé el paso de los dos para cruzar Guillamet en diagonal y ahorrar el rodeo hasta el semáforo de Travessera. Inevitablemente me fijé en la casa del número 15, con su tapia y su jardincillo, y al pasar por delante vi algo que me llamó la atención.

—Espera un momento —le dije a la Fina, mientras hacía gesto de desembarazarme de ella. Rodeé el coche aparcado frente a la entrada y, apartando un poco la hiedra, miré en el poste de la electricidad que se alzaba junto a la tapia.

Atado a él volvía a haber un trapito rojo, pero éste estaba limpio, como nuevo.

No sé qué me dio en aquel momento: bromas de borracho: lo desaté del poste y se lo puse a la Fina colgando del escote mientras seguíamos caminando calle arriba.

—Peligro: carga delantera sobresaliente —dije, con voz de Maguila Gorila traducido al guanchindango.

La Fina se rió un montón, y yo también, pero no tanto, porque lo que uno puede considerar casual siempre tiene un límite. Claro que, ahora que lo pienso, creo que la verdadera paranoia no empezó a rondarme hasta el día siguiente.

Paté de ciervo

El despertador sonaba —seguro: no podía ser otra cosa ese pi-pip horrísono—, pero mi sistema operativo tenía instrucciones precisas para no despertarme así como así. Rodaba el programa de generación de eventos oníricos: en pantalla una inmensa llanura de color blanco, folio infinito; caen del cielo diminutos rayos que más bien parecen pequeños tornados, se desploman lentamente sobre el suelo de papel y lo perforan. Al principio son tenues y espaciados, una molestia que obliga a avanzar con tiento para no meter el pie en los agujeros; pero la lluvia arrecia, el suelo está cada vez más perforado, el avance se hace difícil.

Agobio total: zas: manotazo al despertador.

Estaba tendido en la cama, destapado, con la camisa puesta y los pantalones a medio bajar. Al menos había llegado a la cama, principio y fin de todos mis rumbos; incluso había alcanzado a conectar la alarma del despertador. Imagen desoladora del dormitorio. Resaca severa. Dolor de cabeza, ardor de estómago. Muchos agujeros: la Fina, agujero insondable; borzogs que perforaban el suelo con sus piernas convertibles; lluvia de torbellinos taladradores; y ahora otro agujero en el desagüe del fregadero, a cuyo grifo me amorré sediento. Las doce. Lo mejor que le puede pasar a una pieza de mantequilla es que la unten en un cruasán. Pero no había cruasanes. Siempre falta algo. Jueves 18 de junio, Día Internacional del No-Ser. Sólo me consoló el pensar que estaba a punto de cobrar el resto de mis cincuenta mil pelas. Me afeité, tomé café, fumé un porro, me vestí con la misma ropa de la noche anterior y salí a la calle tratando de ajustar mi vida a algo que pudiera parecer un guión cinematográfico: acción, diálogo y las mínimas comidas de coco posibles.

El Luigi estaba al pie del cañón:

—¿Ya has amanecido?

—No me hables, haz el favor... Y ponme un cortao.

—¿A qué hora te acostaste?

—Ni idea.

—O sea, que no has mojao...

—No me jodas mucho, Luigi, que tengo que ir a casa de mis padres y me he de poner a tono.

—Huy, mal de pasta te veo...

—No: mi padre, que se ha roto una pierna. Oye, me voy que tengo que pasar antes por el despacho a cobrar una faena. Luego te pago.

Por suerte no hacía mucho sol y pude llegar a Miralles & Miralles sin haber de dar rodeos buscando aceras en sombra; pero subí las escaleras sintiendo cada escalón punzándome la sien. En recepción, como siempre, la María.

—¿Está mi hermano visible?

Me fijé en la pared de cristal de su despacho. No se le veía entre las lamas de la persiana metálica; ni siquiera estaba encendida la luz.

—No ha venido esta mañana. Hoy es el día de las ausencias...

—¿Que no ha venido?

Me sorprendió tanto la novedad que ni siquiera me entretuve en valorar lo de «el día de las ausencias», tan parecido a mi Día Internacional del No-Ser y la proliferación de agujeros por todas partes.

—Ha llamado tu cuñada: está enfermo, la gripe o algo así. Me ha dicho que tenía mucha fiebre y no ha podido ni levantarse. Muy mal tiene que estar.

—¿Y cómo vais a apañaros sin Su Excelencia?

—Pues ya veremos, porque todo acaba pasando por él. De momento el Pumares va retrasando todo lo que puede. Y por si fuera poco tampoco ha venido la secretaria de tu hermano. Y sin avisar.

Dejé a la María con sus teléfonos y salí de las oficinas con el humor torcido. No me quedaban por los bolsillos más que tres o cuatrocientas pelas y, sin saber dónde meterme, anduve unos minutos callejeando alrededor de la manzana. Después de pensarlo un poco resolví acudir primero a casa de mis Señores Padres y hacerle una visita de cortesía a mi Pobre Hermano Enfermo justo después. Seguro que tenía pasta en casa, lleva siempre en la cartera varios billetes azules, eso sin contar con su Estupenda Tarjeta de Crédito. De momento, incapaz de enfrentarme inmediatamente ni a mi Señor Padre ni a mi Señora Madre —y mucho menos a los dos juntos, atacando en equipo— me desvié hacia casa para liar un porro y sacudirme un poco la resaca. Fumé el canuto sentado en el sofá y preparé otro para entretener los diez minutos de camino hacia el calvario.

El domicilio habitual de mis SP's se eleva sobre la orilla oeste de la Diagonal y ocupa completamente los dos últimos pisos de uno de los edificios más pijos del barrio, habría que llegarse hasta el corazón de Pedralbes para encontrar algo comparable. Con decir que el conserje lleva uniforme con gorra de plato creo que puede hacerse uno una idea: Mariano Altaba, se llama: señor Altaba, según la norma de SP que aconseja tratar al servicio de usted y con el máximo respeto. Supongo que eso le hace sentir menos culpable de que le suban el correo y le bajen la basura a cambio de un salario que a él no le llegaría para suscripciones a revistas de caza y pesca. Mi Señor Padre es de los que se avergüenzan de tener dinero, pero tampoco acaba de decidirse a prescindir de él.

El Mariano (don Mariano Altaba) no estaba solo. Lo acompañaba un guardia jurado grandísimo que me remiró con cara de no saber a qué atenerse conmigo. La Comunidad de Distinguidos Vecinos debía de haber resuelto que las alarmas por satélite geo-estacionario no eran suficientes para protegerse de las hordas bárbaras. Por suerte el Mariano hizo gestos inequívocos de conocerme y el jurado se desentendió de mí. «Hombre, Pablito, ¿por dónde andas haciendo mal?» Ni se molestó en ponerse la gorra de plato que se quita en cuanto no lo ve nadie. Sólo viví con mis Señores Padres en aquel piso un par de años, de los dieciséis a los dieciocho, pero el Mariano aún debe de acordarse de las movidas que montaba en verano, cuando los viejos desalojaban hacia Llavaneras con la Beba y su Estupendo Primogénito y me dejaban en paz en la residencia de invierno. Contesté a su saludo con una gracia cordial y subí en uno de aquellos ascensores que te dejan los cojones en suspensión cuando inician la frenada. Recuerdo que una noche especialmente loca nos fuimos detrás del campo del Barsa en busca de una puta dispuesta a hacerle una paja al Quico en ese cacharro supersónico. Tuvimos que contratar a dos porque ninguna se fiaba de irse sola con tres tíos. La gracia estaba en que el Quico se corriera coincidiendo con la frenada del aparato: tres intentos en cosa de media hora, el tercero certero. Lo malo fue que el espejo quedó todo él estucadito y hubo que darle con fisprús pa los cristales. Justo este espejo que ahora me reflejaba quince años más viejo, cuarenta kilos más gordo, y quizá, después de todo, un poco más sensato.

Llegado al decimocuarto y último llamé a la puerta de servicio. Iba a abrirme la Beba de todos modos, así que preferí ahorrarle el rodeo hasta la entrada principal. Últimamente le costaba caminar.

—¡Pablico!

—¡Beba!

—¡Uhhh, qué gordo te has puestooo!

—Para hacer pareja contigo, culona, ven aquí.

La abracé toda ella y aún traté de levantarla en vilo, cosa que sólo conseguí a medias. A ella le dio la risa:

—¡Pablo!: ¡que me vas a tirar al suelo!

La solté. Me cogió la mano, se la llevó al regazo —la Beba tiene regazo incluso cuando está de pie— y tiró de mí hasta la cocina. Al pasar reconocí en el cuarto de la plancha a la asistenta de turno; seguía siendo la misma que en mi última visita, cosa extraña, una chica de unos veinte años. La Beba movió dos sillas sin soltarme y nos sentamos frente a frente, a un palmo de distancia.

—¿Cuánto'hace que no vienes a vernos, descastao?

—Nos vimos en Navidad.

—Rediós: y estamos a finales de junio, mal hijo... ¿Vienes por tu padre?

—Sí..., bueno, por todos. Pero me han dicho que papá se ha abollao el chasis.

—Brrrrr: procura no llevarle mucho la contraria qu'está d'un humor que pa qué...

—¿Y mamá?

—Como siempre... Ahora s'ha'puntao a unos cursos d'inglés.

—¿No estaba haciendo uno de restauración de muebles?

—Lo dejó enseguida por el olor de barniz. Que le daba jaqueca, decía: «jaqueca»; mal de cabeza, vaya. Ahora l'ha dao por el inglés. S'ha comprao un ordenador con discos qu'hablan y el que tiene mal de cabeza ahora es tu padre. No le digas que te l'hi dicho...

Se rió con toda esa caraza que tiene, pero enseguida recompuso el gesto al oír la voz de mi Señora Madre que se acercaba tras la puerta que comunica con el comedor.

—Eusebia, espero que no hayas olvidado pedir el paté de ciervo...

»¡Pablo José!, ¿por dónde has entrado?

—Hola, mamá. Por la puerta de servicio. No se oye, desde dentro...

—Cielo santo: pareces un camionero. Deja que te vea.

Me tomó la cara con las dos manos, me besó los carrillos y se quedó mirándome.

—Estás gordísimo. ¿Y esta camisa que llevas? ¿No tienes otra?

—Es que me olvidé de lavarlas...

—Pues llama a la tintorería: la mayoría tiene servicio a domicilio... Ven, vamos afuera.

»Eusebia: dile a Loli que puede empezar a servir el aperitivo en la mesa de la terraza. Y sacad el vino blanco en el último momento, si no, se calienta y pierde toda la gracia.

El color general del salón había cambiado: lo que en Navidad era anaranjado ahora era amarillo pálido, incluido el tapizado de los sillones y la alfombra bajo el piano. Piano de cola. No es broma.

—Bueno, qué me cuentas —preguntó SM para entretener la marcha. El camino hasta la terraza es largo y hay que sortear las antigüedades.

—Bien, como siempre. ¿Y vosotros?

—Fatal, hijo, fatal. Con esto de tu padre andamos locos. Tú no sabes el humor que se le ha puesto: tú-no-sabes.

Se detuvo un momento antes de cruzar la puerta acristalada hacia la terraza. Se volvió hacia mí y me hizo la pregunta de rigor en el tono acostumbrado:

—¿Te has echado alguna novia que se pueda conocer?

—Ya te avisaré...

—Tendrías que tener una novia formal, hijo, una mujer siempre ayuda a que un hombre se centre. El otro día precisamente conocimos a la hija de Jesús Blasco: una chica monísima: mo-nísima. Veintisiete años. Pensé: mira: esta muchacha le iría bien a Pablo José. Es un poco *hippy*, ¿sabes?, haríais buenas migas.

—Yo no soy jipi en absoluto, mamá.

—Bueno, quiero decir bohemia... Creo que dejó el Conservatorio para dedicarse al jazz. Tiene... inquietudes artísticas, como tú.

—Tampoco recuerdo haber tenido nunca inquietudes artísticas.

—Pablo José, hijo, qué difícil eres: cuando te propones no entender algo me recuerdas a tu padre.

Ahí estaba el plato fuerte de la visita, mi Señor Padre: reclinado en una tumbona bajo el toldo de la terraza, leyendo el periódico tras las gafas de cerca y asistido de un vaso de bíter sin alcohol.

—¡Hombre!, pensaba que ibas a llegar antes de la una.

Me encogí de hombros mientras me inclinaba a darle los dos besos de costumbre.

—Ya sabes que mi horario nunca es exactamente el mismo que el de la Península.

—¿Qué península?

SP no entiende nunca las bromas. Es la única persona de este mundo con la que no tengo más remedio que hablar permanentemente en serio.

—Lo siento, me he entretenido por el camino.

No dejó de fingir que ojeaba el periódico (SP no hojea el periódico: lo ojea) mientras me instalaba en un asiento junto a él:

—No lo entiendo, siempre te entretienes con algo. No sé qué es lo que encuentras por ahí tan entretenido. Yo voy por la calle y no me entretengo con nada.

—Es que soy un poco despistado, ya lo sabes.

—¿Despistado? Los despistados no se entretienen, si acaso se pierden...

Ésa es otra. Con SP hay que rebuscar siempre hasta dar con la palabra que a él le parece justa.

—Bueno, puede que también sea un poco disperso.

—Pues no es bueno ser disperso, hijo, hay que concentrarse en lo que uno esté haciendo.

Mi Señora Madre, oliéndose la inminencia de una Oda a las Buenas Costumbres, inició un mutis con la excusa de ayudar a la Beba y a la asistenta y desapareció de la terraza.

En ese momento comprendí que estaba a punto de empezar el bombardeo: SP había dejado el periódico, se había incorporado en la tumbona, y encendía uno de esos puritos de los que se asiste en los exordios.

—Si yo hubiera sido disperso cuando tenía tu edad no hubiera llegado a donde estoy.

—¿Quieres decir a esa tumbona, con la pierna escayolada?

—No seas simple, demonios: te estoy hablando en serio.

—Yo también estoy hablando en serio, pero no sé qué quieres decir con eso de «no hubiera llegado a donde estoy», resulta francamente ambiguo.

—Pues está bien claro: que vas a cumplir cuarenta años y vives como si tuvieras diecisiete.

—Voy a cumplir treinta y cinco.

—Pero los cuarenta los cumplirás también, ¿no? Además tanto da: tienes edad de llevar otra vida. Yo a tus años había terminado dos carreras, aprobado oposiciones a Notarías, fundado mi propio negocio y engendrado dos hijos. Y tenía una mujer como Dios manda y una casa decente en la que vivir.

Se me ocurrieron no menos de tres posibles réplicas, por ejemplo: «Sí, pero fracasaste en la educación de tu hijo menor, que va a cumplir treinta y cinco años y vive como si tuviera diecisiete». Pero en lugar de eso solté un desganado «Admirable papá: eres un gran hombre» que él se tomó al pie de la letra, como corresponde al buen cabezacuadrada que es:

—No sé si soy un gran hombre, pero soy un hombre: hecho y derecho; y tuve que hacerme y enderezarme a mí mismo.

—Ah, ¿sí?, ¿y qué debo hacer yo?: ¿ser como tú y en consecuencia hacerme a mí mismo, o no ser como tú y por tanto esforzarme en parecerme a ti?

—Lo que tendrías que hacer es llevar una vida que al menos mereciera ese nombre. Mírate: pareces un..., no sé lo que pareces: estás gordo, vas hecho un Adán, no tienes oficio conocido, ni trabajo, ni casa, ni familia propia. ¿Quieres explicarme de qué demonios vivirías si no fuera por tu hermano?

—¿Por mi hermano?

—Por tu hermano, sí.

Eso era un golpe bajo.

—Mira, papá: he venido a verte porque me han dicho que habías tenido un accidente. Eso significa que estoy dispuesto a charlar un rato contigo en tono amable, pero no significa en absoluto que esté dispuesto a rendirte cuenta de mis costumbres. Vivo de las rentas que me da el negocio que tú fundaste, cierto, y uso de mi patrimonio según me parece más oportuno, exactamente igual que hace Sebastián, él a su manera y yo a la mía. Pero si te arrepientes de haberme cedido parte del pastel, gustosamente te devolveré hasta el último título. Incluso estoy dispuesto a pagarte el alquiler que le cobrarías a otro por el piso que ocupo. Y si no puedo pagarte me mudaré a otro más barato.

—No te estoy pidiendo que me devuelvas nada, no es eso.

En el fondo es un blando. Un blando y un sentimental. Hubo un tiempo en que me hacía perder los papeles, pero ya le tengo pilladas las medidas. Procuré aprovechar la bajada de tensión y la subsiguiente pausa para cambiar de tema:

—¿Cómo ha sido?

—El qué.

—El accidente.

—No ha sido un accidente.

—Ah, ¿no?

—No. Se me han echado encima a propósito. Pero no quiero que hagas comentarios delante de tu madre, ya hemos discutido por culpa de este asunto.

—¿Que se te han echado encima a propósito?

Silencio, trago de bíter. Eso significaba que no quería entrar en materia, al menos todavía.

Llegó mi Señora Madre con platos de nosequé color amarillo y tras ella la asistenta con algo que bien podía ser paté de ciervo a pesar de que no se advertía ni rastro de cornamentas. SM se acercó y me preguntó si quería beber algo. Le pedí cerveza. Me ofreció bíter, vermut, vino blanco, champán, cocacola, cualquier cosa más propia de un aperitivo en la terraza ajardinada de un decimocuarto sobre la Diagonal bajo el que pasan cada mañana la Infanta Cristina e Iñaki Urdangarín. Finalmente se avino a complacerme cuando le sugerí como alternativa un vodka con Vichy y todavía le pareció peor que la cerveza. SP disimulaba tras el periódico y aproveché la ocasión de escaqueo para asomarme a la calle por un hueco que dejan los arbustos. Se ve un buen tramo de la Diagonal, desde más allá del hotel Juan Carlos hasta Calvo Sotelo, y casi enfrente, las torres de La Caixa y un buen pedazo de ciudad hasta el mar. El día estaba algo nublado pero la visibilidad era buena, se distinguían nítidos los dos Rascacielos de la Señorita Pepis a lo lejos, en el Puerto Olímpico. Desde allí fui retrotrayendo la mirada hacia el barrio. Casi se leía la marca de la antena parabólica en la parte alta del edificio donde vivo, propiedad todo él de mi Señor Padre: ahí mismo, a la izquierda. Y justo un poco más arriba se adivinaba la calle Jaume Guillamet, donde, impulsado por no sé qué asociación de ideas, traté de localizar la casa del número 15.

—Venga, acercaos a la mesa.

Ordenó SM. SP trató de ponerse de pie ayudándose de unas muletas y le ofrecí apoyo para facilitarle las cosas.

—Voy a vestirme —dijo.

El particular sentido de la etiqueta de mi Señor Padre le impide sentarse a la mesa en pantalones cortos, de modo que SM se excusó debidamente ante mí —«¿Nos disculpas un momento, Pablo José?»— y se fue con él, supongo que a ayudarle a ponerse unos pantalones largos, cosa que no debe de ser demasiado fácil a los sesenta y muchos si se tiene una pierna escayolada y se pesa un centenar largo de kilos. Me senté ante la mesa un poco de refilón, desganado. Mi cerveza estaba ahí, pero no era cerveza normal sino una de esas mariconadas de importación, con un tapón hermético como el de las gaseosas antiguas. Bebí. Pse: calentucha. No tenía ni pizca de apetito, pero me dije que no podía desperdiciar la ocasión de comer bien y ataqué una gamba con la esperanza de ir haciendo boca. No costó mucho, la cerveza terminó por disolver el sabor dulzón del cortado en el bar de Luigi y la gamba estimuló mi olfato adormecido, de modo que seguí con los berberechos al vapor y unos deliciosos pinchitos de corazón de alcachofa al horno y anchoítas en salmuera. *Home sweet home*, después de todo.

La Beba llegó con una botella de vino blanco empañada por la condensación:

—Qué, ¿cómo va?

—Difícil, pero voy saliendo.

—Paciencia. Come paté de ciervo que'sta bueno. Es el más oscuro.

—Oye, Beba, qué sabes del accidente de mi padre.

—Chico..., dicen que venía del parque y un coche se subió a l'acera y le dio un trompazo.

—¿Y el conductor?

—Se ve que salió a escape. A tu padre l'ayudaron a metese en un tasi unos paletas que lo vieron desd'un bar. Fue a buscalo después tu hermano.

—Y no has oído nada más.

—Nada más de qué.

—No sé... ¿No te contó nada Sebastián?

—Sebastián estaba mu raro... Ya sabes que's un desaborido, pero es que ayer estaba mu amohinao. Entró un momento a la cocina a saludame y ya no hablé más con él.

La Beba es un excelente radar, pero hay que tomarse tiempo para que verbalice algo concreto y no pude seguir indagando ante la vuelta de los anfitriones. SP había cambiado los pantalones cortos Burberry's por unos largos de tergal gris con un corte en la parte baja de la pernera que le permitía enfundar la pierna escayolada. Seguía llevando una zapatilla de tenis en el pie bueno y el mismo polo de cuadritos escoceses que hacía conjunto con el pantalón corto, de modo que el resultado era bastante estrafalario, parecía un pordiosero vestido con las donaciones del vecindario rico. SM mantenía la indumentaria en su línea oficial para actos informales, *jeans* de color blanco y un enorme blusón azul con motivos bordados en dorado: pájaros, tigres de Bengala y floripondios dispuestos a modo de mandala; desde que descubrió a Lobsang Rampa le ha tirado siempre la cosa orientalizante. Bonita pareja sentada ante mí. Traté de no llamar mucho la atención reduciendo al mínimo la emisión de ondas cerebrales, pero fue inútil. Abrió el fuego SM, aunque fingiendo dirigirse a SP:

—Pues le estaba diciendo a Pablo José que conocimos a la hija de Blasco la otra noche.

—Mmmmm.

SP estaba ocupado tratando de pelar una gamba sin tocarla mucho, como si fuera un objeto repugnante, y no atendió demasiado a lo que decía SM. Pero hace falta algo más explícito que un mujido desganado para desanimar a mi Señora Madre.

—Carmela, se llama. Una chica estupenda: estu-penda. Hija única. ¿Te he dicho que estudió jazz, como tú?

—Mamá: yo no he estudiado yas en la vida.

—¿A no?, pero tocabas la guitarra, ¿no?... Bueno, el caso es que Carmela me causó una impresión magnífica: mag-nífica. Una chica de hoy en día: te caería estupendamente.

Estuve a punto de decir que cada día me tropiezo con centenares de personas que me caerían estupendamente y lo malo es que siempre termino por conocer a las otras, pero, prudentemente, me limité a poner cara de estar ocupadísimo masticando. Ni por éstas.

—Pues creo que por San Juan los Blasco organizan una verbena en Llavaneras. Seguro que estará Carmela, y te advierto que le enseñé una foto tuya y pareciste gustarle mucho.

Por una vez me libró de haber de escurrir el bulto mi Señor Padre:

—No te esfuerces: por San Juan no vamos a estar en Llavaneras.

—¿Por qué no?: falta una semana larga, y ha dicho el doctor Caudet...

—Eso ya lo hemos discutido, Mercedes.

SM buscó ahora mi apoyo:

—Fíjate qué tontería: ¿sabes que tu padre no quiere salir de casa porque dice que intentaron atropellarlo?

—Merceeedes: ya lo hemos discutiiido.

—No hemos discutido nada, y sabes una cosa: empiezo a pensar que estás paranoico: paranoico, sí, para que lo sepas.

—Mercedes, por favor: basta.

Mi Señor Padre había hablado: basta. Dejó la gamba a medio pelar, se pasó ostensiblemente la servilleta por los labios —inmaculados aún—, la arrojó después sobre el mantel, e inició la complicada maniobra de ponerse en pie trasteando con las muletas. El aperitivo había terminado. Lástima, porque el paté de ciervo no estaba del todo mal. Afortunadamente, tras el conato de bronca, la comida fue bastante silenciosa, al menos durante su primera parte, y pude dedicarme por entero a comer. La Beba no pierde el toque en la cocina, y había hecho en mi honor una de sus especialidades: solomillo en salsa de vino y setas. Mi Señora Madre, por supuesto, ni siquiera cató el guiso. A cambio comió una ensalada de lechuga francesa masticando no menos de veinte veces cada porción que se llevaba a la boca. Según explicó, su *trainer* personal le había recomendado ese ejercicio ensalivatorio por no sé qué gaitas de la correcta asimilación del bolo. Además precedió la ingesta de una interminable colección de minúsculas bolitas homeopáticas especialmente indicadas para reforzar tendencias sulfurosas —o sulfúricas, o sulfhídricas, no recuerdo bien cómo dijo.

No fue hasta los postres cuando SM se retiró a la cocina a preparar el café —lo único que se empeña siempre en preparar y servir ella misma— y me quedé a solas con SP.

Start:

—Bueno, explica.

—Qué quieres que te explique.

—Eso de que han intentado atropellarte.

—No lo han intentado, lo han hecho.

Pausa. Yo, cara de leve escepticismo; SP cara de Señor Padre.

—Y por qué iba alguien a querer atropellarte.

—No lo sé. Sólo sé que hubieran podido matarme de haber querido. Pero no quisieron.

Inicié un rodeo informativo:

—¿Cuántos iban en el coche?

—Dos.

—¿Reconociste a alguno?

—Pablo, hijo, pareces tonto: ¿crees que si hubiera reconocido a alguno no hubiera hecho ya algo al respecto?

—¿Y el coche?

—No sé. Era pequeño y rojo.

—¿Matrícula?

—No me dio tiempo a fijarme.

—¿Lo has denunciado?

—¿Qué quieres que denuncie?, ¿que un coche pequeño y rojo me atropelló a posta? Hicieron un informe para la Guardia Urbana en el hospital y listo.

Me sentí ligeramente Carvalho.

—¿Testigos?

—Unos albañiles. Almorzaban en un bar de Numancia y acudieron al oírme gritar y dar golpes en el capó, pero cuando llegaron el coche había salido huyendo. En cualquier caso no creo que quisieran meterse en líos testimoniales. Me atendieron en primera instancia, pararon un taxi y se ofrecieron a acompañarme, pero les dije que no hacía falta.

—Qué crees que querían los del coche: ¿robarte?

—No lo sé. Robarme no creo.

—¿Un par de locos de los que disfrutan machacando peatones?

—No tenían pinta.

—Y qué pinta tenían.

—Treinta o cuarenta años, ropa corriente..., podrían pasar por oficinistas. Yo creo que eran matones pagados, hicieron el trabajo sin aspavientos y se fueron.

—A ver, papá: en qué lío te has metido.

—¿Yo?: yo no tengo líos...

—¿Entonces?

—No sé.

Game over, insert coins. De ahí ya no iba a moverlo, y sin embargo quedaba por resolver lo fundamental. A saber:

—Papá: te importaría decirme por qué me has contado esto.

Silencio enorme. Contestó mientras anudaba la servilleta:

—Porque quería que lo supieras.

—¿El guardia jurado de abajo tiene algo que ver con el asunto?

—Lo contraté ayer tarde.

Verónica y los monstruos

Desperté de una siesta sin sueños a las cinco de la tarde. Me mosquea no soñar. Estoy acostumbrado a recordar un sueño a cada despertar como el que está acostumbrado a cagar cada mañana: si un día se levanta y no caga es que algo pasa ahí dentro. Además, recordar los sueños acaba siendo muy útil. Y no me refiero a los cuarenta principales de Sigmund Freud: me refiero al sueño como oráculo, esa dimensión del soñar sólo al alcance de quien comprende que la razón ilustrada es el más descabellado de los esoterismos, o quizá la más barroca de las religiones.

Puse la radio. Café. Porro. Estado de ánimo especialmente propicio para retomar el correo del Metaphisical Club. Incluso era un buen momento para las *Primary Sentences* de John, que suelen ser espesas y reconcentradas como ellas solas. Pero lo primero es lo primero y había que resolver cuanto antes el asunto de la pasta, de lo contrario no habría más porros, ni más cerveza, ni más mantequilla para los cruasanes.

Marqué al teléfono el número particular de *The First* para ir preparando el terreno y no hacer la visita en balde. Contestó uno de mis Adorables Sobrinos, justamente el más adorable de los dos, que se empeña en llamarme «tío

Pablo» por mucho que yo lo taladre con la mirada. Creo que es el mayor, o al menos es el que hace más bulto. Y creo también que es hembra, pero de esto último no estoy muy seguro porque ha salido a su madre.

—¿Está tu padre, rica?

—¿De parte de quién?

—De Pablo: Pablo Miralles.

La oí llamar gritando: «Mamá, es el tío Pablo, que quiere hablar con papá. Debe de estar borracho, porque no me ha reconocido».

Se puso la madre: mi Adorable Cuñada.

—¿Pablo?

—Sí, dime.

Se habían invertido los papeles. El que llamaba era yo, pero era ella la que preguntaba por mí. Su voz sonaba tensa.

—Tengo que hablar contigo —dijo, sin el leve tono de superioridad con que se había dirigido a mí en las pocas ocasiones en que habíamos hablado.

—Joder, últimamente todo son misterios.

—¿Por qué dices eso?

—Por nada, ¿qué pasa?

—Nada grave, por el momento. Pero tienes que venir a casa cuanto antes. Tengo que contarte una cosa.

—Pensaba pasarme ahora por ahí, necesito ver a Sebastián. ¿No puede ponerse?

—No, no puede —vaciló un momento—: no está.

—Pero si me han dicho en el despacho que estaba en cama, con fiebre... ¿Ha ido a trabajar por la tarde?

—No. Vente a casa y te explico, no puedo salir en este momento. Iría yo a verte, pero no puedo.

A estas alturas de la película, comprendí ya que lo desacostumbrado había empezado a desencadenarse a ritmo creciente y sin visos claros de remisión. Había cruzado con *Lady First* un total de treinta y siete palabras desde el remoto día en que casó con mi Estupendo Hermano, y ahora de repente me pedía que fuera a su casa para hacerme confidencias. Raro, muy raro; pero ya todo era posible desde que *The First* regalaba dinero, pedía cosas por favor y dejaba de ir al despacho alegando una falsa indisposición. Me pasó por la cabeza un lío de faldas. Todo encajaba, incluso la ausencia simultánea de *The First* y su secretaria. Todo encajaba menos yo. Porque, ¿qué demonios tenía que ver yo en los conflictos matrimoniales de *The First*? Aunque supongo que estaba empezando a sentir cierta curiosidad, sin duda morbosa.

—Muy bien, me paso ahora mismo.

—Escucha: si ves a tus padres no les digas nada de esto. Si te preguntan di que Sebastián está enfermo. Sólo durante un par de días, ¿de acuerdo? Y lo mismo a cualquier otro que te pregunte.

El ruego tenía algo de imperativo.

—¿Me estás pidiendo que mienta?

—Mira, Pablo, no nos engañemos: tú y yo no nos hemos llevado nunca bien, así que si me trago el orgullo y te pido un favor es porque tengo buenos motivos para hacerlo.

Franca y directa, no le conocía esa faceta a *Lady First*. Pero la petición de actuar con discreción confirmaba mi hipótesis del lío de cuernos. Y confieso que la posibilidad me encantó: *The First* protagonizando un escándalo sexual, liado con su secretaria, qué vergüenza; o mejor: con un joven percusionista mulato recién llegado de La Habana; más aún: involucrado en un asunto de zoofilia y sectas necrófilas, que saliera en todos los periódicos de la galaxia con foto en portada: la congregación reunida de noche en el cementerio de Montjüic, honorables ciudadanos vestidos de *drag-queen* sobre enormes botas de plataforma, el rímel corrido por el disgusto y en posición de acabar de besarle el culo a una cabra... En fin, tampoco me hice muchas ilusiones. Después de todo ni siquiera era probable un lío con la secretaria. Parecía una chica sensata, y además de hacer de adorno creo que usaba el Excel para convertir divisas. Antes de acostarse con mi hermano seguro que intentaría encontrar un trabajo honrado, o cuando menos algún otro lugar donde prostituirse decentemente.

Pero a todo esto volví a caer en mis treinta y cinco billetes. Hacer tan seguido otra visita de cortesía a mis Señores Padres y soltarles distraídamente que me dejaran diez mil pelas sueltas para pagar el aparcamiento en Zona Azul hubiera despertado la susceptibilidad de mi Señor Padre, que se empeña en sospechar intereses espúreos tras mis más sentidas muestras de amor filial. Además no tengo coche y entraba dentro de lo posible que SP cayera en la incongruencia. Busqué alternativas. Sablear a *Lady First* tendría todo el encanto de una primicia; al fin y al cabo también era un miembro de la familia y ya era hora de que empezara a tratarla como tal. O también podía deslizarme subrepticiamente en la habitación de uno de mis Adorables Sobrinos y hurgar en la hucha, a riesgo, eso sí, de que se dispararan las alarmas antirrobo, porque sin duda estarían ya iniciados en los métodos más rudimentarios de protección de la propiedad privada.

En fin, de momento me vestí y salí hacia casa de *The First*.

Mi Estupendo Hermano todavía no ha alcanzado el estatus de todo un Señor Padre, de modo que tuvo que conformarse con comprar el ático de rigor en la calle Numancia, bajo la barrera psicológica de la Diagonal, en espera de recibir el resto de la herencia paterna que le permitirá fijar residencia de invierno donde le salga de los cojones. Aun así había sabido sacarle partido a los 150 metros cuadrados de su ático y le había cabido el yacusi y el correspondiente piano a juego. Claro que es un piano vertical y abulta poco. El inconveniente es que Debussy no suena igual que en un piano de cola, pero mi Estupendo Hermano es hombre paciente y sabe que hay un tiempo para piano vertical y BMW y un tiempo para piano de cola y Jaguar Sovereign.

En el jol de su edificio también hay sofás y conserje —un tipo muy repeinao con una bata azul eléctrico a modo de uniforme—, pero los ascensores no son ni de lejos tan divertidos, se limitan a subirte al ático sin mayores alardes antigravitatorios.

Timbre.

Abre *Lady First*. Nos besamos las mejillas. Tiene mejor pinta de lo que yo recuerdo. Me dice que pase. Se nos cruza en el pasillo el otro de mis Adorables Sobrinos, de envergadura mucho más modesta que el primogénito y probablemente macho, a juzgar por la ausencia de pendientes y lazos. Pasa por delante de nosotros desarrollando un movimiento de cierta complejidad que recuerda a la locomoción cuadrúpeda, especialmente a la de los cocodrilos y otros reptiles, pero apoyando en el suelo la rodilla en lugar de la zarpa o extremidad inferior homóloga, y desde luego sin la gracia que otorga el ir arrastrando una larga cola zigzagueante. Un sistema bastante rudimentario, se mire por donde se mire: hace pensar en la degeneración de la especie que se temía Jean Rostand. Pero ahí no acaban las sorpresas: de pronto se para en seco, se apoya en un culo enormemente abultado que le deforma los leotardos azules, mira hacia arriba, y hace una mueca que recuerda misteriosamente a la sonrisa humana.

Horror: no tiene dientes.

Enfermo de aprensión, procuro ignorarlo pasando sobre él de una zancada larga. Mi cuñada en cambio debe de estar acostumbrada y, sin evidencias de sentir ningún asco, se agacha y alza en brazos a la criatura, que muestra ya a las claras su escasa inteligencia al acompañar un balbuceo de palmotazos sin justificación aparente.

—Verónica: ven, ocúpate un momento de Víctor —dijo *Lady First* alzando la voz hacia algún lugar remoto del pasillo. Como estábamos solos en el salón deduje que «Víctor» debía de ser el nombre de la criatura, con lo que quedaba confirmada mi sospecha de que se trataba de un macho. Parece mentira: aún no tenía dientes y sin embargo ya tenía sexo. Enseguida apareció la tal Verónica, que resultó ser una *teenager* gordísima con una camiseta del Grin-pis y unos pantalones elásticos de color lila. Me gustó su aspecto y le dediqué un «Hola» amable; la gente francamente gorda siempre me cae bien, aunque sean ecologistas. La criatura pasó de unos brazos a otros sin cesar en sus gesticulaciones delirantes y Verónica se lo llevó lejos de mi presencia, pasillo allá, con lo que mi simpatía por la muchacha quedó reforzada por un punto de gratitud. No es que yo sea racista, pero hay que reconocer que los cachorros humanos huelen mal, especialmente en estas fases tempranas; desprenden un tufo empalagoso, mezcla de colonia dulzona, cremas pal culo, papillas..., un hálito repelente que impregna todo lo que entra en contacto íntimo con ellos.

—Siéntate donde quieras: ¿quieres tomar algo?

—¿Tienes cerveza?

—Me parece que no.

—¿Vodka?

—Seguramente.

—¿Vichy?

—Puede que agua con gas.

—Entonces tomaré un Vichoff: vaso largo con hielo, mitad de vodka helado, medio limón exprimido y el resto de algún agua carbónica si no tienes Vichy. No uses la coctelera porque el agua pierde gas.

—Oye, ¿no te apañas con un whisky?

Alcancé a ver en el mueble bar una botella de Havana 7. Prefiero el 3, que es menos dulce, pero el jodido de *The First* compra siempre lo más caro. Es de ese tipo de gente que, de poder, respiraría algo más refinado que simple aire.

—Pásame la botella de ron. ¿No te importa que beba directamente de ella?

—Toma, haz lo que quieras.

Lady First se había servido un par de dedos de güisqui en un vaso chato. Me tendió la botella asiéndola por el cuello, pero no agarrándola como para servirse, sino con el pulgar hacia abajo, como el que ha de transportarla durante un buen rato. Se sentó en el otro enorme sofá de cuatro plazas que había frente al que ocupaba yo. Estaba desconocida: el detalle de la botella, la despreocupación con que se había sentado en el sofá sobre una pierna, el sorbo pausado al güisqui... Además, no era tan repulsiva como la recordaba.

Quizá es que la mitad de las veces la había visto embarazada, y una mujer embarazada siempre da un poco de angustia, no sé, como un huevo de alien a punto de soltar al monstruo. Ahora en cambio tenía un aire canalla a lo Greta Garbo que no le conocía. Bien mirado incluso tenía algún parecido físico con la Garbo, quizá por el peinado. Y unos ojos verdes bastante bien terminados.

Yo también me puse cómodo. Destapé la botella, la empiné, y puse la boca bajo el chorro del dosificador hasta que la noté llena. Bajé el codo y tragué. *Lady First* disparó a traición:

—¿Qué has pensado cuando te has enterado de que Sebastián no estaba en casa?

Bueno, estaba dispuesto a seguirle el juego mientras hubiera ron gratis.

—¿Quieres que te sea sincero?

—Por favor.

Improvisé partiendo de un retazo:

—He pensado que tiene un lío con su secretaria, que han pasado la noche juntos y que algún contratiempo les ha impedido llegar al despacho por la mañana, de manera que se han fingido enfermos.

—Pero la que ha llamado al despacho diciendo que Sebastián estaba enfermo he sido yo.

—Eso se puede hacer encajar.

—A ver, encájalo.

—Opción A: Sebastián te ha llamado y te ha contado una mentira convincente, algo que ante ti justifica razonablemente su ausencia pero que no conviene comunicar a los empleados, así que te ha pedido que llamaras al despacho y dijeras que estaba enfermo. Tú le has creído y has seguido sus instrucciones como una buena esposa.

—¿Opción B?

—Opción B: tú sabes perfectamente que tu marido está liado con la secre y eso te repatea los higadillos, o no, es igual: el caso es que no quieres escándalos y te avienes a guardar las apariencias.

—¿Opción C?

—Hayla: mi pobre hermano Sebastián y su amante han sido abducidos por unos extraterrestres ante tus propios ojos pero te resistes a contárselo a nadie por temor a que te tomen por loca.

Aproveché su ligero desconcierto para cambiar la dirección del juego:

—Y ahora pregunté yo: ¿cómo sabes que la secretaria de Sebastián tampoco ha ido a trabajar?

Se resistió a perder el servicio:

—¿Cómo sabes que lo sé?

Concedí:

—Porque yo lo he mencionado y a ti no te ha sorprendido.

—Podría habérmelo dicho María cuando he llamado al despacho.

—Podría. ¿Lo ha hecho?

—Sí.

—Pero eso no contesta del todo a mi pregunta. Quizá lo sabías ya cuando ella te lo ha dicho.

—No está mal: eres listo.

—Lo suficiente para desconfiar tanto de mi astucia como de tus halagos. Sabes algo que yo no sé y estás jugueteando conmigo.

—Me has interpretado mal.

—Es posible. Es que detesto las adivinanzas.

Aproveché el trago que ella le dio al güisqui para volver a tentar la botella. Un prudente primer envite me supo a poco y probé el segundo dejando que el chorro me llenara la boca hasta el límite de poder cerrarla y tragar. Inmediatamente me entraron ganas de empuñar un sable y abordar al primer galeón que se me cruzara por delante.

Pero *Lady First* seguía en tierra:

—Pues para no gustarte las adivinanzas lo has hecho bastante bien. Se ha dado una mezcla de las tres situaciones que proponías.

—¿Incluida la abducción extraterrestre?

—No exactamente. O no lo sé, la verdad, estoy entrando en la fase de creer cualquier cosa.

Hizo una pausa para encender un Marlboro Super Extra Light. Supuse que, mediado el güisqui, había llegado ya el momento del desembuche y me dispuse a escuchar.

—Sebastián tiene un rollo con su secretaria desde hace dos años, en eso has acertado completamente. Yo lo sé y él sabe que yo lo sé, entre otras razones porque hemos hablado de ello mil veces. ¿Te extraña? A mí no. El matrimonio entre tu hermano y yo no ha funcionado bien jamás. Mejor dicho: ha funcionado siempre estupendamente porque se basa en la conveniencia mutua: él se acuesta con quien quiere manteniendo las apariencias de hombre de familia, y yo puedo dedicarme a no hacer absolutamente nada con la excusa de estar entregada a mi marido y mis hijos. No hay nada peor que tener una ambición y sentirse incapaz de luchar por ella. ¿Has intentado escribir alguna vez?

—Recuerdo haber compuesto una redacción sobre las vacaciones, pero en cuanto descubrí el *Penthouse* empezó a interesarme más la fotografía.

Sonrió.

—Cualquier excusa es buena para abandonar... Llegué a publicar, ¿lo sabías? Lo malo es cuando todo el mundo empieza a considerarte una promesa que tú no te sientes capaz de materializar. Entonces comienzas a necesitar excusas.

Algo recordaba haber oído en familia sobre los méritos literarios de la Brillante Prometida de mi Estupendo Hermano, pero ciertamente no había vuelto a saber del asunto desde hacía años.

—Y no sólo es eso. Lo mejor de nuestro matrimonio es que la libertad de tu hermano me descarga del compromiso de acostarme con él, cosa que cualquier otro marido hubiera pretendido ineludiblemente. Los hombres nunca me han interesado mucho sexualmente...

»¿Por qué me miras con esa cara?

—Chica, es que, francamente, así de sopetón...

Le di otro trago al ron. Joder, con *Lady First*.

—Sólo te estoy poniendo en antecedentes porque no quiero que te equivoques: tu hermano y yo nos queremos, sobre todo nos... entendemos. Es la única persona importante en mi vida por la que no me siento presionada; si no lo quisiera no estaría explicándote esto que te explico. Comprenderás que para soltar lastre mejor contrataría a una psicóloga progre. Al menos no me mancharía de ron el tapizado del sofá.

—Pero te cobraría más de lo que vale limpiarlo.

Procuré mantener la pose, pero no desestimé la indirecta. Dejé la botella sobre la mesita auxiliar y fui yo mismo hasta el carrito de las bebidas a por un vaso. Después puse voz de empezar a tomarme en serio todo aquello:

—Muy bien, cuñada, ya estoy al tanto de los antecedentes: no te va hacer guarrerías con tíos y mi hermano se busca la vida con la secretaria. Qué más...

—Tráete el whisky, si no te importa.

Ahora fui yo el que le alcanzó la botella. Ella parecía haberse detenido en una de esas rememoranzas retóricas:

—María Eulalia Robles, Lali.

—¿Quién?

—Secretaria de Dirección. Licenciada en Ciencias Empresariales y Económicas, Máster ESADE, inglés, francés, informática a nivel de usuario avanzado... Fuimos juntas al colegio.

—Y ahora se beneficia a tu marido, qué pequeño es el mundo.

—No tan pequeño. Fui yo la que se la presenté a tu hermano, y fui yo la que se la recomendó como secretaria personal cuando se jubiló tu padre. Es del tipo preferido de Sebastián. Se parece un poco a mí... Y sabía que Sebastián es el tipo de hombre que le gusta a Lali... Así que los puse en contacto para facilitarle las cosas a tu hermano. Una amante que es a la vez tu secretaria puede andar contigo tranquilamente por la calle, incluso comer en un restaurante en el que te conocen, sobre todo si se te ha visto con ella y tu mujer a la vez. ¿Me explico?

—Como un libro, pero tanta información de golpe colapsa un poco. Perdona la indiscreción, pero ya puestos, ¿qué hay exactamente entre esa Lali y tú?

—Nada que diera para una escena porno, así que no te montes muchas películas. En cualquier caso, eso no interesa ahora. He entrado en algún detalle para que entiendas que estoy perfectamente al tanto de la doble vida de Sebastián.

Incluso participo en cierta medida de ella. A menudo no viene a casa hasta las cinco o las seis de la madrugada. Normalmente avisa con antelación, y si no sencillamente llama por teléfono al salir del despacho. De cara a la niña está trabajando. Los vecinos no lo ven entrar, y si lo ven llega con su maletín, pero lo importante es que todo el mundo lo ve salir de aquí por la mañana.

—Muy ingenioso.

—Anoche no llamó. Y esta mañana no estaba en su cama. Es curioso: me ha despertado el hecho de no oír su despertador... Enseguida he llamado a casa de Lali y me ha saltado el contestador automático. No sé nada de ellos desde ayer a mediodía.

Se notó que habían terminado las explicaciones previas porque apuró el vaso de güisqui de un sorbo, lo dejó en la mesita y se quedó mirándome.

—Yo hablé con él ayer por la tarde —dije.

—¿Dónde?

—Por teléfono.

—¿Te dijo desde dónde llamaba?

—No, pero me dio la impresión de que estaba en el despacho.

—Ah, ¿sí?: ¿por qué?

—No sé... —reflexioné en voz alta—: Si hubiera llamado desde una cabina o un teléfono público se hubiera notado, y desde el móvil también, ¿no?... Pero quizá es sólo que di por supuesto que a esa hora debía de estar trabajando.

—¿No oíste voces de fondo, o ruidos de impresoras, algo?

—Creo que no. De todas maneras su despacho está bien insonorizado y no creo que se oigan ruidos de fondo a través del teléfono. ¿Tú recuerdas ruidos de fondo cuando te llama desde allí?

—No. Pero yo suelo hablar con él fuera del horario de oficina.

—Bueno, da igual, el caso es que a media tarde estaba bien. Llamó para darme un recado del despacho y decirme que mi padre se había roto una pierna.

Me acordé perfectamente mientras decía esto de que la actitud de *The First* cuando llamó no había sido en absoluto normal, pero de momento me reservé esa impresión. Preferí enterarme primero de qué es lo que *Lady First* pretendía que yo hiciera; porque evidentemente, tal como ella misma había reconocido, no me estaba contando la movida sólo para desahogarse.

—¿Has dado algún paso para averiguar qué puede haber ocurrido? —pregunté, para ir entrando en materia. Hizo gesto de cansancio:

—He llamado a los hospitales, al teléfono de información de la Guardia Urbana, al de la Policía... Nada. Era de esperar, porque si hubiera tenido un accidente me hubiera enterado, alguien se hubiera puesto en contacto conmigo. Además llevo todo el día llamando a casa de Lali y sigue saltando el contestador. Ya no sé qué más puedo hacer. Estoy preocupada. Y no es sólo que haya desaparecido durante veinticuatro horas, es que ayer a mediodía me llamó para pedirme una cosa un poco extraña.

—Qué cosa.

Ahora levantó las cejas, como esforzándose en ser escueta pero precisa:

—Me dijo que entrara en la habitación que usa como despacho aquí en casa, que metiera una determinada carpeta en un sobre y que la enviara por correo certificado a esta misma dirección.

—¿La de este piso?

—Sí.

—¿Y qué papeles eran esos?

—No lo sé exactamente, apenas abrí un momento la carpeta y hojeé tres o cuatro folios sueltos. Parecían informes mecanografiados sobre no sé qué sociedades, leí uno o dos párrafos, era muy lioso, nombres en siglas, términos jurídicos, cosas así. Me limité a meterlos en un sobre, escribir la dirección y llevarlos a correos antes de que cerraran.

—¿Y no te extrañó que te pidiera una cosa tan rara?

—Claro, por eso te lo cuento. Pero yo no entiendo nada de sus negocios, me dijo que era muy importante recibir un sobre grande con matasellos de no sé qué fecha y yo le creí. Pensé que era algún trapicheo suyo, ya sabes como es. De todas formas parecía nervioso. Y después de lo que ha pasado empiezo a sospechar cualquier cosa, llevo todo el día dándole vueltas.

—¿Por qué no denuncias la desaparición a la policía?

—No conviene. Al menos todavía. Sólo hace veinticuatro horas que ha desaparecido, lo primero que se les ocurrirá en cuanto entren en materia es que tiene un lío con su secretaria y que reaparecerán los dos en un par de días. Y si no, tampoco les extrañará.

—Si les explicaras lo que me has explicado a mí...

Enseguida me di cuenta de que no era muy buena idea.

—Bueno, ¿y qué piensas hacer? —pregunté.

—No lo sé, pero no quiero que de momento se enteren de esto tus padres, pondría sobre el tapete cosas que ni a tu hermano ni a mí nos conviene que se sepan. A ellos no les iba a hacer ningún bien la información y de todas maneras tampoco podrían ayudar. Pero necesito de tu complicidad para mantenerlos al margen. De no haberte avisado hubiera corrido el riesgo de que levantaras la liebre ante ellos sin querer. Y ya que he de contar necesariamente contigo resulta que eres la única persona que sabe lo suficiente de todo el asunto como para ayudarme a buscar. Además, estás en una posición inmejorable.

—¿Yo?

He viajado por los cinco continentes, pero si en algún lugar no he estado nunca es precisamente en una «posición inmejorable».

—Al fin y al cabo eres socio al cincuenta por ciento en los negocios de tu hermano... en *vuestros* negocios. Podrías sonsacar discretamente al personal: te conocen bien, haces algún trabajo de información para ellos, ¿no?, y en ausencia de tu hermano eres el dueño, y libre de moverte y revolver por la oficina sin que nadie pueda impedírtelo.

—Yo no estaría tan seguro. Quizá no se atrevan a impedirme nada, pero se les haría raro que me pusiera de repente a revolver cajones. Son muchos años de indiferencia. Generalmente me pasan los balances, yo finjo que me los creo y cobro lo que quieran darme. Y los trabajitos de información los trato siempre personalmente con mi hermano.

—Podrías ir de noche...

La sola idea de entrar en Miralles & Miralles de noche me dio repelús. Era como colarse en una iglesia por la ventana para hurgar en el sagrario, con el mismísimo Padre y el mismísimo Hijo como testigos de la profanación de su casa.

—De noche va a ser muy difícil sonsacar al personal —dije.

Ella al parecer se cansó de mis evasivas y trató de acortar camino:

—Muy bien: ¿vas a decirme entonces que soy una paranoica que imagina secuestros cada vez que su marido echa una cana al aire, o que te importa un pimiento todo esto que te explico y no vas a hacer nada al respecto?

—Mujer, si me dieras más opciones preferiría decirte otra cosa.

—Como por ejemplo...

—Que haré lo que pueda. No me preguntes qué, pero algo haré.

Error. Pase lo de ser un blando y un sentimental porque no puedo evitarlo, pero jamás hay que dejar que los demás se enteren. Debió ser el medio litro largo de ron que me había echado al coleto, no suelo beber nada fuerte antes del anochecer.

Nos interrumpió entrando en el salón la canguro gordeta. Llevaba a la criatura macho en brazos y la seguía por su propio pie el Adorable Sobrino Hembra.

—Perdonad... Dice Merche que si puede ver un rato la tele.

Lady First se dirigió al sobrino hembra:

—¿Has terminado los deberes?

—Sí.

Por lo visto el sobrino estaba todavía en periodo de domesticación. Me retrepé un poco en el sillón y liberé la zurda del vaso que sostenía, por si acaso. *If the right don't get you / Then the left one will.*

—Son las ocho y media, a esta hora ya no hay programación infantil —dijo *Lady First* consultando el reloj.

—Hemos grabado los dibujos animados en vídeo —replicó el sobrino hembra, con sorprendente desparpajo.

—¿Qué dibujos animados?: ¿japoneses?

—No, de Walt Disney.

Me tranquilizó suponer que al sobrino hembra le estaba vedada cualquier oportunidad de iniciarse en las artes marciales y me relajé un poco.

—Bueno, puedes verlos hasta la hora de cenar. Pero primero saluda como es debido al tío Pablo.

Cielos.

Avanzó hacia mí trotando como una bestia mítica. Ya iba a levantar la guardia para protegerme cuando de pronto se paró, dijo «Hola, tío Pablo», acercó la desproporcionada testa y, con los belfos obscenamente fruncidos, pretendió nada menos que besarme en plena cara. Todo el mundo miraba, incluida la pequeña criatura desdentada, así que no tuve más remedio que aguantar la respiración y someterme al abuso sin chistar. Afortunadamente, Verónica y los monstruos desaparecieron inmediatamente por donde habían venido, pero yo sólo pensaba ya en marcharme cuanto antes, incluso sin terminar de apurar la botella.

Lady First me cortó la retirada reteniéndome por un brazo:

—Pablo: cuento contigo. Llámame a cualquier hora si se te ocurre algo, por tonto que te parezca.

Yo estaba pensando en otra cosa:

—Oye: ¿cómo sabías lo del accidente de mi padre? Tampoco te ha sorprendido cuando lo he mencionado.

—Me lo dijo Sebastián cuando lo del sobre. Me contó que un coche se había subido a la acera y le había dado un golpe, que no era grave pero que tenían que enyesarle una pierna. Salía hacia el hospital en ese momento. Ahora que lo pienso, no estaría mal preguntarle a tu padre si sabe adónde fue después de dejarlo en casa.

—Muy bien. Eeeeeh, por cierto cuñada: no me acuerdo de cómo te llamas...

Lo tomó a broma.

—Gloria.

—Encantado de conocerte, Gloria. ¿Siempre te bebes tres güisquis antes de cenar?

—Generalmente no bebo nada hasta que se acuestan los niños. ¿Y tú?: ¿siempre bebes ron a morro?

—Sólo cuando los extraterrestres abducen a mi hermano y mi cuñada me pide que investigue.

Todavía no eran las nueve y ya estaba borracho. Mal rollo. Al salir de allí traté de pasear un rato para asimilar la información, pero no pude pensar en nada coherente. Me fui derecho a casa y me eché a dormir con la cabeza como un almacén de pirotecnia.

Marisco semoviente

Kiko Ledgard viste un elegante esmoquin de chaqueta blanca. El plató es un cruce de calles Chicago años treinta: un Buick aparcado, el callejón del Jazz Club, la barbería, la tienda de licores, la misión del Ejercito de Salvación. Cuatro actores caracterizados fingen aburrirse y hacen molinillos cada cual con su adminículo característico: la prostituta voltea el bolso, el policía la porra, un borracho greñudo la botella de burbon y el detective privado su sombrero de fieltro. Miro interrogativo a *Lady First*. Ella se inclina por el borracho; yo prefiero al detective. Discutimos. Kiko Ledgard trata de confundirnos aún más: el detective es un juego; nos da oportunidad de cambiarlo por el Buick, que tiene regalo seguro y no es la calabaza. *Lady First* y yo decidimos arriesgar y aceptamos el juego del detective. Aplausos, se abre un portalón en el estudio, entran cuatro secretarias vestidas de Betty Boop acarreando un inmenso tobogán con un cruasán de *atrezzo* en la parte alta. Kiko lee la tarjetita que viene con el artefacto: «Para ser un buen detective, hay que seguir la pista hasta el final». Se para. Vuelve a tentarnos con el Buick. El público grita soluciones contradictorias; le pedimos a Kiko que siga leyendo. Objetivo del juego: llegar al gigantesco cruasán trepando tobogán arriba. El ascenso está dividido en tramos señalados con un hito vertical en el que se ha anudado un trapito rojo. Nos darán cien mil cruasanes por cada pañuelito que desatemos, hasta un total de un millón si llegamos a la cima. Chupao: me quito la chaqueta, me arremango y me pongo al aparato. *Lady First* insiste en que debíamos haber elegido al borracho. Ahora también ella está borracha. Me besa en los labios y se queda mirándome con ojos beodos. El público ruge, pero no son gritos de aliento, es la excitación del que espera ver sangre. Kiko Ledgard ha desaparecido y su lugar lo ocupa Mayra Gómez Kemp con medias de calado romboidal, botas de institutriz malvada y el pelo muy corto teñido de naranja. Chasquea su látigo: «¡Venga, borracho de mierda, suuube ese culo!». No me había reconocido a mí mismo antes, pero ahora comprendo que el borracho del decorado era yo y que todo ha sido una farsa cruel. Trato de trepar, pero peso demasiado, estoy borracho, el tobogán está untado de mantequilla, una gruesa capa de mantequilla que se escurre entre mis dedos y me impide afianzarme en posición de avance. Miro hacia arriba buscando aliento en la visión del premio, pero ya no hay ningún cruasán gigante en la parte alta de la rampa, sólo distingo a contraluz a mi Adorable Sobrino Hembra, arrojándome diminutas estrellitas de ninja que besa con labios amorosos antes de lanzar.

Me desperté sobresaltado y esta vez agradecí la contemplación de mi dormitorio cochambroso; Dios bendiga cada rincón de esa pila de calzoncillos sucios, pensé. En el despertador la una de la madrugada. Resaca. Lo mejor para vencer la resaca es volver inmediatamente a emborracharse. Imposible emborracharse sin comer antes algo: riesgo de lipotimia. Me di una ducha rápida y tragué cuatro yemas de huevo acompañadas de un par de vasos de leche, un buen método para llenar la tripa con algo nutritivo cuando hay prisa; y había prisa porque los bares no tardarían mucho en cerrar.

Salí de casa y eché a andar hacia el bar de Luigi. Recuerdo que me detuve en el semáforo para dejar pasar una moto y empecé después a cruzar. Pero no había alcanzado la mitad del paso cebra cuando oí un bum tremendo que me hizo agachar la cabeza por si acaso. Siguieron varios clinc-clangs.

Miré calle arriba: la moto que acababa de pasar ante mí estaba empotrada contra el costado de un imponente camión de basuras que se atravesaba en la calzada con todos los intermitentes encendidos. Acudían corriendo los de la terraza del bar de enfrente y, tras un momento de indecisión, me apresuré yo también. Para cuando cubrí los escasos cincuenta metros hasta el lugar del choque se habían unido a la movida los cuatro basureros que iban en el camión, un taxista que estaba esperando en doble fila, el dueño del bar de la terraza cercana y algunos otros espontáneos. El corro que se formaba alrededor era ya de diez o doce personas. El motorista estaba despatarrado en el suelo, ya sin el casco, que oscilaba sobre el asfalto como un tentetieso agrietado. Los restos de la BMW —grande y roja como un insecto en celo— eran una propuesta neoísta fatalmente destinada a terminar en el Guguenjeim-Bilbao bajo algún título sugestivo: «El ocaso de los dioses» o «La madre que parió a Newton». Pa'berse matao, vaya. Estaba a punto de darme media vuelta, visto que ya había almas caritativas de sobra para atender al herido, cuando quedó un hueco entre los curiosos que me permitió fijarme mejor en su cara: Gerardo Berrocal, Sexto C, Hermanos Maristas: el Berri, canoso y sin sus gafas, pero era el Berri, no había duda.

Joder.

Estuve a punto de atravesar la barrera del corro y saludarlo: «Hombre, Berri, cuánto tiempo, ¿te pido una ambulancia?...». Me contuve, pero desde luego la coincidencia cambiaba radicalmente mi posición ante el suceso. Alguien llamaba ya a la ambulancia desde el teléfono móvil y decidí quedarme allí hasta que llegara, aunque antes lo hicieron Leoncio León y Tristón, mal nombre por el que se conoce a la pareja de la Guardia Urbana que para a repostar en el bar de Luigi. La ambulancia apareció pocos minutos después; salieron dos tíos de blanco, abrieron la puerta de atrás, se acercaron a ver como estaba el Berri y, enseguida, tuvieron una camilla dispuesta junto a él, aunque antes de moverlo le pusieron un collarín rígido por si tenía algo chungo en el cuello. Cuando cerraban el portón de la ambulancia levanté sin querer el pulgar y se me escapó un «ánimo, Berri» que por suerte sólo oí yo.

Retomé el camino hacia el bar de Luigi francamente abatido.

—Roberto, tráete la botella de vodka del congelador.

El Roberto sopló:

—Empiezas fuerte, compadre...

—Acabo de ver cómo un compañero de colegio se estampaba contra un camión de basuras.

—¿El accidente? Vinieron a buscar a Leoncio y Tristón. ¿Es grave?

—No creo... Pero tengo el día un poco cruzao y esto ha sido el colmo. Tráete la botella, anda.

Se fue a por ella a la cocina interior, pero a medio camino le sonó el móvil y se paró en el fondo del local para atender la llamada. El bar estaba todavía concurrido, habían retirado ya la terraza de la calle pero dentro quedaba gente: una pareja, dos taxistas ante la tragaperras... En el reloj de pared las dos y media. Esperé mirándolo a que el Roberto terminara la discusión telefónica y llegara con el moscoscaya.

—Chupito de aguardiente para el señor —dijo, sirviéndome en un vasito helado. Lo tomé de un trago.

—Otro.

Adentro.

—Otro más.

Aún tomé el cuarto y pedí una cerveza para diluir, *El Periódico* para disimular, y me fui a una mesa. La MTV emitía ese vídeo del Jamiroquai que ponen siempre y pasé a la portada del periódico: el Ministro de Nosequé advertía de Algo relacionado con Nosecuántos. En las páginas de opinión, hermosas odas a la Verdad Verdadera y críticas feroces a la Mentira Mendaz. Hice bien en retirarme del mundo. Pero el mundo se le acaba echando encima a uno quiera o no quiera. Se termina la pasta en la cartera o aparece un camión de basuras atravesado en mitad de la calle; mi Estupendo Hermano desaparece misteriosamente y a SP le machacan la pierna. *No et fiis mai de la calma*. Ni de la calma ni de nada. Sobre todo no te fíes de *Lady First*, no te fíes porque te ha caído bien y si alguien te cae bien estás perdido. Puedes proyectar tus buenos sentimientos sobre quien apenas interviene en tu vida, el parroquiano de un bar o una puta del Chino, pero nunca, repito, nunca, dejes que te caiga bien tu cuñada Gloria; ni siquiera debes llamarla «Gloria», es *Lady First*, un enemigo potencial.

—Roberto, ponme otra birra.

—Va.

—Oye, Roberto: ¿yo te caigo bien?

—Pues eso depende...

—Ah ¿sí?: ¿y de qué depende?

—De lo que convenga responder en este momento.

Más cerveza. Las dos y media. Estaba ya borracho otra vez. Borracho y meditabundo, pero no resulta nada cinematográfico ponerse a pensar durante mucho rato. Hay que recurrir a la elipsis: mostrar el reloj del bar, al prota con su cerveza y su periódico, fundir a negro, volver al reloj, al cenicero, a la colección de cervezas vacías. Lamentablemente hay que machacarse la vida en tiempo real, pero precisamente por eso cunde más que las películas, y para cuando en el reloj eran las tres y media yo ya había pergeñado un primer plan de acción respecto al asunto *The First*, así que, terminados ya los deberes, pensé en cómo demonios podía pasar el resto de la noche. *De esta vida sacarás / lo que metas nada más:* fue lo primero que me vino a la cabeza. Pero estaba sin blanca, y el Luigi, único prestamista posible a aquellas horas, no había aparecido por la barra. A veces se marcha a casa y cierra el Roberto. Otras anda por la vivienda interior del bar, cazando gatos en el patio o metiéndose algo por la nariz con algún cliente de confianza. Pregunté al Roberto.

—Está adentro, pasando cuentas.

Me levanté y atravesé la puerta de la trastienda golpeando antes con los nudillos. Encontré a Luigi en la habitación del fondo, sentado ante la mesa camilla en pleno caos contable: una libreta, montones de facturas y una pequeña caja fuerte metalizada que rebosaba billetes y notas manuscritas.

—Oye, Luigi: te tengo que pedir un favor.

—Mientras no sea pasta...

—Siempre te la devuelvo, ¿no?

—Sí pero dejo de verte el pelo hasta que puedes hacerlo, y mientras no te veo no haces gasto. Mal negocio.

—Te lo devuelvo mañana, en serio, por la mañana tengo que cobrar un pastón.

—¿Son imaginaciones mías o eso ya te lo he oído antes?

—Oye, Luigi, a ver: ¿cuándo te he mentido yo?

—Cada vez que te ha salido del nabo.

—Pero nunca en asunto de dinero. Necesito diez billetes: sólo diez billetes.

Estaba empezando a ablandarse. Lo indicaba su concentración cabizbaja en unos tickets del Caprabo.

—Y supongo que también querrás dejarme a deber lo de hoy, ¿no?

—Bueno, mañana te doy quince talegos, para compensar...

—Oye, que yo no soy La Caixa: mañana me das lo que me debas, ni más ni menos... Pero lo quiero mañana, ¿entendido?

Salí de allí lo más rápido que pude y tomé Jaume Guillamet arriba. No quedaban rastros demasiado evidentes del accidente del Berri, sólo minúsculos cristalitos que hacían brillar el asfalto a las luces de la calle y una plasta de serrín que había empapado el charquito de sangre. Seguí subiendo calle arriba hasta la altura del 15. Entonces me agaché un momento frente a la entrada del jardín, como el que se abrocha un zapato. Observé el poste de la luz y no me sorprendió en absoluto volver a encontrar un trapito rojo atado a él, más bien me alegró comprobar que mis expectativas se cumplían. Me sentí astuto, perspicaz, esa autocomplacencia que da a veces el alcohol: el mundo volvía a ser un sistema ordenado. Una vez comprobado el detalle seguí por Travessera hasta Numancia y empecé a bajar hacia la plaza España. Llegué al bar del Paralelo media hora hambriento. Llamé a la persiana cerrada. Luz en la mirilla. Enseñé la patita y me dejaron entrar por la puerta falsa. *Esqueixada*, tapa de pulpitos, albóndigas y una bomba picante. Comí despacio, degustando cada bocado, y empecé a sentirme mejor. Sólo me faltaba una buena giñada para quedar a gusto del todo. El váter estaba todo lo sucio que uno espera en un bar del Paralelo abierto de estrangis durante toda la noche, pero improvisé una funda higiénica con trocitos de papel y me acomodé sobre el agujero cuidando que la punta del pijo no me tocara en la loza. Al terminar, me hice una paja rápida sobre el lavabo pensando en una presentadora de televisión que tiene unas tetas meritorias; no es que tuviera muchas ganas pero convenía descargar un poco para no correrme luego enseguida. Después me lavé escrupulosamente y me olí los sobacos: no problemo. Al salir a la calle no estaba ya borracho, y el llenar el buche me había hecho olvidar el sabor acre de la cerveza y el vodka.

La luz del día era todavía débil, el tráfico tranquilo. Me gustan estas horas, las cinco y media, las seis de la mañana. Hacia las siete la cosa empieza ya a ponerse fea y lo mejor es dejar que el relevo diurno haga rodar el mundo mientras uno duerme. Caminé un rato fumando un cigarro antes de parar un taxi. El que me tocó en suerte olía a jabón de afeitar de La Toja. Primeras noticias en la radio. Viernes veinte de junio, partido del mundial de Francia, la selección española concentrada no sé dónde; bla, bla, bla, un sonsonete agradable, combinado con la brisa de la ventanilla bajada y el ruido del motor diesel. Me apeé ante la Boquería y atravesé el mercado para permitirme el paseo entre las paradas y admirar a alguna pescadera bien pertrechada, expuesta en su trono de hielo como una reina de los mares, entre ofrendas de limón y clavo y fragancias de marisco semoviente. Recorrí después vericuetos y callejas, más pendiente de la ligera alegría que me desperezaba la bragueta que de seguir un camino preciso, pero llegué indefectiblemente a la placeta del hotel; siempre llego sin darme mucha cuenta. Lo que vi rondando no era muy estimulante y me metí en uno de los bares en espera de que se me ofreciera algo mejor. El dueño trasteaba en las neveras detrás de la barra: un tipo calvorota, con la piel de la frente comida de soriasis. La cafetera estaba enchufada y parecía dispuesta a cumplir con sus deberes electrodomésticos. Pedí un cortado. Si alguien no conoce el puterío en esta zona, sepa que el asunto funciona justo al revés que en Amsterdam; o sea: el cliente espera tras la cristalera de algún bar, dejándose ver, y las putas van haciendo un carrusel por la plaza; cuando una te gusta, le haces una señal y entra a detallar el negocio. A estas horas se retiran las del turno de noche y llegan las encargadas de atender al personal que ha terminado de abastecer de viandas al mercado. Siempre se encuentra algo mejor que en las saunas del Ensanche, territorio de carísimas filólogas que toman leche descremada y dicen *fellatio*, pero el asunto aquella mañana estaba un poco mustio, sólo había tres trotonas a la vista y ninguna de ellas de mi gusto. La más vieja de las tres debía de haber superado con creces los sesenta. Insistía frente al bar haciéndome gestos. Negué repetidamente con la cabeza sin perder la expresión amable, pero no fui lo suficientemente rotundo y acabó entrando a por mí.

—Hola, guapo. ¿Quieres venirte un rato?

—Otro día.

—Venga, que te voy a chupar bien los huevos.

—Gracias: los traigo chupaos de casa...

Le dio la risa:

—¡Hombre, mira qué guasón! Nos vamos a divertir, tú y yo; venga, vamos a la habitación y me calientas un poco el bacalao.

Me recordaba vagamente a la señora Mitjans, una de las habituales de las partidas de canasta de mi Señora Madre, así que quedaba rotundamente descartada. Por supuesto hube de negar quince veces más hasta que cambió de disco. La invité a tomar algo y pidió café con leche y cruasán. Procuré desentenderme de ella para que las de la calle tuvieran claro que aún estaba libre, pero fue difícil: en cuanto terminó el cruasán insistió reforzando la oferta con caricias, esas caricias que sólo la puta experta o la mujer enamorada saben hacer, como si estuvieran deseando tocarte, palparte, sentirte. Cuesta trabajo resistirse a ese manoseo ávido; las putas lo saben y prueban suerte, te toquetean y hablan en susurros. Acabó por darse por vencida y volvió a la plaza sin renunciar a seguir haciéndome morritos por el camino. Pero ahora se había incorporado al carrusel una que tenía buen aspecto, al menos vista de lejos. Esperé a que pasara más cerca y me fijé mejor. Treinta y muchos, quizá cuarenta y pocos, mujerona, pelo corto, morena, bien de culo, tetas modestas, facciones tranquilas, seria, muy seria. La miré a los ojos. No hizo muecas, sólo entró en el bar:

—¿Qué tal?

—Hola. ¿Aún trabajas?

—Acabo de empezar. Qué quieres.

—Un polvo. Corriente y moliente.

—Cuatro mil. Si quieres habitación, aparte.

—Bueno, había pensado en redondear cinco mil contando con las mil quinientas de una habitación en la esquina: está limpio...

No se lo pensó mucho.

—Bueno: tres mil quinientas si vamos al hotel.

Entramos en el moblé separados el uno del otro por un par de pasos. Hay algo en las putas que me recuerda a los camellos: suelen actuar en público como si no tuvieran ninguna relación contigo; y es recíproco. En el mostrador un chaval con la cara llena de recuerdos de un acné pertinaz le dio a ella un llavero con el número 37 y me cobró a mí la tarifa de una hora. Ascensor. Meterse con una puta barata en el ascensor de un hotel por horas significa casi siempre que te van a magrear la bragueta para ir ganando tiempo de camino, pero ésta no parecía estar por la labor, se limitó a mordisquearse un pellejo del dedo pulgar.

—¿Cómo te llamas?

—Pablo. ¿Y tú?

—Gloria.

Mierda.

La habitación era *beige*, creí haber estado antes en ella pero es difícil de saber porque todas se parecen. Gloria se encargó de retirar el cobertor y dejar a la vista las sábanas blancas, con los dobleces marcados, de una tranquilizadora pulcritud aparente. Se sacó un par de condones del bolsillo de los tejanos y los dejó sobre la mesilla. Después se sentó a los pies de la cama, se desnudó y fue hacia el pequeño lavamanos, desdeñando el bidé. Levantó una pierna apoyando el muslo sobre la loza y se acomodó de forma que le quedara el chocho al alcance del agua, que empezó a traerse con la mano desde el grifo. El rito de la ablución. Siempre me ha parecido un poco sórdido este momento de enjuagarse los bajos, pero esta vez había algo inesperadamente bello en aquella escena a la luz esviada de primera hora: las tetillas de pezones cónicos reflejadas en el espejo, el culo grande y lleno que rebosaba el seno del lavabo, el chap-chap del agua entrechocando con la vulva protuberante. *El baño de Venus*, o bien *Muchacha regando su flor*. Un buen óleo de aquello hubiera podido presidir una sala del Louvre, y una buena foto hubiera podido presidir un taller de reparación de coches. Me desnudé deprisa, molesto por la impetuosa erección atrapada en los pantalones, y me acerqué a mi Venus que ahora se frotaba suavemente la entrepierna con una toalla color rosa pastel. Había dejado la azul celeste para mí, aceptando la distribución convencional de colores por sexo. La abracé por detrás y le pasé las manos bajo los brazos buscándole las tetas, que tomé como a pequeñas cornucopias de la abundancia. «Espera, lávate y vamos a la cama», dijo, haciendo un gesto para desembarazarse. Me acerqué yo también al lavabo para cumplir con los ritos baptismales; puse la polla tiesa como un pepino al chorro del grifo y me sequé vagamente. El agua fría y el contacto áspero de la toalla consiguieron vencer en parte la tensión que me erguía el capullo. Ella se había echado en el lado derecho de la cama y esperaba mirándome, sin variar su expresión de absoluta seriedad. «Échate al otro lado, si no te importa», le pedí. Ella se movió y me tendí en la cama, resoplando ya un poco por la excitación.«Déjame hacer a mí. ¿Puedo besarte?», pregunté. «Donde quieras menos en la boca». Empecé por el cuello, brevemente, y enseguida desemboqué en las tetas. Ahí me entretuve un rato en la delicia de gelatina, incluso más allá de cuando empecé a notar los pezones tiesos y la piel erizada alrededor de las aréolas. El rabo se me había puesto a cien otra vez. «¿Estás cómoda?» Asintió, tan seria y concentrada como siempre, observando mis paseos por su pecho con cierta curiosidad relajada. Deslicé la derecha hacia el centro de su pubis. Ella separó la pierna que apoyaba sobre la planta del pie y pude llegar con toda la longitud del dedo sobre el abultamiento húmedo y frió por el lavaje profiláctico. Poco a poco, entreteniendo aún la boca en las tetillas puntiaguadas, fui presionando con el costado del índice para desplazar los labios y empecé a notar una humedad más cálida, una deliciosa tumefacción. Elegí al azar uno de los condones de la mesilla, me lo puse con las consabidas dificultades (sólo superables si uno no hace ni puto caso de las recomendaciones del fabricante) y empecé el movimiento de montar encima de ella, que se dispuso para alojarme. Noté los latidos de mi corazón en la base del cipote y procuré no hacerlo aterrizar directamente en la abertura de su entrepierna, sino que me alcé un poco para depositar los huevos en el nido y disfrutar un poco más de la sensación de estar simplemente así, entre sus piernas abiertas. En momentos como éste me dan siempre ganas de declarar mi amor incondicional, pero me reprimo y beso todo lo que encuentran mis labios, todo menos la boca, una boca de puta que no quiere ser besada por cualquiera y que en cambio se habrá comido cinco pollas antes de acabar la jornada. Cosas de putas. Cuando no pude más y decidí concederme el premio prometido le separé un poco más el muslo con la mano y me moví presionando con la punta del nabo, sin guía, hasta notar que acertaba. Empujé un poco y sentí ese atravesar cortinas de seda; un poco más; más aún hasta hundir la longitud completa de mi pequeño representante en la tierra, y una vez encajado me acomodé mejor sobre los codos procurando dejarla respirar bajo mis ciento veinte kilos. Ahí me hubiera quedado para siempre; pero no era posible quedarse para siempre, así que hubo que empezar a entrar y salir repetidamente para hacerse a la cuenta de que uno había pasado allí dentro mucho tiempo. La chica me dejó hacer sin molestarse en montar efectos especiales: sólo se le oía soltar el aliento brevemente contenido a cada uno de mis envites, lentos pero de presión creciente, que la obligaban a tensar la musculatura para resistir la compresión a la que la sometía sujetándola por los hombros. Cuando noté la inminencia del orgasmo la solté, apoyé las manos en lugar de los codos para no hacerle daño en los últimos empujones, y me corrí largamente, con ese mujido de Wookie que me sale cuando me voy a gusto. Después vino esa sensación de cosa blanda y húmeda que volvió a convertir mi polla en lo que suele ser, más ridícula si cabe bajo ese impermeable rematado en un depósito de pringue blanquecino.

Esperé boca arriba a estabilizar mi respiración y en cuanto pude le pregunté si le importaba quedarse cinco minutos más en la cama, el tiempo de fumar un cigarro. Dijo que bueno y me pidió tabaco rubio. Busqué en el pantalón el paquete de Fortuna, le alcancé uno y le di fuego. Yo encendí un Ducados y volví a tenderme en la cama.

—¿Te has quedao bien? —preguntó.

—Como un rey. Pero si esperamos un rato repetiría.

—Si tienes tres mil quinientas pelas más...

—Mujer: ¿otras tres mil? Ya que estamos aquí te sale a cuenta hacerme mejor precio y repetir. Mejor que salir a la calle a por otro cliente.

Se quedó un momento mirando al techo y dando una calada al Fortuna:

—Bueno, te lo dejo en dos mil quinientas.

—Dos mil es todo lo que me queda. Y tendría que coger un taxi de vuelta a casa.

—Pues si quieres te pones un condón y te hago una mamada por mil pelas...

—No me gusta que me mamen nada.

—¿A no? Pues es raro...

—Sí, debo de ser un poco pervertido. Venga: ¿hace otro polvo por mil pelas?

—Ni hablar: dos mil. Puedes volver en metro. Si no tienes te dejo suelto para el billete.

—Hace años que no voy en metro, me da mal rollo.

—Oye, no abuses... No me caes del todo mal para lo que corre por ahí, pero no soy una hermanita de la caridad, ¿sabes? Antes ya te he rebajado quinientas pelas, y ahora te he vuelto a rebajar mil quinientas.

Bah, qué más daba: un viaje en metro puede no estar tan mal si uno viaja bien follao. Acepté el segundo por dos mil. Acabamos el cigarro, la abracé, me abrazó, apoyó la mejilla sobre mi pecho, nos refrotamos un rato el uno contra el otro y repetimos casi igual que antes, aunque ahora más tranquilos, liberada gran parte de mi urgencia eyaculatoria. Después fumamos otro cigarro. Habría pasado poco más de media hora, quedaba tiempo para entregarse tranquilamente a las abluciones post coitum. Ella usó esta vez el bidé y se enjabonó el perineo, desde el pubis hasta el final de la regatera del culo, de espaldas a mí. Tuve que encender otro cigarro y dejar de mirar para no ponerme otra vez cachondo. Después, mientras ella se vestía, volví a pasarme un agua en el lavamanos. Esperó a que terminara, le pagué —me di cuenta entonces de que no me lo había exigido por adelantado, como es habitual— y salimos juntos.

Nos despedimos en la puerta del hotel.

—Bueno, si algún otro día vuelves, ya sabes: Gloria. Pregunta por mí, suelo estar por aquí a estas horas.

—Lástima que hoy me pillas sin pasta... Volveremos a vernos —le dije, aun a sabiendas de que jamás volvería a buscarla, incluso que indefectiblemente la evitaría en una próxima ocasión. No debe uno follar dos veces con la misma mujer: la libido se fija con una facilidad pasmosa.

Reprimí mis ganas de besarle al menos las mejillas, le guiñé un ojo en señal de despedida y retomé el camino hacia las Ramblas con el mejor ánimo. Ya enfilaba hacia la estación de Atarazanas cuando se me ocurrió que debían ser más de las siete: podía ir en taxi hasta el despacho y pedir el dinero de la carrera a la caja de recepción. La controla la María, y la María está siempre de mi parte.

Entretuve el trayecto en taxi ultimando planes. Lo primero, antes de acostarse, habría que cargar la lavadora y ponerla a funcionar. Si al día siguiente había que empezar la subasta con Kiko Ledgard y *Lady First* más valía tener ropa limpia. Después llamar al servicio de despertador telefónico para asegurarme de estar despierto a una hora que me permitiera seguir el plan trazado. Y después tendría que dormir deprisa: algo me decía que la batalla estaba a punto de empezar. Eso a pesar de que no sabía que en ese preciso momento, mientras yo volvía feliz a casa tras cumplir con los ritos de la fertilidad, a mi Estupendo Hermano le estaban remodelando la cara a hostias.

La Bestia Negra

Me desperté sin resaca a toque de teléfono, «... doce horas, un minuto, diez segundos...», mucho más descansado de lo que cabía esperar después de haber dormido apenas cuatro horas. Lo que recordaba del último sueño era una simple repetición de mis andanzas por el Chino, aunque convertida mi acompañante de hotel en una hermosa pescadera de la Boquería. Comprendí que llevaba un rato intentando penetrar el colchón sin acabar de encontrar el hueco. Es una sensación muy frustrante, no creo que las mujeres la conozcan; deberían imaginar algo así como no atinar con la manga del abrigo: eso mismo pero en el pijo, que es más delicado y se te acaba poniendo como un pimiento por la fricción áspera con la tela. Los de la Pikolín deberían prever este tipo de cosas, no me extrañaría que la resistencia a punzonamiento que presentan sus productos acabara propiciando severas lesiones de frenillo. De todas maneras, el sueño me dejó buen sabor de boca, bien dispuesto ante el olor a verano inminente, que llegaba mezclado con el ruido del tráfico y me retrotraía a tiempos en los que las doce de la mañana eran otra cosa, el corazón de un día que empezaba mucho antes.

La lavadora había terminado el programa. Tendí la colada antes que nada para ir adelantando el secado. Después desayuné un café con leche —ni cruasanes ni mantequilla— y me fumé el primer porro en la sala, el segundo me acompañó en el lavabo y el tercero con el café, de nuevo en la sala. Cuando me sentí seguro del orden de mis ideas busqué en la cartera el número de *The First* y marqué.

—¿Gloria? Soy Pablo. ¿Hay novedades?

—No. He estado a pie de teléfono y nada.

—¿Podemos vernos hoy?

—Sí, claro. ¿Qué pasa, hay algo?

—Un par de ideas. ¿Tienes dinero en casa?

—Pues... no sé: sí, supongo que algo habrá. Si no puedo mandar a Verónica al cajero.

—Muy bien. ¿A qué hora podemos vernos?

—Cuando quieras, no me voy a mover de casa. La niña no ha ido a la escuela y he llamado a Verónica para que me ayude con los dos.

Mis resabios burgueses se alegraron de que mis Adorables Sobrinos se mantuvieran a salvo en casa. Quedamos en que pasaría antes de comer, colgué el teléfono y consideré lo que podría tardar en secar una camisa improvisando algún método casero. ¿Quizá metiéndola en el horno? Dejé el problema para después y marqué el número de mis SP's sin pensármelo mucho. A veces un poco de improvisación ayuda a mentir mejor.

Se puso la Beba:

—¡Hombre, esto sí que's bueno!, no me digas que nos añoras...

—A ti siempre te añoro, culona. ¿Está mi madre por ahí?

—Sí, con el ordenador de inglés, ¿quieres que la avise?

—Por favor.

Esperé un poco y al cabo se puso mi Señora Madre, de aparente buen humor.

—Gut mornin, darlin, jau ar yu?

—Hola, mamá.

—Veri güel, zancs. Aim glad bicos ai laik tu studi inglis.

—*Studying*, mamá, en este caso se dice *I like studying*, en presente continuo.

—¿No será que tú hablas americano? Tienes un acento horrible. A ver: di «jólibut».

—*Hollywood*.

—¿Lo ves?: americano: siempre con el buble-buble en la boca. No debiste pasar tanto tiempo en..., ¿adónde fue que te fuiste?

—No sé, mamá, estuve en muchos sitios. Oye: ¿qué tal está papá?

—No me lo recuerdes: había conseguido olvidarme un rato.

—Qué pasa...

—Que qué pasa: pues que al señor se le ha puesto un humor de perros: de-perros. Tú no sabes lo cabezota que es..., bueno, sí lo sabes, pero hoy se está superando. Me tiene encerrada en casa desde ayer por la mañana, y dice que si se me ocurre atravesar la puerta me retira la palabra, así mismo, como te lo cuento. Ah: y tampoco consiente en que salga Eusebia...

—Bueno, ten un poco de paciencia.

—Secuestradas: estamos secues-tradas. He tenido que enviar a la asistenta a hacer mis compras personales. Pero te aseguro que esta tarde pienso salir, diga lo que diga. Y si no me habla, mejor: total, últimamente no se le ocurren más que despropósitos...

—No te preocupes...

—... despro-pósitos: ¿te puedes creer que esta mañana lo he sorprendido en la biblioteca trasteando con la escopeta? El muy ingenuo ha tratado de escondérsela detrás de la espalda como un niño sorprendido en falta. Imagínatelo: en pijama, haciendo equilibrios con una muleta y tratando de esconder un escopetón de metro y medio que se le veía por los lados... Pa-tético. He tenido tal disgusto que he llamado al doctor Caudet. Dice que es normal (figúrate: normal), pero que si se ponía muy nervioso le diera un Valium y me tomara yo otro.

—Muy bien, pues que se tome uno y...

—Ah, no: no ha consentido: se me ha ocurrido llevarle una pastilla a la biblioteca con un vasito de agua y no te puedes imaginar lo grosero que se ha puesto: que «qué es eso», ¿sabes?, con esa cara de bull-dog que se le pone, «Pues qué va a ser, Valentín: un Valium 5 con agüita mineral», «Pues no pienso tomármelo, así que ya te lo puedes llevar de vuelta a la cocina». Imagínate: a la cocina...

—Bueno, no te apures: ya te ha dicho el doctor Caudet que es normal. Lo que tienes que hacer es procurar no llevarle la contraria. Y si no quiere que salgas de casa sé un poco comprensiva y no salgas. Ya sé que es muy pesado, pero serán sólo un par de días, ¿de acuerdo?

—Pablo José: ¿se puede saber qué es lo que te pasa a ti también? ¿No irás a decirme que has tomado en serio sus paranoias?

—No...,

—Ah, ¿no? ¿Y desde cuándo te parece oportuno seguir los deseos de tu padre?

—Mamá, escucha...

—... además estaría bueno que a estas alturas tuviéramos que seguir todos los caprichos del señor sólo porque se ha torcido un tobillo y no puede reconocer haberse despistado mientras andaba por la calle...

—Mamaaaaaá...

—... porque estoy segura de que es eso: no vio al coche que hacía maniobras y él solito se le echó encima, como si lo viera. ¿Sabes que últimamente lo he sorprendido mirando de reojo a las muchachas que pasan?; como lo oyes: el domingo pasado volviendo de misa a poco se come una farola... Me duele decirlo, Pablo José, pero tu padre se está volviendo un viejo verde: un viejo-verde. Pero ah, no: don Valentín Miralles no puede reconocer que se ha despistado siguiendo un escote, ¡cómo se va a despistar don Valentín Miralles!: si alguien lo atropella es que lo ha hecho a posta...

—Mamá, espera, espera un momento: es que hay algo que tú no sabes.

Eso sí que la paró en seco. Mi Señora Madre quiere enterarse siempre de todo.

—Ah sí: ¿y se puede saber qué es eso que yo no sé?

Vacilé un poco, como el que no sabe qué contestar:

—No te lo puedo decir.

—¡Pablo José: te ordeno que me digas inmediatamente qué es lo que está pasando o me va a dar algo!

»Eusebia, tráeme un Valium y un poco de agua; deprisa que me desmayo.

»Pablo José: haz el favor de explicarte ahora mismo.

—No es nada, mamá, no te pongas nerviosa...

—Ah ¿no?, y si no es nada por qué no me lo explicas, ¿eh?, contesta.

—Porque no puedo. No quiero que se entere papá de que te lo he contado.

—¿Cuándo le he contado yo algo a tu padre?

—Muy bien, de acuerdo... ¿Está por ahí?

—No. Está en la biblioteca, puedes hablar tranquilo.

Aquí empecé a improvisar sobre la base prevista:

—Verás: es un asunto que viene de lejos. ¿Te acuerdas de Fincas Ibarra?

—No.

No era extraño. El apellido procedía del bote de mayonesa que me había dejado el día anterior sobre la nevera y que alcanzaba a ver desde la sala. Suerte que no había comprado Kraft.

—Sí, tienes que acordarte, Fincas Ibarra, una pequeña inmobiliaria, ¿te acuerdas de cuando papá empezó a invertir en pisos?

—Hijo, no sé: tu padre acaba invirtiendo en casi todo, no me marees con detalles.

—Bueno, el caso es que se enfrentó a Fincas Ibarra en una serie de juicios, ¿no recuerdas siquiera los juicios?

—¿Que si me acuerdo?: durante diez años todo el mundo nos puso demandas, no sé qué diantres pasaba pero todos eran abogados llamando a cualquier hora.

—Bueno, pues los de Ibarra fueron unos de tantos contra los que litigó papá. Y en el rifirrafe salieron perdiendo ellos. Por lo visto papá alquiló pisos a través de terceros en los edificios de Fincas Ibarra que le parecieron más destartalados, después contrató a un equipo técnico que los revisó con lupa y, cuando tuvo material suficiente, demandó a los propietarios por incumplimiento de todas las normas que una vivienda puede incumplir. Total, Ibarra no pudo hacer frente a la sentencia condenatoria, subastó la mayor parte de los edificios a precio de solar y disolvió la sociedad dejando un montón de impagados. Por supuesto papá procuró quedarse con la mayor parte del lote y acabó ganando dinero: no me preguntes cómo, pero recuperó lo que había invertido en la investigación y aún se llevó un buen pico revendiendo más caro.

—No me hables... No sé cómo se apaña tu padre para acabar siempre ganando dinero. Juan Sebastián ha salido a él en eso. En cambio tú te le pareces más físicamente. Y en lo cabezota..., aunque en eso sois los tres iguales. En fin..., pero ¿se puede saber qué tiene que ver todo eso con que Eusebia y yo no podamos salir de casa?

La introducción había tenido al menos el efecto de tranquilizarla perdiéndola en detalles. Hay que decir que no todos eran estrictamente inventados, había oído a SP relatar tantas hazañas parecidas que no era difícil componer una nueva a base de retales de verdad. Sólo quedaba rematarla de forma adecuada, y ya había cogido el ritmo:

—Verás, el tal Ibarra acabó en la cárcel. A raíz de que papá le removiera los trapos sucios salieron a la luz otros chanchullos: estafas, fraudes a la Seguridad Social y no sé cuántas cosas. Le cayeron diez años de los que cumplió apenas un par en régimen abierto, pero el tipo se lo tomó fatal y atribuyó todos sus males a lo que le hizo papá. Juró vengarse en cuanto se hubiera rehecho, y el caso es que salió de la cárcel no hace ni cinco años y ya vuelve a tener varias sociedades a nombre de su mujer. ¿Me sigues?

—Te sigo, pero no acaban de interesarme las andanzas de ese señor tan maleducado.

Si mi Señora Madre consideraba a Ibarra un maleducado es que se había creído al personaje. Para SM, estafar a la Seguridad Social es sobre todo una falta de educación, como poner los codos sobre la mesa.

—Bueno, ¿te acuerdas que te dijeron que papá había llamado a Sebastián desde el hospital después del atropello?

—Sí.

—Pues no. Cuando Sebastián llegó al hospital a papá todavía le estaban haciendo radiografías y no había tenido oportunidad de llamar a ningún sitio. A Sebastián le enteró por teléfono del accidente precisamente Ibarra.

Esperé un momento su reacción, a ver si lo había entendido.

—¿El señor maleducado?

—El mismo.

—¿Y cómo sabía él lo que había ocurrido?

—Bueno, eso es precisamente lo que le preocupa a papá.

—No lo entiendo. Si ese señor le tiene tanta manía a tu padre, ¿por qué se molesta en avisar a Juan Sebastián de que ha tenido un accidente?

Mi Señora Madre ha sido siempre aún más torpe que yo para seguir los argumentos de las películas. A veces pienso que una incapacidad tan específica tiene que ser hereditaria. En cambio a los dos se nos da bien inventar historias, no hay más que considerar las excusas que le he oído darle a SP para justificar vaciados de VISA que darían para construir un buen tramo de autopista.

—No llamó por cortesía, mamá: llamó para dejarle bien claro a papá que el accidente no había sido tal y que él andaba detrás del asunto.

—¡Je-sús!: ¿quieres decir que el coche lo conducía él?

—Noooo: quiero decir que debió contratar a un par de matones para darle un susto a papá.

Oí el ruidito que hizo al aspirar aire bruscamente. Estaba francamente asustada y no era para menos. Pero desde luego hubiera sido mucho peor contarle la verdad... «Pues mira, mamá: no sólo han atropellado a papá sino que alguien ha secuestrado a Sebastián y a su amante, pero como no podemos llamar a la policía porque se iban a cachondear de lo lindo, tendré que ser yo, tu hijo tarambana, con la ayuda de tu nuera —que por cierto es sexualmente inapetente, probablemente alcohólica y le mete a tu impecable hijo mayor las amantes en la cama— el que intente averiguar qué demonios está pasando...» No: decididamente era mucho mejor mentir. Convenía que estuviera lo suficientemente asustada como para quedarse en casa durante un par de días, pero no podía dejarla en la cuerda floja y sin red o no habría Valiums en el mundo capaces de tranquilizarla.

Cuando hubo reaccionado a la noticia volvió a hablar, ahora en tono dolido:

—¿Y por qué no me habíais dicho nada?, ¿es que no creéis que tengo derecho a enterarme de una cosa así?

—Lo hablé con papá, no quería asustarte y me pidió que no te contara nada; prefirió que pensaras que todo eran imaginaciones suyas.

—¿Y tú cómo te has enterado?

Eso: cómo me había enterado yo.

—Pues... estaba en el despacho con Sebastián cuando llamaron para avisar del accidente.

—Pero si me dijiste por teléfono que te habías enterado del accidente porque Juan Sebastián te acababa de llamar a casa.

Piiiiiíp: error.

—¿Eso te dije?

—Sí.

—Bueno, es que preferí fingir que no sabía nada hasta hablarlo con papá.

Por suerte mi Señora Madre tenía la cabeza demasiado ocupada como para buscar incoherencias en mis explicaciones:

—¿Habéis llamado a la policía?

—No te preocupes, Sebastián se encarga de eso. De momento está siguiendo la pista de la llamada de Ibarra para tener algo tangible que presentar en comisaría. Desde luego no podrá demostrar nada en contra de él, pero le advertiremos que la policía está al tanto de sus movimientos y eso será suficiente para que desista de volver a intentar nada contra papá. De hecho lo más probable es que haya quedado satisfecho rompiéndole una pierna y no busque más pendencias, pero queremos estar seguros. En un par de días se habrá solucionado todo.

SM no parecía atender ya con demasiado interés a mis explicaciones:

—Sebastián: tengo que hablar con Juan Sebastián y que me explique qué es todo esto...

Peligro.

—No lo encontrarás, mamá: está en Bilbao.

—¿En Bilbao?, ¿y se puede saber qué demonios hace Juan Sebastián en Bilbao? Por Dios santo, esto es una verdadera trama secreta...

—Está en Bilbao precisamente investigando la llamada de Ibarra, ha preferido ocuparse personalmente. Según el ordenador conectado a la centralita del despacho aquella llamada se hizo desde Bilbao.

SM, como las chicas-telemárqueting, considera a los ordenadores capaces de eso y de mucho más.

—Es igual, lo llamaré al móvil.

Mierda: el móvil. Entraba en lo probable que lo llevara encima. En realidad supuse que a *Lady First* ya se le habría ocurrido llamarlo a ese número, aunque no recordaba que lo hubiera mencionado.

—No creo que te conteste en el móvil. Debe de llevarlo desconectado para evitar llamadas de trabajo.

Pero mi Señora Madre había retirado un poco el auricular y hablaba con la Beba:

—Eusebia: ¿se puede saber qué pasa con ese Valium?, ¿es que ya no voy a poder ni ponerme enferma de los nervios sin que me lleves la contraria?

Oí a la Beba contestar:

—No le doy más Páliun porque no hace ni dos horas que s'ha tomao el primero y se me va a caer redonda al suelo. Si quiere l'hago una tila y arreando.

—¡Eusebia!, ¿quieres no ponerte grosera tú también, o es que en esta casa todo el mundo me ha perdido el respeto?

Me colé en la disputa:

—Mamá, escucha, has de prometerme que no le dirás nada de esto a papá, ¿de acuerdo?

—Por supuesto que no pienso decirle nada: si él no se ha dignado a contármelo no voy a ser yo la que se dé por enterada... Y no le perdono que me enviara a la cocina.

—Muy bien. Oye: ¿verdad que te quedarás en casa con Eusebia un par de días?

—Bueno, esta tarde teníamos reunión de canasta, pero supongo que podemos trasladar la partida aquí. Cielo santo, esto es como una novela policíaca... No habrá peligro en que vengan a casa unas amigas, ¿verdad?, en cuanto se entere la señora Mitjans va a quedar horrorizada.

—No, no hay peligro, pero es mejor que no le cuentes nada a nadie, ¿me escuchas?, y sobre todo acuérdate: ni una palabra a papá; y olvídate de Sebastián hasta que vuelva de Bilbao, supongo que te podrás pasar un par de días sin tu hijo favorito.

—Haz el favor de no permitirte ironías, Pablo José, no estoy para que empieces con tus disputas con Juan Sebastián... Dios mío: creo que necesito un masaje ahora mismo; voy a llamar para que envíen a alguien del gimnasio: Gonzalito, necesito a Gonzalito.

—Eso es, toma una sauna en casa y que te den un masaje. Y no te preocupes por nada, ya procuraré mantenerte informada, *all right?*

—¿Cómo dices?

—Que si ol rait.

—Pablo José: ¿sabes que te encuentro muy raro?

La dejé a punto de tomar la tila y llamar a su Gonzalito, un culturista de ciento y pico kilos —distribuidos de forma muy diferente a los míos— y más marica que una pamela de raso. Es la moda: acabaremos todos medio enmoñecidos. Me di cuenta al colgar de lo tenso que había estado durante toda la conversación. Lié otro porro, me desplomé en el sillón y lo fumé con delectación antes de dar el segundo paso importante del día. Volví a mirar mi reflejo en la pantalla apagada de la tele. Nada había cambiado aparentemente, otra vez yo mismo en albornoz y el caos de la sala rodeando mi figura. Sin embargo nada era ya igual. Todo era mucho peor. O quizá mucho mejor, nunca estoy muy seguro de cómo funcionan estas cosas. El caso es que todo era diferente y mi paz había sido definitivamente perturbada.

Me puse en movimiento para no entrar en un bucle reflexivo.

En el tendedor, la ropa seguía tan empapada como media hora antes. Descolgué los pantalones marrones y una camisa clara que me pareció que combinaba bien y me los llevé a la sala. Después busqué un secador de pelo en el cuartito de los trastos. Lo encontré. Formaba parte del equipamiento doméstico que envió mi Señora Madre cuando me echaron de mi último domicilio por falta de pago y me trasladé a un edificio propiedad de SP. Debió de llegar en aquella furgoneta de El Corte Inglés junto con las licuadoras, picadoras, exprimidoras, balanzas electrónicas, robots vaporizadores, aparatos para templar el gel de baño, rebobinadores de cintas de vídeo, y todo aquello que a mi Señora Madre le pareció imprescindible para electrodomesticar a su hijo silvestre. El secador, como todo lo demás, estaba por estrenar, en su caja retractilada: un aparato imponente, en forma de caracol nautilus. Venía provisto de una peana que permitía dejarlo solo haciendo pasadas lentas a derecha e izquierda, así que pude disponer la ropa en el respaldo de una silla frente al chorro de aire y olvidarme del asunto. Hora del desayuno. Huevos fritos y lomo a la plancha. Me llevó una media hora cocinarlo y comerlo. Al terminar palpé la ropa: seguía mojada a pesar de la ventolera del nautilus. Probé con la plancha. La camisa llegó a quedar prácticamente seca a fuerza de darle, pero con los pantalones fue más difícil. Desistí y terminé como siempre rebuscando por los armarios alguna pieza olvidada con que cubrirme los bajos. Me decidí por la parte inferior de un traje de tergal azul que casi me permitía subirme del todo la cremallera de la bragueta. Con ayuda del cinturón para sujetármelos y la camisa por fuera ocultando la chapuza podía salir a la calle. Eran más de la una cuando me miré en el espejo del recibidor: no era precisamente Cary Grant, pero se habían visto cosas peores.

Me costó casi un cuarto de hora llegar al portal de *The First*, preocupado como iba por avanzar a pasitos cortos para mantener la bragueta cerrada, pero mi espíritu era el de un hombre resuelto. Crucé el vestíbulo ante la mirada desconfiada del conserje de la bata azul y me metí en el ascensor en espera de llegar al ático. Abrió la puerta Verónica. Esta vez la camiseta era de la Facultad de Biología, con lo que se acabó de confirmar mi hipótesis sobre sus tendencias políticas. Llevaba en brazos a la criatura desdentada y no me entretuve mucho en saludarla; indicó que siguiera el pasillo hasta la cocina y allí encontré a *Lady First* rebozando rodajas de merluza en huevo y harina. Me miró de arriba abajo, un poco violenta por no haber podido evitar una mueca de estupefacción ante mi indumentaria.

—¿Cocinas tú misma? —dije, a modo de saludo.

—Claro. ¿Qué creías?

—Pensaba que la gente elegante no tocaba la comida con los dedos.

—¿Quién te ha dicho que yo sea elegante?

—Me pareció.

—Pues ya ves. ¿Quieres tomar algo?

—Una cerveza no estaría mal.

—Busca tú mismo en la nevera, tengo las manos manchadas.

Trasteé aquí y allá buscando cerveza y vaso según sus indicaciones y me apalanqué en el quicio de la puerta observando sus manejos con el pescado. Me pareció un poco abatida. Si la historia que me había contado el día anterior tenía algo de cierto, era lo normal.

—Bueno, cuéntame qué ideas son esas que se te han ocurrido.

Encendí un cigarro para darme tiempo.

—Deberíamos contratar a un detective —dije al fin.

Ella detuvo un momento la labor y se quedó mirándome con las cejas levantadas:

—¿Un detective?

—Para eso están los detectives, ¿no?

—No me parece buena idea. Éste no es un caso de infidelidad al uso, no creo que un detective pueda sernos útil.

Ya me esperaba cierta reticencia. Venía preparado para resultar convincente:

—Mira, Gloria, te voy a ser franco. No es que le desee ningún mal a mi hermano, pero tampoco me interesa meterme en sus líos, ¿me explico? ¿Que ha desaparecido?, bueno, pues hay que buscarlo, y hasta cierto punto es lógico que me pidas ayuda a mí, pero creo que lo mejor es que se encargue de investigar un profesional, no se me ocurre nada mejor. Le he contado a mi madre una película de indios para que no le alarme su ausencia durante unos días, a mi padre le contaré otra si es necesario y procuraré mantener la bola de la enfermedad en el despacho, pero no sé qué otra cosa puedo hacer personalmente.

—¿Qué le has contado a tu madre?

—Que Sebastián ha tenido que marcharse a Bilbao a resolver unos asuntos.

Se quedó un momento pensativa.

—¿Y no le ha extrañado que no fuera a verla? Sebastián va a visitarla cada dos o tres días, y siempre antes de salir de viaje.

—Ya me lo he montado para dejarla tranquila, no te preocupes. Le he dicho que tú te habías marchado con él, así que no la llames porque en lo que respecta a ella estás en Bilbao. He pensado que eso te facilitaría las cosas: si no habla contigo no tendrás que mentirle.

Esto último no era verdad pero me pareció oportuno decirlo.

—¿No te ha preguntado por los niños?

—No... Habrá supuesto que se los han quedado tus padres. ¿No se quedan con tus padres, cuando salís de viaje?

—Sí, a veces. Pero es raro que no preguntara.

—Bueno, está un poco desorientada por el accidente de mi padre.

—¿Cómo está?

—Bien. Lo vi ayer. Se despistó por la calle siguiendo un escote y le golpeó un coche que hacía maniobras. Está hecho un sátiro. No ha sido nada: la incomodidad de la escayola.

—Hubiera querido ir a visitarlo...

No me interesaba seguir hablando de SP:

—Bueno, qué me dices del asunto del detective.

—¿Que qué te digo?: que no me gusta nada. Preferiría que te ocuparas tú. Primero porque no podemos dejar que un extraño hurgue en los papeles de Sebastián, y segundo porque no quiero enterar a nadie más de los pormenores de mi matrimonio.

—No tenemos por qué contarle toda la verdad. Y si quieres ya me ocuparé yo de los papeles.

Abandonó una rodaja de merluza a medio rebozar sobre la bandeja y se volvió hacia mí:

—No lo entiendo: ¿de qué nos sirve un detective que no sepa de qué va el lío?

—Hay un montón de posibilidades que a nosotros se nos escapan. Esa gente sabe dónde buscar, no sé, aeropuertos, hoteles... Tienen contactos, incluso con la policía. En dos días son capaces de rastrear más que nosotros en un mes. Además, podemos hacerle seguir la pista de vuestra amiga la secretaria, ¿cómo se llamaba?

—Lali.

—Lali. Podemos contratarlo en nombre de ella, como si fuéramos amigos suyos, o familia, y estuviéramos preocupados. Que tire de ese hilo, a ver qué encuentra. Al menos iremos adelantando algo hasta que el sobre que enviaste llegue con el correo. Después ya veremos.

Volvió a la harina, pero nada convencida de lo que le proponía:

—Me parece un disparate. No sé..., muy rebuscado.

—Bueno, en cualquier caso no perdemos nada intentándolo. A lo sumo el importe de la minuta. Por eso te he preguntado si tenías dinero en casa. Y yo necesito también algo, Sebastián tenía que haberme pagado ayer un dinero. ¿Cómo lo tienes?

—Hay unas cien mil pesetas en casa, pero tengo tarjetas. Si quieres puedo darte la de la cuenta de gastos corrientes de Sebastián. Tiene una copia aquí, y el número secreto apuntado.

—¿Habrá suficiente dinero para pagar a un detective durante un par de días y que sobre algo para mí?

—Es su cuenta de bolsillo, pero supongo que sí, a menudo tiene gastos imprevistos. Toma lo que necesites y después te apañas con él..., cuando aparezca.

—Perfecto. Oye, otra cosa, he pensado que no me vendría mal disponer de un coche, más que nada por si he de moverme para hacer alguna averiguación. ¿Tienes las llaves del coche de Sebastián?

—¿De qué coche?

—Pensaba que sólo teníais uno.

—Compramos hace poco una furgoneta de esas con asientos combinables, para ir con los niños...

—Me irá mejor el BMW.

—Ése ya no lo tenemos. Sebastián se encaprichó de un deportivo.

—¿Te importa que me lo lleve?

Negó levemente con la cabeza. Parecía ser otra cosa la que le preocupaba:

—Oye, no estoy muy convencida de eso que dices del detective. ¿Qué vas a contarle?

Fingí que lo pensaba en ese momento:

—Bueno, no sé... Quizá podrías hacerte pasar por hermana de Lali y yo por su cuñado. No tendrás que actuar, sólo mentir en un par de detalles.

—Si consideras que presentarnos tú y yo como marido y mujer es un detalle...

—Bueno, ¿tienes un plan mejor?

Silencio. Vuelta a una rodaja de merluza en el plato de harina. Era el momento de ponérselo fácil para terminar de convencerla.

—Mira, yo me encargo de llamar a una agencia y concierto una cita aquí, ¿de acuerdo? Hazme caso, estaré más tranquilo. ¿Te parece sobre las ocho de la tarde?

Concedió:

—Muy bien, como quieras.

—Te llamaré para confirmar. Y oye, perdona, pero si me das las llaves del coche y la tarjeta me marcho ya, tengo un poco de prisa.

Se lavó las manos y salió pasillo allá hasta lo que supuse que era la suit principal. Me quedé en la cocina apurando la cerveza, más por miedo a tropezarme con alguno de mis Adorables Sobrinos que por discreción: me hubiera gustado ver la alcoba de *Lord* y *Lady First*, generalmente los dormitorios conyugales ofrecen información privilegiada. Volvió al poco con una tarjeta de La Caixa y una llave-mando a distancia que prometía maravillas.

—Esto también abre la puerta del parking, pero no te hará falta, hay vigilante y está siempre abierto. Las nuestras son las plazas 56 y 57.

Tomé las dos cosas sin poder evitar mirar la insignia del llavero: «Club de Tenis Barcelona», dos raquetitas y una pelota de oro.

—El código de la tarjeta es el 3, 3, 4, 4. Fácil.

—Gracias. Oye, ¿has probado a llamar al móvil de Sebastián?

—No. Se lo dejó aquí.

—Pensé que lo llevaba siempre encima.

—No siempre. Sólo cuando prevé que no va a estar localizable.

—Luego pensaba estar localizable.

—Sí, claro.

—¿Te importa que me lo lleve también?

—¿El teléfono? No...: ahora te lo traigo.

Se volvió hacia la misma habitación del fondo del pasillo y trajo el aparato. Lo tomé todo en una mano y me dispuse a salir. *Lady First* me acompañó a la puerta.

—Ah, se me olvidaba: ¿has hablado con alguien del despacho, hoy? —pregunté.

—Sí, he vuelto a llamar esta mañana para avisar de que Sebastián seguía indispuesto.

—¿Y has dado algún diagnóstico?

—No. Sólo que seguía con fiebre y que íbamos a llamar al médico esta mañana. He preferido no inventar nada concreto; me aterra decir mentiras, se me da fatal.

—Otra cosa, sería mejor que no salieras de casa en un par de días.

—Ya lo había tenido en cuenta. No he enviado a la niña al colegio precisamente por eso.

Una vez en el ascensor me fijé en que el último botón era distinto a los demás, una blanca P de parquin sobre fondo azul. Lo pulsé.

El garaje ocupaba una sola planta que agotaba la superficie del edificio. Vi la cabina del vigilante a lo lejos, al pie de una rampa iluminada por un resplandor que indicaba la salida al exterior soleado. Busqué las plazas 56 y 57. En la primera había un enorme monovolumen azul verdoso y en la 57 estaba el deportivo. Subestimando a mi Estupendo Hermano había imaginado uno de esos japoneses que se pueden conseguir por tres o cuatro millones, pero en lugar de eso me encontré con un biplaza de primera división: color asfalto metalizado, ruedas de treinta centímetros de grosor y aspecto de felino agazapado, una verdadera *Bête Noire*.

Me acerqué al morro y miré el logotipo de la marca entre los faros escamoteables: Lotus. El techo me llegaba poco más arriba del ombligo, y me pregunté si sería capaz de meterme en aquel cubil minúsculo en el que una luz roja intermitente advertía que allí habitaba algo vigilante. Quise probar. Le di al botoncito de la llave y oí el «stuuk» amortiguado con el que se abrieron al unísono los seguros de las puertas. Uno no entra en estos coches: se los calza, es como ponerse un condón. Lo más difícil fue pasar el muslo derecho bajo el volante, pero una vez lo hube conseguido tuve toda la sensación de estar en íntimo contacto con una máquina de tragar kilómetros a razón de trescientos por hora, cifra máxima que prometía el velocímetro. Olía ligeramente a cuero y a ambientador a base de esencias secas. Le di al contacto. Se encendió el tablier y, frzzzzzz, un ligero zumbido que llegaba a través de la puerta abierta me hizo sospechar que el motor se había puesto en marcha.

Apagué enseguida. No era momento de jugar a cochecitos. Salí del habitáculo con más dificultades de las que había encontrado para entrar, me subí la bragueta —que no había resistido las contorsiones—, y me fui hacia la calle por la rampa de salida. Convenía que el vigilante me tuviera visto, más teniendo en cuenta que la Bestia Negra no debía de haberle pasado desapercibida. Lo saludé con un gesto de la mano; estaba leyendo algo y apenas me miró.

Nada más salir puse rumbo a la oficina de La Caixa de Travessera-Aviación. Visto el coche, era el momento de comprobar la potencia de la tarjetita de gastos. Las ventanillas del interior aún estaban abiertas al público, debían ser poco antes de las dos. Me quedé en el cajero automático. Código secreto, consulta de saldo, esperé a que saliera el papelito impreso. A primera vista casi me indigné al entender que la suma disponible era de mil doscientas sesenta y cinco pesetas, pero me fijé mejor y comprendí que los tres ceros del final no podían ser decimales. ¿Dónde se han visto tres decimales en formato peseta? Allí decía un millón doscientas sesenta y cinco mil, no había duda: uno, punto, dos, seis, cinco, punto, cero, cero, cero. Sabía que *The First* necesitaba salir de casa con el bolsillo bien provisto, pero más de un millón de pelas para gastos de gasolina y restaurante superaba mis expectativas. Me apresuré a sacar cincuenta boniatos de aquel horno antes de que alguien se arrepintiese de haberlos puesto a mi disposición y, una vez sentí su calor en el bolsillo, probé a sacar cincuenta más. *No problem*, salieron todos ellos dóciles como corderitos.

Después de eso me pareció un pecado volver a casa a comer huevos fritos con patatas, no sé, y empecé a repasar mentalmente los restaurantes del barrio en los que pudiera pedirse algo más que un menú de novecientas pelas para oficinistas. No hizo falta darle muchas vueltas, delante de mis ojos se me plantó uno: La Yaya María. No había entrado nunca, pero tenía aspecto de ser el lugar adecuado: buena calidad pero en cantidad escasa, uno de esos locales coquetones donde uno sería feliz si pudiera pedir tres primeros, tres segundos y tres postres, exceso que requiere un mínimo de diez mil pelas. Entré. Tomé de primero crema de zanahorias, revoltillo de huevos con gambas y habas a la catalana; de segundo pimientos del piquillo, emperador a la plancha y fricandó; de postre frutos secos y sorbete de limón; vino, café cortado, chupito de vodka helado y un Rosli. Catorce mil doscientas. Quedaron tan encantados con mi apetito que salió el cocinero a saludarme.

Me fui camino de la siesta con la sensación de ser el rey del mambo, pero cometí el error de fumarme un porro antes de acostarme y me costó dormir a pesar de que lo necesitaba.

El fraile de Robin Hood

Me despertó uno de esos sueños de caída que lo hacen botar a uno en la cama tratando de agarrarse a algo firme. Miré el despertador: las cuatro de la tarde. Podía dormir quizá una hora más pero ya no logré conciliar el sueño; hacía un calor de mil demonios.

Volví a ducharme para librarme del sofoco de la cama y preparé café. Radio. Porro. Diez minutos de relax en la sala: *Ah, se ela soubesse que quando ela passa / O mundo inteirinho se enche de graça / E fica mais lindo por causa do amor*. Cuando me sentí lo suficientemente despierto bajé el volumen de la música, puse en marcha el ordenador y me conecté a la Red. Seleccioné el idioma español en el buscador de Alta Vista y escribí «detectives privados + barcelona».

Ojeé las diez primeras respuestas y pinché en «ACBDD. Intercomunitario de detectives», que traía un listado de asociados por provincia. Me concentré en Barcelona, apartado de correos 08029, y elegí para probar el enlace con la agencia «Total Research». Sonaba a película del Suarsenaguer, pero por algún sitio había que empezar. Claro, que nada más entrar en la página se ejecutó un MIDI con el tema principal de la Pantera Rosa, y me pareció tan poco serio que ni siquiera me molesté en esperar a que se cargaran los enlaces del índice. Volví a la tabla de la ACBDD y elegí otra dirección, también correspondiente al 08029 de Barcelona. Ésta no incluía virguerías multimedia, sólo texto:

DETECTIVE PRIVADO
Licencia 3543

Enric Robellades i Vilaplana es Detective Privado por el INSTITUTO DE CRIMINOLOGÍA DE LA UNIVERSIDAD DE BARCELONA y tiene Licencia Gubernamental nº XXX concedida por la Dirección General de la Policía.

Desarrolla sus conocimientos y experiencia, tras haber trabajado junto a profesionales de la Investigación y de la Consultoría de Seguridad, a fin de aportar la información y las pruebas necesarias para dar solución a sus problemas de un modo EFICAZ y EFICIENTE.

Me convenció esa distinción forzada entre eficacia y eficiencia, en mayúsculas y negrita, como si quisiera dejar claro que era eficacísimo pero le pareciera feo el superlativo. Por lo demás, desconfío siempre de las buenas redacciones. He observado que los mejores profesionales en asuntos prácticos son los más patosos redactando, justamente los que pretenden seguir las convenciones más retóricas pero sin acabar de hacerlo bien. Conocí a un cardiólogo de prestigio internacional, amigo de mi Estupenda Familia, cuyos crismas invariablemente decían «Amigos Valentín y Mercedes: que paséis una Feliz Navidad y un Próspero Año Nuevo extendiendo sendos deseos a vuestros hijos», maldición gitana que jamás llegó acompañada de la más mínima pista sobre qué deseo debían mis Señores Padres andar extendiéndome a mí y cuál en cambio les correspondía extender a Sebastián para que pudiéramos pasar mientras tanto unas Navidades decentes. El tal Enric Robellades, detective, no llegaba a tanto pero prometía, así que seguí leyendo en el epígrafe Campos de Intervención bajo el que se listaban cuatro links correspondientes a la investigación empresarial, de siniestros, personal y ley de arrendamientos urbanos (?). Pinché en «Investigación de índole personal», que me pareció el título más ajustado al caso, y aparecí en otra página:

INVESTIGACIÓN DE ÍNDOLE PERSONAL

- INFIDELIDAD CONYUGAL
  Para la interposición de demandas de separación o divorcio.
- CUSTODIA HIJOS
  Con este fin se intentará demostrar el punto anterior, la no debida dedicación y la incapacidad del cónyuge para tal fin, si la hubiese.
- INFORMES PRE-MATRIMONIALES
  Obtención de la información necesaria acerca del pasado y presente de la persona en cuestión, con el fin de ayudar a tomar tan importantísima decisión.
- COMPORTAMIENTO HIJOS, PREVENCIÓN DROGAS, SECTAS
  Determinación real de la situación y diseño de un plan de actuación.

- BÚSQUEDA DE PERSONAS
  Localización de familiares, tanto en territorio nacional como extranjero.
- ANÓNIMOS, AMENAZAS
- INCAPACIDADES, PRODIGALIDADES Y HERENCIAS
- INFORMES PRE-LABORALES DEL PERSONAL DOMÉSTICO

Esto me dejó completamente convencido. Retrocedí hasta la página principal y busqué alguna seña de contacto. Encontré la dirección, teléfono, fax y correo electrónico. Imprimí la pagina, desconecté y me lié otro porro antes de llamar. En cuanto lo tuve encendido marqué el número.

—Robellades, buenas tardes.

Era una voz de mujer, no demasiado joven. No sé por qué me imagine a la mismísima señora de Robellades haciendo de secretaria-recepcionista.

—¿Podría hablar con el señor Robellades?

—¿Cuál de ellos?

—Enric, Enric Robellades.

—¿Padre o hijo?

La familia que trabaja unida permanece unida. Me decidí por el padre.

—¿De parte de quién?

—Soy un cliente.

—¿Su nombre, por favor?

Estuve a punto de presentarme como Pablo Miralles, pero afortunadamente me di cuenta a tiempo de que no era conveniente.

—Molucas, Pablo Molucas.

Lo mismo podía haber dicho Pablo Mármol, lo importante es soltar el nombre con naturalidad, pero usaba a menudo éste en concreto, y no conviene andar cambiando constantemente de nombre falso. La voz femenina me pidió que esperara un momento. Poco después estaba al habla con el patriarca:

—¿Sí?

—¿El señor Robellades?

—Yo mismo, dígame.

—Verá: he encontrado su referencia como detective privado y quisiera contratar sus servicios, es decir: en caso de que pueda atenderme hoy mismo. Es un caso urgente.

—¿De qué se trata?

—Una desaparición.

—¿Quién es el desaparecido?

—Mi cuñada.

—¿Cuánto hace?

—Dos días.

—Eso no es mucho tiempo, señor...

—Molucas: Pablo Molucas. No: no es mucho tiempo, pero tengo razones para pensar que puede haberle ocurrido algo grave.

—Bien, si usted me pusiera al tanto de los detalles...

—Desde luego, pero no quisiera tratar el asunto por teléfono. ¿Podemos vernos esta misma tarde?

—Es posible..., ¿a qué hora le va bien?

—Sobre las ocho. ¿Tiene inconveniente en pasar por mi casa? Vivo cerca de su oficina, en la calle Numancia. Quisiera que mi mujer pudiera asistir a la entrevista, pero ha de permanecer en casa con los niños.

—No hay problema. Si me da usted la dirección y el teléfono...

A estas alturas había detectado ya un marcado acento catalán, quizá de alguna comarca de Tarragona, que convertía el sonido de la Z en una S sonora y añadía T's finales a algunos infinitivos. Consulté el número del portal y del teléfono de *The First* en la agenda y se lo di.

—¿A las ocho entonces?

—Ocho en punto.

Cayó otro porro mientras comprobaba mentalmente que no se me escapara ningún detalle. No había pensado en la necesidad de contratar al detective bajo nombre falso y temí que eso fuera a generar alguna incoherencia. Es de suponer que un detective privado se fija en los detalles, no sé, quizá se entretuviera en mirar el buzón de la portería de *Lady First*, o algo así. Seguí dándole vueltas al asunto mientras me vestía para salir a la calle y durante todo el camino hasta las galerías comerciales de la Illa. No sabía en qué lío me estaba metiendo pero sí tenía clara una cosa: antes de que *The First* reapareciera había que sacarle el máximo provecho a su tarjeta, aunque sólo fuera para joder. Y además convenía disfrazarme un poco, tal como solía vestir resultaba inverosímil que *Lady First* se hubiera casado conmigo.

Una vez en las galerías, me metí en la primera butic que encontré con aspecto de tener ropa informal para un tipo de treinta y muchos, con mujer y dos hijos, ático de 150 metros cuadrados en lo alto de la calle Numancia y Bestia Negra en el garaje. La única dependienta que estaba libre me vio entrar como el torero al que le sueltan un Miura de seiscientos kilos: el chicle que estaba mascando se le quedó inmovilizado entre las mandíbulas. Impávido, comprobé con toda la discreción que pude que no se me hubiera bajado la bragueta y me fui hacia ella sin importarme que puerilmente tratara de simular que no me había visto poniéndose a buscar algo bajo el mostrador.

—Hola. Necesito camisas, pantalones y zapatos.

—¿Camisas, pantalones...?

—Y zapatos.

En cuanto comprendió que ya nada la libraría de mí dejó de jugar al escondite.

—¿Cómo quería las camisas?

—Grandes.

—Grandes... ¿Ve alguna que le guste?

Me señalaba una pared, recorrida en toda su longitud por estantes llenos de camisas. Vi un grupito de ellas de colores lisos, bastante llamativos, rojo, esmeralda, violeta, también gris y negro... Me gustaron. Eran del tipo que uno esperaba que llevaran los gánsters de *Guys and Dolls*.

—Me gustan éstas. ¿Son grandes?

—Eh..., hay tallas grandes, sí. ¿De qué color?

—Ponme una de cada.

Se quedó parada un momento a medio camino de los estantes, pero no se atrevió a llevarme la contraria y se limitó a escoger una de cada e ir amontonándolas sobre su mano derecha.

—Hay nueve diferentes...

—Muy bien: pues nueve. ¿Seguro que son grandes?

—XXL: es lo más grande que nos llega...

—Bueno; ahora necesito dos pares de pantalones.

—Dos pares... Si quiere mirar los que tenemos...

Me señaló la pared contraria, donde alternaban los *jeans* de colores apilados sobre estanterías con cortes más serios que se exponían colgados en perchas. No soporto los *jeans*, no encuentra uno hueco para meter dentro la barriga. Además tiendo a los accesos de priapismo, y si no llevas el pijo perfectamente colocado las erecciones resultan muy molestas, con los vaqueros. Así que me fui hacia las perchas y me entretuve en los modelos que parecían más holgados, de algodón y algo acrílico. Señalé unos gris marengo y otros gris perla que combinaban bien con cualquiera de las camisas.

—Como éstos pero de mi talla, por favor.

—Qué talla tiene...

Ni flauers.

—Ni flauers.

Me examinó el contorno abdominal casi de reojo, como si le pareciera obsceno detener la mirada en esa parte de mi anatomía. Yo levanté los brazos y di una vuelta para mostrarme completo. La chica tendría que curtirse tarde o temprano, y más valía que perdiera la vergüenza conmigo que con cualquier desaprensivo que pasara por allí.

—¿No vas a medirme con la cinta?

Se me quedó mirando con unos ojos azul celeste que expresaban todo el terror de la niña enjaulada por el ogro; pero asintió, se dio media vuelta y huyó hacia los probadores donde otra de las dependientas atendía a un tipo políticamente correcto que había venido a comprar con su pareja a juego. Volvió con una cinta métrica enredada entre las manos. Me aseguré otra vez la bragueta y me quedé a la espera con los codos alzados:

—Soy todo tuyo.

Se me acercó y trató de rodearme la cintura con los brazos. Pero abarcar todo mi perímetro la hubiera obligado a abrazarme, y guardando las distancias los brazos se le quedaron cortísimos. Procuré ponérselo fácil, ya tenía suficiente para un solo día:

—Espera, verás: yo te aguanto la cinta aquí y tú mides.

Me sujeté un extremo de la cinta bajo el ombligo y la guié con la otra mano para que diera la vuelta en torno a mí hasta completar un círculo que agotó completamente el metro. Hubo que empalmar desde el punto que ella señalaba con el índice sobre mis ijares.

—Ciento..., ciento diecisiete centímetros.

—¿Ves qué fácil?

—Voy a ver a qué talla corresponde.

Consultó un cuadrito enmarcado que había colgado en la pared y enseguida se fue a la trastienda. Yo me entretuve mirando los zapatos expuestos en el centro de la tienda, sobre cubos de madera. Me gustaron unos negros, robustos; creo que estaban de moda los zapatones con aspecto de botas militares. Dos minutos después volvió la chica trayendo un par de pantalones, no exactamente iguales a los que yo había elegido.

—En esa talla sólo tenemos este corte.

Eran como de lanilla fina, muy formales, gris oscuro. Los descolgué, me los sujeté colgando desde la cintura y comprobé a ojo que me fueran bien de largos. En cuanto vi que sí pregunté si los tenían también en gris más claro y añadí a mi lista los dos pantalones y unos de aquellos zapatones del número 45. Fueron cincuenta y nueve mil y pico. Ya había pagado y salía con mis bolsas cuando vi en el escaparate una sedosa camisa hawaiana: rojo, azul, verde, papagayos, filodendros y mares del sur. Quince mil pelas. Valía la pena. Volví a entrar. Mi chica, viéndome tan dócil, había terminado por perderme el miedo y se vino hacia mí encantada.

—Perdona, quisiera también una camisa como la del escaparate.

—Grande, ¿verdad?

Saliendo del edificio me fijé en el reloj del esnac de la entrada del súper: las cinco y media, iba bien de tiempo. Hice memoria. Recordaba una peluquería en la siguiente esquina, antes de llegar a Travessera.

El peluquero resultó ser un tipo de mi edad, con perilla corta, y pareció alegrarse de recibir visitas. Tenía el aire de los que disfrutan con su oficio, así que decidí darle vidilla:

—Estoy preparando un disfraz para una fiesta. Supón que soy un tío de buena familia, me dedico a los negocios y conduzco un deportivo tipo James Bond. ¿Cómo crees que llevaría el pelo?

—¿Edad?

—Brrrr..: treinta y ocho, más o menos.

—¿Estudios?

—Mogollón: Máster en Asuntos Importantes por Harvard y todos los extras que quieras imaginarte.

—¿Casado?

—Casadísimo. Dos hijos. Juego al tenis y voy al gimnasio cada día.

—Menudo disfraz... Perdona la franqueza, pero estarías mejor como el fraile de Robin Hood. Con un hábito marrón y un barril de cerveza quedarías perfecto.

—Bueno, en realidad se trata de impresionar a una mujer. Le gustan los tíos solventes... Ya he conseguido el coche y ropa, pero necesito un peinado a juego.

—Eso es otra cosa. Siéntate y veremos qué se puede hacer.

El tipo sabía lo que tenía entre manos. Me miró y remiró por delante y por detrás y cuando pareció tener una idea precisa de las posibilidades de mi cabeza se puso manos a la obra.

—Oye, yo te recortaría un bigotito fino estilo Errol Flynn. Un toque fachilla haría un contraste perfecto, porque tienes más bien pinta de..., en fin, de otra cosa. Si te lo vas perfilando en casa, en unos días tendrá la medida justa. No dejes que te crezca mucho: ha de quedar como si fuera un jardincito francés, siempre bien podado, ¿me explico?

—Estupendamente. Venga ese bigotillo. Oye, ¿tienes colonia cara?

—Carísima.

—Pues échame un buen chorro. Y apúntame el nombre.

Al cabo de media hora parecía Bart Simpson pero en tamaño familiar.

De camino a casa paré en una perfumería para proveerme de un minúsculo botellín de Nosequé de Christian Dior —doce mil quinientas—, y también en la tintorería, a cincuenta metros de mi portal, donde pregunté cuánto tardaban en lavar y planchar nueve camisas. En una hora podían estar todas listas. Las dejé allí y subí a casa.

Lo primero fue llamar a *Lady First*.

—He quedado a las ocho con un detective en tu casa.

—¿Estás seguro de lo que haces?

—No te preocupes. Me pasaré por allí sobre las siete y media para ultimar detalles.

Cuando colgué, en el reloj de la cocina eran poco más de las seis, tenía una hora larga para gastar. Me acordé del correo del Metaphisical Club y pensé que echarle un vistazo a las *Primary Sentences* de John podía ser una buena manera de olvidarme durante un rato del movidón. Cuando uno consigue enfrascarse en ellas, en especial si se acompaña la lectura de una buena cebolleta de tres papeles, se produce una especie de salto en el hiper-tiempo que te coloca de repente hora y media más tarde. Abrí el archivo de Word y empecé por la primera sentencia. Era completamente inteligible: «1. Toda ruta es un abrirse paso», como el caminante no hay camino, pero en guiri. En Irlanda no son muy populares las canciones de Serrat, y tampoco creo que lean a Machado (en eso sí se parecen a nosotros), así que a John debió parecerle bastante brillante la frase. La 2 y la 3 eran en cambio parrafadas oscuras como ellas solas y me costaron un buen rato. La 4, aunque también larga, volvía a ser comprensible al primer vistazo, pero llegado a este punto me vi venir que se iba a meter con los racionalistas, llevaba ya tres sentencias ensalivando el lapo. Efectivamente: la 5 estaba dedicada de pleno a los cientificistas, sus enemigos acérrimos. John se empeña en darle a la Realidad Inventada una definición axiomática, pero no puede evitar colar sus puyas entre sentencia y sentencia. Si fuera por él acabaríamos convertidos en algo así como unos antirracionalistas definidos por oposición, se lo tengo dicho. Otro peligro es que nos asimilen a los irracionalistas, también minoritarios y opositores pero muy distintos a nosotros (sin menoscabo de que en alguna ocasión nos aliemos contra el *mainstream*), y también nos han confundido alguna vez con solipsistas, pero eso sí que es nefasto porque a éstos todo el mundo acaba haciéndoles el vacío (¿qué otra cosa puede hacerse con un solipsista?). La cosa es que esto de la filosofía se parece bastante a la política y John acaba peleándose con todo el mundo. Si le llamo la atención sobre su desorden expositivo me dice que no piensa someterse a ningún corsé silogístico porque es un Inventivista John-Pabliano y se pasa la lógica aristotélica por el forro. Y si le digo que, en ese caso, lo mejor es que escriba un ensayo discursivo y no una lista de leyes a palo seco, él contesta que vale, que sí, pero que primero quiere tener las ideas claras y para eso le van muy bien las sentencias. En fin..., pasada la sexta, que parecía un chiste («6. El escéptico no está muy seguro de serlo»), di por terminada la sesión.

A las siete en punto bajé a la tintorería. Fue estupendo, no sólo habían lavado y planchado las nueve camisas en el tiempo acordado, sino que las habían desempaquetado y me las entregaban cuidadosamente colgadas en perchas, libres de alfileres y etiquetas. Decididamente, esto ya es Europa. Después me duché por tercera vez en lo que iba de día para terminar de librarme de los pelillos de la peluquería, y me probé pantalones, zapatos, y una de las camisas, la de color morado. No quiero exagerar mi buen aspecto, pero digamos que bajo el peinado a lo Bart Simpson, el bigotito a lo Errol Flynn y la silueta de Bud Spencer, me pareció tener cierta semejanza con el venerable maestro Baloo. Hasta se me insinuaba, sobresaliendo del corte *flat-top*, ese flequillo voladizo que armoniza tan bien con la nariz prominente y las hechuras osunas.

Cuando llegué al portal de *Lady First* me detuve un momento en el buzón pero, a pesar de mi impecable aspecto, el portero de la bata azul no me quitó ojo de encima y no me atreví a manipularlo. «Gloria Garriga y Sebastián Miralles, ático 1.ª» En fin, siempre podía bajar un momento acompañado de *Lady First* y cambiar la etiqueta, o al menos taparla. En cuanto al portero, observé mientras esperaba el ascensor que se quitaba la bata y trasteaba en un cuartito abierto tras el mostrador con el aire de quien ha terminado la jornada y se va por fin a su casa. Era más que probable que para cuando llegara el tal Robellades se hubiera marchado ya. Mucho mejor: instruirlo para el caso de que le preguntaran no habría sido tarea fácil.

Llamé al ático 1.ª y esta vez abrió la propia *Lady First*. Le costó casi cinco segundos reconocerme.

—Vengo de incógnito. ¿Te gusta el disfraz?

—Estás muy... guapo.

—No creo que «guapo» sea la palabra. Para ser precisos habría que decir «guay». ¿No te enseñaron en la escuela a adjetivar con propiedad, señorita escritora?

—No sé, chico, pero das el pego.

—Eso ya está mejor. Lo fundamental es tener aspecto de haber despertado alguna vez en ti el deseo de casarte conmigo. A ver: de haberme conocido así, ¿te hubieras casado conmigo?

—Inmediatamente.

—Estupendo. Oye: ¿qué te parece si pasamos al salón y hablamos un poco más cómodamente?

—Perdona, es que me has dejado parada; pasa...

De pronto pareció que éramos amigos de toda la vida. Hay que joderse con lo que hace un cambio de imagen. Así que, una vez en el salón, me fui directo al sofá y me desparramé sobre él. Ella se paró en el mueble bar y me ofreció algo de beber.

—Ponme uno de esos que tomas tú. Pero será mejor que no abusemos, hay que estar alerta para la entrevista.

Se sirvió un güisqui con hielo y me tendió otro. Como no había mucho tiempo que perder fui directamente al grano:

—He quedado con un tal Enric Robellades, detective privado. Me he presentado como Pablo Molucas, así que puede que él te llame «Señora Molucas», no te extrañes si lo hace. Se supone que tu hermana (o sea mi cuñada) ha desaparecido hace dos días y estamos preocupados. Yo procuraré llevar el peso de la conversación, tú sólo sígueme la corriente. Como es de suponer que tú conozcas mejor que yo a tu propia hermana es probable que trate de hacerse una idea de qué tipo de persona es preguntándote detalles sobre ella. No te apures, me dijiste que os conocíais desde niñas, ¿no?, pues contesta la verdad sobre cualquier cosa que te pregunte, ¿de acuerdo?, sobre cualquier cosa menos una, esto es importante: sabes dónde trabaja pero no tienes ni la más remota idea de que tenga un lío con su jefe.

Asintió mientras daba un sorbito corto a su güisqui.

—Otra cosa: se supone que tú y yo estamos casados, así que nuestra actitud ha de confirmar esa suposición. No hace falta que exageremos el papel, pero hay que estar atentos a no meter la pata. Por ejemplo, no se te ocurra referirte a mi casa, o algo parecido. Para nosotros será fácil, pero más vale que mientras él este aquí los niños no salgan al salón, ¿de acuerdo?, podrían estropearlo todo.

Volvió a asentir.

—Tu nombre es Gloria, tu apellido es..., ¿cómo se llama tu amiga de apellido?

—Robles.

—Robles. No quieres avisar a tus padres por no asustarlos, y tampoco a la policía porque entonces se enterarían tus padres. Hemos contratado a un detective porque no la encuentras ni en su casa ni en el trabajo. En el trabajo no saben nada de ella, simplemente dejó de acudir ayer por la mañana. Y con tus padres no está, ya te has molestado en comprobarlo.

Me miraba fijamente, sin dejar de dar sorbitos al güisqui, como si estuviera concentrada en retener cuanto yo decía.

—¿Tienes alguna foto reciente de ella?

—Sí.

—Bueno, seguro que te la pedirá. ¿Qué más? Ah: ¿a qué hora se va el portero?

—A las siete y media.

—Perfecto. A ver, creo que no se me olvida nada. Repíteme lo que te he dicho.

—Mi hermana Lali ha desaparecido hace dos días. No está en su casa, no ha ido al trabajo y no logro localizarla en ningún sitio. Tú, que eres mi marido, me has visto preocupada y has pensado en contratar a un detective para que investigue. No queremos que se enteren mis padres, así que le pediremos que sea discreto en eso. ¿Me dejo algo?

—Sólo una cosa: queremos que sea discreto no sólo ante tus padres sino en general, ¿comprendes?, tampoco queremos que en el trabajo o entre sus amistades se sepa que andamos buscándola.

—¿Qué hago si me pregunta por la gente que frecuenta, o por sus relaciones con hombres?

—¿Conoces a sus amistades, o a algún novio descontando a Sebastián?

—Pues no sé. Hace años teníamos amigas comunes, pero ahora...

—Bueno, pues si te pregunta contestas eso mismo. Ya te digo que es mejor que seas completamente franca en todo excepto en el lío con Sebastián. Y si en algún momento no sabes cómo reaccionar finge estar desorientada, no sé, o date media vuelta como si quisieras ocultar que estás llorando y yo te tomaré el relevo.

—¿No puedo tomarme otro whisky antes de que llegue?

Pensé que casi era preferible que se lo tomara. Cuanto menos ansiosa estuviera, mejor.

—Tómatelo.

—¿Quieres tú otro?

—No suelo beber antes de que anochezca. Oye: ¿te importaría que bajara un momento a la portería y le diera la vuelta a la tarjeta del buzón? Es por si se le ocurre comprobar el nombre o algo así... Mientras tanto tú advierte a Verónica de que no salgan los niños.

Se mantuvo de espaldas sirviéndose el segundo vaso pero asintió. Se me hacía raro que aquella *Lady First* fuera la misma que apenas cruzaba conmigo la mirada en las cenas de Nochebuena de mis Señores Padres. Se había abandonado a mí como una niña obediente que confía en papá y le pide permiso para tomar güisqui. En eso pensaba mientras esperaba el ascensor, pero cuando se abrieron las puertas y me vi en el espejo solté una carcajada que resonó en el rellano: ahí estaba yo, disfrazado de Consejero de Urbanismo y a punto de suplantar a mi Estupendo Hermano. Menuda broma.

El cartelito del buzón me dio un poco la lata. Estaba sujeto con un tornillo que me costó aflojar ayudándome con el llavero de la Bestia. Pensé que mejor que darle la vuelta era retirarlo, parecía más natural que no hubiera tarjeta a que estuviera girada, y lo dejé escondido encima del mueble de los buzones.

Para cuando volví a subir eran ya las ocho menos cinco en el reloj del salón. Creo que *Lady First* había hecho trampa y se había servido un güisqui de más, su vaso estaba demasiado lleno para ser la primera copa estándar. No dije nada y me fijé en los objetos del salón pensando en que los vería Robellades. Destacaba en un estante alto de la librería una foto enmarcada de *Lord* y *Lady First* diez años más jóvenes y vestidos de novios. Supongo que *The First* y yo debemos de parecernos, pero no hasta el punto de poder pasar el uno por el otro.

La tumbé panza abajo.

—No conviene que vea esto —dije.

—Tengo miedo —soltó ella inesperadamente.

—¿Miedo de qué?

—De meter la pata. ¿Estás seguro de que no nos olvidamos de nada?

—En el mentir conviene dejarle espacio a la improvisación. Cuando uno dice la verdad también duda, ¿no?, y se equivoca, y corrige. Pues mintiendo, igual. Créeme, tengo experiencia.

Me senté de nuevo en el sillón a apurar el culillo de mi güisqui. *Lady First* volvió a sentarse delante de mí, en la misma posición que el día anterior.

—¿Sabes?, eres un tío muy raro... Me gustaría saber quién eres en realidad.

Cielo santo: confidencias a media luz. Me encogí de hombros:

—Soy el que ves.

—Pero hoy pareces otro. Y no sé, siempre he tenido la sensación de que tienes... un doble fondo.

—Pues no le des más vueltas. Todo el mundo vive en el mundo que él mismo construye, y en el tuyo yo tengo un doble fondo, ya está.

Se quedó un momento pensando, mirándome fijo.

—¿Qué quieres decir?

—Quiero decir que la realidad es siempre inventada.

Levantó una ceja en señal de disconformidad, pero me salvó la campana, concretamente el sonido afónico del interfono. Le hice un gesto para que contestara y la acompañé hasta la puerta. «¿El señor Molucas, por favor?; soy Enric Robellades», oí que le decía la voz a *Lady First*. Ella se limitó a pulsar el botón. La vi un poco tensa y le suministré una última inyección de confianza:

—Tranquila. Sígueme la corriente y no te extrañes de mi comportamiento. Todo saldrá perfectamente.

Entreabrí la puerta y me quedé esperando a que llegara el ascensor como el perfecto anfitrión. Salieron de él dos hombres indecisos sobre la dirección que debían tomar en el descansillo. El que avanzaba en primer lugar tenía todo el aspecto de ser Robellades padre: bajito, gordezuelo, sexagenario y con el escaso cabello que le nacía tras las entradas peinado hacia atrás. Le seguía un joven de unos treinta, más alto y delgado y con las mismas entradas pero en estado incipiente. Los dos vestían traje oscuro y corbata, el mayor de marrón y el joven de azul.

—¿El señor Molucas?

—Sí.

Al llegar a mi altura me tendió la mano:

—Enric Robellades. Éste es mi hijo Francesc; colabora conmigo.

Bueno: tenía al menos dos hijos, Enric debía de ser el mayor.

—Mi esposa: Gloria.

Lady First también ofreció su mano a los dos musitando una fórmula de cortesía. Procuré no dejar silencios. Señalé el paso hacia el salón y los invité a entrar.

—Siéntense, por favor, ¿quieren tomar algo?, ¿una copa, un café, un zumo?

»Gloria, ¿tenemos zumos?

—Sí, creo que sí.

—Acabamos de tomar un café en el bar de abajo, gracias.

El padre llevaba la voz cantante. Supuse que mientras él, más experto, obtenía información directa y nos entretenía hablando, el hijo era el encargado de fijarse en los detalles del entorno, cosa que empezó a hacer desde el principio remirando el salón entero. Seguían los dos de pie, sin acabar de decidirse por ningún asiento concreto. Me dejé caer en el sofá para facilitarles la elección y ellos se instalaron uno en cada uno de los sillones individuales de cuero. Miré a *Lady First* y le señalé el asiento junto a mí tocándolo repetidamente con la palma abierta. Ella se detuvo un momento en el mueble bar:

—Les importa que yo sí tome una copa.

—Por favor... —dijo Robellades padre. Por un momento temí que *Lady First* estropeara el número y traté de echar un capote:

—Te conviene, cariño. Un coñac te sentará bien. O mejor aún: un whisky, ¿hay whisky?

»Estamos un poco nerviosos, en fin, todo esto resulta excepcional para nosotros.

—Es comprensible, desde luego.

—Pues sí, mi esposa y su hermana estaban muy unidas..., están muy unidas. Ella vive sola, y tememos que le haya ocurrido algo. Pero no hemos querido avisar a la policía por no preocupar a sus padres. No saben nada, y no quisiéramos alarmarlos sin necesidad.

—Sin... ¿necesidad?

Dale cuerda al mentiroso y él mismo se ahorcará. Era un tipo listo, no había más que mirarlo para darse cuenta. Ahora que pude fijarme en su cara consideré sus mejillas gruesas y caídas, ensombrecidas por la huella de una barba muy cerrada, la nariz pequeña con la punta enrojecida por venillas enredadas, los ojos azules, algo porcinos y extraordinariamente brillantes, como encharcados en agua. Por un momento me sentí como un personaje secundario en un relato de serie negra. Alguien en algún lugar debía de estar escribiendo la historia de Enric Robellades, detective privado, contratando con una joven pareja de clase alta con pinta de mentir en la mitad de lo que decía.

Pero no me arredré:

—Quiero decir que..., en fin, mi cuñada es una mujer joven y..., bueno, quizá todo esto no es más que un episodio romántico al que le estamos dando demasiada importancia..., ¿me explico?

Lady First llegó con su vaso y se sentó a mi lado. Lo hizo bien, es decir, no mantuvo la distancia apropiada para con su cuñado tarambana sino que se sentó muy cerca de mí, como haciendo equipo conmigo.

—Se explica perfectamente. Sin embargo ha recurrido a nosotros...

—Bueno, hay algunos detalles que nos extrañan. Es raro que haya desaparecido sin llamar, ni siquiera a la oficina donde trabaja. Por otra parte tiene la suficiente confianza con su hermana para hablarle de sus relaciones... En fin, su desaparición nos parece lo bastante extraña como para acudir a un detective privado pero no tanto como para poner en estado de excepción a toda la familia.

—Ya comprendo. ¿Se había ausentado sin avisar alguna otra vez?

—Pues que yo sepa...

»Cariño: ¿qué dices?

Lady First entró en el juego correctamente:

—No. Bueno, durante un tiempo perdimos el contacto, pero desde hace cosa de dos años nos vemos a menudo y no, nunca... Solemos llamarnos casi a diario; nos vemos, vamos de compras...

—Bueno, yo podría preguntarles si tienen alguna idea de por qué, o con quién, puede haberse marchado, pero supongo que si ustedes supieran algo me lo habrían dicho ya, ¿no me comprenden?, así que si les parece pueden darme sus datos personales y trataremos de completar una primera fase de investigación. Esto vienen a ser un par de días. Si para entonces no hemos encontrado una pista clara tendríamos que iniciar una fase más... intensa, ¿no me comprenden? Nuestros honorarios son de veinte mil pesetas diarias, gastos extraordinarios aparte: viajes, etcétera; pero les avisaríamos antes de apuntar ningún extra en la minuta.

Ahora que se había lanzado a hablar se había puesto de manifiesto, además de lo marcado del acento, su muletilla preferida y la costumbre de sonreír al soltarla o al terminar una frase en tono confidencial, como buscando la complicidad del interlocutor. El gesto dejaba frecuentemente a la vista un diente de oro en el maxilar superior derecho, y me pregunté cómo demonios un detective se permitía exhibir tics tan característicos.

—Me parece razonable. Si en un par de días no sabemos nada, creo que será el momento de avisar a la policía. Entretanto, por favor, no quisiéramos que nadie supiera que están ustedes buscándola por encargo. Este punto es fundamental.

—Por eso no se preocupe que no solemos hacer ruido, ¿no me comprende? En cuanto a lo que ustedes decidan hacer después, es cosa suya: podemos seguir la investigación o retirarnos en ese punto y aquí no ha pasado nada... Eso, es claro, sin contar con que encontremos algo que estemos obligados a denunciar a la policía —denunsiart a la pol·lisia—, ¿no me comprende?, estamos sometidos a ciertas... normas legales.

»*Aviam: Francesc, ves prenent nota, si us plau.*

»Vamos a ver: ¿el nombre completo de la desaparecida?

Robellades júnior sacó del bolsillo de la americana un bloc y un bolígrafo y yo deseé con todas mis fuerzas que *Lady First* se acordara del segundo apellido de su amiga. Se acordó: Miranda: Eulalia Robles Miranda; no sólo del apellido sino de la dirección, la edad, el lugar y puesto de trabajo —pero esto era fácil—. El hijo tomó nota de los datos mientras el padre los solicitaba y al final, por supuesto, pidió una foto. *Lady First* dejó descansar su vaso un ratito y se fue por la puerta del pasillo a por ella. Robellades padre inició entonces la puesta en pie desde el butacón, tarea que no le resultó del todo fácil.

—Bueno, señor Molucas, esto ya está visto...

El hijo se levantó también, y yo tras ellos.

—Hoy es viernes; vamos a ver..., sábado, domingo..., el lunes por la mañana estaremos en condiciones de presentarle un primer informe. ¿Le parece que le llame el mismo lunes para concretar la hora?

—Muy bien: esperaremos su llamada.

—Y no se preocupe, eh, mire, en nuestra profesión casos como éste son frecuentes y casi siempre terminan nada más que en el susto, ¿no me comprende?, nada de lo que haya que preocuparse.

Hacía molinetes con las manos, como para disolver la gravedad del caso. Ahora había abandonado la prudencia del primer momento y se mostraba abierto, relajado, un punto condescendiente. El hijo se resentía en cambio de una gravedad excesiva, quizá a causa de su posición secundaria.

Llegó *Lady First* con la foto. Se acercó a Robellades y le preguntó si le parecía lo suficientemente buena. Alcancé a verla del revés. Llamaba la atención el cabello cobrizo, tan perfecto que no podía ser más que teñido.

—Buena foto, sí..., se ve perfectamente la cara. Una mujer muy guapa. Muy guapa, sí... En eso sobre todo se parece mucho a usted..., si su marido me lo permite.

Soltó una risita y se volvió hacia mí enseñando el diente de oro. Yo concedí inclinando un poco la cabeza, como si agradeciera el cumplido en nombre de *Lady First*. Después cruzamos apretones de manos, los acompañé a la puerta y esperé allí a que se metieran en el ascensor.

Cuando volví al salón, *Lady First* se había servido ya otro güisqui y trataba de alcanzar el estante donde había quedado su foto de boda tumbada boca abajo. Me serví yo también un chupito de güisqui largo en mi vaso, considerando el significado que pudiera tener esa premura en restituir el retrato a su posición. Después nos quedamos los dos en silencio, ella en el sofá, yo de pie junto al mueble bar.

—Bueno: listo, ¿ves como no ha sido tan difícil?

—¿Crees que lo hemos hecho bien?

—Claro, ¿no te has dado cuenta?

—No sé, me he puesto muy nerviosa.

—Pues no lo parecía... Oye, perdona pero voy a tener que marcharme enseguida, en cuanto esté seguro de que los Robellades no van a verme salir. Mañana te llamo y hablamos, ahora no tengo mucho tiempo.

Apuré el vaso de un trago largo y me fui hacia la puerta. *Lady First*, resignada a quedarse sola con su güisqui, me acompañó hasta el rellano, pulsó el botón de llamada al ascensor y me dejó helado pasándome una mano por la nuca y dándome un beso en la mejilla, un beso sentido, no ese rozarse las caras de pura cortesía. Olía bien, por debajo, o por encima, del vaho alcohólico. Disimulé mi sorpresa guiñándole un ojo estilo Sam Spade y me metí en el ascensor.

Bajé hasta el parquin con intención de llevarme a la Bestia Negra, pero en el último momento pensé que podía aprovechar la ligera soñera que me había dado el güisqui para dormir un poco. Acabé por salir andando y al subir la rampa tuve oportunidad de mostrarme ante otro de los vigilantes, probablemente el del turno de noche. Una vez en casa llamé al despertador de Telefónica para que sonara a las doce y me eché a dormir las tres horas largas que quedaban hasta entonces. Si tenía que pasar la noche despierto para empezar la verdadera investigación más valía estar descansado.

Aquel finísimo polvillo

Un bodorrio medieval en todo su esplendor: largas mesas de madera, bancos corridos, humeantes viandas rebosando las bandejas; aves rellenas, lechones, costillares, cántaros de vino. En el centro de la sala, los más borrachos bailan danzas campesinas sobre una tabla redonda, entre vítores y estertores de fiesta que ahogan la melodía de los trovadores. Los comensales lo pasan en grande; todos menos yo, que no soporto comer con los dedos —mis resabios burgueses—. Frente a mí en la mesa presidencial se sienta el príncipe Carlos de Inglaterra, con sus orejas, sus mejillas coloradas y su escudo familiar bordado en el pecho del regio vestido de terciopelo granate. Está concentrado en su plato de madera, en el que hurga con los dedos hasta decidirse por algún pedazo de carne que devora con apetito. A su derecha, los codazos sobre la mesa, Isabel II sorbe el jugo de unos caracoles con la delectación del oso que saquea un panal. Más a la derecha aún, veo a la Reina Madre lamiendo su plato hasta agotar la salsa que un sirviente le va echando a cucharones. Ya estoy a punto de llamar la atención del Príncipe sobre sus modales de comensal porcino cuando me extraña identificar el timbre de un teléfono formando parte de los arreglos musicales de los trovadores. Ésa es la señal. Salgo del sueño y me precipito hacia el teléfono.

Descolgué el aparato esperando oír el mensaje del despertador de Telefónica, pero en lugar de eso me encontré con un silencio extraño, habitado.

—... ¿Pablo?

—¿Sí?

—Qué tal...

Éramos pocos.

—Joder, Fina... ¿Qué hora es?

—Las diez y pico... ¿Qué haces?

—Estaba durmiendo.

—¿Te he despertado?

—Es igual, no soporto comer con los dedos.

—¿Qué?

—Nada, cosas mías.

—Y qué, qué haces...

—Fina, por Dios Bendito, te lo acabo de decir: estaba durmiendo.

—Bueno, chico, no te enfades. Llamaba para ver qué tal estabas... y por si tenías ganas de salir un rato.

—Tengo cosas que hacer esta noche. Y aún no he cenado.

—Yo tampoco. Si quieres te invito a una pizza en algún sitio.

Reflexioné un momento hasta que mi cerebro recuperó la suficiente lucidez. Desde luego, sin ayuda de un poco más de alcohol, no iba a volver a dormir, y cenar con la Fina podría tener cierto efecto relajante, una tranquilizadora vuelta a lo conocido. Pero no era día de comer pidsas en cualquier local pringoso.

—Hoy invito yo. Ponte guapa y te paso a buscar con la Bestia Negra de aquí un rato. Llamaré al interfono.

—¿Con la qué?

—Ya lo verás.

Quedamos a las once. Después de colgar me fui a mirar el reloj de la cocina: las diez y veinticinco. Puse café al fuego, me lavé la cara con agua abundante, me cepillé los dientes y lié un porro que fumé con el café y terminó de despejarme. Aún me di la cuarta ducha del día antes de vestirme; no sé, supongo que había sucumbido a una especie de obsesión higiénica. Pensé en volver a ponerme la camisa morada, que apenas había perdido el apresto de recién planchada, pero en el último momento me decidí por estrenar la negra. Volví a perfumarme ligeramente y salí de casa hacia el garaje de *The First*. Entré por la rampa, jugueteando con las llaves para que el vigilante las viera, y me llegué silboteando hasta la plaza 57. La Bestia esperaba dócil, sumida en su letargo electrónico. «Stuuk»; entré, le di al contacto y estuve un rato buscando el botón que levantaba los faros escamoteables. Cuando lo encontré encendí las luces, bajé la ventanilla y me acomodé lo mejor que pude frente al volante. Al leve alzamiento del embrague, la Bestia se movió suavemente, como una pantera al acecho. Saludé al vigilante y paré tras la curva de la barrera automática, al pie de la rampa de salida. Pulsé el acelerador y, zuuuuuum, literalmente caí rampa arriba, como si la fuerza de la gravedad se hubiera invertido. Por suerte había despegado con las ruedas alineadas en la dirección del ascenso, pero hube de frenar bruscamente al llegar a la parte llana del final para no tragarme a quien pasara por la acera. A partir de ese momento empezó mi lucha por poner la segunda marcha en los tramos entre semáforos: demasiado cortos. Paré en el vado frente al edificio de la Fina notando todos los músculos del cuerpo en tensión, como si hubiera hecho el viaje en la vagoneta de unas montañas rusas.

Llamé al interfono —«Fina, estoy abajo»—, y me quedé esperando sentado en el morro de la Bestia. Allí estábamos los dos: Baloo y Bagheera reflejados en la cristalera del portal de la Fina. Esta vez sólo se hizo esperar durante tres Ducados y apareció doblando el recodo de los ascensores. Mira por dónde también ella se había vestido de negro, un negro ligeramente irisado; manoletinas planas, falda estrecha hasta debajo de la rodilla y una chaqueta fina con hombreras bajo la que aparecía algo blanco y sedoso, un corpiño quizá, o una camiseta de tirantes que subrayaba la presencia de un par de tetas de primera. A pesar del peinado eco-alternativo, el conjunto tenía un aire sofisticado no del todo exento de interés; incluso dejé que, pasando la vista sobre mí sin reconocerme, iniciara camino hacia la esquina para poder admirarla tranquilamente. Silbé. Se volvió. Saludé con el brazo en alto. Me miró, miró a la Bestia y, sin dar señales de estar interesada en ninguno de los dos, retomó el camino hacia la esquina. Probé llamándola por su nombre, «Eo, Fina: soy yo».

—¡Hostia, tío..., qué fuerte! He pensado: mira el gilipollas ese haciéndome señas... ¿Qué te has hecho en el pelo?

—Obras de remodelación. ¿Te gusto?

—No sé..., estás muy raro... ¿Te estás dejando bigote?

—Modelo Errol Flynn.

—No me gusta.

—Tú en cambio estás muy bien, casi no se nota que has adelgazado.

Ya se había llegado hasta mí. Le rodeé la cintura mientras la besaba en la mejilla y le señalé la Bestia:

—¿Qué te parece?

—Qué es eso...

—Un coche auto-móvil. No lleva riendas, se dirige a voluntad gracias a un pequeño volante que hace girar las ruedas directrices, ¿ves?: esto redondo son las ruedas.

—Ya... ¿Y lo has traído tú solo?

—Bueno, más bien me ha traído él a mí.

—¿Te has metido a traficante de estupefacientes, o algo?

—Es de mi hermano. Venga, sube y te lo explico por el camino.

Abrí la puerta del acompañante y le hice una reverencia. Ella examinó desconfiadamente el interior antes de decidirse a entrar posando primero el culo sobre el bajísimo asiento y metiendo después las dos piernas. Rodeé el morro y entré por el otro lado. Descubrí entonces que imitando el movimiento de ella era más fácil pasar los muslos bajo el volante.

—¿Estás seguro de que sabes conducir esto?

—Estoy aprendiendo.

Pensé que para probar las prestaciones del artefacto valía la pena enfilar la Diagonal y salir de Barcelona por la A7 dirección Martorell. De los tiempos en que aún salía del barrio, conocía un restaurante en las afueras que no estaba mal: una de esas masías reconvertidas, con una inmensa chimenea de piedra en el salón principal y un buen surtido de embutidos. Debían quedarme unas veinte mil pelas en el bolsillo, pero era seguro que a partir de las doce de la noche podría repostar en cualquier cajero automático, así que podíamos gastar las veinte mil sin problemas. Eso daba para buen vino y jabugo del de verdad.

—¿Y esto no tiene aire acondicionado? Hace calor...

—Debe tener de todo. Busca en la consola.

Mientras la Fina investigaba el equipamiento yo me concentré en intentar meter la segunda. Lo conseguí en el último tramo después de tomar Travessera hacia Collblanc. «Tiene CD», dijo la Fina mientras yo trataba de no sodomizar a un pobre Twingo que apareció delante. Había descubierto el equipo de música y debajo una suerte de contenedor de compacs.

—Joder, tío: Schubert, Momentos Musicales; Bach: Suits 2 y 3; Schumann, Sinfonía Renana... Menuda marcha lleva tu hermano.

—Es que es muy culto. Pon la radio, algo saldrá.

La Fina probó los mandos de sintonía hasta toparse con el *Der Komisar*, un tema que me trae buenos recuerdos. Y creo que a la Fina también se los trae, porque se puso a bailotear en el asiento mientras reiniciaba las labores de búsqueda del aparato climatizador. Pero en la Diagonal conseguí poner la cuarta aprovechando una racha de tres semáforos seguidos en verde y la Fina se dejó de aires acondicionados y empezó a palpar a su espalda buscando el cinturón de seguridad. Tras esta última parada en Diagonal, todo lo que había ante nosotros era una preciosa autopista de varios carriles. El tráfico era escaso, sólo unos pocos coches que junto con la música de la radio contribuían a crear la sensación de que estábamos en la pantalla de salida de un videojuego. Verde. Di golpe de gas para revolucionar el motor; el corazón de la Bestia aulló a nuestra nuca y, justo cuando empezó la caída de revoluciones, aflojé el embrague y abrí grifo a tope. Perdimos un poco de impulso en el patinar las ruedas sobre el asfalto, pero en cuanto se restableció la adherencia salimos como mil demonios humeantes. Cinco segundos después el sonido del motor bajo el *Der Komisar* empezó a parecer el de un Minipimer; el indicador de velocidad estaba llegando a los 100; repetí estripada en segunda hasta los 140; tercera 170; no tuve huevos de apurar la cuarta; 180, 190, 200, seguíamos pegados al motor trasero, que empujaba por la espalda como un energúmeno, y empezamos a alcanzar coches que fueron quedando atrás como sombreros caídos desde la ventanilla de un tren; 220, 230, 240..., la autopista se encogió hasta parecer una comarcal llena de zigzags caprichosos.

—¡Pablooooooo!

Yo también tuve miedo. Levanté el pedal y cedió el empuje. Dejé que nos deslizáramos un poco con el embrague pisado, metí la quinta y nos estabilizamos a 200 adelantando a los escasos coches que circulaban por la derecha sin acercarnos mucho lateralmente para evitarles el sobresalto.

Bajé el volumen de la radio.

—¿No está mal, eh?

La Fina se había llevado una mano al corazón:

—Por un momento he pensado que me bajaba la regla, y eso que no me toca hasta la semana que viene. ¿Qué coño es esto?

—Un Lotus Nosequé. Debe de ponerlo detrás.

Estábamos ya en la recta de Molins de Rey y nos desviamos para tomar la curva de salida: doscientos setenta grados de giro, buena ocasión para probar la estabilidad de la barca. Hundí el pedal en segunda y la fuerza centrífuga empezó a aplastarme contra la puerta; la Fina, «¡Pablooooooo!», se agarraba a su propio cinturón de seguridad, tensa como un gato, pero el habitáculo apenas perdió la horizontalidad y los neumáticos se pegaron al asfalto como un velcro. Hacía falta algo más que la curva de Molins de Rey para que la Bestia perdiera la compostura: bien por Bagheera. La Fina también parecía estar pasándolo en grande, manifestó no recordar nada igual desde que se subió al Dragón Khan. Llegamos al patio de la masía-restaurante sudorosos. Aparqué en batería; bajamos recomponiéndonos la indumentaria y el peinado y entramos cogidos del brazo por la puerta principal, como una pareja de novios en plena luna de miel, con esa sensación de acabar de echar un polvo que te deja una buena carrera. Nos recibió una cuarentona rubia, peinada con moño y vestida con una blusa dorada estilo Bienvenida Pérez; el conjunto se daba de patadas con la decoración rústica, pero así son las mujeres. La Fina preguntó por el lavabo y yo me encargué de elegir mesa.

El salón principal estaba vacío, sólo una de las veinte o treinta mesas diseminadas estaba ocupada por dos parejas maduras con pinta de guiris en vacaciones. A pesar de la época del año y de que el aire acondicionado estaba funcionando, habían encendido la chimenea de piedra. Elegí una mesa cercana al fuego: además del jabugo y el vino, ése era el máximo atractivo del lugar. Cuando la Fina volvió del lavabo le tomé el relevo para lavarme las manos y al poco estábamos los dos sentados mirando la carta. Me concentré en los vinos de Rioja. Tenían el Faustino I de mis amores, pero me pareció demasiado jevi, tanto para el paladar de la Fina como para acompañar los embutidos más delicados. Descarté también el Conde de los Andes del 73 por carísimo, y dudé entre el Reserva Especial Martínez Lacuesta y el Remelluri del 85. El Lacuesta es perfecto para el jamón, pero a la Fina le gustaba el Remelluri por lo suave; además era el más barato, y no estaba claro que las veinte mil pelas dieran para muchas alegrías en caso de que pidiéramos postres.

—Está bien este sitio... Oye, ¿tienes dinero? Yo llevo sólo cinco mil pelas...

—Yo llevo veinte. ¿Qué te apetece?

—Tú mandas, Fitipaldi.

Hojeé la carta.

—A ver que te parece esto: una escalibada central para ir picando..., trucha ahumada..., una fuente de lomo embuchado y un par de platos de jamón. Y pan de chapata tostado con tomate; lo tuestan a fuego de leña. Luego ya veremos. Creo recordar que tienen un manchego meritorio.

—Te hago responsable de que me guste.

Me volví en busca de un camarero. Se acercó enseguida el único que estaba en la sala, un poco aburrido por lo escaso de la clientela, y le hice el pedido. Finalmente me decidí por el Remelluri y advertí que no nos lo sirvieran demasiado caliente. Con el rollo de que el tinto se toma a temperatura ambiente te acaban sirviendo el Rioja sin refrescar así lo tengan a veinticinco grados.

En cuanto se fue el camarero, la Fina empezó el interrogatorio:

—Bueno: explícame eso del coche de tu hermano.

No me gusta mentirle a la Fina. No me gusta nada.

—Primero explícame tú qué haces aquí conmigo. ¿No volvía hoy tu marido?

Inclinó la cabeza; caída de ojos; los volvió a abrir con las pupilas puestas en un rincón lejano del techo:

—Reunión... Tienen que informar al jefe de la movida de Hewlett Packard en Toledo... Lo de siempre. Me he cabreado y le he dicho que saldría con algún amigo y que no me esperara despierto.

Encendí un Ducados para darle oportunidad de elegir entre seguir por ahí o cambiar de tema.

—Ya no sé qué hacer, tío... Mira que hoy lo estaba esperando como una tonta..., me hacía ilusión verlo, de verdad, salir a cenar a algún sitio, no sé, hacer un poco de vida de pareja... Pues no: «Ah, es que hemos quedado en el despacho para hablar...»; lo hubiera matado, te lo juro. A veces creo que está conmigo sólo para parecer una persona normal, ¿sabes?: como lo natural es estar casado, pues se casa uno y punto... Hace no sé cuántas semanas que no echamos un polvo. Me voy a buscar un amante, te lo digo en serio. Claro que sí, tío, es que estoy harta...

—¿Has hablado con él?

—Lo he intentado. ¿Y sabes que hace?, pues me trata de neurótica, ¿sabes?, como si todo fueran comidas de coco mías. «Tío: ¡pero si no follamos!», ¿sabes?... Pues nada. Se pone a ver al tele un rato y en cuanto llegan las once se mete a dormir. Como madruga... Y a la que un sábado pasa cualquier cosa y no hay jodienda, pues ya se ha pasado el día y hasta la próxima. La semana pasada porque se iba a Toledo, la anterior porque fuimos a Gerona a ver a sus padres y volvimos tarde, la otra no sé qué coño pasó que tampoco... Pues ahora a la que no le apetece es a mí, ya está.

La llegada del vino y unas rodajitas de embutidos surtidos que trajeron para hacer boca interrumpió la conversación. El camarero venía dispuesto a hacer el número de la cata. Le dije que podía servirnos directamente y nos dejó tranquilos.

—Bueno, cuéntame lo del coche; no tengo ganas de hablar de mi marido.

—Nada: mi hermano me ha encargado un trabajo de vigilancia y necesitaba un coche para usarlo como punto de observación.

—¿Y eso?

—No sé, mangoneos de los suyos. Está interesado en una finca del barrio y quiere que le encuentre al propietario. Cincuenta mil pelas si le tengo el nombre para antes del lunes.

—¿Y qué vas a hacer, quedarte esperando en la puerta a ver quién sale?

—Algo así.

—Pues ese cacharro que llevas no es como para pasar desapercibido. Te iría mejor un Corsa.

—Puede; pero mi hermano no tiene un Corsa, tiene un Lotus.

—¿Y piensas ir a vigilar esta noche?

—Ése es el plan. Cenamos, tomamos algo en el bar de Luigi y después me voy para allá.

—Ayer noche pasé, por el bar de Luigi. Estaba harta de dar vueltas en la cama; te llamé por teléfono y como no estabas me imaginé que andarías por allí. Llegué diez minutos tarde. Me dijo Roberto que habías desaparecido a toda prisa.

—Fui a comer algo al Paralelo.

—Ya... Y después de putas, ¿no?...

Hice un gesto entre la inocencia y la resignación. Pero a ella debió darle morbo insistir en el tema:

—Y qué, qué tal, ¿algo especial?

—Psss..., nada que no hayamos hecho tú y yo. Ya sabes que en cuestión de papeo y jodienda soy poco imaginativo.

—Me parece que yo también me voy a ir de putos un día de estos.

Llegó la comida. La escalibada demasiado tibia para mi gusto; el lomo un poco rechichivao, como si lo hubieran tenido guardado en la nevera; el jamón estupendo, aceitosito y aromático; la trucha bien. El paseíto en la Bestia nos había abierto el apetito, pero aun así la Fina encontró huecos para seguir con su investigación particular.

—Oye: ¿y ese cambio de *look*?

—Convenía. Para el encargo que tengo entre manos...

Se quedó mirándome con cara de sospechar algo y no saber exactamente qué:

—Pues, ¿sabes?, te encuentro muy raro. El peinado, la ropa, el coche..., veinte mil pelas en el bolsillo, olor a colonia buena... Y además estás muy serio, no has hecho ni una sola payasada de las tuyas.

No se me ocurrió ninguna payasada que hacer.

—Mi hermano me ha dejado su tarjeta para cubrir gastos... No sé: puede que esto de ir bien vestido y llevar dinero encima imprima carácter. Y no estoy acostumbrado a conducir un deportivo de veinte kilos.

—Y qué: ¿te gusta?

—Psss... Es divertido, para variar.

—¿Y si te gusta por qué no haces algo? Tus padres están forrados, tu hermano igual, ¿eres socio de su empresa, no?, podrías tener la pasta que quisieras...

—No te molestes, ya me conozco ese discurso.

—... ¿por qué no intentas sacarte provecho a ti mismo?, no sé, al menos para poder tomarte una copa cuando te apetezca y no andar dejando deudas por los bares. Eres un tío con coco, y tú lo sabes. Úsalo.

—En realidad creo que si tuviera menos coco sería más inteligente.

—Ya estás otra vez diciendo cosas raras.

—¿Lo ves?: el coco, que me sale con ocurrencias de Perrito Piloto.

Puse cara de Perrito Piloto en pleno vuelo, con sus gafas y su gorro de orejeras. La Fina tuvo que taparse la boca con una mano para no soltar la papa. Pero volvió a la carga en cuanto se le pasó la risa.

—No lo entiendo, de verdad. ¿No puedes hacer simplemente lo que se espera que hagas, sin más? Y no me vengas con jueguecitos de palabras...

Generalmente detesto que me pidan explicaciones sobre lo que hago o lo que dejo de hacer, ya tengo suficiente con los sermones de SP y los sarcasmos de mi Estupendo Hermano, pero esta vez me venía bien apartar la atención de mis transformaciones indumentarias para cambiar de tercio y entretener la conversación en otra cosa.

—Muy bien, te voy a contestar con una historia verídica a modo de parábola.

—Pero después tienes que volver a poner cara de Perrito Piloto.

—Ya veremos, primero escucha.

—Escucho.

—Verás: ésta es la historia de un joven que embarcó rumbo al Yukon en plena fiebre del oro. Su padre, un comerciante próspero, acababa de morirse de puro viejo en su ferretería de Omaha y le dejó cierta cantidad de dinero. Eso y lo que pudo sacar al liquidar el negocio le pareció suficiente para pagar el viaje y probar suerte en el norte, así que el tío se llegó hasta Seattle atravesando medio país y allí tomó el primer vapor hacia Skagway, cerca de la frontera oeste del Canadá. ¿Sigo?

—Ya que has empezado...

—Bueno, pero no quiero que te imagines al típico oportunista en busca de fortuna; era más bien un... experimentador, ¿vale?: más que oro buscaba un punto de vista privilegiado, contemplar el mundo desde el Norte absoluto, subir a la cúspide del planeta, algo así.

—Un sonao.

—Exacto, veo que lo vas pillando. Bueno, pues el tío salió de Skagway a lomos de una mula en la gran caravana de hombres y ganado que se adentraba hacia el norte hasta Dawson. Seiscientos kilómetros de ruta infernal: aludes, escasos pastos para los animales y un frío de cojones en plena primavera. A parte de algún fuerte construido un poco más al norte, Dawson era por aquel entonces el último lugar civilizado en el que se podían comprar víveres antes de adentrarse en tierras ignotas, una especie de puesto de vanguardia desde el que partían los aventureros hacia el Círculo Polar.

—Parece un cuento de Jack London.

—De Jack Leches: lees demasiado, se te va a estropear la vista.

—Es que follo poco... En fin, sigue.

—Bueno, la cosa es que una vez en Dawson empezó a darle mal rollo la idea de meter los pies en remojo de aguas de deshielo y quebrarse el espinazo buscando indicios de polvo dorado que la mayoría de las veces aparecía en cantidades ridículas. Se lo pensó dos veces y decidió descansar unos días en la ciudad. Dawson todavía no había alcanzado su máximo esplendor, pero empezaba ya a ser conocida por el París del Norte: se podía beber champán, comer caviar o contratar a señoritas francesas que te bailaban un cancán en ropa interior con blondas; todo a precios de nuevo rico, por supuesto. Y mezclados con los que despilfarraban su polvo de oro en los salones, pululaban centenares de desgraciados incapaces de pagar la fortuna que se pedía por un plato de judías y un trozo de pan, así que aquello no tardó mucho en convertirse en una olla a presión que la policía canadiense apenas podía controlar. ¿Te haces una idea? Bueno, pues mira por dónde nuestro hombrecito de Nebraska traía dinero en el bolsillo y a los dos días empezó a importarle un pimiento el norte y sus perspectivas privilegiadas: pasó una semana, pasaron dos, tres, y entre copas de champán y polvos dorados que no requerían mojarse los pies en absoluto acabó dilapidando la herencia de su padre.

—No sé por qué pero me lo esperaba.

—Espera que ahora viene lo bueno. Resulta que cuando le quedaban apenas unos dólares comprendió que no tenía más remedio que ponerse en marcha. Compró un saco de víveres, lanzó una moneda al aire para decidir el rumbo, y se marchó con su saco, su mula y su cedazo justo en la misma dirección que el resto de los buscadores, Klondike arriba. Pero el Klondike estaba ya más explorado que las blondas de las madmuaseles, no quedaba ni un metro de río que no tuviera marcada la concesión, y lo mismo pasaba en los afluentes importantes, así que nuestro sonao se empeñó en remontar un arroyuelo ridículo en el que nadie había encontrado el más mínimo vestigio de oro. El caso es que al cabo de un mes de estirar raciones y trepar por los Montes Mackencie, el saco de víveres se había agotado y el futuro tomaba mal color. Otros podían sobrevivir en pleno invierno a base de cazar y pescar, pero aquel hijo de un ferretero de Omaha apenas distinguía un conejo de un salmón, y no se le ocurría manera de capturar a ninguno de los dos. Total: estaba ya a punto de emprenderla a mordiscos con su cabalgadura cuando, agachado cerca del arroyuelo, se encontró con un siwash pescando.

—¿Un si-qué?

—Un indio del norte. El caso es que debió ver al ferretero tan acabado que se lo llevó con su familia. El clan del indio solía acampar en verano junto a un pozo que formaba el riachuelo poco más arriba, y una vez allí le dieron de comer y después durmió una larga siesta ante la mirada atenta de toda la parentela, que no estaba acostumbrada a ver tipos tan rubios y tan peludos. El ferretero durmió todo el día y al despertar se sintió mucho mejor. Estaba casi anocheciendo cuando se levantó y fue hacia el pozo con intención de despejarse metiendo el cabezón en el agua helada. Fue entonces cuando lo vio.

—¡Oro!

—Exacto, oro. En el fondo del pozo: una pátina dorada que relumbraba a la luz oblicua de media tarde como una botella de Freixenet puesta a trasluz. Casi se ahoga. Al principio los siwash no entendieron a qué venía tanto alboroto, pero el abuelo del clan terminó por dar con una explicación plausible: aquel polvo debía de ser una suerte de cosmético, el pigmento dorado que daba color a los cabellos del Rostro Pálido y al pelo brillante que le poblaba el pecho y se le acumulaba alrededor de la boca.

—Te lo estás inventando...

—En serio: aquella gente no estaba acostumbrada a ver hombres rubios más que de lejos, buscando algo invisible en el lecho de los ríos. Piensa que al lado de un siwash, un *nickerboker* descendiente de holandeses reluce al sol como una aparición mariana, exactamente igual que el fondo de aquel pozo. Y a todo esto nuestro joven comprendió por qué nadie había remontado aquel arroyuelo. Generalmente las pepitas de oro fluyen a lo largo de todo el río arrastradas por la corriente; los buscadores probaban suerte en algún lugar lo suficientemente poco profundo como para poder cribar la arena del fondo, y si encontraban algo seguían cribando más arriba, si no, se olvidaban del riachuelo y probaban en otro sitio. Pero resulta que sobre aquel pocillo de diez o doce metros cuadrados la corriente pasaba muy lentamente, lo suficiente como para que el oro que contenía sedimentara como una fina lluvia de purpurina y el agua superficial siguiera fluyendo limpia río abajo. O sea: el pozo era una especie de decantador natural que iba acumulando oro en su fondo, y sólo quedaba por averiguar qué grosor tenía aquella capa dorada. ¿Más vino?

—Más vino.

Serví las dos copas, le di un repaso a mi plato de jamón y un meneo a la escalibada tibia, que no acababa de convencerme. Mejoró bastante una vez salada y lubricada con un buen chorro de espeso aceite color verdoso. La Fina aprovechó también para picotear la trucha y darle un par de buenos mordiscos a una tostada. Esperé para continuar hasta que, cubriéndose un poco la boca llena con una mano, explicitó su impaciencia:

—Bueno, y qué pasó.

—Pues pasó que nuestro héroe salió con una brillante idea de Perrito Piloto. El caso es que, por pura curiosidad, se sumergió a tres metros en el pozo y llenó su sombrero con polvo del fondo. Una vez en la superficie se dio cuenta de la tremenda riqueza de la arena, casi cuarzo y oro a partes iguales, y en cuanto comprendió que era inmensamente rico le dio pereza la idea de ponerse a bucear como un pato durante días para extraer su tesoro. Entonces no se le ocurrió otra cosa que aprovechar la oportunidad para hacer un cursillo de caza y pesca con los siwash. Al fin y al cabo el oro seguiría allí esperando el tiempo que hiciera falta; en cambio los indios no paraban quietos más de una semana en el mismo campamento y era muy improbable volver a encontrarlos. Así que guardó el sombrero en la alforja de la mula y decidió olvidarse del asunto hasta que llegara el momento de trabajar en serio, cosa que bien podía esperar unos días.

—Y se quedó con los indios...

—Más que quedarse se fue con ellos. Y aprendió no sólo a distinguir a simple vista un conejo de un salmón sino también a construir trampas adecuadas según el caso. Y como era un sonao con mucho coco, aprovechó lo aprendido en el almacén de ferretería de su padre para pertrechar un ingenioso sistema de recuperación de capturas que dejó pasmados a los siwash. Pasó una semana, pasaron dos, tres, y empezó a tomarle el gusto a la vida nómada hasta el punto de que fue siguiendo a los indios de campamento en campamento hasta pasar el resto del verano y parte del otoño con ellos.

Hice otra pausa para beber vino y comer jamón.

—¿Y el pozo?

—Ahí vamos, déjame comer un poco.

»Con los primeros fríos, los indios empezaron a bajar de las montañas hacia el sur, y el ferretero pensó que había llegado el momento de volver sobre sus pasos y ponerse a trabajar en la extracción. Debía de haber recorrido unos doscientos kilómetros con los indios en dirección a la cuenca del Yukon, pero aún entretuvo la larga vuelta al norte poniendo en práctica sus recién adquiridas habilidades de predador trampero. Cayeron las primeras nieves y el tipo estaba aún a mitad de camino, ocupado en curtir pieles de conejo para protegerse del frío creciente. Trató entonces de apresurarse, pero las ventiscas y la nieve empezaban a hacer difícil el camino y le llevó una semana cubrir los últimos veinte kilómetros hasta llegar al pozo.

—Y cuando llegó se lo encontró lleno de gente chapoteando...

—No exactamente. Digamos que nadie podría haberse metido en aquel agujero aunque lo hubiera encontrado. Allí ya no había agua: había un tremendo bloque de hielo opaco cubierto por medio metro de nieve dura.

—Putada...

—Inmensa.

—Y qué...

—Pues no le quedaba más remedio que volverse a Dawson con el contenido del sombrero que aún guardaba en la alforja. Hasta la primavera el oro había quedado completamente inaccesible a menos que se excavara el hielo, y eso requería el trabajo de varios hombres durante días, quizá semanas, habría que montar un verdadero campamento minero. Pero aquí no acaba la cosa, porque todavía se le ocurrió otra idea de Perrito Piloto. ¿Qué hubiera hecho una persona normal en esta circunstancia? Pues irse directamente a contratar a gente que también fuera normal: un pequeño grupo de mineros experimentados que hubieran tenido éxito en sus propias concesiones y quisieran redondear su fortuna trabajando un par de semanas para otro. ¿Y qué es lo que hizo en cambio el cenutrio del ferretero?, pues le dio por ponerse a jugar a Teresa de Calcuta y se fue por Dawson buscando desarrapados.

—¿Y eso?

—Bueno, él estaba vivo y era rico gracias a la generosidad de unos indios que estaban mal vistos por todo el mundo, así que pensó que había llegado el momento de devolver el favor compartiendo su secreto con una veintena de los más necesitados. Entre todos sacarían el tesoro de bajo el hielo y podrían volver a sus casas con los bolsillos lo suficientemente llenos como para establecerse cómodamente.

—Pues no me parece tan mala idea.

—A veces, Fina, creo que tú también estás un poco sonada: tanta tontería con las ONG's te está estropeando el sentido común. ¿Sabes lo que pasó cuando aquel tipo vestido con pieles de conejo empezó a contar su historia entre los pobrecitos necesitados de Dawson que rondaban medio borrachos por las calles? Pues que se le rieron en las narices. ¿Quién iba a creer a un gandul al que todo el mundo recordaba despilfarrando su dinero en los salones de la ciudad y que ahora andaba por los arrabales explicando historias de maravilla entre los pordioseros? Y le creyeron menos aún cuando, intentando darle verosimilitud a su historia, entró en detalles y empezó a contar el episodio de los siwash. Verás: George Carmack, el héroe local al que se atribuía el hallazgo del Bonanza, era un blanco simpatizante de los indios hasta el punto de casarse con una tagish, y precisamente hizo su descubrimiento a través de un hermano de su mujer, un indio al que llamaban Skookum Jim.

Así que cuando nuestro sonao de Omaha empezó a contar los pormenores de su aventura todos terminaron por reafirmarse en que, además de ser un embustero, aquel imbécil tenía muy poca imaginación. Se convirtió en una especie de bufón que rodaba por los salones desbarrando sobre pozos dorados de increíble riqueza; le perdieron el respeto, y cuanto más se desgañitaba él más loco les parecía a todos.

—Pero aún conservaba el oro que había sacado con su sombrero, ¿no?, eso demostraba que su historia era cierta.

—Ah, sí: a él también se le ocurrió esa idea. Un día tomó un puñado de arena dorada, entró en un salón con la palma abierta y gritó «Mirad: tengo dos kilos más de esto metidos en un sombrero, para quien quiera verlos y convencerse»...

Me detuve un momento y tomé un sorbo de vino mirando a la Fina fijamente.

—¿Y?

—Pues que quien más interés mostró en aquello fue una pareja de la policía montada. Si aquella bravuconada del sombrero tenía algo de cierto, era sin duda indicio de que el tipo le había robado el oro a algún ciudadano honrado. Lo detuvieron. Lo interrogaron. Después de dos horas se vio en la necesidad de excusarse alegando que había inventado esos dos kilos sólo para darse importancia en el bar, y aun así le costó justificar el puñado con el que había entrado en el salón. Por suerte, esa misma noche, la bailarina de un salón de la calle principal tiró sin querer una lámpara mientras actuaba y acabó incendiándose media calle. No había todavía cuartel de bomberos en la ciudad y la policía tuvo tanto trabajo que acabó por desentenderse de aquel pobre desgraciado.

—Qué mal rollo...

—Malísimo. Y aquí es donde termina la historia. Eran ya primeros de diciembre, y esperar siete meses en aquel lugar en el que todo el mundo lo tomaba por un borracho sospechoso para volver al pozo en primavera era más de lo que el tipo podía aguantar. Así que emprendió el largo camino de vuelta a Omaha, decepcionado y con el ánimo lleno de rencor.

—¿Y el oro del pozo?

—Misterio. El ferretero no volvió jamás. Puede que aún esté allí, pero es poco probable. Hoy día aquello es una especie de ruta turística para aventureros de salón. Alguien debió encontrarlo en algún momento, quizá el gobierno canadiense. O quizá no. La fiebre del oro no duro mucho, un par de años más después de aquello. Vete a saber.

Nos quedamos callados. La Fina, muy seria, parecía cavilar sobre lo escuchado como tratando de encontrarle un sentido alegórico que se le resistía. Yo aproveché para pedir un taco de manchego seco al camarero. Ella no quiso nada más, ni siquiera postres.

—Oye: ¿seguro que no me tomas el pelo?

—¿Por qué iba a tomarte el pelo?

—Porque te gusta tomarle el pelo a la gente. Me consta.

—¿Sabes quién me contó la historia? Greg Farnsworh *junior*, el único hijo que años después tuvo aquel ferretero sonado. Estuve trabajando un par de semanas en su gasolinera de las afueras de Aurora, a unos 150 kilómetros de Omaha.

—Ah, ¿sí?, no sabía que hubieras trabajado nunca en una gasolinera...

—Sólo esa vez, en el verano del 86. Yo necesitaba unos dólares para seguir viaje hacia Denver y él necesitaba un par de buenos brazos para organizar el almacén. Solía reunirme al atardecer con él y con la vieja Annie a tomar limonada helada en el porche de su casa. No tenían hijos a quienes contarles sus batallitas, y aprovecharon la oportunidad que les brindaba aquel extranjero que pasaba por allí.

—¿Y cómo sabes que la historia es auténtica? No sé: sigue pareciéndome un cuento de Jack London.

—Fina, por favor... ¿Crees que un par de viejos con un pie en la tumba hubieran improvisado una historia así sólo por el placer de engañarme? Aquel hombre veneraba el recuerdo de su padre, me contó su aventura para que siguiera viva, para que no se perdiera con él. Y por lo visto le parecí digno de escucharla: precisamente yo, un viajero de paso. Me dio toda clase de detalles, nombres, fechas, topónimos... Quizá le recordé a aquel sonao que se fue al Norte en busca de una perspectiva privilegiada, no sé... Además: me enseñó el oro en el sombrero. Lo guardaban junto con las pieles de conejo y las alforjas de la mula, como si fuera una reliquia.

—¿Siiií?

—Un sombrero de ala ancha, marrón, completamente deformado pero rígido, como aprestado de nuevo entre el interior de la alforja y la arena que contenía. Y la arena era realmente dorada, brillante... Dejaba destellos adheridos a la humedad de la mano, exactamente como una purpurina finísima. Es uno de los recuerdos más conmovedores que guardo: aquel polvillo dorado.

Silencio. Crepitar del fuego. La cosa se había puesto tan seria que sentí la necesidad de hacer alguna gansada.

Como medida de urgencia puse cara de negro bembón y empecé a bailotear sobre la silla una coreografía de Georgie Dan:

—*Cuando la gente dice criticando que*
»paso la vida sin pensar en na,
»es porque no saben que yo soy el hombre
»que tiene un hermoso y lindo cafetal.

»Y ahora nos vamos a tomar un par de chupitos de marc de champán y un cafelito, ¿hace?

La Fina volvía a sonreír:

—Ah, no... Primero tienes que volver a poner cara de Perrito Piloto. Lo prometido es deuda.

Hice un breve amago de Perrito Piloto para complacerla y llamé al camarero. El final de la cena fue ya inevitablemente lánguido; tomamos los chupitos tratando de hablar de cualquier cosa, pero estaba claro que necesitábamos un cambio de escenario. Pedí la cuenta —ocho mil nosecuántas: bastante menos de lo que esperaba—, y tratamos de salir de allí. Digo tratamos porque en el tiempo en el que estuvimos cenando había entrado otra pareja en el salón y se había sentado en una mesa: yo pude verlos, pero la Fina, que quedaba de espaldas, no reparó en ellos hasta que nos levantamos para salir:

—¡Ay, el Toni y la Gisela! ¡Qué fuerte, hace mogollón de tiempo que no los veo!

Cagada. Cuando la Fina se encuentra a alguien en un restaurante ya puede uno calzarse. Siempre hace siglos que no los ve y siempre trata de ponerse al día en ese mismo momento. Ya se habían reconocido mutuamente, y la pareja —treintañeros con aspecto de matrimonio sin hijos que todavía sale a cenar entre semana— esperaba la aproximación de la Fina desplegando un florido repertorio de gestos de entusiasmo. Me vi venir que aquello podía retrasarnos una hora larga a poco que yo estuviera dispuesto a entretenerme e improvisé una maniobra de despiste:

—Oye, Fina, me estoy meando. Voy al lavabo mientras saludas a tus amigos y te espero en el coche. No tardes, ¿vale?

Me dijo que bueno sin hacerme ningún caso y se fue hacia la mesa de la pareja haciendo aspavientos de alegría.

No pasé por el lavabo porque no me estaba meando, sencillamente salí al exterior. Hacía calor. Noche de finales de primavera. Estábamos lo suficientemente lejos de Barcelona como para que se vieran las estrellas. Eso y el olor de la leña predisponen siempre al bucolismo y los suspiros. Me llegué hasta la Bestia Negra, «Stuuk», me metí, abrí la ventanilla y me dejé llevar por el cric-cric de los grillos y la soñera de después de cenar.

El hermano Bermejo

Puede que las hechuras interiores de la Bestia sean perfectas para hacer carreras por la autopista, pero cuesta trabajo dormirse profundamente en un asiento que te obliga a permanecer encajado en posición de piloto. Aun así quedé sumido en un duermevela sudoroso, obsesionado en agrupar el ferrete de los grillos en un compás de cuatro por cuatro que se desmadraba en cuanto unos pasos sobre la gravilla, o el motor de un coche pasando por la carretera, me acercaban a la vigilia. Al rato, ayudado por una larga bocanada de brisa nocturna, experimenté ese placer inenarrable de caer dentro de uno mismo. Llegué a soñar que conducía a gran velocidad por solitarias carreteras de montaña, entre nubes de polillas que relucían a la luz de los faros, siempre hacia el valle remoto que esperaba allá en el fondo, con su pueblo, sus casas, sus blandas camas de metro noventa que me permitirían, al fin, dormir a pierna suelta.

Me sacó del trance una sensación de ahogo insoportable y di dos o tres manotazos al aire tratando de zafarme de algo que me cerraba los orificios nasales como una pinza. Al despertar completamente me encontré con la Fina riendo al otro lado de la ventanilla.

—¿Dónde te has metido?, pensaba que habías ido al lavabo.

—Fina, joder, no me vuelvas a hacer eso, ¿vale?

—¿El qué?

—Taparme las narices mientras duermo. No lo soporto.

—Bueno, chico, no te enfades.

—Vale, pues no vuelvas a hacérmelo. Estaba durmiendo tan a gusto y vas y me cortas la respiración. ¿Sabes lo que jode eso?

Le dio la vuelta al coche y se subió al asiento del acompañante con la cara ceñuda. Ahora se hacía la ofendida para enmendar la travesura:

—¿Qué?, ¿nos vamos? —dijo.

—¿Qué hora es?

—La una pasada.

—¿La una? ¿Cuánto rato has estado cascando con aquéllos?

—Chico, no sé, pensaba que habías ido al lavabo y que volvías.

—Te he dicho que te esperaba en el coche, lo que pasa es que cuando no te conviene no te enteras.

No contestó. Seguía enfurruñada. Traté de hablar en tono conciliador:

—Anda, pon el aire acondicionado.

—Ponlo tú, don Perfecto, yo no lo encuentro.

—Joder, Fina, si es un perro te muerde. ¿No ves el dibujito?: rojo calor, azul frío.

—Bueno, chico, pues lo pones tú. Me hubiera gustado verte buscándolo mientras íbamos como un cohete por la autopista.

—Tú sí que estás hecha un buen cohete. Venga, pon música. ¿Crees que encontrarás tú sola el botón, Flor de Lis, o te lo busco yo?

Se volvió y me dio un manotazo en el hombro a modo de escarmiento. Buena señal.

Arranqué y salimos de vuelta rodando lentamente por la Nacional. La Fina repasó el contenedor de CD's y encontró un recopilatorio de grandes éxitos de la Dinah Washington. En cuanto el *Mad about the boy* rompió definitivamente el hielo, volvimos a hablar.

—¿Quiénes eran esos?

—¿El Toni y la Gisela? Ella fue compañera mía en la facultad. No los conoces.

Seguimos sin pasar de ciento veinte hasta Barcelona, la Fina contándome los pormenores de su relación con la tal Gisela, yo escuchando sin mucho interés y la Dinah Washington haciendo lo posible por crear un clima chic. Una vez en el barrio di la vuelta por Nicaragua y paré un momento en doble fila frente a la oficina de La Caixa de Travessera. Era ya un día nuevo a efectos administrativos; no sabía qué límite tenía aquella tarjeta estupendísima, pero si unas horas antes me había dado cien papeles sin rechistar, nada impedía que en ese momento pudiera sacar cien más.

Todo fue bien. La Fina puso unos ojos como platos al ver los billetes:

—¿Para qué sacas tanto dinero de golpe?

—¿No has aprendido nada de la historia del ferretero de Omaha, Flor de Lis?

—Como me vuelvas a llamar Flor de Lis te arreo con el bolso.

Subimos de nuevo a la Bestia Negra y dimos el enorme rodeo que hay que dar en coche para desplazarse los quinientos metros que nos separaban de donde Luigi. Aparcamos en triple fila en un hueco que dejaban los tropocientos taxis y la furgoneta de la Guardia Urbana parados frente al bar (a veces Leoncio y Tristón se traen la furgoneta). El Roberto nos vio aparcar desde la barra y al reconocernos soltó un «¡la puta!» audible desde el exterior del bar. Inmediatamente salió a la calle con su mandil en dirección a la Bestia, mirándonos con los ojos desorbitados al cruzarse con nosotros a mitad de la calzada. La Fina y yo seguimos hacia el bar, pero la estampida del Roberto había llamado la atención de la clientela que ocupaba la barra. Cinco o seis taxistas, Leoncio y Tristón, los habituales borrachos y algún artista de medio pelo formaban una pantalla humana en el portal, mirando las vueltas que el Roberto le daba al coche. La Fina y yo logramos entrar superando la barrera de curiosos y el Luigi nos miró de reojo —esta vez me miró más a mí que a la Fina—, pero pareció dejar para después los comentarios sobre mi aspecto para averiguar antes qué demonios era aquello que merecía tanta expectación. El Roberto no tardó en volver al bar con la mirada extraviada:

—¡Virgensita: Lotus Esprit, el carro de James Bond!

Aquello acabó de hacer caer a todo el mundo en la importancia del artefacto y la peña se volvió hacia nosotros en busca de explicaciones. La primera vez que vi a Bagheera ya me pareció digna de alguien con licencia para matar, pero no sabía que de verdad fuera uno de los coches de James Bond.

Me sentí en la obligación de minimizar el acontecimiento:

—Pensé que James Bond llevaba un Aston Martin...

El Roberto estaba excitadísimo:

—¡Pero nooo, eso era cuando Sean Conery! Roger Moore manejaba un Lotus Esprit. ¿Que no viste *La espía que me amó*? ¿Te recuerdas cuando salta al mar en un deportivo blanco que se convierte en submarino?: pues ése. Pero éste es último modelo, V8 GT del 97. ¿Y viste *Instinto básico*?

—No. Pero he visto *Los Albóndigas en remojo*.

Todo el bar estaba pendiente de las atropelladas referencias que daba el Roberto, extrañados ante aquella erudición en temas automovilísticos, aunque no fuera más que erudición peliculera. Semejantes intereses no acababan de encajar en la personalidad del Roberto.

—Y sale también en *Pretty woman*... Un clásico, un supercarro, una joya... 550 caballos, motor biturbo de 32 válvulas, aselerasión de 0 a 100 en 4,9 segundos, velosidad punta de 272 kilómetros por hora limitados por electrónica...

Los taxistas empezaron a mirarme con cara de resentidos poseedores de un Toledo diesel pintado como la abeja Maya y decidí taparle la boca al Roberto por la vía rápida. Saqué las llaves y se las planté delante de las narices:

—¿Quieres darte una vuelta con él?

Se quedó mirando el llavero como un sonámbulo. Primero pensé que de pura sorpresa, pero poco a poco fue poniendo cara de cachorrito, levantó la parte central de las cejas y murmuró, con infinita tristeza de peladito:

—Es que... no tengo lisensia para manejar auto.

Durante dos segundos nadie reaccionó. Después, en cuanto el Luigi culminó su estertor de asmático en el primer «ja», la parroquia explotó en pleno. Uno de los taxistas, incapaz de contenerse, le tomó la cabeza al Roberto y le plantó un sonoro beso en mitad de la frente, lo que redobló el cachondeo general en torno al pobre bufón cabizbajo que se refrotaba las manos en el mandil de vuelta a la barra. Aprovechamos el choteo para escaquearnos hacia el fondo del local y ocupar una mesa. Antes de sentarme pregunté a la Fina qué quería, «Un whisky con hielo, hoy tengo ganas de emborracharme; pero que sea bueno que si no me da dolor de cabeza». Le pedí al Luigi un Vichoff para mí y un Cardhu para la Fina. No sé si Vázquez Montalbán se habrá dado cuenta, pero sospecho que por su culpa todos los pelagatos piden güisqui de malta para hacerse los exquisitos. En fin... Llegó el Luigi con mi Vichoff, su propio cubata y el néctar olímpico para la Fina, y se sentó con nosotros dispuesto a someterme al segundo interrogatorio de la noche.

—Bueno, y ahora vas a hacer el favor de explicarme qué coño significa ese coche y esa pinta de macarra postmoderno que me traes.

Le di un golpecito a la Fina por debajo de la mesa para que me dejara hacer. Me miró con severa cara de «a ver por dónde sales ahora» pero se quedó calladita.

—Estamos celebrando nuestro aniversario —dije.

—¿Aniversario?..., aniversario de qué.

—Hoy hace veinte años que nos conocemos —esto era casi verdad: la Fina y yo nos conocimos una noche de San Juan, hacía, si no veinte, diecimuchos años—. Y hemos decidido celebrarlo aprovechando un programa de radio que te paga los gastos de una noche especial a cambio de que al día siguiente salgas en antena y expliques lo que has hecho. Nos han alquilado el coche que hemos pedido, nos pagan la cena y las copas donde queramos y tenemos una suit reservada en el Juan Carlos I.

—No me jodas...

—Así que si mañana por la noche pones Radio Amor nos oirás hablando de tu bar. El programa empieza a las doce, se llama *Qué noche la de aquel día*. Creo que explicaré la movida que se ha montao con el Lotus: a la audiencia le gustará. ¿Quieres que diga algo concreto sobre el bar, una mención a las excelencias de las tapas o algo así? Aprovecha: es publicidad gratis.

—Vete a la mierda: no me creo nada.

—Ah, ¿no?, pues ahí afuera tienes una prueba capaz de poner a la Sharon Stone a cien en 4,9 segundos, ¿de dónde te crees que lo hemos sacado?, ¿sabes lo que vale alquilar un cacharro así durante una noche?

—Me da igual. No me lo creo.

—Podríamos haber ido al Oliver Hardy a bebernos una botella de Dom Perignon; en lugar de eso hemos venido aquí a compartir la fiesta contigo y ahora me tratas de embustero.

—Ya te veo venir. Ahora me pedirás un ticket de caja y me dirás que las copas las pagarás mañana, cuando los del programa de radio te abonen el gasto.

Busqué en el bolsillo parsimoniosamente, saqué el fajo apretujado de billetes, los reordené ante sus narices y dejé sobre la mesa un par de los azules:

—Quédese con el cambio, mozo.

—Ni hablar. Vete a saber de dónde habrás sacado eso. A ver, Fina: si me cuentas tú lo del programa de radio me lo creeré.

La Fina me miró, se le escapó una sonrisita, se volvió hacia Luigi y afirmó con la cabeza en un gesto incapaz de convencer a nadie. Él se levantó triunfante de la mesa, bajándose el párpado inferior con un tirón del índice. Yo me encogí de hombros mirando a la Fina, que me dedicaba un gesto de italiano de comedia musical:

—A ver: ¿cómo quieres que me crea tus historias de buscadores de oro si vas contando películas de indios por todas partes?

—Qué manía tenéis todos con distinguir entre verdad y mentira; no lo entenderé nunca.

Aquí empezó una sesión filosófica de media hora que no vale la pena transcribir. Bastará decir que nos dio tiempo a pedir otra ronda de güisqui y Vichoff y que la Fina, entre el vino de la cena, el chupito de marc de champán y los dos pelotazos de Cardhu, empezaba a estar achispada. En un momento se hicieron las dos en el reloj de la barra y pensé que había llegado el momento de ponerse a trabajar antes de que el pozo se helara.

—Oye, Fina, tengo que marcharme. Ya sabes lo que hay.

—¿Ya-aaa? Nooo-o, va-aaa, ahora no tengo ganas de irme a casa... Te acompaño; todos los detectives tienen un ayudante, ¿no?

—Si va a ser muy aburrido... Probablemente me pasaré la noche sentado en el coche.

—Bueno, así no te dormirás. Nos llevamos algo de beber, ponemos la radio y nos montamos un guateque en el Lotus, ¿vale?

Lo pensé brevemente. Era completamente descabellado, pero conociendo a la Fina era probable que me llevara un par de horas dejarla en casa. Cuando quiere es la reina del sabotaje, hubiera encontrado mil maneras de entretener la despedida. Además, qué demonios, tampoco yo tenía ganas de encerrarme a solas en un coche, por mucho que fuera el de James Bond, así que puse cara de transigir a regañadientes y me fui para la barra en busca de Luigi.

—Oye: necesito que me vendas la botella de Cardhu, la de vodka que me guardas en el congelador y una bolsa de hielo. Pago al contado.

—¿Queeé, estás loco?: ¿y qué quieres que te cobre?

—No sé: lo que cobrarías si me vendieras las botellas de copa en copa.

—Ya: treinta mil pelas...

—Bueno. Las tengo. Aprovecha.

Se volvió y salió de la barra hacia la trastienda, renegando entre dientes. Al poco volvía con la botella de vodka. Tomó también de la estantería la de güisqui y me las plantó en la barra reprimiendo un resoplido que acabó saliéndole por la nariz.

—Mañana tráeme dos iguales, al menos tan llenas como están éstas.

—Vale. Necesito también una bolsa de hielo y dos vasos.

—¿Y de dónde quieres que saque una bolsa con hielo?, ¿te has creído que esto es una gasolinera?

—Joder, tío, pues mete un buen puñao de cubitos en una bolsa cualquiera, que se te ha de explicar todo. Y cóbrate las diez mil pelas de anoche y lo que te debo de ahora.

—De ahora y de ayer por la mañana, ¿te acuerdas?, me dejaste a deber un cortao y un Ducados.

La memoria del Luigi es prodigiosa.

Salimos de allí con una bolsa con las bebidas y nos encaminamos hacia la Bestia. A la Fina se le despertó otra vez la vena tierna y se empeñó en abrazarme. Peligro. Pensé que convenía actuar con cierta rudeza. «Joder, Fina, qué enganchosa estás hoy». Volvió a darme un manotazo y se separó de mí en un ampuloso simulacro de enfado. Subimos al coche y rodamos en silencio por Jaume Guillamet hasta superar la casa del 15. Giré Travessera a la izquierda y paré en doble fila a unos metros de la esquina.

—Espera aquí un momento, vuelvo en dos minutos.

—¿Adónde vas?

—A mear.

Salí del coche y me dirigí a la bocacalle; volví la esquina y caminé hacia la casa con las manos en los bolsillos, como el que ha quedado con alguien y se mueve sin rumbo tratando de acortar la espera. No había luces en la casa, o en cualquier caso las ventanas selladas impedían que se vieran desde la calle. Me detuve un momento cerca de la puerta del jardín repitiendo el número del zapato desatado y miré hacia el poste donde, como siempre, colgaba el trapito rojo. Después sencillamente me levanté, desaté el trapito sin apresurarme en exceso, me lo metí en el bolsillo y di media vuelta de regreso al coche.

En cuanto superé la esquina y quedó a mi vista la estampa trasera de la Bestia con los intermitentes encendidos, me llegó también el sonido amortiguado del *Do-do-do Da-da-da* de Police, que debía de estar sonando a toda pastilla en el interior. La silueta de algo que se movía como un teleñeco de lado a lado del asiento me confirmó que la Fina debía de estar ya disfrutando de los efectos del último güisqui.

—¿Estás loca?, ¿sabes qué hora es?

—De du-du-du, de da-da-da, tiro riro riro raaa: ¡tachán!, de du-du-du...

—¡Fina, por Dios, que están las ventanillas abiertas!

Bajé el volumen en cuanto estuve adentro. A la Fina le dio por ponerse graciosa, falseando una voz de pija redomada.

—Huy, chico, desde que tienes dinero te has vuelto muy considerado... *De du-du-du, de da-da-da...*

Ahora cantaba en un susurro paródico, sin parar de moverse como el monstruo de las galletas. Arranqué el motor con intención de bajar por la siguiente travesía.

—Fina, si no te comportas me vas a estropear el plan, y son cincuenta mil pelas.

—Usted perdone, caballero: no se volverá a repetir.

Cambió bruscamente de actitud, se puso muy seria y manipuló la radio hasta dar con una emisora de música clásica. Sonaba una pieza barroca, solemne hasta decir basta, y se puso a dirigir el cuarteto con una batuta imaginaria y cara de éxtasis religioso. A mí me dio la risa y eso debía de ser lo que andaba buscando, porque dejó de fingir que comandaba la murga y me pellizcó un moflete: «¡Uuuuuuy, mi niño grandote!». «Fina, por favor, compórtate.» No hubo manera, le basta descubrir que una cosa me molesta para repetirla hasta la exasperación. Decidí concentrarme en lo mío esperando que se aburriese de darme pellizcos. Subiendo por Jaume Guillamet no vi huecos para aparcar, pero a unos cincuenta metros de la casa, en la acera de enfrente, un par de vados permanentes marcaban la entrada a un taller de reparación de automóviles; chapa y pintura, decía el cartel. Acomodé la Bestia allí; era poco probable que nadie quisiera pintar su coche a las dos de la mañana. Desde ese punto se controlaba la entrada a la casa, y la distancia y la penumbra entre farolas garantizaba la discreción de nuestra presencia aunque a la Fina le diera por cantar, cosa que suele hacer al llegar a la fase C de las borracheras. De momento había vuelto a una emisora pop que proponía una especie de rigui moderno.

—¿Ya hemos llegado? Pensaba que haríamos unas cuantas carreras con la Bestia Negra a toda leche, fiuuuuung... A ver: ¿dónde está lo que tenemos que vigilar?

Señalé.

—¿La casa del jardincillo? ¡Si está hecha una ruina!

—Precisamente. ¿Sabes lo que se podría sacar construyendo un edificio de viviendas en ese solar? Calcula: seis plantas a dos pisos por rellano, por cuarenta millones cada piso. ¿Doce por cuarenta?...: cuatrocientos ochenta kilos.

—Pues a mí me gusta más así, con su jardincito y sus arbolitos.

—¿No dices que está hecha una ruina?

—Si-í, pero se podría arreglar un poco, ¿no?... Bueno, qué: ¿nos tomamos una copita? ¿Qué quieres?

—Pásame la botella de vodka.

—¿Así, a morro? Pues yo me voy a tomar un whiskito en vaso largo, con su hielo y su todo...

Se puso tres cubitos en un vaso y lo lleno de güisqui hasta cubrirlos completamente. Un doble en toda regla. Yo traté de beber directamente de la botella, pero entre que el dosificador dificultaba la salida del chorro y que el techo bajísimo de la Bestia impedía empinar el codo terminé por servirme también en un vaso con un par de cubitos. Empezó a sonar en la radio el *Can you see her?* en versión de Mike Hammer. Siempre me pone tierno esta canción, y eso es peligroso teniendo a la Fina al lado, así que por si acaso apuré el vaso de vodka de un trago. El vodka ablanda el corazón, pero también ablanda la polla, que era lo que más convenía conservar fláccido en aquel momento, de modo que volví a servirme un buen chorro de antiafrodisíaco y seguí mamando a chupitos cortos.

—Oye, Pablo: tú y yo nos llevamos bien, ¿verdad?

Cielo santo: ataque aéreo.

—¿Qué quieres decir exactamente con «nos llevamos bien»?

—Pues... que nos reímos... y lo pasamos bien..., no sé. Por ejemplo: con mi marido no puedo sentarme en un coche a las dos de la mañana a beber whisky.

—Porque tu marido es una persona normal.

—¿Normal? ¿Te parece normal que me deje en casa y tenga que llamarte para no quedarme sola?

—Pues ya ves: ahora estás conmigo no porque lo pases mejor que con él sino porque te ha dejado sola.

—No me líes, no es eso lo que quería decir. Huy: mira: la canción de *Grease*.

En efecto, los de la radio habían pasado sin transición del Mike Hammer al *Summer love* de la Olivia y el Travolta. Pero eso no fue suficiente para despistarla:

—¿Sabes?, creo que si tú y yo nos hubiéramos casado ahora seríamos un matrimonio normal, con nuestro pisito, y un par de niños... Estoy segura de que seríamos felices.

—No digas tonterías, Fina. Eso lo está diciendo el güisqui. Acuérdate de las movidas que tuvimos.

—¿Qué movidas?

—¿Qué movidas?, pues no sé si te acordarás pero compartimos piso durante quince días y los pasamos discutiendo. Si nos hubiéramos casado a estas alturas nos detestaríamos. Tú tienes alma de ama de casa a la antigua, por mucho que te rapes el pelo a trasquilones y te lo pintes de colorines.

Y yo bebo como un cosaco, me gustan las putas, paso el día durmiendo y me salen granos sólo de pensar en trabajar ocho horas diarias. No hubiéramos durado juntos ni un año.

—No estoy de acuerdo. Para empezar, si nos hubiéramos casado ahora llevarías otra vida.

—¿Ves?: crees que soy alguien que yo no creo ser en absoluto, me supones aquello que deseas, imaginas en mí algo que sólo existe en ti.

—Ya estás otra vez diciendo cosas raras y complicándote la vida. Sieeempre estás diciendo cosas raras y complicándote la vida.

—¿Complicándome la vida?, ¿porque no quiero asumir responsabilidades hacia terceros?, yo creo que eso es más bien simplificársela, ¿no?

—Eso parece, pero huir de las responsabilidades no es más que una manera sofisticada de complicarse la vida.

—Ah, ¿sí?: pues yo diría que la que está diciendo cosas raras ahora eres tú.

—Por culpa tuya, que me lías. Si no le dieras tantas vueltas a las cosas más sencillas…

—Pues para tú de darle vueltas. No te casaste conmigo: te casaste con José María, eso no hay quien lo cambie. Y si tienes problemas con él no es porque él no sea como yo; tú necesitas un hombre de su estilo: serio, formal, trabajador; lo que pasa es que José María es tan formal y trabajador que no le queda tiempo que perder contigo, pero eso no lo vas a arreglar liándote con el primer sonao que te haga gracia. Y además, yo tampoco tengo tiempo: ni para ti ni para nadie.

—Tú no eres precisamente «el primer sonao que me hace gracia». Además, ¿cómo que no tienes tiempo?, si pasamos un montón de horas juntos.

—Pero son horas extra.

—Y eso qué quiere decir.

—Pues que un ratito ahora está bien, pero no soportaría verte mañana cuando me levante con una resaca de mil pares de huevos y sólo quiera fumarme un porro en silencio. Para empezar ni siquiera me dejarías esta noche vomitar tranquilamente en el suelo del dormitorio. Y te empeñarías en hacerme meter la ropa sucia en un cesto, y me mortificarías por desperdiciar mi coco y mis contactos familiares, y me obligarías a afeitarme el bigote a lo Errol Flyn y a recordar tus cumpleaños y a preocuparme de tus orgasmos. Eso es la vida en pareja. Puede que a ti te encante, pero a mí no: soy partidario de que cada cual apechugue con sus cumpleaños y sus orgasmos sin darle la brasa al prójimo.

—Eso es porque no quieres a nadie de verdad.

—Puede. Me costó tanto llegar a quererme a mí mismo que no me quedan ganas de repetir el esfuerzo en favor de nadie más.

—Pues ahí tienes el problema.

—Oye, Fina: si quieres jugar a psicoanalistas te advierto que yo también me conozco las reglas. Además, lo justo es que si vas a ejercer el papel de pareja-reprochadora me hagas antes una buena paja, o al menos que me dejes tocarte las tetas. Si he de soportar los inconvenientes de la convivencia con una mujer quisiera también gozar de alguna de las ventajas.

—Eres un guarro.

Lo peor es que había cometido el error de hablar en serio con ella. Allí estaba yo, preocupado por la seguridad de mi Estupendo Hermano, la vida de mi Señor Padre y el equilibrio mental de mi Señora Madre, escudriñando la entrada de una casa digna de un cuento de Poe desde un ridículo coche de película de acción. Y allí estaba la Fina, empapándose en güisqui y tratando de convencerme de que era un egoísta enfermizo sólo porque no me parecía del todo buena la hipotética idea de haberme casado con ella.

Recompuse la máscara. Me incliné hacia su asiento y le pasé una mano por el hombro:

—Venga, Fina, va-aaa, hazme una pajita.

—Déjame en paz, estoy enfadada.

Le pasé una mano por los muslos:

—Bueno, pues ya me la hago yo, pero déjame al menos que te toque un poco el chichi pa ponerme a tono. ¿Llevas bragas?

—¡Pablo, estate quieto! Mira que me pongo a gritar, eh...

Me dio un manotazo y se esforzó en ponerse seria, pero se le notaba que estaba a punto de soltar el trapo. Empecé a susurrarle al oído con acento porteño:

—Este..., ¿viste que ya estás hasiendo chup-chup, cachito? ¿No te notás el palpitar del corasón en esa conchita linda que tenés?

—¡Pa-blo!

—Che, vení, mi flaca; vení que te tome la tensión: dejame que te meta un poco el dedín y te digo a cómo tenés la máxima y la mínima.

Ahí ya no pudo más. Se inclinó hacia delante apretando los muslos para impedir mis avances manuales y se abandonó a esos grititos compulsivos que suele emitir a modo de risa. Triunfante, le quité el vaso de la mano y volví a servirle un buen chorro de güisqui. Recargué también mi vodka y volví a la posición de piloto. Era un ataque de los largos: no había más que mantener la cara de tanguista seductor, levantando una ceja y descolgando el mentón, para que sucumbiera de nuevo a los grititos espasmódicos.

—¡Pareces un langostino Pescanova!

Ahora era el Stevie Wonder el que le ponía sonshains a nuestras laifs desde la radio, así que cambié la cara de Rodolfo Langostino por la de ciego con churriguris en el pelo encantado de oír su propio teclado. La Fina ya había entrado en vena y reía cualquier cosa que yo hiciera. Mejor así. Después vino el *With or without you* de U2, que me dio oportunidad de poner cara de guapo diciendo cosas profundas, y todo seguido la *Lambada* (el programador de la emisora debía de estar al menos tan borracho como la Fina). Subí el volumen y abrí la puerta para poder mover a gusto al menos una pierna. La Fina me imitó y empezó el sarao. La curva de Molins no había sido capaz de desestabilizar a la Bestia, pero los ingenieros de Lotus no habían construido sus naves para luchar contra estos dos elementos y la *Lambada* a dúo amenazaba con descuajeringar la amortiguación. La Fina terminó por salir completamente del habitáculo y se puso a sacudir las caderas en plena vía pública, como si quisiera desembarazarse de sus huesos pélvicos por el vistoso método de centrifugarlos con furia creciente. Creo que cayó más licor en la tapicería de cuero que en nuestros respectivos coletos, así que terminamos la danza con sed de gladiador y tuvimos que repostar inmediatamente echando mano de las botellas. El *Bad moon rising* de la Creedence nos sirvió para bajar un poco el ritmo y el *Knoking on the heaven's door* terminó de aposentarnos. Calculé que la Fina había ingerido ya el equivalente a seis o siete güisquis normales: ya sólo era cuestión de minutos que le entrara la soñera. Yo puedo beberme un litro de vodka en dos o tres horas sin perder la compostura, así que me quedaba cuerda para seguir despierto hasta el amanecer. Puse el aire acondicionado y apagué la radio. La Fina protestó. Probé entonces con el CD de la Sinfonía del Nuevo Mundo que encontré en la discoteca móvil de *The First*. El largo camino hacia el tema central y la reconfortante brisa artificial del aire acondicionado aceleró la somnolencia de la Fina. Le dije que se quitara los zapatos para estar más cómoda y me hizo caso. Yo también me los quité.

En cuanto mi improvisada ayudante de detective cayó dormida me reacomodé con mi vaso de vodka, del que fui sorbiendo con cuidado de que el hielo no tintinease. Bajé un poco más el volumen de la música y me quedé mirando al exterior. Curiosamente, justo ahora que era de noche, aquel tramo de calle no tenía un aspecto tan tétrico, quizá porque de noche la quietud, incluso un punto de desolación, es normal y no llama la atención. Aun así la visión de aquella isla absurda en medio de la ciudad me recordó el lío en el que estaba metido. Era viernes (o sábado, desde el punto de vista del calendario), sólo habían pasado dos días, tres, desde que *The First* me había llamado por teléfono para encargarme aquel trabajo, y sin embargo tenía la sensación de que habían pasado semanas. Demasiadas novedades en tan poco tiempo, estoy acostumbrado a un ritmo más lento. Decidí hacer una reconstrucción mental de esos tres días para refrescar mi memoria acorchada por el alcohol, el mal dormir y la compresión de los acontecimientos. Y quizá también para entretener el par de horas que faltaban hasta el amanecer. Me esforcé en recordarlo todo, sin ceder a elipsis de más de media hora: una narración densa, minuto a minuto, tal como la he contado hasta ahora.

Una hora después no había llegado a completar la jornada del jueves: estaba rememorando mi paso por la Boquería y la vista de aquella estupenda Reina de los Mares cuando me di cuenta de que la puerta de la casa del 15 se abría. ¡Se abría!

Me refroté los ojos y me acerqué al parabrisas para ver mejor. Salía dejando la puerta entreabierta un tipo minúsculo, calvo, encorvado, distinguí incluso el perfil de nariz aguileña y las manos sarmentosas. Vestía algo amplio, quizá un guardapolvo marronoso, que le llegaba hasta las pantorrillas. Fue directo al grano: apartó un poco las matas de hiedra que ocultaban parcialmente el poste y la ausencia del trapito rojo pareció contrariarlo. Soltó las matas bruscamente, miró a derecha e izquierda con los brazos en jarras, y volvió a entrar en el jardín sin cerrar la puerta. Pensé que quizá era el momento de arrancar, pasar por delante y echarle un vistazo al interior del jardincillo, pero después de eso tendría que seguir hasta el semáforo y dar la vuelta a la manzana, con lo que podía perderme el siguiente movimiento del tipo. Apagué el aparato de música y quedé a la espera. Cuando volvió a salir no habrían pasado ni treinta segundos. Traía un trapito rojo en la mano. Se puso de puntillas para atarlo al poste, se alejó unos pasos como comprobando que hubiera quedado bien, volvió a mirar a derecha e izquierda y hacia los balcones de enfrente, y se metió de nuevo en el jardín cerrando definitivamente la puerta.

Le giré la muñeca a la Fina para ver la hora en su reloj. Las cinco en punto. «Maitines», pensé, no sé exactamente por qué, quizá porque aquel calvorota tenía pinta de monje.

Me recordó a un profe de matemáticas de los maristas; el Hermano Bermejo: se le iba un poco la olla pero no era del todo mal tipo. La Fina, incomodada, había abierto los ojos y estiraba los brazos en dirección a sus rodillas.

—Nos vamos, Flor de Lis.

—Qué.

—Que nos vamos a dormir. Se terminó el trabajo por hoy.

—Mmmm... ¿Has descubierto algo?

—Sí, que tengo una ayudante de pena.

Me despedí de la Bella Durmiente en su portal y esperé a que desapareciera tras la puerta acristalada camino de los ascensores. Tenía todo el aspecto de volver de una iniciación a los misterios eleusinos, y pensé que más valía que el bueno de José María estuviera durmiendo. Después de dejarla me dio pereza volver al parquin con la Bestia y probé suerte buscando hueco en la calle, lo más cerca posible de casa. Al fin y al cabo *The First* debía de tener contratado un seguro contra todo riesgo imaginable, incluidas las cagadas de paloma. Encontré un espacio a veinte metros de mi portal; acababa de dejarlo uno de esos excéntricos que se levantan a las cinco de la mañana. Recogí las botellas y los vasos y subí a casa. No tenía sueño, no estaba lo suficientemente borracho, y tenía además la sensación de haber dejado algo a medio terminar. Me desnudé hasta quedar en calzoncillos y calcetines, lié un porro y, apurando el cuarto de litro de vodka que quedaba en la botella, seguí mi recomposición de los hechos desde el jueves por la noche hasta el momento.

Sólo cuando hube terminado el relato y el sol empezó a sacarle brillos a la botella vacía, me sentí con ánimos para acometer la imprevisible aventura de meterme en la cama.

Disarmonía dentomaxilar

La Fina se ha empeñado en enseñarme algo interesantísimo que tiene que ver con un amigo suyo. No me dice más, simplemente me toma la mano y tira de mí por calles desconocidas (pero estamos en Barcelona, el olor y el ruido del tráfico son inequívocos). Llegamos a las puertas de un jardín público rodeado por una verja; entramos, recorremos un amplio sendero; ya estamos ante una elegante mansión victoriana que se alza en el centro del parque. Llamamos a la puerta y nos abre una vieja criada con cofia. Parece conocer a la Fina, nos franquea la entrada; pasamos sin dar explicaciones, la Fina siempre delante, caminando como el que sabe adónde se dirige y quiere llegar cuanto antes. Enseguida atravesamos un elegante salón con la chimenea encendida; una anciana hace calceta sentada en su butaca: no la inmuta nuestra irrupción; reparo también en tresillos, alfombras, telas estampadas, adornos de porcelana; pero no puedo curiosear a mis anchas, la Fina sigue eligiendo puertas como loca y me cuesta seguirla por los vericuetos. Del salón pasamos a un pasillo, de ahí a un distribuidor y de nuevo a un salón donde teje otra anciana sentada ante el fuego. Más puertas y pasillos recorridos con precisión mecánica y enseguida otra tejedora ante el hogar encendido.

Los salones son siempre diferentes, las chimeneas también y también las ancianas con sus labores, pero se repite la situación y el personaje homónimo de sala en sala. Extrañado, pregunto a la Fina. «Shhhhhh —me advierte en voz baja—, son las guardianas.» Me doy cuenta de que llevamos un buen rato caminando hacia el interior, siempre sin ver ventanas, y que debemos de habernos internado profundamente en una estructura descomunalmente grande. «*El corazón de las tinieblas* —pienso—, vamos en busca de Mr. Kurtz.» Así es. Hemos llegado a una vasta estancia cupulada, una cámara enquistada en la monumental construcción; el crepitar del fuego, un libro abierto boca abajo, la copa de vino mediada: signos inequívocos de la presencia de alguien a quien de momento no se ve. La Fina parece haber encontrado lo que buscaba y quería enseñarme: un bajo eléctrico de madera natural, estropeado por un tremendo golpe que le ha descuajado la clavija del Re. Le quedan sólo tres cuerdas, pero está conectado al amplificador y el roce lo hace resonar gravísimo por toda la estancia —booooong—. La Fina me lo pasa con el cuidado con que me entregaría un niño de pecho; me lo cuelgo y trato de tocar una melodía sencilla. No se puede, el mástil se ha deformado y las cuerdas no quintan, pero el sonido ha llamado la atención del Mr. Kurtz, que aparece en el quicio de una puerta secándose las manos con una toalla. Es un hombre joven, vestido con pantalones de camuflaje, botas militares y una camiseta de tirantes que le deja al descubierto los brazos musculosos. Mira el bajo y sonríe con melancolía, la sonrisa triste con que se recuerda algo grato que se ha perdido para siempre. No hacen falta presentaciones, él sabe y nosotros sabemos. Me mira: «¿Cómo está mamá?», pregunta;

«Bien, cree que estás en Bilbao». La Fina se enternece y nos besa uniendo su cabeza a las nuestras en un abrazo. «Ya vienen», dice Mr. Kurtz. Miro alrededor: el silencio del bajo malogrado ha despertado a las guardianas de su sueño de tejedora; tras las puertas de acceso que circundan la sala se acercan a paso imperceptible; no han perdido el aspecto de anciana bondadosa, pero su determinación las hace terroríficas: avanzarán inexorablemente, invadiendo cada centímetro de la sala hasta triturar nuestros huesos, más aún: hasta autoinmolarse en cumplimiento del inapelable instinto destructor que las gobierna.

Horror de horrores. Me desperté muerto de miedo ante la imagen de una cara rolliza y blanda de abuelita Paz. Hay que joderse, con los sueños. Traté de volver a dormir, pero no pude borrar de mi imaginación la cara y volví a abrir los ojos para convencerme a la vista de la luz que se colaba por la persiana de que estaba a salvo en mi mundo de siempre. Lo peor fue comprender que mi mundo de siempre había sido perturbado hasta parecer una pesadilla, una pesadilla habitada de calvorotas que salían de su guarida en plena noche para anudar trapitos rojos a las puertas de una casa demencial.

La resaca era la esperada, ni más ni menos: dolor de cabeza, boca seca y miembros castigados como por una paliza. En el reloj de la cocina eran más de las cinco de la tarde. Al menos había dormido lo suficiente como para recuperarme del sueño atrasado, pero la luz amarillenta de la calle anunciaba ya el atardecer y no me apetecía nada la idea de sumergirme en otra larga noche. Bebí agua, mucha agua, y amorrado al grifo deseé por primera vez desde hacía años estar en el campo, al sol de una fresca mañana de primavera.

Había que remontar el bajón inmediatamente. Reparé en la botella de Cardhu que había quedado en la mesita, llené con ella medio vaso de los de agua y tomé el licor con la resignación del que ingiere una medicina. Después puse café al fuego, lié un canuto y me senté a fumarlo con impaciencia. Supe que fumar ese porro y tomar café iba a inhibirme el apetito, pero calculé que el día anterior había comido lo suficiente como para aguantar unas cuantas horas más sin repostar. Eché de menos una rayita de coca. Quizá ahora que disponía de líquido podía conseguir un gramito del Nico... Pensé en qué podía tomar como sucedáneo y rebusqué en el botiquín del lavabo una caja de aspirinas que recordaba haber visto. Estaban caducadas desde hacía más de un año, pero de todas manera tomé dos con lo que quedaba del Cardhu y fumé otro porro mientras sorbía el primer café.

A los veinte minutos volvía a ser el Pablo Miralles de siempre y pude cepillarme los dientes y afeitarme con cuidado de respetar los límites de mi flamante bigotillo.

Next: preocuparme de lo que me tenía que preocupar. Mi primer plan de acción se había completado la noche anterior, ahora no quedaba más remedio que volver a pensar. Lo hice. Se me ocurrieron al menos dos vías de investigación que podía acometer y, sencillamente, empecé por la primera, sin más. Busqué en la mesa del comedor el teléfono móvil de *The First*, un modelo minúsculo con la parte del micrófono abatible, y me concentré en desentrañar sus misterios. Era seguro que disponía de un sistema de memorización de números, y era quizá posible que pudiera accederse también al origen de las últimas llamadas recibidas, o al menos a las últimas efectuadas desde el propio aparato. Por lo pronto descubrí yo solito cómo funcionaba la agenda y me encontré con un total de diecisiete números memorizados que apunté en un papel. Por los nombres y comparando con mi propia agenda de bolsillo comprobé que cuatro de ellos eran conocidos: el de mis Señores Padres (*PaMa*), el del domicilio de *The First* (*Casa*), el del despacho (*Miralles*) y el mío (*P. José*). Otros marcados como *Taxi*, *Seguro*, *Club* y *Pumares* eran también fáciles de identificar y la lista quedó reducida a nueve incógnitas. Entre ellas se encontraba probablemente el número de la secretaria de *The First*, pero no recordaba su nombre de pila. Probablemente era el correspondiente a aquel *Lali* tan familiar, pero para ganar tiempo decidí llamar a mileidi:

—Gloria, soy Pablo. ¿Hay novedades?

—Nada. Y tú: ¿tienes algo?

—Nada concreto. Oye, te llamo para ver si puedes echarme una mano. ¿Sabes cómo funciona el teléfono de Sebastián?

—Pues..., supongo que como todos.

Menuda explicación.

—Otra cosa: ¿tienes papel y lápiz a mano?

No tenía. Fue a por él y volvió.

—Apunta estas palabras que te dicto y dime si alguna te suena. Corresponden a la agenda del teléfono de Sebastián, quiero saber a quién pertenecen los números que tiene memorizados. ¿Preparada?

—Preparada.

—Vale, va el primero: *Llava*: L-L-A-V-A. ¿Te suena?

—No.

—El segundo: *Vell Or*: V-E-L-L, espacio, O-R.

—Vell Or, nada.

—Va el tercero: *Mateu*: M-A-T-E-U.

—Éste sí. Debe de ser Lluis Mateu, abogado. Hemos cenado juntos alguna vez, con su mujer. Le lleva los asuntos legales a Sebastián desde hace años.

—Muy bien. Va el siguiente: *Lali*: L-A-L-I.

—Sí, ésta debe de ser Lali...: 410 76 90, ¿no?

—Sí. ¿Nuestra amiga la secre?

—Sí.

—Ya contaba con eso. Siguiente: *Villas*: V-I-L-L-A-S.

—Ni idea.

—Siguiente: *JG*: como si fueran iniciales. ¿Estás apuntando?

—Sí. Tampoco me suena.

—Otro: *Maria*: tal cual pero sin acento.

—No sé, supongo que conozco a varias marías... ¿Puede ser la antigua secretaria de tu padre, la que ahora está en recepción?

—Buena idea. Lo comprobaré... Va el siguiente: *Tort*: T-O-R-T.

—Nada.

—Muy bien, va el último: *Fosca*: F-O-S-C-A.

—Ése debe de ser el número de la casa de La Fosca.

—¿Y eso?

—¿La Fosca?: es una cala, cerca de Palamós. Tenemos alquilada una casita allí. ¿Tiene prefijo de Gerona?

—972, sí, supongo. Vale, debe de ser eso. Escucha, dale unas cuantas vueltas más a la lista a ver si se te enciende alguna lucecita, ¿de acuerdo?, y si se te enciende me llamas. Estaré en casa un buen rato; si no, me dejas un mensaje. ¿Sabes cómo se activa el contestador automático de Telefónica?

Asterisco, 10, becuadro. Probé nada más colgar. Nadie se dignó a decirme ahí te pudras, ni vocecitas pregrabadas ni leches. Volví a colgar y descolgar para comprobar que se hubiera activado: «El servicio contestador de Telefónica le informa que no tiene mensajes». Chachi.

Lo siguiente era llamar al despacho. Eran las siete menos cinco, todavía encontraría al personal en pleno. Se puso, como siempre, la María.

—María, soy Pablo: oye, ¿tu número de teléfono es el 323 43 12, con prefijo 93?

—¿Cómo lo sabes...?

—Estoy haciendo un cursillo de telepatía. A ver: ¿te suena un tal Tort?

—Sí. Es el director de la oficina del Santander de abajo. Viene por aquí a menudo.

Uno menos. Le pedí que me pusiera con el Pumares y remodulé mi voz hasta darle el tono conveniente para que se tomara en serio las instrucciones que estaba a punto de darle el hermano tarambana del jefe.

—Sí, dime, Pablito...; ¿cómo está tu hermano?

—Convaleciente pero mejor, gracias. Por cierto me acaba de dar un encargo para usted: necesita un listado de todas las llamadas que se han hecho desde el despacho en el último mes. Se aburre de estar en la cama y quiere aprovechar para estudiar la manera de reducir gastos de teléfono.

—¿Que quiere un queeé?

—Un listado: un acopio de información organizada en filas llamadas *registros* y columnas llamadas *campos*. Es muy frecuente verlos por las oficinas desde que hay ordenadores.

—No me jodas, Pablito, que ya sé lo que es un listado, pero de dónde quieres que saque la información...

—Le sugiero que la solicite a Telefónica.

—Pero eso vale dinero, coño, Pablo...

Si el encargo se lo hubiera hecho directamente *The First* hubiera perdido el culo por complacerlo de inmediato, pero bastaba que apareciera yo como persona interpuesta para que resoplara como si lo hubiera despertado a las tres de la mañana para pedirle fresas con nata. Podía recordarle que su contrato de trabajo estaba firmado por mí como socio a partes iguales de la empresa, pero no era cuestión de ponerse a discutir. Además, una mera referencia nominal resulta casi siempre incapaz de cambiar veinte años de reflejos condicionados.

—Escuche, Pumares: ya le he dicho que es un encargo de mi hermano, tiene la voz completamente rota y el médico le ha recomendado no hablar en absoluto. Claro que si no se fía y prefiere que le diga a mi padre que hable con usted..., ¿se fía de mi padre, no?

La mención al patriarca tiene siempre efectos fulminantes. Hizo una pausa durante la que dejó escapar un resoplido y condescendió, «Muy bien: dile a tu hermano que veré lo que puedo hacer».

La lista de teléfonos desconocidos había quedado reducida a cuatro nombres y los escribí aparte para verlos más claramente, a ver si me inspiraba. *Villas*, *Llava*, *Vell Or*, *JG*... Hubiera sido estupendo que *JG* correspondiera a Jaume Guillamet, pero en la vida las cosas no suelen ser tan redondas. Probé suerte intentando deducir en dirección contraria: ¿qué números era previsible que tuviera grabados *The First*?: el del despacho, el mío, el de su propia casa, el de mis Señores Padres en Barcelona y Llavaneras... ¡Llavaneras! Cotejé el número correspondiente a Llava con el del chalet de mis SP's apuntado en mi agenda: bingo. Estaba a punto de ir a besarme al espejo cuando sonó el teléfono.

Era *Lady First*:

—Pablo, se me ha ocurrido que Sebastián suele ir con Lali y conmigo a un restaurante de la calle Marqués de Sentmenat..., se llama El Vellocino de Oro, a menudo llama para reservar mesa. He pensado que quizá sea el *Vell Or* de la lista. ¿Tiene sentido?

—Todo el sentido del mundo. Ahora mismo lo compruebo. Después te llamo.

Marqué el número. Contestó una voz masculina: «*Vellocino*, dígame». Dije que me había equivocado y taché un nombre más de la lista. Quedaban sólo Villas y JG, y me entretuve un poco en tratar de identificar su ubicación aproximada a partir de las cifras posteriores al prefijo 93. Villas era un 430 típico de la zona de Les Corts donde estaba mi propia casa, el despacho y el ático de *The First*. JG era un 487 que no me decía nada, aunque quizá pudiera preguntar a los de información de Telefónica.

Probé.

—*«Bienvenido al servicio de información de Telefónica...»* (...) Buenas tardeees, le atiende Mari Ángeleees.

—Hola, Mariángeles, necesito confirmar un dato: los tres primeros números de un teléfono se identifican con una determinada zona de la ciudad, ¿no?

—Mmm..., psssí.

Qué demonios debía de significar «mmm..., pssssí»...

—Bueno, me puedes decir a qué barrio corresponde un 487.

—¿Tiene el número completo?

Le di el número completo.

—Sarrià-Sant Gervasi.

—¿No me puedes dar la dirección exacta?

Mariángeles lo sentía mucho pero no estaba autorizada.

Sarriá-San Gervasio. Eso debía de abarcar desde la plaza Calvo Sotelo hasta el quinto coño saliendo montaña arriba en dirección al Tibidabo. Y a saber si se incluía también Pedralbes, o incluso Vallvidrera, nunca he entendido muy bien las divisiones administrativas de la ciudad y tampoco tenía ganas de ponerme a ello en ese momento. Además, estuviera donde estuviera ese JG tanto podía ser el psiquiatra de *The First* como su proveedor de antigüedades o el sastre carpetovetónico que le hacía los trajes de pijo divino (¿Jesús Gatera, Jacinto Garrafones, Juanito Gazuza?).

Decidí dejarme de especulaciones y llamar directamente. Marqué el número. Tardaron un poco en descolgar:

—*Jenny G.*, buenas tardes.

Cielo santo: voz de gatita dulce, pronunciación a la inglesa y tono de estar encantada de haberme conocido. Puti-club: fijo. Me pilló tan de improviso que tuve que hacerme el remolón para ganar tiempo. Terminé por poner voz de cuarentón de clase alta en busca de refinamientos de nombre extranjero:

—Sí..., con Jenny, por favor.

—¿Es usted... amigo de la casa?

—Nnnno, no exactamente. Llamo de parte de un amigo.

—Lo lamento, señor, es posible que se equivoque.

Bien, bien, bien. Mi Estupendo Hermano no sólo estaba liado con su secretaria sino que además hacía pinitos en una casa de putas en la que hasta la recepcionista era filóloga y decía «lo lamento», así que las putas propiamente dichas debían ser descendientes de los Romanov. Se iba perfilando en *The First* la figura de un Estupendo Gángster con su abrigo de pelo de camello blanco y su puro con vitola personalizada.

No quise dejar trabajo pendiente y probé también llamando al número de *Villas*. Después de un par de pi-pips oí que descolgaban, pero no sonó ninguna voz. «¿Buenas tardes? —dije—. ¿Oiga?» Nada. Colgué, volví a marcar por si me había equivocado y volvieron a descolgar, pero tampoco dieron señales de vida. Aún lo intenté por tercera vez y fue lo mismo. En fin: di por momentáneamente terminada la investigación telefónica y puse en marcha el ordenador. Me conecté a Internet y escribí «Jaume Guillamet» en el *search* de Alta Vista.

La vorágine.

Empecé leyendo un resumen de la SEOD donde se aseguraba que la disarmonía dentomaxilar por apiñamiento afectaba en la actualidad a un sesenta por ciento de los adolescentes granadinos. Lo interesante del caso es que cráneos medievales estudiados al respecto sólo la presentaban en un escaso trece por ciento, y semejante diferencia hacía sospechar a los expertos que algo gordo estaba pasando, aunque no se aclaraba si solamente en Granada, en el occidente judeo-cristiano, o en toda la galaxia. Después probé con una exposición sobre los aspectos histopatológicos de la reparación periapical y, todo seguido, con otra sobre los conductos condicionantes en tales reparaciones. A partir de aquí empecé a sospechar que alguien llamado Jaume Guillamet era dentista; por lo pronto firmaba documentos en calidad de «Presidente de la Delegación Promocional del Comité Ejecutivo del Colegio de Odontólogos y Estomatólogos de España», cargo que ya de lejos atufaba a dentista y de los caros. Pero eso fue sólo el principio: al poco supe de la existencia de varios Guillamet implicados en la dirección de la Unió Esportiva Figueres, del fotógrafo de la Tumba de Kiki y conservador del patrimonio artístico de Andorra, de una tal Eva María Guillamet que afirmaba en su güeb personal que le gustaban las novelas de Agatha Christie, ir de camping y conocer a gente interesante (no como ella), y hasta de un Sylvester Guillamet, taxista en Manhattan, que tenía algo que ver con la Taxi & Limousine Comission de Nueva York y su declaración de derechos del pasajero, documento, por cierto, que otorgaba al viajero la potestad de obligar al conductor a apagar la radio durante el trayecto.

A la media hora de enterarme de cosas de las que no tenía ninguna necesidad de estar enterado pulsé la opción de búsqueda avanzada. Allí escribí «TEXT: ((“jaume guillamet *15” OR “15* jaume guillamet”) AND “barcelona”) NEAR (“dir*” OR “address” OR “mail”)» y probé suerte. La tuve. Aparecieron sólo unos pocos links, como media docena, y eso siempre anima.

Pinché el primero. Era una pregunta por imeil a un servicio de asesoría sobre multas de tráfico. El emisor había aparcado su Seat Toledo matrícula B tal y tal junto a unas obras sitas frente al 15 de Jaume Guillamet. Al parecer la grúa municipal había tenido la poca delicadeza de llevársele el coche y dejar a cambio un triangulito adhesivo enganchado en el bordillo. La fecha era de enero del 98, debía de ser cuando las obras del edificio de viviendas frente a la casa del jardincillo.

Bien por el buscador de Alta Vista, pero aquello no me servía para nada.

Pinché el segundo link y se cargó una página sin título. La primera línea de texto decía «22th, Juny» y bajo ella se listaba un gran número de horarios, nombres y direcciones.

Recorrí los primeros párrafos: las direcciones pertenecían a diferentes ciudades europeas, Milán, Burdeos, Hamburgo, organizadas en un orden aparentemente arbitrario. El fondo de la página contenía repetida como en un mosaico la palabra WORM, dibujada simulando un bajo relieve sobre gris oscuro. Lo primero que me vino a la cabeza fue la palabra inglesa para «oruga» o «gusano»: worm. Probé a dar instrucción al navegador para que buscara Jaume en la misma web y lo encontró:

00:00 a.m.
G. S. W. Amanci Viladrau
Password: 25th Montanyà St.; 08029-Barcelona (Spain)
Address: 15th, Jaume Guillamet St.; 08029-Barcelona (Spain)

Interesante. Probé el tercer link y resultó ser un mirror francés de la misma página. El siguiente era en alemán y el último en castellano. Eso agotaba el total de respuestas que había dado el motor de búsqueda. No supe qué demonios podía significar aquello, pero era raro, lo suficiente como para seguir investigando por ese camino.

El dominio del mirror inglés era *worm.com*, y allí que me fui. Lo primero que apareció fue un mensaje emergente en el que se prometían venganzas en forma de virus informáticos a quien osara entrar en aquel site, e inmediatamente se ejecutó un MIDI con una musiquilla la mar de deprimente. Se pretendía que aquello pareciera un mensaje del sistema, pero parecía la maldición de la momia. Estaba claro que querían meterle miedo al visitante casual y fácilmente impresionable. Y precisamente por eso decidí seguir adelante.

Para los navegantes intrépidos que a pesar de la advertencia llegaban a cargar la página, tenían preparada otra prueba iniciática. Terminado el adagio, sonaba un coro de voces repitiendo «worm, worm, worm» en plan grupo vudú a punto de sacrificar a alguien entre aullidos de ultratumba. Se mostraba un fondo negro con signos cabalísticos en rojo y dorado, y se pedía, para poder continuar, rellenar un formulario con los datos personales del visitante. Una vez cumplimentado, «Worm» enviaría a su dirección electrónica la clave de acceso a la página. Eso suele echar atrás a otra buena porción de las visitas (a nadie le gusta dar su dirección electrónica así como así), pero yo dispongo de tantas cuentas en distintos servidores de correo como nombres falsos uso en la calle, así que no-problemo. Rellené los casilleros —Pablo Molucas, treinta y tantos años, una dirección inventada de Barcelona, un teléfono arbitrario, *pmolucas@hotmail.com*— y submití los datos. Enseguida se abrió otra página diciendo que OK y que esperara unos minutos a recibir el mensaje con el pásguor. Abrí otra ventana del navegador y me fui con ella a *Hotmail.com*. Escribí *pmolucas*, mi clave personal, y comprobé que todavía no hubiera llegado nada al *In Box*.

Me serví otro café y lié un porro para entretener la espera. Casi hacía calor. Abrí la ventana de la sala por primera vez desde finales del otoño anterior y entró una mezcla de aire, monóxido de carbono y metales pesados en suspensión que en pocos segundos inundó la habitación de olor a humo de autobús; pero era un humo fresco, reconfortante, a cuya comparación la atmósfera que había ocupado la casa durante el invierno se me antojó un hálito rancio. Me encanta el olor de Barcelona, no sé cómo la gente puede sobrevivir en el campo, con ese aire en bruto que te taladra las pleuras. Me sentí tan a gusto que fumé todo el porro asomado a la ventana. Atardecer de finales de Junio; sonaban ya, sobre el estertor del tráfico, algunos petardos que los críos no tenían paciencia para reservar hasta la noche de San Juan. En realidad no me gustan los petardos, ni los fuegos artificiales, ni ninguno de esos alardes pirotécnicos que se supone nos retrotraen a los ritos ancestrales de culto al sol, o gilipollez equivalente; siempre me han parecido cosa de progres: los correfocs, y toda esa parafernalia pseudopopular...

Volví a la pantalla del Hotmail y la actualicé.

Había llegado un mensaje: «Worm Key», decía el título. Lo abrí y leí:

«Tell the WORM you are *pmolucas_worm*».

Tanto misterio para eso. En fin. Me volví a la página de los coros fantasmagóricos y escribí «pmolucas_worm» en el casillero. Pero aquello sólo me dio paso a la tercera de las pruebas iniciáticas. El jueguecito empezaba a parecer un guión de Indiana Jones y decidí no concederles más de un cuarto de hora de atención antes de enviarlos a hacer puñetas. Esta vez se advertía que para seguir avanzando en el sait había que leer un texto y responder después a unas preguntas sobre lo leído. Hojeé primero las preguntas, a ver si podían ser respondidas sin leer nada, pero a pesar de que cada casillero limitaba las respuestas posibles mediante un menú con varias alternativas, se hacía referencia a nombres de pila comunes y se pedían datos concretos respecto a una historia que me era completamente desconocida: qué llevaba lord Henry en la mano cuando conoció a la Reina y detalles por el estilo. Veinte preguntas en total. Probé a elegir cualquier cosa en las distintas listas desplegables y mandar la entrada. Nada: el sistema respondió con un inapelable «*Read The Stronghold and try again*» que te devolvía al cuestionario. Ese *The Stronghold* era precisamente el texto que se proponía leer en el freim de cabecera. No estuve muy seguro de saber exactamente qué podía significar Stronghold y pulsé el botón derecho del maus para encontrar auxilio en el traductor de Babylon: «fortaleza», o «plaza fuerte». Muy sugerente. De momento pinché el link que decía «Download The Stronghold, 1 Kb» y di instrucción de que se guardara el archivo en mi disco duro. Una vez cargado desconecté de la Red y lo abrí desde el Word: setenta páginas de texto estructurado en estrofas. Demasiadas. Pensé en catar en pantalla unos pocos versos confiando en que podría descartar enseguida la conveniencia de seguir leyendo: tenía hambre y un Estupendo Hermano por rescatar, no era momento de ponerme a leer mamotretos esotéricos, sobre todo si estaban escritos en aquel inglés macarrónico salpicado de lagartos ininteligibles; pero no hubo suerte: resulta que antes de mediar la primera página algo me hizo sospechar que había dado en el blanco.

La cosa era así: noche lluviosa, alguien llega a las puertas de una ciudadela. La entrada tiene un tejadillo que protege al visitante de la lluvia, un golpeador de hierro con una mano que sujeta una bola, bla-bla-bla, cuatro detalles más y —atención—: un trapito rojo atado a la antorcha que ilumina el umbral.

Mucha casualidad. Demasiada. No tuve más remedio que cargar a tope la bandeja de la impresora y dar instrucción de imprimir el texto. Podía tardar una media hora en estar disponible, pero decidí tener un poco de paciencia y esperar a tenerlo sobre papel para no dejarme los ojos en aquel guirigay medievaloide.

Entretanto, me senté en la sala a pensar cómo demonios organizar las siguientes horas. Había que comer algo. Sieeempre hay que comer algo. A veces es estupendo porque me apetece hacerlo, pero otras es sólo la molestia del estómago vacío, o los primeros síntomas de debilidad, que me obliga a dejar de beber o fumar o lo que quiera que esté haciendo tan a gusto. Una cosa sí es cierta: cuando tengo dinero en el bolsillo siempre resulta más fácil resolver la papeleta. Y en ese momento tenía dinero. Bastaba con llegarse a un buen restaurante y hacer el pedido. El Vellocino de Oro, por ejemplo, por qué no, de paso quizá averiguara algo nuevo sobre mi Estupendo Hermano secuestrado por una secta de fanáticos, «worm, worm, worm». Claro que sería mejor acudir al restaurante acompañado. Preferentemente de una mujer. Si uno pretende sonsacar a los camareros resulta menos sospechoso acudir en pareja, y en cualquier caso es más entretenido comer en compañía. Pero la Fina quedaba descartada, cenar dos días seguidos con ella podía resultar indigesto; y si no me fallaba la memoria, era sábado, día de probable refocilo con el bueno de José María.

La alternativa más plausible era *Lady First*. Con ella sería aún más fácil entrar en confianza con el personal del restaurante. A ella la conocían: a ella, a su marido y a la amante de su marido. El trío Lalalá.

Volví al teléfono y marqué su número.

—Tenías razón: *Vell Or* es un restaurante.

—Ya me parecía.

—Oye, he pensado que podríamos ir allí a cenar. Así sales un rato de casa y de paso tratamos de averiguar si

Sebastián y Lali estuvieron allí después del momento en que hablé con él por última vez. ¿Cómo lo ves?

—Y los niños... Verónica se marcha de aquí a un rato, a las siete.

—Bueno, pídele que se quede hasta medianoche. Después si quiere la acompaño a casa en coche.

—¿Un sábado? Habrá quedado para salir con alguien.

—Pregúntale.

Dejó un momento el aparato y me quedé esperando. Por su voz parecía hacerle cierta gracia aceptar la invitación. Después de todo llevaba tres días encerrada en casa.

—Pablo: dice Verónica que vale.

Quedé en pasar a recogerla a las diez. Eso me dejaba más de cuatro horas para gastar. Colgué y me quedé mirando el móvil de *The First*. ¿Sabría sacarle toda la información yo solito, sin manual de instrucciones? ¿Dónde demonios había yo visto un teléfono del mismo modelo...? Traté de visualizar la escena. Se me apareció una mano peluda asiéndolo con gesto delicado, un grueso anillo de plata en el pulgar, barba cerrada alrededor de unos labios a lo Edward G. Robinson; me pareció incluso oír un acento raro, de inflexión cantinfleña... Tate: el Roberto. Eso solucionaba el asunto del teléfono, pero era mejor dejar el trámite para más tarde; de momento convenía echarle una mirada al texto que iba escupiendo la impresora.

Eso hice.

He de decir —como seguramente se espera de mí, ahora que ya nos vamos conociendo— que desde que reprimí mis resabios burgueses la literatura me aburre sobremanera. De hecho, sólo la Publicidad es capaz ya de proporcionarme alguna forma de verdadera fruición estética —a la par que un profundo bienestar de orden moral, una suerte de paz de espíritu—. Lo digo para dar idea de lo poco dispuesto que estaba a leerme de un tirón aquel condenado texto, y de que no pienso ponerme ahora a resumir la historia demencial que tan trabajosamente leí aquel día por primera vez. Además, en los últimos meses he tenido que empollármela tan detenidamente que casi podría reproducirla estrofa por estrofa (si llego a redactar el final de esta historia quizá se sepa por qué), y ahora estoy completamente saturado de ella. Sólo diré que narra las cuitas de lord Henry, un joven caballero que llega a las puertas de la Fortaleza en una noche lluviosa, toma el pañuelo rojo que cuelga de un mástil y llama a la puerta. A partir de ahí empieza una suerte de trama kafkiana que se desarrolla en el interior de la construcción, una especie de castillo de dimensiones infinitas, y en la que únicamente intervienen seis personajes fuertemente arquetípicos: el Rey, la Reina, el Mago, el Trovador, lord Henry (que viene a ser una especie de príncipe heredero), y una tal lady Sheila (que funciona a modo de princesa prometida). Por supuesto aquella fortaleza infinita me recordó inmediatamente a Mr. Kurtz y las tejedoras, lo que confirmó una vez más la dimensión oracular de mis sueños, pero sobre todo me llamó la atención otra cosa. Era evidente que toda aquella historia absurda sólo adquiría sentido a modo de alegoría, y en ese caso podían interpretarse sus diferentes episodios como la exposición de otros tantos sistemas filosóficos históricos, en especial en su vertiente más genuinamente metafísica. Lo curioso del caso es que la redacción parecía ser auténticamente medieval, de modo que uno esperaba que el autor empezara con la Escuela Jónica y terminara en Francis

Bacon (o Kant, caso que fuera un tío con visión de futuro), pero no: seguía como tropecientos siglos más, hasta Russell, y Wittgenstein, y más allá aún. Pero —atención—, ¿qué hay más allá de Wittgenstein?, se preguntará el lector que estudió COU. Pues por ejemplo John Gallagher y Pablo Miralles (por no citar a Baloo, que es más un moralista que un metafísico estricto). No quiero ponerme espeso pero, por dar un ejemplo, encontré esbozada hacia el final del poema una Teoría de la Comunicación cuya defensa nos había costado que un conocidísimo gurú de la Semiótica (que no soporta que le lleven la contraria en su terreno) abandonara el Metaphisical Club indignado. Pura vanguardia. Y en verso. Firmado por un tal Geoffrey de Brun.

Patidifusismo agudo. Traté de poner un poco de orden en mis ideas, llevaba como tres horas leyendo sin parar y fumando un porro tras otro (sin contar con el desayuno de Cardhu y aspirinas). Revisé al azar algunos versos tratando de encontrar la trampa, pero mi inglés es exclusivamente contemporáneo y en cuanto algo me suena a Laurence Olivier haciendo hambletadas ya me parece medieval. El siguiente paso había de ser, pues, mandarle aquello a John con la recomendación de que lo leyera y, si él no notaba nada raro en la forma, lo hiciera llegar a alguien capaz de someterlo a un peritaje lingüístico en condiciones.

Me levanté del sofá, me acerqué al ordenador, redacté a toda prisa un mensaje para John, añadí un atachmen con *The Stronghold*, me conecté para enviarlo y volví al sofá a liar el enésimo porro. Eran las ocho. Me quedaba más de una hora para gastar. Tuve sed. Me levanté con intención de acercarme a la cocina a beber. Al cabo de un segundo volví a caer de culo en el sofá víctima de una bajada de tensión.

Y como desmayarse me parece de una ñoñez impresentable, aproveché el gesto para echar una siestecita vespertina en la sala y salvar así mi imagen caso de que alguien hubiera instalado cámaras secretas en mi salón.

Hay que guardar las apariencias: son lo único que tenemos.

El brazo incorrupto de santa Cecilia

Hay algo estupendo en el dormirse y hay también algo grande en el despertar, esa sensación de que el mundo es en cierto modo nuevo. Estar siempre despierto debe de ser la locura: he oído decir que sometido un gato al tormento de impedirle dormir acaba adquiriendo tendencias suicidas. No sé si es un experimento científico contrastado, pero yo he decidido creerlo. Y si no es cierto no será por culpa de la hipótesis, sino de los gatos, que no la cumplen. *I know that, so it is*, que diría John.

Tenía un hambre feroz, pero la sensación de debilidad había desaparecido con la breve siesta. Las ocho y media. Pensé que tenía tiempo de cagar. Después me dieron ganas de ducharme otra vez. Estaba visto que había entrado en fase de compulsión higiénica. Bué: no me pareció demasiado grave y me lo concedí. Además, cenar con *Lady First* en un restaurante de veinticinco tenedores requería algún remilgo indumentario, así que incluso dediqué un minuto entero a decidir qué camisa ponerme. Había usado la negra y la morada; quedaban siete inmaculadas —además de la jaguayana, que no parecía oportuna para la ocasión—. Probé con la naranja y me gustó el tipo del espejo: parecía el butanero de los Picapiedra, no sé, o quizá el butanero de Bill Gates.

Hasta ensayé unos gestos de rapero, como el que discute con un policía de tráfico en pleno Bronx, y recité un padrenuestro en inglés a modo de letra andergráun. Mi vena histriónica reclama atención diaria, tengo que comer, cagar, dormir y hacer gansadas al menos una vez al día; si no, empiezo a encontrarme mal. En cambio sin beber puedo aguantar hasta cuarenta y ocho horas, y sin follar mucho más.

Me di un toque con la colonia cara y salí a la calle sin olvidar llevarme el teléfono móvil de *The First* y las llaves de la Bestia.

Llegué al bar de Luigi sin muchas prisas.

El Roberto había empezado ya el turno.

—Roberto, ¿tú no tienes un gualqui-talqui d'estos?

Estiró un poco el cuello para fijarse e hizo gesto de que sí: «Juh-juh».

—¿Y guarda memoria de las llamadas que recibe, con el número y tal?

Aquí empezó una disertación larguísima. No puedo reproducirla porque no entendí casi nada, pero recuerdo que versaba sobre la diferencia entre que te llamen desde un teléfono fijo, o desde un móvil con tarjeta, o sin ella, o desde un repetidor español, o un satélite europeo, o en fin: un lío espantoso.

—A ver Roberto, céntrate: si yo quiero saber desde qué teléfono he recibido la última llamada qué coño he de hacer.

Me quitó el aparato de las manos, le dio al botoncito que enciende la pantalla y al rato dictaminó:

—Está activada la barrera por contraseña.

Eso no podía ser bueno.

—Y qué...

—Pues que si no tienes la contraseña no puedes acceder a esa parte de la agenda. A no ser que compres otra tarjeta.

Inmediatamente se abandonó de nuevo a disquisiciones técnicas sobre tarjetas y satélites y lo dejé hablar mientras pensaba en otra cosa. Quizá *Lady First* conocía la maldita contraseña, aunque no era muy probable. En cualquier caso no tuve mucho tiempo para darle vueltas al asunto porque de repente el aparato se puso a sonar, bib-bib, una mariconada de ruidito que sin embargo me sobresaltó. El Roberto calló en seco y me devolvió el aparato con cara de extrañado por mi extrañeza. Pensé rápido: «Tengo que contestar, quizá es una pista, no puedo dejarlo sonar y quedarme sin saber quién llama».

Pulsé el botoncito que tenía dibujado un auricular descolgado.

—¿Diga?

—¿Pablo José...?: ¿se puede saber qué estás haciendo en el teléfono de tu hermano?

Mi Señora Madre: inconfundible tono entre sorprendido y severo, como cuando de pequeño me descubría curioseando en el dormitorio de *The First* en busca de algo que le molestara que le robasen. Pensé que iba a mandarme salir de allí inme-diata-mente bajo amenaza de contárselo todo a SP.

—Es que... Sebastián me lo ha prestado.

—¿Te lo ha prestado...?, ¿dónde estáis?

—Estoy solo..., aquí, cerca de casa.

—¿No irás a decirme que has ido y vuelto de Bilbao sólo para pedirle el teléfono a tu hermano?

—No: se lo dejó en el despacho. Debió de olvidarlo.

—¿No dices que te lo ha prestado?

—Sí; bueno: me dio permiso por teléfono para usarlo.

Seguí sintiéndome como si me estuviera excusando por una travesura.

—Pablo José, no me mientas. Detesto que me mientas. Además, a tu padre podrás engañarlo, pero a mí no, ya lo sabes. Llevo dos días llamando sin parar a este número y no contesta nadie, y ahora de repente apareces tú... ¿Cómo es que Sebastián te llama a ti y a mí no?, ¿quieres explicarme inme-diata-mente a qué estáis jugando, o quieres que me de un tantarantán aquí mismo?

Cuando mi Señora Madre amenaza con sucumbir a un tantarantán hay que tomar medidas inme-diata-mente o de lo contrario le da: posee tal dominio mental sobre el cuerpo que a su lado el Dalai Lama parecería un epiléptico.

—Es que ha habido novedades... Pero no quiero que se entere papá, y me da miedo que se te escape…

—Pablo José: ¡qué pasa ahora!

Bien. No se me ocurría nada. Lo mejor en estos casos es soltar algo al azar:

—Han atropellado a Torres. Está hospitalizado en cuidados intensivos.

—¿A quién?

Nadie que me viera allí en el bar, frente a la estantería de los coñacs, tendría duda de en qué me inspiré para improvisar el apellido, y tuve que dar gracias una vez más a la providencia por no haber puesto ante mis ojos una botella de Licor 43. Pero todavía le saqué más provecho a la botellería:

—Torres, Ricard Torres. ¿No te acuerdas de él?

—Francamente: no.

—Fue socio de papá. Precisamente en los tiempos del lío con Ibarra. ¿Te acuerdas de lo que te conté sobre Ibarra?

—Sí: aquel señor tan maleducado que mandó atropellar a tu padre. Pero no veo la relación...

Fingí impaciencia:

—Mamá, no prestas atención, ¿no te dice nada el hecho de que atropellen primero a papá y luego a un socio suyo, con dos días de diferencia?

Silencio. Sonido de aspiración alarmada.

—¡Cielo santo!: quieres decir que... insiste, el muy... contumaz.

Sólo a mi Señora Madre se le ocurre insultar a alguien llamándole «contumaz». La afición le viene de mi Estupendo Abuelo, que la inició en el coleccionismo de adjetivos a muy temprana edad.

—Contumacísimo: el asunto es más serio de lo que pensábamos, y Sebastián ha tenido que alargar un poco el viaje. Me llamó para avisar de que ha puesto denuncia directamente en un juzgado de primera instancia de Bilbao.

Ignoro si un juzgado de primera instancia es lugar adecuado para poner esta clase de denuncias, pero a mi Señora Madre le dio igual la denominación exacta del establecimiento. Mi Señora Madre no colecciona nombres, sólo colecciona adjetivos, y si le hubiera dicho que había puesto una denuncia en el Benito Villamarín hubiera quedado igualmente conforme.

En fin: el resto de la conversación fue ya un constante exclamarse por todas las iniquidades domésticas que la afligían. Logré averiguar que mi Señor Padre seguía igual de malhumorado, que llevaban todo el día sin dirigirse la palabra más que a través de la asistenta o de la Beba, y que no habían salido de casa en los dos últimos días. Habían recibido en cambio la visita de Gonzalito el masajista y de las componentes habituales de las partidas de canasta de mi Señora Madre. Al parecer SP se había mostrado especialmente hosco con ellas y no había consentido en ir a fumarse su apestoso Montecristo a la biblioteca —he aquí el origen de la ruptura de relaciones verbales con él—. La Beba, por su parte, se había negado a servirles moscatel y pastas a las visitas alegando que ella no era un bodeguero y que si aquellas cotorras querían echar la partida se fueran a la taberna. La Beba tiene estos prontos, y no le gustan las amigas de SM, pero estuve de acuerdo con mi Señora Madre en que no debió llamarles cotorras a unas invitadas de la casa; y estuve de acuerdo también en que hacía feo que mi Señor Padre se pusiera a inhalar guarrerías sin siquiera pedir permiso a las señoras, aunque estuviera en el salón de su propia casa. En fin, todo seguía bajo control, o bajo el descontrol sistemático de costumbre. Lo malo fue que no pude capear una trampa que me tendió cuando ya estaba a punto de despedirme. «Supongo que mañana por la noche vendrás a cenar...», soltó de pronto, como si fuera una obviedad que casi no valía la pena formular. Resulta que al día siguiente era su cumpleaños. No recuerdo el día de cumpleaños de nadie a excepción del mío y el de Albert Einstein —dos grandes hombres para un mismo día—, y aún éstos me pasan a veces desapercibidos, de modo que rara vez los celebro. Pero considerando el estado de cosas me pareció cruel no acudir y confirmé mi asistencia. Al fin y al cabo mi Señora Madre cumplía sesenta, una cifra lo suficientemente redonda para justificar cierta excepción. La cuestión es que, como siempre, este estúpido sentimentalismo mío me ocasionó problemas extra. Y no descubrí la trampa hasta después de haber dado el sí:

—Estupendo, entonces seremos exactamente cinco parejas: cena en familia.

—¿Cinco parejas?

—Cinco; además de tu padre y yo: tía Salomé y tío Felipe, tía Asunción y el tío Frederic, los señores Blasco, su hija Carmela, y tú... Ya sabes, Carmela, aquella chica de la que te hablé..., la bohemia.

Valiente bohemia si aceptaba una invitación para cenar con sus padres en casa de los míos, y en compañía además de otros dos matrimonios maduros cuyos miembros masculinos eran un alto cargo de Convergència i Unió y un ex general del Ejército de Tierra. Claro que conociendo a SM pudiera ser que la incauta Carmela hubiera caído en alguna de sus argucias de casamentera. Mi Señora Madre es capaz de enredar a la Coordinadora Gay-Lesbiana para que asista con mantilla española a una misa por Escribá de Balaguer, ése es otro de sus talentos. En fin, me comprometí a acudir a casa a las nueve en punto y me dejó colgar sin dar más la lata.

El Roberto, viéndome enfrascado en una conversación difícil, se había desentendido de mí y andaba trasteando con el mando a distancia de la tele. Al parecer buscaba un canal que atentara lo más posible contra la estética al uso y recaló en BTV. Eran las diez menos diez en el reloj de la barra, había tiempo para un chupito de vodka antes de ir a recoger a *Lady First*; pero, ante la entrevista que le estaban haciendo los de la tele a un joven pintor en pleno barrio gótico, empecé a deprimirme y tuve que salir pitando con el gaznate seco. No sé qué pasa con los progres que me ponen triste.

En la calle busqué con la vista a Bagheera en el lugar donde la había aparcado: allí estaba, agazapada como acostumbra. Le habían puesto propaganda en el limpia-parabrisas: pidsas, túnel de lavado, plazas de parquin, recurso de multas... Me molesté en retirarle las legañas de papel, le lancé un beso con la punta de los dedos y la dejé allí, aseadita y feliz. Debí llegar al portal de *Lady First* unos pocos minutos antes de las diez. Llamé al interfono. Se puso ella misma. Ya estaba lista, bajaba en treinta segundos. En efecto, apenas me dio tiempo de fumar tres o cuatro caladas del Ducados que encendí y apareció saliendo del ascensor. Al menos no había que esperarla tres cuartos de hora como a la Fina.

—No pensé que llegaras tan puntual. No tienes fama de eso —me dijo nada más salir del portal.

—Perdona, no era mi intención defraudarte.

Lo dije completamente en serio, pero creo que ella lo tomó a broma. Llevaba unos pantalones color crudo, un jersey de cuello alto y una americana azul marino, como los zapatos planos. El conjunto dibujaba un cuerpo esbelto y bien modelado; no era exactamente mi tipo, pero daban ganas de mirarla de reojo. Mantenía el peinado a lo Greta Garbo que le sentaba tan bien y, completamente serena, tenía un aire misterioso no del todo desagradable: ese tipo de mujer de la que Oscar Wilde hubiera dicho que tenía un pasado. Aprovechando el silencio del camino, se me ocurrió pensar en qué actitud me convenía adoptar con ella a lo largo del encuentro, pero llegué a desarrollar tres puntos de vista distintos que aconsejaban otras tantas soluciones incompatibles entre sí, así que mandé a paseo la estrategia y decidí improvisar según avanzara la noche. La cuestión es que caminamos sólo un par de manzanas, pero el silencio fue tan denso como el de una partida de ajedrez.

Llegamos a la entrada del restaurante: un macetero con ibiscus, un atril que sostenía la carta y el rótulo dorado («El Vellocino de Oro, cocina de mercado»). Era uno de esos locales ante los que había pasado mil veces y en los que no había entrado nunca. Ni siquiera había reparado hasta entonces en que fuera un restaurante.

En el interior nos encontramos a una chica con chaleco y pajarita que se encargaba de la recepción y la guardarropía. Parecía conocer a *Lady First*.

—Mesa para dos, por favor, Susana. La de siempre, si es posible.

—Muy bien. Voy a avisar a don Ignacio.

«Don Ignacio», nada menos. Por un momento me imaginé a Paco Martínez Soria vestido de párroco rural, pero acerté sólo a medias. La tal Susana no tardó mucho en volver haciendo gestos de asentimiento. Atravesamos uno de los dos pasos velados por cortinas de terciopelo azul y aparecimos en el salón comedor. A lado y lado del umbral había un par de tíos enormes, vestidos con traje oscuro y las manos cruzadas sobre el vientre. No me gustan nada los tipos más grandes que yo, y menos de dos en dos, y menos aún flanqueando una salida. La decoración era oscura; no vi más de una docena de mesas iluminadas con velitas y, desde el fondo de la sala, una especie de Ministro de Asuntos Exteriores que se nos acercaba con cara de felicidad infinita.

—Señora Miralles: nos tiene usted abandonados.

Incluso se atrevió a tomarle una mano a *Lady First* y rozarle el dorso con los labios. En lo que a mi respecta, no encuentro nada más zafio que besarle la mano a una mujer (a menos que la mujer en cuestión acabe de darse crema de Pons y no quede otro recurso para evitar besarla en la cara), pero la experiencia me dice que a las pánfilas de las mujeres les encanta. Se merecen que las traten como a objetos sexuales, por bobas.

Lady First ya se esperaba algo así y había alzado un poco el brazo para facilitarle la tarea:

—No exagere, vine a cenar con Lali y Sebastián no hace ni dos semanas.

—Precisamente: dos semanas sin dejarse ver constituye una auténtica crueldad de su parte.

Empecé a hacerme una idea de la cantidad de pasta que el trío Lalalá se dejaba en aquel garito. El tipo sonreía a más no poder y mantenía una actitud sumisa, un poco inclinado hacia adelante. Unos cincuenta y pico, buena estatura, cabello plateado, piel curtida por exóticas lámparas solares y traje oscuro impecable, con pañuelito en el bolsillo incluido. Ni rastro de Paco Martínez Soria, se parecía más bien a Mario Vargas Llosa pero sin tantos dientes. Y ni siquiera me miró hasta que *Lady First* hizo los honores.

—Le presento a mi cuñado Pablo, hermano de Sebastián.

El tío me tendió la mano como si estuviera a punto de entregarme una medalla al mérito de pertenecer a mi Estupenda Familia.

—Señor Miralles..., encantado de conocerle. Sepa que el hermano de nuestro cliente favorito es también nuestro cliente favorito.

Sonreí:

—No esté tan seguro, don Ignacio: sabrá usted que la propiedad transitiva no puede aplicarse a cualquier caso.

—Muy cierto, pero estoy seguro de que el suyo no es en absoluto «cualquier caso».

Un tipo listo. Volvió a dirigirse a *Lady First*:

—¿Dónde siempre?

—Sí, por favor, si es posible.

Nos acompañó hasta una mesa redonda para cuatro —protegida en un rincón del local por dos biombos que ahora permanecían plegados— e hizo la jaimitada de meterle la silla a *Lady First* hasta debajo del ojete.

—¿Un copa mientras deciden la cena?

—Sí, gracias, para mí lo de siempre.

—Y el señor...

Pude haberme puesto contemporizador y tener la fiesta en paz, pero se me fue un poco la olla.

—¿Sabe lo que es un Vichoff?

—Pues, temo que no, pero quizá si me indicara cómo prepararlo..., nuestro barman hará lo que pueda, estoy seguro.

—Fácil: vodka helado aromatizado en el mezclador con unas gotas de limón. Se sirve en vaso largo con mucho hielo y se añade otra parte de agua de Vichy bien fría. Admite también una ramita de menta. Si se les ha agotado el Vichy serviría cualquier agua carbónica. Y si se ha agotado el barman servirá también cualquier camarero.

El tipo se mantuvo impertérrito:

—No hay cuidado, en nuestro establecimiento no se nos agota nunca nada, ni siquiera la paciencia. Entonces... ¿Campari con naranja y... Vichoff?

Mi acompañante asintió. El tío dio un paso atrás, media vuelta, y nos dejó a solas en un silencio sólo interrumpido por leves tintineos de cubiertos sobre platos. Dos a cero. Vaya con don Ignacio.

Lady First parecía divertirse con el rifirrafe:

—Te advierto que está acostumbrado a tratar con el mismísimo diablo, literalmente.

—Sí, ya tiene pinta de oficiante satánico.

—No es por ahí... Se educó como teólogo en Roma. Se ordenó sacerdote y llegó a algo así como asesor de Pablo VI. Entre sus responsabilidades estaba la de documentar las peticiones de exorcismo que llegaban al Vaticano. Sabría qué contestarte aunque giraras el cuello ciento ochenta grados y le hablaras en latín al revés.

—Ya: y el diablo lo tentó con la codicia y terminó abriendo un restaurante pijo en Barcelona.

—Colgó los hábitos cuando murió el Papa. Bueno, en realidad se enamoró de la sobrina de un nuncio. Desde entonces ha habido largos viajes y una hija que es el vivo retrato de la madre muerta en el parto. En fin, muy novelesco.

—Parece que le has cogido cariño al Exorcista. ¿Te estás documentando para escribir un Tolstoi de quinientas páginas?

—Ya no escribo. Ahora sólo bebo, es más gratificante.

Justo entonces llegó un camarero empajaritado con las bebidas. Detrás apareció el Exorcista y se quedó esperando a que le diera el visto bueno a mi Vichoff. Quité la ramita de menta, lo probé y asentí. Él se retiró haciendo una reverencia y volví a concentrarme en *Lady First*. Con la cháchara ni siquiera habíamos abierto la carta; tomé una, le eché un vistazo: lubina a la *ciboulette*, lenguado con moras y fantasmadas por el estilo. Le pedí a mileidi que eligiera por mí algo elegante. Me preguntó por mis platos preferidos. Contesté que los comestibles en general y renunció a recabar información adicional. Cuando llegó el camarero empajaritado y empezó a disponer los servicios ante nosotros pidió para empezar un consomé vegetal, changurro, agua Solán de Cabras y vino blanco sin especificar. Volvimos a quedarnos solos. Pensé que era mejor esperar a iniciar el tema *Looking for The First* hasta que, servido el primer plato, hubiera garantías de no-interrupción. Por mí me hubiera quedado tan ricamente en silencio sorbiendo el Vichoff, pero *Lady First* parecía decidida a hacerme hablar:

—Bueno, ahora te toca a ti explicarme algo interesante.

Hay que joderse.

—¿Sabías que la disarmonía dentomaxilar por apiñamiento afecta a un sesenta por ciento de los adolescentes granadinos?

Silencio. Parpadeo perplejo. Me avine a darle más detalles, a ver si le volvían las cejas a su lugar:

—Verás: resulta que los cráneos medievales estudiados sólo la presentan en un escaso trece por ciento, y tanta diferencia resulta rara. Digamos que uno se siente inclinado a buscarle explicación al incremento, sobre todo si uno es dentista.

—Pero nosotros no somos dentistas.

A la Fina le hubiera dado igual no ser dentista: yo hubiera puesto cara de niño dentomaxiapilado y ella hubiera reído como loca con esos ruiditos que hace que parece que se esté quedando sin combustible. Pero *Lady First* no sabía jugar a estas cosas.

—¿Y qué te hace pensar que la explicación haya de ser odontológica? —repliqué, como quien trata de avergonzar a un alumno poco aplicado. No sirvió de mucho:

—Pues..., no sé..., no entiendo qué has querido decir.

—Bah, déjalo.

Procuré volver a concentrarme en mi Vichoff. Pero la paz fue breve.

—Ya está. Ya vuelve a estar aquí —dijo mileidi. Por un momento pensé que se refería al Exorcista y me volví a mirar, pero enseguida me sacó de dudas:

—Ya vuelves a ser el Pablo que yo conocía.

—Que tú conocías cuándo.

—Antes de esta semana: en mi boda, en las cenas de Nochebuena, por el cumpleaños de tus padres... Desdeñoso y pedante.

Pase lo de «desdeñoso» porque hasta me pareció cierto, pero lo de «pedante» era realmente inconcebible. Pedante yo: yo, que consiento en seguir relacionándome con mis congéneres en un alarde de humildad sin precedentes.

—Perdona pero yo no soy pedante. Ocurre que cuando uno es realmente grande no hay modestia que desdibuje su estatura.

Lo dije tan serio que se quedó un momento mirándome también muy seria. Luego empezó a aparecer en su boca un atisbo de condescendencia.

—¿Sabes qué creo?

—Algo impertinente, seguro, si no, lo hubieras soltado a bocajarro.

—Creo que tanta autosuficiencia debe de ocultar alguna debilidad.

—Puede. Y puede que esa debilidad constituya mi mayor fuerza, Señorita Paradojas.

Se quedó un momento callada. Después le cambió la cara hasta componer una complicada mueca de resignación cómplice, caso de que semejante mueca pueda ser compuesta.

—¿Y sabes qué otra cosa creo?

—Ahora debe de ser algo elogioso, para compensar la impertinencia.

—Creo que descontando a Sebastián eres seguramente el hombre más inteligente que he conocido.

Debió pensar que eso era un elogio.

—Ah, sí: y qué me dices del Exorcista.

No le dio tiempo a responder. Llegó el susodicho en persona preguntando si podía servir ya el primer plato. *Lady First* asintió. Después el tipo se dirigió a mí:

—Me permito aconsejarle al señor un txacolí Txomin Etxaniz para acompañar al txangurro. Un vino sencillo pero muy adecuado para el caso, fresco y ligeramente ácido. Pensaba servirlo a ocho grados.

Se me ocurrió preguntarle si la adecuación se debía a alguna cualidad del chacolí o a razones puramente fonéticas, pero me contuve porque no era plan de discutirle el vino al compái. En cualquier caso me jodió ese empeño en seguir tratándome en tercera persona. Era sin duda una burla —a la supuesta vulgaridad de mi camisa naranja, de mi peinado *flat-top*, de mi aspecto de Maguila Gorila cenando en El Vellocino de Oro—, pero preferí dejar el ataque frontal para momento más propicio. No renuncié en cambio a seguir dirigiéndome a él como si fuera un curita de pueblo, «Dejo los vinos en sus manos, don Ignacio», siempre anteponiendo a su nombre el tratamiento folklórico. Asintió y volvió a marcharse con dos brillos de rencor en los ojos. No: definitivamente no era con la codicia con lo que lo había tentado el diablo, ni siquiera con la lujuria: era la soberbia, y la sumisión de perfecto mayordomo que representaba tan bien era sólo la penitencia por su mucho pecar. Todo eso pensé mientras miraba cómo el camarero empajaritado acercaba a nosotros un carrito con los primeros y la bebida. Y empecé a sentirme mal. Me pasa muy pocas veces, pero cuando me pasa es muy desagradable. No me gustaba aquel sitio, no me gustaba *Lady First*, no me gustaba el exorcista... Necesitaba hacer inmediatamente algo absurdo, una payasada, algo verdaderamente propio de Maguila Gorila: saltar de la butaca y bailar la danza de la lluvia, algo que demostrara que no hay orden en el universo, que el orden lo ponemos nosotros a nuestro antojo y que basta cambiar de rollo para que el universo entero cambie a nuestro ritmo. En otras circunstancias lo hubiera hecho, pero esta vez me contuve y busqué consuelo pensando que luego podría ir a emborracharme al bar de Luigi, emborracharme hasta estar en condiciones de volver a dormir y por tanto de volver a despertar, hacerle un *reset* al condenado universo y empezar otro maldito capítulo de otra maldita manera. Pero ahora —ahora que tengo tiempo para pensar detenidamente en lo que estaba ocurriendo aquella noche—, puedo decir que aquel malestar indefinido era miedo. Lo reconozco porque puedo ya comprenderlo como una premonición de ese otro, agudo y concreto, que llegaría a sentir en los días sucesivos. En aquel momento fue sólo un cangueli sordo que no recordaba haber sentido desde niño, miedo de fondo, leve pero constante, como el que se le tiene a la oscuridad, ese lugar del que de momento no sale nada pero cualquier cosa puede salir de repente.

Me sobrepuse. Apuré el Vichoff y ataqué el chacolí. Era el momento de dejarse de tonterías y sacar alguna información útil.

—¿Conoces un lugar llamado Jenny G.? —pregunté a *Lady First*, antes de llevarme a la boca una cucharadita de changurro. Lo dije pronunciando a la americana y lo suficientemente rápido como para que cualquiera que no supiera a qué me refería me hiciera repetir la pregunta. Su reacción facial fue reveladora de que sí, conocía muy bien un lugar llamado Jenny G. pero no estaba dispuesta a hacérmelo saber a las primeras de cambio:

—¿Jenny G.?..., no. ¿Por qué había de conocerlo?

Ésa era la prueba definitiva. Había repetido el nombre en perfecto inglés españolizado, Dxeni Dxi, como el que lo ha visto escrito alguna vez. La verdad es que no me pensé mucho la respuesta:

—Pues porque tengo entendido que es un burdel de lujo al que acude tu marido.

Apenas terminé de decirlo y vi su cara incómoda me di cuenta de lo listo que sin querer había sido yo. En caso de que ella no estuviera enterada, la información era lo suficientemente importante como para requerir una actitud muy difícil de fingir: incredulidad, escándalo, indiferencia..., en cualquier caso algo difícil de improvisar.

Se decidió por claudicar:

—Veo que no has estado perdiendo el tiempo.

—Creo recordar que me pediste que investigara.

—No pensé que eso saliera a relucir.

—¿También forma parte de vuestros secretos compartidos?

—Te dije que tu hermano y yo nos entendemos bien.

—¿Y con Lali: también os entendéis bien con Lali?

—No sigas por ahí, no vale la pena. Si la desaparición de Sebastián tuviera algo que ver con Jenny G. lo sabría.

Y eso es todo cuanto estoy dispuesta a compartir contigo sobre este asunto.

—Ahora también tú vuelves a ser tú, querida cuñada. La fría y displicente de las cenas de Nochebuena.

—¿Eso te parezco: fría y displicente?

—Sólo cuando bebes Solán de Cabras. Bajo los efectos del güisqui pareces más humana. Pero preferiría no perder mucho tiempo en nuestras relaciones mutuas, tengo un hermano que rescatar.

—No olvides que también es mi marido. Y el padre de mis hijos. Y que estás investigando porque yo te lo pedí.

—Muy bien, entonces sería mucho mejor que colaborásemos.

—Ya te lo he dicho: ese asunto de Jenny G. no tiene nada que ver con la desaparición de Sebastián.

—¿Cómo lo sabes?

—Tendrás que aceptar mi palabra.

A estas alturas la palabra de *Lady First* no me parecía nada del otro mundo, pero de momento no tuve más remedio que conformarme con ella. Además volvió el Exorcista a tocar los cojones con su empalagosa cortesía.

—¿A su gusto el consomé, señora Miralles?

—Estupendo.

—¿Y el txangurro del señor?

La verdad es que estaba delicioso, pero me jodía admitirlo. «Correcto», dije. *Lady First* pidió los segundos. Lubina para ella y muslitos de codorniz en salsa de cebolla para mí. En cuanto el tío volvió a dejarnos en paz reanudé el ataque.

—Y qué sabes de WORM.

—¿Qué es eso?

—Doble V, O, R, M: WORM.

—¿Como «gusano» en inglés?

—Eso mismo.

—¿Tiene que ver con Sebastián?

—No lo sé.

Llegaron los segundos sobre el mismo carrito empujado por el mismo camarero y seguido del mismo Exorcista, que traía ahora una botella de vino como quien porta el brazo incorrupto de santa Cecilia.

—Me permito proponerle para acompañar la codorniz un Aniversario Julián Chivite Gran Reserva del 81: tempranillo de crianza en roble. Lo he sacado de la bodega a dieciocho grados, ¿le parece que puede servirse inmediatamente?

—Muy bien, pero asegúrese antes de que los grados no sean Farenheit, detesto el vino sólido. ¿Y será tan amable también de traernos un calendario con santoral, por favor?

Por suerte había tenido la precaución de terminar con una pregunta que lo ataba de manos para devolver el golpe, así que aquello podía considerarse un 2 a 1. Volvió a mirarme con aquellas luces en las pupilas.

—¿Un calendario con... santoral?

—Sí, servirá uno de esos que cuelgan de las paredes.

—Bien..., veré si encuentro alguno en la cocina.

Vaciló un poco como haciendo memoria y se retiró. *Lady First* aún esperó para preguntar a que el camarero empajaritado terminara de servirnos:

—¿Y ahora para qué quieres un calendario?

—Tú sígueme la corriente.

Me concentré en mi plato en busca de un poco de intimidad. Los muslitos estaban de muerte, había que reconocer que el Exorcista tenía, además de talento escolástico, una buena cocina. Por otro lado, habíamos ya mediado la segunda botella de vino (sobre todo gracias a mi contribución) y el mundo empezaba a ser de nuevo agradable. Buen papeo y buena priva. Hasta se me desperezó un poco la bragueta, un efecto que experimento con frecuencia después de comer bien. Supongo que es por asociación de ideas: comida-sueño, sueño-cama, cama-sexo. El caso es que la presión de los calzoncillos estaba reforzando el proceso, de modo que tuve que hacer ver que recolocaba la silla para ahuecarme un poco los pantalones y dejar espacio a la expansión: por suerte tengo la polla más gorda que larga y no resulta muy difícil. Se me ocurrió que no estaría mal pasarme por Jenny G. con la excusa de la investigación. Quizá hubiera por allí alguna profesional lo suficientemente vulgar para mi gusto, con atisbos de celulitis, o la nariz imperfecta. Pero tampoco me hice muchas ilusiones: por lo que sé, debo de ser el único tío de mi generación al que le gustan las hembras corrientes, todos los demás sueñan con la Julia Roberts y se follan de mala gana al sucedáneo con el que se resignaron a casarse. Es triste para ellas, pero ellos se merecen lo que les pasa, por gilipollas.

La profundidad de mis reflexiones sociológicas duró hasta que terminábamos el plato y volvió el Exorcista aparentemente desolado.

—Lo siento, el calendario de la cocina no tiene santoral. He enviado a preguntar en algún establecimiento de los alrededores, pero a estas horas está todo cerrado.

—¿No tiene una agenda, o un dietario?

»¿Tienes una agenda de mano, Gloria?

Lady First tenía: la sacó del bolso y me la tendió. Yo empecé a hablar mientras pasaba páginas:

—No consigo recordar el nombre de pila de un cliente de mi hermano, pero tengo una pista. Sebastián me comentó de pasada que almorzó aquí, o quizá cenó, el día del santo de ese cliente, justo antes de acudir a una pequeña fiesta en su honor. Fue esta misma semana, creo. Si supiera el día exacto encontraría el nombre en el santoral...

El Exorcista se prestó:

—En efecto: el señor Miralles cenó aquí el lunes, acompañado de la señorita Lali y de un caballero.

—Estupendo, veamos: lunes 15... San Modesto. Eso es, Modesto Hernández. Gracias, eso es todo lo que necesitaba saber.

—Encantado de servirle. ¿Desean la carta de postres?

Le pedimos cafés y se marchó.

—No ha habido suerte —le dije a mileidi.

—¿Y para saber cuándo estuvo aquí Sebastián has montado todo ese tinglado del santo del cliente, tan complicado y tan traído por los pelos? Bastaba que yo se lo hubiera preguntado.

Sé que Carvalho lo hubiera hecho mejor, pero hay que comprender que no soy más que un aficionado.

—¿Sabías que Sebastián había estado aquí el lunes?

—Sí. Precisamente con Lluis Mateu, el que te dije por teléfono que le lleva las cuentas.

—Bueno, pues no sabemos nada nuevo.

Algo le hacía gracia a *Lady First*.

—Modesto Hernández... Vaya nombre.

—Podía haber sido peor. Filemón, o Agapito...

—Como eso de «Molucas»: cómo se te ocurre inventar un nombre tan inverosímil como Pablo Molucas. No entiendo cómo aquel pobre hombre se lo creyó.

—¿Robellades?

—Sí... Por cierto, ¿de dónde lo sacaste?

—De Internet. Tenía una güeb lo suficientemente cutre como para merecer algún crédito.

—Pues parecía un vendedor de enciclopedias. Y sólo de pensar que yo debía fingir llamarme «señora de Molucas» me daba la risa.

—No sé qué tiene de tan inverosímil. Seguro que hay alguien que se llama así.

—Pero se llamará así de verdad. A nadie se le ocurriría usar precisamente ése como nombre falso.

—Por eso es un buen nombre falso. Mira: conocí a un tipo que se llamaba Juan López García. Una vez lo detuvieron en el paso de aduana del aeropuerto de Medellín. Le preguntaron el nombre. El tipo lo dijo: Juan López García, español. ¿Sabes qué pasó?

—Qué.

—Pues que se lo llevaron a un cuartito con barrotes y acabaron metiéndole el dedo en el culo para ver si llevaba algo escondido.

—¿Y llevaba algo?

—No. Pero desde entonces cada vez que un policía le preguntaba el nombre empezó a contestar que Herminio Calambazuli. Lo decía procurando pronunciar bien cada sílaba, Ca-lam-ba-zu-li, como el que está harto de que la compañía de aguas le dirija facturas con el apellido equivocado. Desde entonces no volvieron a pedirle siquiera la documentación. Claro que fue peor, pero ésa es otra historia.

—Peor por qué.

—Porque un día se le ocurrió aprovechar la inmunidad que le daba el nuevo nombre para traerse cien gramos de coca. No se le ocurrió pensar que los perros que lleva la policía no son precisamente mascotas. Seis años, pero pudo haber sido peor.

Creo que a *Lady First* le dio un poco de repelús pensar en el suceso, pero parecía interesada. Cosas de escritores.

—¿Y dónde has conocido tú a esa clase de gente?

—A Calambazuli lo conocí a 150 kilómetros de las costas noruegas. Él acababa de hacerse con una botella de alcohol 96 y necesitaba azúcar, así que vino a pedírmelo una noche.

—¿Azúcar?

El camarero trajo los cafés. Tomé el sobre de azúcar y lo sacudí delante de los ojos de *Lady First*.

—El alcohol 96 no se puede beber así como así, hay que rebajarlo con agua y echarle azúcar hasta que acaba pareciendo coñac. No es Remy Martin, pero emborracha.

—¿Y puedo preguntar qué le hizo pensar que tú podrías proporcionarle azúcar a 150 kilómetros de las costas noruegas?

—Yo era pinche de cocina.

—¿En un barco?

—En una plataforma petrolífera. Están prohibidas las bebidas alcohólicas, pero como es un lugar más bien aburrido la peña se busca la vida como puede.

—¿No hay biblioteca, o algo así?

—Sí, creo que vi por allí un par de novelas de Simenon en noruego. Y también hay cine. Pero la programación no es muy selecta. Si te interesa Kurosawa no te aconsejo que vayas a una plataforma petrolífera.

—Ya. Y a ti te interesa Kurosawa...

—Yo me apaño con alcohol 96 y un poco de azúcar.

Lady First me miraba con unos ojos muy raros, como si estuviera pensando en convertirme en un Hemingway de trescientas páginas. Dicen que tiran más dos tetas que dos carretas, pero la verdadera arma secreta de una mujer que quiere atrapar a un hombre consiste en mostrar evidencias de que siente alguna admiración por él. Afortunadamente yo me conozco el truco y procuro concentrarme preferentemente en las tetas.

—No sabía qué hubieras trabajado en una plataforma petrolífera —dijo.

—Sólo esa vez. Tres meses.

—¿Y después?

—Me fui a Dublín a patearme los siete mil quinientos dólares que había ganado.

—¿Y por qué a Dublín?

—Porque en la plataforma conocí a John. Me invitó a su tierra y me fui con él.

—Pues no pareces muy propenso a hacer amistades rápidamente.

—Y no lo soy.

—¿Entonces?

—John entró en la cocina un par de días después que el resto de los pinches. A algún gracioso se le ocurrió mearse en su tazón de café con leche y él pensó que había sido yo. Me llamó perro moro en gaélico, yo me cagué en su estampa en castellano, y a fuerza de gesticular para darle verosimilitud a las palabras llegamos a las manos. Él es un tipo más bien escuchimizao, pero tiene ese proverbial carácter irlandés, así que me hinchó un ojo a la primera de cambio y tuve que usar contra él mi arma definitiva.

—¿Tienes un arma definitiva?

—Claro.

—¿Y se puede saber en qué consiste, o es algún secreto?

—Método Obelix: encontrarás la referencia en cualquier biblioteca seria. Consiste básicamente en embestir a toda velocidad contra el enemigo.

—¿Y eso funciona?

—A condición de que el embestido no sea mucho más grande que tú. El inconveniente es que nunca se sabe contra qué vas a chocar ni como aterrizarás, así que corres el riesgo de quedar tan fuera de combate como el contrincante. Aquella vez acabamos los dos inmovilizados en la enfermería. Y durante dos semanas no tuvimos otra cosa que hacer más que hablar. Empezamos insultándonos y terminamos revisando los postulados del pensamiento analítico.

—¿Aún os veis?

—No mucho. Ahora es profesor de Ontología en la universidad de Dublín, pero fundamos el Metaphisical Club y seguimos en contacto a través de la Red.

—¿El Metafísical...?

—Club.

—¿Filosofía?

—De primera calidad. Recién pensada.

Otra vez volvió a mirarme como a un Hemingway de trescientas páginas.

—¿Sabes que eres un tipo muy raro?

—Creo que ya has expresado esa idea en algún otro momento.

—Seguramente, pero cuanto más te conozco más raro me pareces. Hay algo en ti de radical y a la vez algo de extraordinariamente convencional. Un poco como Ignacio, pero en otro estilo.

—Ya. Yo soy un borracho indecente y él es un exorcista respetable.

—No, es otra cosa... Por ejemplo: tú no pareces muy religioso.

—Pues lo soy, y muy devoto.

—No me lo creo. No te veo comulgando.

—Es que no soy católico. Soy egoteísta ortodoxo. Oye, ¿crees que tu amigo el exorcista nos serviría otra copa? Tanto hablar me seca la garganta.

—¿Vamos a tomarla al salón?

Yo ya le había sacado a la entrevista todo el jugo y no tenía demasiado interés en alargarla, pero me parecía feo apremiar a mi acompañante para volver a casa justo después de cenar, así que pensé que no era mala idea empezar a emborracharme allí mismo y terminar a última hora donde Luigi. Nos levantamos de la mesa y pasamos a través de más cortinas de terciopelo azul hacia otro salón, éste con sillones, mesas bajas y una barra de bar con su coctelero distinguido gracias a la chaquetilla color cereza. Había también un pequeño escenario o pista de baile al mismo nivel del suelo, presidido por un piano de cola negro. Estaba visto que *The First* necesitaba tener siempre un piano a mano.

Pedimos en la barra un Güisqui Sagüer y un Vichoff y nos sentamos por ahí a tomarlos. *Lady First* resultó del tipo de personas que, aunque no han viajado nunca, creen que hacerlo es tan enriquecedor, así que me infló a preguntas sobre mis experiencias pelando patatas, atendiendo gasolineras o pintando balaustradas para ganarme la vida donde Cristo perdió el gorro. Para cuando pedimos la segunda ronda había recuperado la actitud de niña Gloria que descubre en su cuñado descarriado al hombre no sólo inteligente (aunque no tanto como su Estupendo Marido) sino también bregado en mil aventuras. Traté de convencerla de que si de algo me sirvió andar vagando por medio mundo fue precisamente para descubrir que no valía la pena salir de los diez kilómetros cuadrados que rodean mi cama, pero se empeñó en tomarlo como una extravagancia derivada de mi mismo cosmopolitismo y no hizo ningún caso. En fin. Para acabar de empeorar las cosas, a las doce en punto apareció la cantante que parecía justificar la presencia del piano. Y digo empeorar porque resultó ser de ese tipo que me saca de quicio: dos tetas como dos soles y un culo lleno y redondo que le dibujaba silueta de violonchelo. Para colmo, al sentarse en la banqueta, el vestido subió rodilla arriba; y para alcanzar los pedales del piano separó un poco las piernas dejando adivinar ese delicioso centro de gravedad que tienen las mujeres y que tanto le gusta a mi hermano pequeño.

Empecé a notar una opresión en el diafragma y supe que no podría atender a ninguna otra cosa, así que cuando aquella máquina de perturbarme hizo la introducción del *Dream a little dream of me* a modo de calentamiento pensé que era momento de retirarse.

—Oye: qué te parece si vamos a tomar la última a otro sitio —le dije a *Lady First*.

—¿Ahora mismo?

—Tengo ganas de estirar un poco las piernas.

—Bueno, si quieres podemos bailar...

Cielo santo: bailar.

—Imposible. Padezco hipocondría intercostal.

—¿Qué?

—Una extraña dolencia ficticia que me impide bailar en absoluto.

No me oyó porque yo ya me estaba levantando (tuve que recolocar a mi hermano pequeño antes de hacerlo), pero no parecía muy inclinada a llevarme la contraria y me imitó. Yo ya salía hacia el vestíbulo procurando no mirar hacia el origen de mis desvelos, pero *Lady First* se paró ante el piano e intercambió besos con la pianista, que aún andaba arpegiando séptimas mayores antes de arrancarse con el tema. Evidentemente eran amigas. Incluso, a una señal de *Lady First* hacia mí, la tipa se volvió a mirarme. Sonrió; sonreí; hizo una caída de ojos que le dio oportunidad de pasar la mirada por todo mi yo; volvió a atender a *Lady First*. Durante unos segundos tuve un flash: la sala está vacía, solo ella y yo; voy hacia el piano, le doy un mordisco en ese cuello expuesto que le deja el peinado alto; a ella se le eriza hasta la punta de los zapatos; me arrodillo ante la banqueta, le descubro las tetas, jugueteo con el hocico sobre ellas; empiezo a trabajarle la entrepierna, la delicada piel interna de los muslos; ella pierde la cabeza, y cae hacia atrás, y ya no sabe cómo levantarse el vestido muslos arriba...

Llegó *Lady First* y tiró de mí para irnos cuando ya estaba a punto de bajarme los pantalones. La cuenta fue de treinta y cinco mil incluidas las copas. Dejé cincuenta para que don Ignacio viera que yo también puedo ser generoso con el dinero de mi Estupendo Hermano y salimos al fin de allí.

Calle. Noche, luna, etcétera.

—¿Adónde te apetece ir?

—No sé. Le he dicho a Verónica que volvería sobre la una y son casi las doce y media. ¿Quieres subir a casa y tomamos algo allí?

Bueno, eso podía abreviar el trámite. Pregunté si habría que acompañar a la canguro a su casa pero resultó que era vecina del mismo edificio. Al llegar nos la encontramos mirando un documental del *National Geografic.* Hay que joderse con las nuevas generaciones: en cuanto se quedan solos se apalancan a comer frisquis mojaos en leche y se quedan traspuestos con la polinización entomófila en Bora-Bora. Y aún suerte que ésta no tomaba apuntes. En fin, las dejé a las dos ultimando detalles domésticos para el día siguiente y salí a la terraza con los restos de la botella de Havana que había dejado sin terminar en mi primera visita. Bonita vista. Estaba aún perturbado por la pianista y me apetecía horrores hacerme una paja cuanto antes, pero llevaba ya el suficiente alcohol en el cuerpo como para empezar a despegar. Barcelona exhalaba sus primeros humos de verano, *súbete a Colón, su-be-te a Colón.* Volvía a tener ganas de cantar. Esta vez lo hice: *súbete a Colón, su-be-te a Colón,* sin ningún miramiento hacia lo que pudieran pensar *Lady First* y Verónica. «Etología humana: Lección 1: dado un hombre borracho y traspasado de amor en un octavo sobre la calle Numancia, el hombre canta.» *Súbete a Colón, su-be-te a Colón.*

Poco más recuerdo con precisión de aquella noche. Sé que me despedí apresuradamente de Mileidi, que hice parada en el Grupeto para tomar un Vichoff de refuerzo y que seguí camino hasta donde Luigi. Sé también que bebí todo lo que pude y que intenté cantarlo todo desde Jorge Negrete hasta nuestros días; recuerdo al Roberto haciendo la segunda voz de las rancheras, a Leoncio y Tristón volteando sus gorras de plato y al Luigi amenazando con llamar a la Guardia Urbana si no dejábamos de escandalizar. Llegué a casa en el coche patrulla de Leoncio y Tristón —*De piedra ha de ser la cama / de piedra la cabecera-a...*—. No acerté a pulsar el botón del ascensor, subí hasta el entresuelo a cuatro patas por las escaleras, soy consciente de haberme reído de mí mismo por ello, Maguila Gorila gateando hasta su tienda de animales.

Lo que no me explico es cómo logré meter la llave en la cerradura, pero debí conseguirlo.

Me gustaría poder decir que esa noche se me apareció la Virgen, pero temo se me anote al debe la denominacion mariana. Pongamos que se me apareció una Deidad Femenina versión 3.0 con escafandra autónoma y traje presurizado, pero a todos los efectos era la Virgen María, uno reconoce el arquetipo aunque no lleve tules. Posó su mano enguantada en mi frente y sonrió tras el visor. Jovencísima; tan joven y ya Virgen María, pensé: ni siquiera veinte años. Noté un fluir balsámico, fresco; mi aliento se sincronizó con el sonido de su aparato de respiración —nada que ver con Darth Vader: un soplo exquisitamente perfumado—; la cama dejó de moverse, la habitación detuvo su oscilar insensato, todo se hizo confort y calma. Debió de ser al alba. Después pude dormir profundamente. Fue una experiencia intensa, pero no quiero insistir en ello porque está mal visto tener relaciones privilegiadas con la divinidad.

A las siete de la tarde abrí los ojos, plock: eso aseguraban las manecillas del despertador. Lo primero, me pasé el escáner para valorar los daños. Con el tiempo he llegado a clasificar las resacas en varios grupos; está la resaca-martillo, la resaca-paliza, la extraña-resaca o la resaca-inexistente —cito de memoria—, aunque generalmente se presentan combinadas en síndromes tipo martillo-seco o extraña-paliza-inexistente. Bueno, pues ésta era nueva, de una rara indulgencia, seguramente las doce o catorce horas que llevaba dormidas habían difuminado los efectos más desagradables. Pude incluso entretenerme en ir a por el mocho y recoger el charquito de alcohol con grumos de changurro y tropezones de cebolla picada que se extendía por el suelo. Mis Estupendos Nuevos Zapatos habían recibido una de las bocanadas más imperiosas y las sábanas estaban también afectadas, así que era un buen momento para cambiar la ropa de la cama, algo en su apresto amarillento sugería la conveniencia de tomar medidas drásticas. Todo eso hice antes siquiera de amorrarme al grifo de la cocina. Preparé café, fumé un par de porros; resignado ya a la obsesión higiénica me afeité y duché y al terminar se habían hecho las nueve menos diez en el reloj de la cocina. Hambre, mucha hambre. La idea de que estaba en reserva, quemando la grasa que forma parte de mi ser más íntimo, me alarmó un poco y corrí a la nevera en busca de algo que pudiera detener el proceso de adelgazamiento. Destripé un sobre de salchichas de fránfur envasadas al vacío y me comí la mitad de ellas a dos carrillos. Por lo demás estaba limpio y afeitado y disponía de ropa en abundancia —esta vez me decidí por estrenar la camisa jaguayana—, así que no tardé mucho en estar listo para salir de casa.

Llegué al portal de mis SP's con Bagheera. Vacilé en cuanto si aparcar por ahí o meterme en el parquin del edificio. SP posee un solo coche que nunca usa —invariablemente un Jaguar Sovereign azul marino que va cambiando a medida que la marca renueva las versiones—, pero tiene en propiedad cuatro o cinco plazas contiguas en el parquin por si recibe visitas. Tener más de un coche le parecería ostentoso, y tener menos de cinco plazas de parquin una descortesía. En fin, me decidí por meterme en el subterráneo.

El vigilante debía de conocer el Lotus de mi Estupendo Hermano y no dijo ni pío al verme pasar. La verdad es que no me gustó la facilidad con que me colé en el edificio: de poco servía tener un guardia de seguridad en el jol si después cualquiera podía entrar desde el garaje. Confié en que no hubiera sido igual de sencillo entrando en un coche desconocido para el vigilante y busqué con la vista el Jaguar que indica los dominios de los Miralles. Junto a él vi un Mercedes plateado, un Audi grande y un Golf que supuse, todos ellos, propiedad de mis Señores Tíos y demás invitados. Dejé a Bagheera junto al Golf, me subí al único ascensor que llega hasta el ático, y aparecí en la entrada principal del dúplex familiar. No me gusta llamar a la entrada principal de mi casa, nunca sé quién va a abrirme la puerta, pero era ya demasiado tarde para rectificar. Esta vez abrió la asistenta. Me había visto en mi última visita, pero no creí que se hubiera fijado mucho en mí —eso sin contar con mi nuevo luc—, así que me sentí en la obligación de presentarme:

—Hola, soy Pablo, Pablo Miralles. El hijo de los señores.

Pareció un poco violenta, como si no se sintiera muy segura del tratamiento que debía darme:

—¿Quiere aguardar un momento mientras le anuncio?

Allí me quedé, admirando una muy oportuna Anunciación románica que se daba de bofetadas con la oronda fragilidad de un jarrón Ming. Absorto en la contemplación, di por supuesto que volvería la asistenta a darme el salvoconducto hacia el núcleo hogareño, pero la que llegó fue mi Señora Madre en persona. Era todo un detalle, porque SM no recibe en el vestíbulo más que a la flor y nata de la ciudad.

—¡Cielo santo, Pablo José: pareces un *gangster*!

A mi señora madre siempre le parezco algo ordinario. Cuando no es un camionero es un gánster o un gunitador o el urólogo de Al Capone.

—Lo siento, mamá... Feliz cumpleaños.

Justo entonces caí en que no llevaba ningún regalo. Pensé en disculparme, pero no me dio oportunidad.

—¿De dónde has sacado eso?

Se refería a mi camisa jaguayana.

—Pues... las venden en las tiendas.

—¿Y no podrías haberte puesto algo más apropiado para la ocasión? Carmela ha venido con un precioso traje de noche. Vais a quedar fatal el uno al lado del otro. ¿Y eso de ahí...?; Pablo José: ¿explícame inme-diata-mente qué es eso que llevas en la cara?

Ahora se refería con un dengue de aprensión a mi bigotillo estilo Errol Flynn.

—Es que se me estropeó la maquina cuando estaba terminando de afeitarme.

—Pues parece que vayas a una reunión con el Cártel de Medellín. Anda, pasa al vestidor de tu padre y buscaremos algo que puedas ponerte.

Me dejé hacer. ¿Qué alternativa tenía? Por lo visto el traje de noche de la tal Carmela era azul cobalto, y mi Señora Madre eligió para combinar con él una camisa de seda blanca, una corbata color fresa ácida y una americana cruzada de un increíble tono yogur de frutos del bosque que afortunadamente no me vino bien —mi señor padre tiene quizá menos envergadura que yo pero bastante más panza—. La sustituyó entonces por una chaquetilla de ante azul celeste. No es que fuera muy de mi agrado, pero al menos tenía un color fácilmente descriptible. Renuncié a mirarme al espejo: preferí, antes de hacer aparición en el salón, y aprovechando que SM había vuelto allí a atender a sus invitados, pasarme por la cocina a ver qué decía la Beba.

—Pareces ese presentador de la televisión que tiene la voz tan bonita, pero con más pelo... y menos bigote... y más hombrón; guapismo, vaya.

Con tanta salvedad tanto podía estar comparándome con Constantino Romero como con el Gran Wyoming. Además, en la cocina me encontré también con un par de camareros empajaritados —sin duda personal de refuerzo enviado por el cáterin— y la Beba, siempre atenta a los intrusos, habría estado más pendiente de sus idas y venidas con la vajilla que de mis preguntas aclaratorias.

Llegó el momento de presentarse en el salón. Tomé aire, hice amago de santiguarme y di el paso al frente que me colocó en el umbral de la sala, a la vista de todo el mundo. Allí estaban mis Señores Padres, tía Asunción y el tío Frederic, tía Salomé y el tío Felipe, una pareja sexagenaria con toda la pinta de ser los señores Blasco, y por algún lado debía de andar también la Carmela de marras, sin duda oculta tras algún otro jarrón Ming porque de momento no se la veía por ninguna parte. En cuanto a mis tíos, puedo decir que mi Estupendo Abuelo Materno —el coleccionista de adjetivos— había tenido la precaución de casar a cada una de sus tres hijas con un grupo de influencia distinto. A tía Asunción le tocó la burguesía catalanista, previsiblemente pujante en cuanto cambiara la tortilla; a tía Salomé le correspondió el ejército y los pilares fundamentales del régimen —por si acaso—; y a mi Señora Madre se la encomendó en busca de *cash*, que siempre viene bien para lubricar cualquiera de los aparatos posibles. Téngase en cuenta que mi Señor Padre, aun siendo de largo el mejor dotado económicamente, no es rico viejo sino converso, hijo de carpintero —como Jesús de Nazareth, aunque tengo entendido que mi abuelo era bastante más bruto que san José—, y conserva por tanto cierta noción de lo que es el pueblo llano, las dificultades para ganar el primer millón, y tal; los otros dos consortes en cambio tienen apellidos notorios desde hace generaciones, y lo más llano que han conocido ha sido a su chófer oficial. Tío Frederic —creo haberlo mencionado— pertenece al núcleo más purista de Convergència i Unió y está metido hasta las cejas en lo que él siempre llama *El Govern* aunque esté hablando en castellano —heterodoxia en la que sólo incurre en caso de extrema necesidad, naturalmente—. Tío Felipe es militar retirado con el grado de general de División y luce gafas ahumadas y un bigotillo muy parecido al mío, aunque dudo que él se lo dejara en memoria de Errol Flynn. En cuanto a mis tías, prefiero no tratar de caracterizarlas, sería inútil, sólo puedo decir que hubiera sido mejor que cada una de ellas se hubiera casado con el marido de la otra: algún error de cálculo del Estupendo Abuelo había dado lugar a dos parejas extrañamente cruzadas. Y los terceros en discordia, los señores Blasco, me parecieron gente de bien; les hice no menos de cincuenta kilos invertidos en acciones de Argentaria. Total: la reunión daba para una película de Tod Browning. Y yo sereno.

La primera en atacar fue tía Salomé.

—Pablo José, cariño, dale un besote a tita Salomé.

Empecé a repartir besos a razón de dos por señora (tía o no-tía) y apretones de manos a razón de uno por barba, excepto en el caso de mi Señor Padre que me costó dos besos extra. Cuando terminé la ronda estaba tan aturdido que casi olvidé que aún me quedaba la bohemia escondida. Miré alrededor como quien escudriña un *¿Dónde está Wally?*, convencido de que, de ocultarse tras alguna antigüedad grandota, se le vería al menos la cabeza. Pero no: o además de bohemia la chica era enana o yo estaba más ciego que un topo. Mi Señora Madre me sacó de dudas: me tomó una mano y me arrastró hacia la terraza.

—Pablo José, quiero que conozcas a Carmela.

Miedo.

Lo primero que vi nada más pisar el césped no me gustó nada. A unos diez metros de nosotros, pegado al hueco de la vegetación que deja descubierta la baranda, se me apareció un tremendo culo azul cobalto, redondo como una ciruela claudia, con sus glúteos ensanchando abruptamente la cintura y su regatera central insinuada bajo el traje. ¿Dónde había yo visto un culo así? Maldije mi suerte y deseé con todas mis fuerzas que tuviera granos purulentos, no sé, o halitosis crónica, algo desagradable.

Cuando se volvió comprendí no sólo que estaba buena por todos lados, sino algo mucho peor.

—Pablo, te presento a Carmela. Carmela: Pablo.

—Creo que ya nos conocemos —dijo la bohemia.

—No recuerdo —dije yo, tratando de parecer sincero.

—Ah, ¿ya os conocéis? —dijo mi Señora Madre.

—Sí, estoy segura —dijo la bohemia.

—Que coincidencia tan oportuna, ¿no os parece?... Entonces os dejo solos, queridos —dijo SM, y desapareció rápidamente de escena con no sé qué excusa inventada.

Ya sólo me quedaba una salida: ponerme lo más borde posible.

—¿Tan mal toco el piano? Ni siquiera te quedaste a oír una canción.

—Ah, ya..., en El Vellocino. Perdona, no me acordaba de ti. Oye, ¿te importa si vuelvo al interior? Hace un poco de frío.

Lo dije en tono levemente impaciente pero educado, como el que no tiene intención de ser desagradable, que es la mejor manera de serlo. La tipa reaccionó enseguida:

—No te apures. Ve: seguramente tu madre encontrará algo con que arroparte.

Y se volvió de nuevo hacia la Diagonal dejándome otra vez ante aquel culo soberbio. No sé por qué me tienen que pasar a mí estas cosas. Estuve tentado de replicar, pero en el último momento decidí comportarme sensatamente y di media vuelta hacia el salón. Sólo me faltaba haber de preocuparme de la imagen que tuviera de mí una falsa bohemia, por apetitosa que estuviera. Aun así volvió a ponérseme el diafragma como un guiñapo. Mierda, mierda y mierda. Y ni siquiera sería fácil emborracharme.

Dentro, la conversación estaba dividida en dos: las mujeres hablaban de trapos y asistentas y los hombres de política y negocios (en mi familia los tópicos de la clase alta suelen seguirse a rajatabla), así que traté de distraer el nudo de mi estómago pululando por el salón como el que visita un museo. La verdad es que el salón de mi casa da para eso y para más, no sé cómo no se conciertan visitas escolares. Me detuve en el apartado Arte Contemporáneo (allende el piano) y descubrí un Miquel Barceló de nueva adquisición, entre el Juan Gris y el Pons que ya conocía. Representaba una plaza de toros violentamente iluminada por el sol de media tarde, en una vista aérea que situaba al espectador como en un helicóptero sobre la plaza. Causaba un efecto un poco extraño, no sé, quizá porque la idea de toro y la de helicóptero armonizan mal. Por lo demás era un cuadro bastante repugnante, casi escatológico, con los espectadores representados a base de grumitos de óleo parduzco, como una colonia de hongos medrando en pleno tendido. El caso es que aquello tanto podía representar una plaza de toros como la taza del váter de un bar del Paralelo.

Pero me sustrajo al éxtasis plástico el sonido de las muletas de mi Señor Padre.

—Esa chaqueta la conozco —dijo.

—Es tuya. Y la camisa y la corbata también. Mamá me ha pedido que me las ponga porque no le gustaba cómo iba vestido.

—Hazme un favor, anda: quédate al menos la chaqueta. Me la hace poner los domingos para ir a misa y parezco la Purísima. Y llévate también la corbata, pero que no se entere tu madre. Te la puedes meter en un bolsillo, no abulta nada.

Bueno, la chaqueta no dejaba de ser una Maurice Lacroix de estupenda piel de gamuza, y con una camiseta debajo tendría otro aire. Pero SP se había desentendido ya de mi indumentaria prestada y miraba el Barceló frunciendo los ojos:

—¿Te gusta?

—El qué...

—El cuadro.

Mi Señor Padre es todavía más refractario que yo a todo tipo de manifestación artística, en especial si es contemporánea, de modo que la conversación acabaría en otra parte, seguro, sólo era cuestión de darle carrete.

—Seis millones y medio. ¿Te suena, ese tal Barceló?

—Está en el *top 10*.

—Ah ¿sí?, ¿y tú ves ahí una plaza de toros?...

Puse cara de que más bien sí.

—¿Y cómo es que los espectadores son verdes?

—Papá, hace más de un siglo que los cuadros caros no tienen nunca el color bien puesto. Además, si éste te parece raro, el Pons de la derecha todavía es peor.

—Chico, no sé... Por lo menos el Pons es más alegre..., tiene colorines. Éste en cambio parece una plasta de vaca. Y lo peor es que el tal Barceló tardará una eternidad en morirse... Entiéndeme: no es que le desee mal a nadie, es que tengo por norma no comprar nada cuyo autor sea más joven que yo. Éste lo eligió tu hermano para el cumpleaños de tu madre. Me aseguró que en menos de diez años valdrá el doble. Por cierto: ¿tú sabes por dónde anda, tu hermano?

—¿No te lo ha dicho mamá?

—Le he preguntado, pero me ha contado una historia completamente inverosímil. Cada vez miente peor.

—¿Qué historia?

—Que ha tenido que ir a Bilbao por un asunto del despacho.

—Pues a mí no me parece tan raro.

—Ah, ¿no?: ¿y cómo es que tú llevas su coche?

—¿Cómo sabes que llevo su coche?

—Me ha avisado el vigilante del parquin: entraba el coche de Sebastián pero no conducía él.

—Y cómo has sabido que era yo.

—Porque un hombre grande y gordo que conduce el coche de Sebastián haciendo rechinar las ruedas, aparca en una de mis plazas y se va directo al único ascensor que llega hasta el ático sólo podías ser tú.

—Yo no he hecho rechinar las ruedas.

—Tú no has hecho otra cosa desde que te sacaste el carnet de conducir, lo que pasa que ya ni las oyes... Además, hace días que sé que llevas el coche de Sebastián y usas su tarjeta de crédito. Y anteayer contrataste a un detective privado: Enric Robellades, ex policía, inspector de la central de Vía Layetana hasta el 83.

Supongo que se me puso cara de bobo.

—No subestimes a tu padre, Pablo. No olvides que cuando llegué a esta ciudad hace cuarenta y cinco años traía un petate con dos mudas y quinientas pesetas en el bolsillo. ¿Sabes cuánto dio la última valoración de bienes que encargué para actualizar el testamento? Venga: di una cifra.

Yo no estaba para adivinanzas.

—No sé, papá..., ¿mil millones?, ¿dos mil?

Tenía las dos muletas agarradas con la misma mano. Me sujetó el cuello con la que le quedaba libre y me obligó a acercar la cabeza a su sonrisa satisfecha.

—La estimación más prudente da casi cincuenta mil. En circunstancias favorables se podrían sacar hasta cien mil, diez veces más que cuando me jubilé. ¿Sabes lo que son cincuenta mil millones de pesetas?

—Supongo que una buena medida de lo que vales.

—Exacto: la medida de lo que valgo; y también la medida de lo que valéis Sebastián y tú. Cualquiera de los dos vale esa cifra; ¿habías pensado en eso alguna vez? ¿O crees que puedes dejar de ser quien eres por el simple hecho de vivir como un pordiosero?

—Papá, haz el favor de dejarte de rodeos y decirme qué demonios está pasando.

Cambió la cara de inteligencia por una mueca impotente.

—No sé qué está pasando. Sé que Sebastián desapareció con su secretaria el miércoles por la tarde y sé que andas buscándolo. Conozco todos tus movimientos desde que saliste de aquí el jueves a mediodía. Lo que no sé es qué ha sido de Sebastián.

—¿Has hecho que me sigan?

—¡Claro que he hecho que te sigan! Si la desaparición de tu hermano tiene algo que ver con que es hijo mío tú estás tan en peligro como él. ¿Me escuchas?

Escuchaba, claro, pero por un momento sentí un alivio que me hizo parecer ausente.

No soy persona acostumbrada a soportar por mucho tiempo el peso de un secreto, la responsabilidad que acarrea ser el que maquina en silencio fingiendo que todo va bien. Hacía años que mi vida era simple y llana: me alimentaba de lo más barato que encontraba en el súper, dormía hasta que me hartaba de estar en la cama, me emborrachaba, echaba un polvo de vez en cuando, y desvariaba por correo electrónico con cuatro chalaos repartidos por el mundo. En verdad había conseguido convertir mi vida en el paraíso de Baloo, una existencia plácida en una selva en la que todo lo que necesitas está al alcance de la mano. Pero de pronto el mundo se te echa encima, un camión de basuras se cruza en medio de la calzada y tú no eres más que un bólido que se precipita contra él. Y creo que por primera vez en mi vida, al menos en mi vida adulta, me alegré de compartir algo con SP, de no tener que actuar también a sus espaldas y poder descargar sobre él parte de todo aquel mal rollo.

—¿Crees que lo han secuestrado, que van a pedirte un rescate por él?

SP puso cara de que sí. O al menos no puso cara de que no.

—Pues yo no lo creo. Para empezar, ningún secuestrador va por ahí atropellando al pagano antes de secuestrar a la víctima, y a ti te atropellaron, ¿no? Y tampoco creo que sea muy buena idea tomar un rehén con secretaria incluida, alguien por el que nadie va a dar ni un duro pero que duplica los problemas. Eso sin contar con que nadie se ha puesto en contacto contigo para pedir nada, ¿o sí?

—No. Pero eso no es raro. Siempre tardan unos días en establecer comunicación, para dar tiempo a que te pongas nervioso.

—Es igual, dudo que este asunto tenga nada que ver contigo ni con tus cincuenta mil millones —casi me dio pena desengañarlo—. Mira: el miércoles a mediodía Sebastián llamó a su mujer para pedirle que metiera unos documentos en un sobre y se los autoenviara por correo... Yo diría que todo deriva de algún chanchullo de los suyos, vete a saber en qué lío se habrá metido intentando hacer uno de esos negocios redondos que os gustan tanto.

SP movía la cabeza de derecha a izquierda:

—Si fuera como dices tampoco tendría sentido que un par de matones me atropellaran a mí.

—Puede que sí. Puede que todo sea al revés de como imaginas y que para presionarlo a él te hicieran daño a ti.

Pareció admitir, al menos parcialmente, mis dudas:

—No sé... Llevo un par de días volviéndome loco.

—¿No se te ha ocurrido llamar a la policía?

—La policía no se mueve hasta que la desaparición empieza a ser francamente rara, y entretanto no me interesa que Gloria y tu madre se enteren de algunos detalles.

—¿Te refieres al lío de Sebastián con su secretaria?

Ya estaba dicho.

—No sabía que tú lo supieras.

—Y yo no sabía que lo supieras tú. A mí me lo contó Gloria.

—¿Ella está enterada?

—Enteradísima.

Ahora fue él el que se quedó con cara de bobo.

—Un matrimonio moderno... —dije, obviando hablar de Jenny G., por si acaso aún no le había llegado la onda. Tampoco mencioné el 15 de Jaume Guillamet. Estaba bien compartir un poco la presión, incluso era agradable aquel tono desacostumbrado de camaradería paterno-filial, sin reproches ni ataques, pero sé por experiencia que a SP más vale no contárselo todo. Además, en cuanto a lo de Jaume Guillamet, todas mis sospechas no pasaban de un presentimiento bastante poco razonable, y, para terminar de convencerme de que lo que procedía era la discreción, vi que se nos acercaba SM con cara de querer afearnos que estuviéramos cuchicheando en un rincón.

—¿Se puede saber qué tramáis, vosotros dos?

—Nada: estaba enseñándole a Pablo el cuadro que te he regalado.

—Increíble, ¿verdad? Tiene luz, textura, es muy... étnico —dijo SM.

—Pues a mí me sigue pareciendo una plasta de vaca —dijo SP.

—Valentín: si no sabes admirar un buen cuadro, lo mejor es que ni lo mires. Acabarás por estropearlo.

—Bueno, puede que no sepa mirar cuadros, pero en compensación se me da muy bien comprarlos.

—No te sientas tan orgulloso, querido: eso puede hacerlo cualquiera.

—Cualquiera al que le sobren seis millones y medio...

—¡Qué obsesión, con los seis millones! ¿Es que no puedes pensar por un momento en algo que no sea el dinero?

—Sí: por qué no les pides a esos petimetres que te has traído que nos sirvan ya la cena. Pasan de las nueve y media.

—Precisamente venía a avisaros de que está servida.

SP fingió dirigirse de nuevo a mí, sin dejar de mirar el cuadro:

—A ver si esta vez ha encargado algo que llene un poco el buche. La semana pasada invitamos a los Calvet y acabamos cenando una especie de escupitajos de colores. Pase lo de los cuadros modernos, pero con las cosas de comer no se juega.

—Valentín: es mi cumpleaños y comerás lo que te sirvan. No se hable más.

—Pues te advierto que como me quede con hambre le voy a pedir a Eusebia un par de huevos fritos. Y me los voy a comer delante de tus petimetres.

Cuando llegamos al comedor estaba ya dispuesto una especie de primer plato tibio con un bogavante entero y completamente pelado —pinzas incluidas— y una guarnición formada por dos montoncitos de hierbajos que resultaron ser algas marinas —uno azulón y otro anaranjado, a juego con la fina piel desacorazada del crustáceo—. Me tocó sentarme entre tía Asunción y la Carmela de marras. Por lo visto la tipa aún me guardaba rencor por la escena de la terraza y no me dirigió ni media mirada. Mejor, así pude dedicarme al bogavante evitando verle las tetas asomadas sobre el plato, de lo contrario no hubiera podido probar bocado. Caté las algas y me parecieron completamente incomestibles: sosísimas y con un ligero sabor a pescado que no encajaba nada con su naturaleza vegetal; pero tenía tanta hambre que fui el primero en terminar con el bicho y no me quedó más remedio que entretener la espera hasta el segundo plato escuchando la conversación principal. Tío Felipe —el bigotillo «Todo por la patria»— estaba a mitad de un recuento de las maldades conspiratorias de la francmasonería, tópico que aborda siempre que puede a fin de amargarle la noche a SP. Ocurre que mi Señor Padre siempre ha tenido tendencia a expiar la opulencia a través de la filantropía, de tal modo que ha terminado por llegar a Venerable Maestro de una de las principales logias del rito escocés. Mi Estupendo Hermano es Arquitecto Revisor del Templo —pero lo suyo es un caso claro de nepotismo—, y supongo que yo sería al menos Portaestandarte de no ser porque a SP se le ocurrió llevarme a una Tenida Blanca al cumplir los dieciocho y me dio la risa en plena apertura. Sé que no fue de muy buena educación por mi parte, pero en cuanto oí a mi Señor Padre, mallete en mano, decir aquello de «¡Que la Sabiduría presida la construcción de nuestro Templo!», no pude evitarlo y se me escapó un «¡Y que la Fuerza te acompañe!» que oyó todo el mundo. El caso es que tampoco erré por mucho, porque lo que contestó el Primer Vigilante en cuanto los profanos terminaron de reírse fue exactamente «¡Que la fuerza lo sostenga!», con lo que, además de provocar un nuevo alud de carcajadas, terminó de convencerme de que George Lucas debía de ser medio masón, o por lo menos simpatizante. Desde entonces SP me prohibió acercarme a menos de cien metros de la logia y se terminó mi iniciación. Tanto da: ni siquiera te dan una espada de luz, todo lo que ha conseguido SP en treinta años de dedicación abnegada es una escuadra dorada que ni siquiera es de oro.

—Pues yo creo que deberíais aceptar mujeres en la logia —intervino tía Salomé, que es medio feminista.

—Se han dado casos. Pero no creo que funcione. Al menos en la nuestra —dijo mi Señor Padre, que de feminista no tiene un pelo.

—Ah ¿no?, pues no veo por qué no ha de funcionar —terció mi Señora Madre, que no es que sea feminista, pero le gusta llevarle la contraria al Venerable Maestro.

—Pues porque no podemos pasarnos las reuniones pendientes del vestido que lleven las señoras.

Aunque me cuidé mucho de expresar mi conformidad, aquí estuve completamente de acuerdo con SP. A ver quién es el guapo que se concentra en martingalas rituales a la vista de un par de hermosas tetas bamboleándose en la Columna de Mediodía. Yo ni siquiera podría comerme un bogavante.

—Pues ¿sabes lo que creo?: que eso de reunirse entre hombres solos resulta bastante sospechoso.

Ésa era de nuevo tía Salomé, que lee las secciones de psicología de las revistas de decoración y de vez en cuando se pone psicoanalítica.

—Sospechoso de qué —se mosqueó mi Señor Padre.

—Pues..., en fin, son frecuentes los casos de homosexualidad latente entre los que se unen a organizaciones exclusivamente masculinas y fuertemente jerarquizadas. El ejército, el clero regular...

Aquí es donde tío Felipe casi se atraganta con una hebra de alga:

—¿Qué quieres decir con eso?

—¿Yooo?: nada.

—Cómo que nada, ¿debo entender que mi propia mujer me está tratando de marica? Pues me parece que a ti precisamente debería constarte lo contrario…

—Ay, Felipe, hijo, déjalo, no se puede hablar contigo... Estoy haciendo una reflexión de carácter general...

—Ah ¿sí?, pues ten en cuenta que en cincuenta años no he visto ni un solo marica en un cuartel. Otro gallo cantaría si el servicio militar siguiera siendo obligatorio, te aseguro que no se vería tanta mariconada. Si da asco mirar la tele, no hay día que no salga un tío como un castillo vestido de vedet del Molino...

—Eso no son homosexuales, son *drag-queens* —apostilló mi Señora Madre en su Estupendo Inglés de curso interactivo.

—Pues yo creo que tiene razón Felipe —intervino tía Ascensión, más modosa, pero también con opinión formada—. A mí hasta cierto punto me parece bien que cada cual haga de su capa un sayo, pero eso de tender los trapos sucios en la televisión, qué quieres que te diga..., ni tanto ni tan calvo.

—Pues yo creo que no tiene nada de malo que cada cual exprese abiertamente sus preferencias sexuales —intervino inesperadamente Carmela la bohemia, que por lo visto era partidaria de que todo el mundo saliera del armario cuanto antes.

Me fijé en que su madre la taladraba con los ojos. ¿Estaría, la respetable señora, confabulada con SM en sus trapicheos de Celestina? El hecho es que cada vez que cruzábamos las miradas ponía cara de Estupenda Suegra encantada de colocar a su bohemia talludita con el tarambana millonario. El padre parecía en cambio más interesado en alejar los hierbajos marinos del bogavante, actitud que me predispuso a su favor.

La cosa es que ya no tardó mucho en llegar un sorbete de romero (sencillamente repugnante) e inmediatamente después una especie de rosbif anegado en salsa de papaya sobre la que flotaban unos moñitos de pasta blanquecina. Sin duda SM debía de haber probado semejante aberración en el banquete de algún Grande de España y había decidido hacernos partícipes del descubrimiento. Por suerte, rascando un poco con el cuchillo, se llegaba a retirar gran parte del engrudo dulzón y la carne que aparecía debajo resultaba razonablemente comestible. Así llegamos a los postres, yo procurando no decir ni pío ni mirar directamente a nadie, y todos los demás exponiendo animadamente sus más firmes convicciones. Todos excepto tía Ascensión, que tiende a ser discreta, y el padre de la bohemia, que también sabía mantener la boca cerrada entre bocado y bocado.

Desde luego, el apartado que más temo de las reuniones familiares es la sobremesa. En el momento en que se sirven los cafés, mi Estupenda Familia ha agotado ya los temas de Cultura y Sociedad y empieza a hacerme preguntas personales, casi siempre relacionadas con mi estado civil, mi horizonte profesional o mis expectativas vitales a medio y largo plazo. Hubo un tiempo en que me complacía en escandalizarlos improvisando toda clase de aspiraciones inadmisibles para un joven pijo, sacarme el carnet de taxista o emplearme en una cadena de montaje, no sé, pero a estas alturas de mi existencia —y más aún en las circunstancias concretas de aquellos días— no aspiraba siquiera a escandalizar a mis tíos; después de todo, los pobres no habían cometido más pecado que el de ser conservadores (o de derechas, para ser más exactos) y ése es un defecto fácil de perdonar cuando uno ha tenido oportunidad de relacionarse con intelectuales de izquierda y ecologistas, colectivos ambos de trato infinitamente más arduo. Total: me las ingenié para disculparme ante los comensales y levantarme de la mesa nada más terminar los dulces. SP me miró con cara de muy pocos amigos (para el Venerable Maestro las comidas no se acaban hasta que él enciende el puro), pero me levanté de todas formas. Si me escondía por ahí y tardaba lo que uno suele tardar en cagar sin prisas habría más posibilidades de que los presentes encontraran algún tema de conversación que no estuviera relacionado conmigo, así que me colé por los vericuetos del piso hasta una escalera secundaria que conduce a la planta alta con intención de llegar al baño de mi viejo dormitorio. Quizá terminara cagando de verdad, y no era plan de apestar el lavabo principal de la zona noble. Pero nada más abrir la puerta de mi habitación tuve la sensación de haberme metido en la máquina del tiempo.

Supongo que de haber pertenecido a una familia normal, el clan hubiera copado el espacio acondicionando un cuartito para la plancha, pero en un dúplex de setecientos metros cuadrados, con cinco suits, biblioteca, dependencias para el servicio, sauna y dos terrazas superpuestas que circundan el perímetro entero del edificio, no hacía falta reconvertir las habitaciones de los hijos emancipados.

De modo que allí estaban mis carísimos juguetes de adolescente rico, tal como yo los había dejado quince años atrás, incluida la enorme estantería atiborrada de libros. Confieso que he leído. Era joven, inexperto. Cuando descubrí el engaño pensé en quemar todo aquel montón de papel, pero terminé por comprender que quemar libros es tan excesivo como leerlos: lo mejor es sencillamente ignorarlos, como a esos minúsculos ácaros que viven en nuestras pestañas (de todas maneras fue peor porque entonces me dio por viajar, y ese sí que es el timo de la estampita). La cuestión es que, con la vista en el lomo del primer volumen de la Historia de las drogas del Escohotado, se me encendió una lucecita. Me acerqué a la cabecera de la cama y abrí el cajón de acceso vertical donde en su día la Beba guardaba mi almohada y mi pijama. Metí el brazo hasta la axila y hurgué un poco en el rincón: bingo: la cajita del chocolate, un estuchito de plata, ahora ennegrecido. La abrí y me encontré un librillo de Esmoquin mediado y una china considerable. Sólo llevaba encima un paquete de Ducados, pero no iba a ser el primer porro que liaba con tabaco negro. Calenté la piedra: plaza de la Virreina cosecha del 83: aún olía a lo que tenía que oler. Lié el canuto sentado en el sofá y salí a fumarlo al exterior, como solía para evitar que el olor me delatara.

El nivel superior de la terraza parece más bien una cubierta de barco, con su entarimado de teca, sus tumbonas modelo Vacaciones en el Mar, y cuatro viejos aparatos de gimnasia a los que mi Estupendo Hermano era muy aficionado. Me acerqué a la barandilla por la parte que da al mar, frente a la Facultad de Farmacia. Quince años que no me fumaba un porro en aquel punto del mundo, sobre el tramo de baranda quemado por las tachas que abandonaba allí para disimular si aparecía *The First* el chivato. Quince años y todo lo que quedaba de mí era la afición a los porros y al alcohol (a las putas las descubrí un poco más tarde). La afición a los porros, al alcohol y un padre millonario. Cincuenta mil millones: cincuenta mil. Estaban los inmuebles, edificios enteros en Barcelona y Madrid; varios chalets en la Costa Brava, apartamentos para alquilar en Castelldefels, en Salou; había acciones, bonos, participación en distintos negocios, derechos industriales; había obras de arte, joyas, oro, cajas de seguridad en varios bancos en las que sólo SP podía saber qué se guardaba. Seguramente era fácil reunir inmediatamente quinientos millones en líquido. ¿Qué son quinientos millones a cambio de un Estupendo Hijo, Arquitecto del Templo y Máster en Chanchullos Financieros? No se me había ocurrido pensarlo antes. Un secuestro por dinero... Pero junto al sentimiento de alivio que esta clarificación suponía, algo en mí se resistía a la idea de una solución tan fácil. Supongo que no quería renunciar a mis pesquisas, al misterio de Guillamet 15, a las andanzas de lord Henry en aquella fortaleza delirante, a las putillas finas de Jenny G. y las intrigas amorosas de *Lady First*. Sin querer había estado fantaseando sobre mí mismo como el agente doble-cero enfrentado a una secta de malvados filósofos, y la película que me había montado comprometía todo mi ingenio, toda mi capacidad de lucha, todo mi valor. Pero, de repente, Indiana Jones sólo tenía que esperar a que papá pagara el rescate y los malos liberarían al rehén, un poco despeinado pero sano y salvo. Luché contra esta resistencia preguntándome de qué oscuro rincón de mi pasado provenía el estúpido deseo de resultar útil, de deslumbrar a mi Señor Padre y a mi Estupendo Hermano.

Lo atribuí al influjo nefasto del escenario, mi habitación, mis libros, la huella en chamusquina de tantos canutos olvidados sobre la barandilla. Pero no me dio tiempo a terminar la reflexión porque sobre el césped de la terraza de abajo, más adelantada, apareció Carmela la bohemia. Se acercó a la barandilla, apoyó los antebrazos en el borde y retrasó un poco un muslo haciendo descansar el pie de puntillas sobre el suelo. Parecía dispuesta a fumar tranquilamente ante el crepúsculo recién terminado y pensé en esconderme inmediatamente por si se giraba hacia mí; pero, incapaz de reprimirme otra vez ante aquel cuerpo, procuré fijar su grupa en mi memoria para cascármela en su evocación en cuanto tuviera oportunidad. Justo entonces, pillé una china gorda en el porro y la agresión de la bocanada me hizo toser, toser a lo bestia: en cuanto empiezo me salen los veinticinco años sin practicar más deportes que los de salón.

—Hace frío. Deberías haberte puesto algo de más abrigo —dijo la muy descarada al volverse y verme. Alguien debería haberle explicado que el escote de un traje de noche no está diseñado para ser visto desde el piso de arriba. En cualquier caso, me prometí no permitirle dejarme otra vez en ridículo.

—Lo del frío era mentira —dije.

—Ah ¿sí? ¿Y le mientes a todo el mundo o sólo a las pianistas?

—Miento siempre que puedo obtener alguna ventaja de ello.

—¿Y se puede saber qué ventaja te daba el mentirme antes?

—Me alegro de que me hagas esa pregunta. Ocurre que estás tan buena que si paso cinco minutos seguidos en tu presencia voy a tener que ir al lavabo a meneármela y no quiero que se me seque la médula.

—En ese caso tengo más preguntas: veamos: ¿eres así de grosero con todo el mundo, o sólo con las pianistas?

—Creí que eras partidaria de que todo el mundo expresara libremente sus inclinaciones sexuales.

—Temo que lo tuyo no sea una inclinación sexual sino una simple impertinencia.

—¿Debo suponer que sólo los gays tienen inclinaciones sexuales admisibles, o que te parece inapropiado que a alguien le excite tu cuerpo?

—Me pareces inapropiado tú, en general.

—Por eso en vez de follar contigo tendré que conformarme con hacerme una paja. Claro que eso es todo lo que me interesa de ti.

—Ah ¿sí...? Y por qué sólo eso…

Parecerá increíble, pero a la tía le iba el rollo. Fue un error de cálculo: no conté con que de vez en cuando se encuentra uno con una loca.

—Oye, déjalo estar...

—No, quiero saber por qué.

—Por qué, qué.

—Por qué no quieres echar un polvo conmigo.

No se me ocurrió otra cosa que ser sincero. Cuando la primera mentira no ha funcionado, quedan pocas salidas.

—Pues porque lo único que me gusta de ti es tu cuerpo. El resto no lo conozco, pero tampoco me interesa conocerlo.

—Y qué... A mí tampoco me interesa más que tu cuerpo. Me gustas, me dan morbo los tíos como tú. Tienes aspecto de tener una buena polla.

Cielo santo. No hay nada peor que defraudar una expectativa de esta naturaleza, y hay tías que fantasean con unos mangos del siete, así que traté de curarme en salud:

—Yo que tú no estaría tan segura...

—Bueno, da igual, si la tienes pequeña tampoco me voy a echar a reír. Qué: ¿hace un polvo?, ¿no puedo subir al piso de arriba desde la terraza?

—Oye, oye, espera...

La tía ya se había acercado hacia el voladizo de la terraza superior. Miró a derecha e izquierda para asegurarse de que no la veía nadie, se bajó los tirantes del vestido y se sacó los dos pechos por encima de las copas de los sostenes.

—Mira..., mírame las tetas. Quiero que me las toques.

Se me alborotó el pájaro, no pude evitarlo.

—Venga, dime por dónde he de subir que me he puesto cachonda.

Yo estaba completamente incapacitado para pensar con normalidad. Debería haber dicho que no, de plano, pero daba gloria ver aquellas tetas. En lugar de eso me puse a balbucear:

—Jura: jura o promete por tu honor que nunca después de esta noche darás un sólo paso para volver a verme.

—¿Qué...?

Bah, a la mierda. Le indiqué desde arriba el paso hasta el lado opuesto de la terraza, donde hay una escalerilla por la que se puede subir sin riesgo de ser visto desde el salón. Ella volvió a esconder sus dos tesoros bajo el vestido, ganó peldaños sin hacer mucho ruido y la recibí con los brazos abiertos. Al primer arrimo franco se me puso la bragueta como la pirámide de Mikerinos; ella arrimó el pubis, notó el bulto, se desembarazó de mis brazos y tiró de mí hasta el trozo de fachada ciega que daba a los lavabos. Me plantó contra la pared de un empujón, me dijo que me estuviera quieto y empezó a desabrocharme el cinturón. De pronto pareció no poder contenerse y me echó la palma de la mano a la bragueta, como calibrando lo que podía encontrarse dentro. Después bajó la cremallera, metió la mano y trató de asir la protuberancia por encima de los calzoncillos. Tarea difícil. Se lo pensó mejor, se agachó ante mí y forcejeó hasta dejarme con los calzoncillos bajados y los faldones de la camisa colgándome. Su jadeo se tranquilizó un poco cuando, apartando el telón de la camisa, quedó a su vista mi aparato genital en posición de ataque. Lo contempló un momento y después me asió el rabo con toda la manaza.

—Bueno, no es como para tirar cohetes, pero habrá suficiente —dijo, cosa que me dejó un poco más tranquilo, no sé, al menos «suficiente».

La cosa es que de repente noté un calorcillo suavón, inconfundible, y al bajar la vista me la encontré amorrada al recién aprobado. No hay manera: en cuanto te descuidas, estas tías progres se lanzan a comerte la polla.

—No, déjalo... —dije. Ella puso cara de extrañada, mirándome cipote en mano.

—¿No te gusta?

—No mucho. Ven, ponte de pie.

El chupeteo me había echado un poco atrás e hice tiempo levantándole la falda del vestido para palpar aquí y allá. «¿Qué es lo que te gusta?», preguntó. «Esto que tienes aquí», contesté, habiendo ganado ya terreno suficiente como para señalar con toda precisión. Ella levantó un muslo, apoyando la rodilla en la pared de mi espalda, y dio lugar a que pudiera levantar el ruso de las bragas y colar el dedo corazón por la grieta que quedaba. Agüita pura. Se puso a besarme toda la cara, agradeciéndome aquel caudal como si el mérito fuera mío. Chorros francos. Sifón. Niágara. «Métemela», dijo, y a mí me pareció que la propuesta era oportuna. Le levanté aún más el vestido, bajé las bragas con la mano hasta que ella pudo sacar un pie, y la invité con el gesto a montarse con los muslos sobre mis caderas. Lo hizo; pesaba; no pude alzarla lo suficiente y se me quedó la verga aplastada a lo largo de su entrepierna peluda y empapada como una nutria enfebrecida. Había que girar, girar ciento ochenta grados y apoyarle la espalda contra la pared, si no, no habría manera de completar la maniobra. Lo conseguí con tres saltitos con los pies juntos, y cuando terminamos de acomodarnos contra la pared en un desorden de prisas y suspiros, no hice la más mínima intención de contenerme: fueron sólo unas pocas entradas profundas que ella subrayó pronunciando la letra O y, de pronto, ya me temblaban las piernas bajo el peso de su cuerpo aferrado a mí como una higuera trepadora. Quise aguantar la posición dejando que ella siguiera corriéndose a chorritos cortos con aquellos deliciosos espasmos, pero sólo pude dejarla refrotarse a gusto unos segundos: no me tenía derecho, mi picha y yo habíamos sido reducidos a una misma materia inconsistente y todo yo era una pena de gigante con los pies de barro.

—Perdona, pero tengo que bajarte porque se me van a doblar las piernas y nos vamos a romper la crisma.

Debí decirlo tan serio que a ella le dio la risa. Lo que faltaba. Las pocas fuerzas que a mí me quedaban no eran suficientes para alzarla a pulso, necesitaba su colaboración, de lo contrario se iba a rasgar todo el vestido contra el estucado basto del muro. Ella seguía riéndose y a mí se me contagió un poco, así que nos fuimos escurriendo hasta quedar semicaídos en una posición difícil: yo con los calzoncillos a media asta y ella con las faldas subidas y las bragas colgando de un zapato.

Lástima de foto.

—Oye, no me he puesto condón —dije, cuando logramos recuperar cierta verticalidad y, con ella, la dignidad necesaria para decir algo coherente.

—Da igual. No me voy a quedar embarazada, seguro.

—¿Y el sida, y tal?

—No te preocupes, normalmente siempre uso condón. Lo de hoy ha sido una excepción.

—No, si lo digo por ti: es que soy bastante promiscuo.

—¿Y cuando eres tan promiscuo usas condón?

—Sí: siempre.

—Entonces...

Bué.

—Oye, tengo un capricho.

—Qué.

—Me gustaría verte las tetas. Al final no te las he visto de cerca.

Se enrolló y me dejó vérselas. Me las mostró incluso con orgullo. Tomé la derecha sobre mi mano y la besé, tomé la izquierda y la besé también, después la ayudé a ponerse bien los sujetadores y entonces fue ella la que me depositó un beso transversal sobre el bigote de Errol Flynn. Es una pena que yo sea básicamente soltero porque la vida de pareja tiene cosas bonitas, como cuando los chimpancés se despiojan mutuamente y tal.

—Oye, ¿sabes que hasta te encuentro tierno? —dijo, mientras terminaba de recomponerse la indumentaria.

—Pues no me conviene que se sepa.

—Yo no pienso decírselo a nadie.

—Bueno, de todas formas no iba a ser fácil que te creyeran.

Seguían temblándome las piernas como si las tuviera de gelatina. Ella dijo que le iría bien pasarse por el lavabo y le pedí que me siguiera por la parte alta de la terraza hasta entrar por mi habitación. Le indiqué la puerta del baño.

—Debe de haber toallas en algún armario. Debajo del lavabo, me parece.

La dejé tras la puerta y busqué un sitio donde sentarme a fumar un cigarro tranquilamente. Lo encontré sobre mi vieja cama, y fue entonces cuando caí en la gravedad de mi transgresión. Y caí porque de pronto me encontré a mí mismo deseando volver a besarle las tetas a aquella advenediza que andaba cacharreando en mi cuarto de baño; sí: mi cuarto de baño, al fin y al cabo. Ir de putas es una cosa: en cuanto tienes ganas de volver a besar a la de turno el taxi te ha situado a dos kilómetros del lugar de los hechos y no hay riesgo de sucumbir a la tentación, pero este individuo, este hermoso individuo al que me moría de ganas de volver a sostener en ese delicuescente abandono que me chorreaba por los huevos —todavía notaba el cosquilleo de una gota detrás del escroto, tuve que darme un meneo en el paquete para enjugarla en el algodón de los calzoncillos—, iba a salir del baño de un momento a otro, y yo..., yo no podía permitirme el lujo de exponerme a su presencia.

Así que fui a esconderme a la vieja habitación de mi Estupendo Hermano.

Estaba vacía. *The First* va a todas partes con todo su pasado a cuestas, piano incluido. Pero quedaba la cama. Y me eché un momento confiando en que enseguida se me pasaría el tembleque.

Bienvenido, señor cónsul

Dormido sobre la vieja cama de *The First*, me molestaban los zapatos —cómodos pero al fin y al cabo nuevos, casi lo peor que pueden ser unos zapatos—, y me pasé el poco rato que duró aquella siesta extemporánea soñando que flotaba sobre la corriente plácida de un río de aguas turbias, sentado a horcajadas en un tronco y con las piernas hundidas en el caudal. Entonces empezaban a llegar las pirañas: diminutas pirañas con dientecillos de borzog. La cosa es que al despertar me di cuenta de que había dejado la colcha hecha un asco, arrugada y sucia por el roce agitado de los zapatones.

El cielo visto desde el ventanal que daba a la terraza era nocturno. Entré en el baño. Nada más bajarme la bragueta para mear, una reminiscencia me llegó a las narices y me retrotrajo a la reciente escena de la terraza: olor a ella, mezclado con el de su perfume, supongo que algo también de mi propio olor, más difícil de identificar por ser tan conocido. Zas: erección de adolescente. Qué endemoniadamente bien huelen las mujeres, nada hay que pueda comparársele, quizá sólo el regusto de una buena pipa, delicioso y sutilmente acre. «El Tarro de las Esencias», titulé, en un arrebato lírico. Desde luego aquella línea de pensamiento no era la más propicia para que cediera la erección y, por mucho que traté de ganar ángulo de tiro, acabé meando toda la tapa del váter. Me negué, por supuesto, el placer de hacerme una paja rememorando el episodio: cometer un error es humano, pero cometer dos seguidos empieza a ser sospechoso. A cambio, me remojé la polla con agua deliberadamente fría a modo de penitencia. Aquello me aflojó la trempera pero no me libró del zumo de ella, ya reseco, que me acartonaba la pelusa de los huevos. No me gustan esos aparatos, pero no tuve más remedio que sentarme en el bidet y hacerme un lavaje más detenido. Mientras duró la maniobra, avergonzado por el gravísimo desacato a una norma fundamental de mi código de supervivencia, me puse a silbotear cualquier cosa para disimular. A menudo disimulo ante mí mismo: silbo, tarareo, me hago el sueco. Pero lo peor estaba aún por llegar: la prueba de fuego iba a ser encontrarme otra vez con ella. No me acordaba de cómo había que tratar en sociedad a una mujer con la que acaba uno de echar un polvo, ¿debía mostrarme especialmente amable, atento, solícito?, ¿cruzaríamos miradas de complicidad?, ¿nos rozaríamos los codos en la mesa?, ¿tendría que llevarla al cine los domingos? Me invadió el pánico escénico y a poco me largo de allí sin despedirme. Pero no lo hice. «Ahora jódete y apechuga», me dije, y abandoné los aposentos de mi Estupendo Hermano camino de la planta baja.

La costumbre en casa es tomar la segunda ronda de licores en el salón y todavía estaban todos sentados a la mesa, así que no debía de haber pasado mucho rato durmiendo. Bueno, en realidad estaban todos menos Ella.

—Pablo José, hijo: ¿dónde te habías metido?

—En mi habitación. He entrado un momento y me he entretenido mirando mis cosas. Hacía años que no... veía... mis cosas.

Demasiadas explicaciones. Miento mal muy pocas veces, pero cuando me ocurre resulto un desastre, no hay nada más chirriante que el fiasco de un experto. En cualquier caso, siempre que no haya dinero de por medio, la gente se deja engañar con relativa facilidad.

—Pues Carmela acaba de marcharse. Tiene una actuación a las diez y se le hacía tarde. Me ha pedido que la despida de ti.

—Ah..., bien.

—Ha estado un buen rato sola en la terraza... Ni siquiera has tomado café con ella.

Mi Señora Madre se dirigía a mí pero haciendo partícipes del diálogo al resto de los contertulios, de modo que consiguió que la conversación anterior a mi llegada —si es que la hubo— quedara definitivamente abortada. Su tonillo vacilaba entre el reproche y la picardía, actitud que se reflejaba también en las otras siete caras que poblaban la mesa. Estaba visto que no iba a librarme de la sesión.

—I què, Pau, com va la feina?...

Ése era tío Frederic el Convergente, que no soporta que lo llamen Federico pero que siempre me llama Pau. Lo habitual es que empiece con una pregunta inocente y termine tentándome con vacantes directivas en institutos oficiales de nomenclatura inaudita (siempre previa filiación a la *cosa nostra*, por supuesto). Durante años no supe cómo interpretar esa insistencia absurda, pero acabé comprendiendo que aquellas ofertas descabelladas eran sólo una forma velada de burla.

Contesté a la pregunta con todo el laconismo del que soy capaz, por ver si se podía capear a palo seco. Pero nanái: tratando de fachear terminé por encapillar olas por popa, y tío Félix, aproximándose a sotavento con la artillería armada, no me dio tiempo a poner la amura de través.

—Lo que tendría que hacer es buscarse una novia y casarse. Seguir soltero a su edad no puede ser sano.

Sentenció vuecencia el general. Por lo menos se abstuvo de puntualizar con un «¡Ar!» el consejo, con la edad va perdiendo aire marcial. Pero el fuego cruzado se prolongó durante un rato, y en la parte baja de mi arrufo empezó a acumularse agua. De momento no solté trapo, pero comoquiera que SP entró también en acción, no tuve más remedio que darle aire a tormentín y foque, y para cuando mi Señora Madre se unió al coro yo ya había soltado la escandalosa y estaba dispuesto a correr el temporal cargando jarcias. Incluso la candidata a Estupenda Suegra se metió en el ajo; sólo tía Ascensión y el Padre de la Novia me dejaron tranquilo, aunque sin hacer tampoco nada por ayudar. Tía Salomé, como de costumbre, fue la más difícil. Se empeñó, con ese aire de inteligencia tan característico de los aficionados a la divulgación científica, en saberlo todo acerca mis «desengaños amorosos». Se conoce, a la luz del saber de tía Salomé, que mi evidente misoginia sólo encontraba explicación en la reacción neurótica ante una precoz frustración de índole sentimental. Tanto insistió que terminé por soltarle los brioles a la gavia de mesana y le hice notar, con prosopopeya que no podría reproducir ahora, que quizá el mío no fuera un caso de misoginia sino de lata misantropía. Ni por éstas: cuanto más teorías científicas colecciona la gente más le cuesta usar el sentido común. Tanto daba, la cuestión es que había terminado el café y por tanto quedaba cumplida la cortesía exigida a toda cena familiar. Logré despedirme con los consabidos besos y apretones de manos, y mi Señor Padre, en un gesto con escasísimos precedentes, se empeñó en acompañarme a la puerta. Ya me esperaba algo así, no sé, que buscara la oportunidad de rematar la conversación interrumpida en la Sección de Arte Contemporáneo. Pero en aquel momento yo le guardaba rencor y me mantuve a distancia. Había sido muy feo que justo después de habernos sincerado ante el cuadro se hubiera metido conmigo en la mesa; compinchado, para mayor agravio, con dos de nuestros peores enemigos comunes. SP es un plasta, pero tengo que reconocer que en general lo enaltece cierta nobleza de carácter, así que atribuí su falta de *fair play* a las veleidades que comporta la edad. Sin embargo, me quedó una pizca de resquemor.

—Espera, tengo que cambiarme de ropa. He dejado mi camisa en tu vestidor.

—No te olvides de llevarte también esa chaqueta.

—Lo siento, si quieres librarte de ella tendrás que incluirla en el testamento, con los veinticinco mil millones que me tocan.

El pobre viejo no recordaba qué había hecho mal y no entendió a qué venía mi displicencia, pero hizo una mueca que contenía algún trazo de sonrisa, como celebrando por cortesía una broma que en realidad se le escapaba. He llegado a pensar que algunas veces soy demasiado duro con él, seguramente porque soy un sentimental y un blando: eso es lo que soy. Entré en la cocina a despedirme de la Beba y al volver al corredor casi me dio pena verlo allí esperándome, patéticamente aferrado a sus muletas. Hasta le di un palmetón reconciliatorio en el hombro, no muy fuerte, para no desequilibrarlo:

—Cuídate —le dije.

—Cuídate tú. Ya no te pido que pases por aquí, pero llama al menos por teléfono. Y no se te ocurra decirle una palabra de este asunto a tu madre.

Me metí en el ascensor sintiéndome absurdamente culpable de algo y pensé en qué podía hacer para sacudirme el mal rollo. No me apetecía emborracharme —sólo me emborracho a gusto cuando soy completamente feliz—, pero no se me ocurría qué otra cosa podía hacer con mi cuerpo mortal. Sólo al encontrarme al volante de la Bestia entendí que iba a dedicar las próximas dos horas a batir récords de velocidad. Enfilé la Diagonal camino de la A7 sin perder de vista el retrovisor. Paré en la gasolinera de Molins de Rey para que Bagheera abrevara a sus anchas antes de emprender el desmarque. Salió también de la vía tras de mí un Opel Kadett blanco, un modelo GSI anticuado. Pedí que me llenaran el depósito y entré en la tienda a por tabaco. Uno de los dos tipos que iban en el Opel entró también y compró una botella de agua. Unos treinta años, aspecto algo rudo pero nada facineroso; evitó cuidadosamente mirarme a la cara. Me pasé por el lavabo y al salir estaba aún el Opel, con el tipo rudo fingiendo que comprobaba la presión de las ruedas. Se incorporaron de nuevo al tráfico poco después de hacerlo yo, los vi por el retrovisor, y rodé un buen rato a menos de cien sin que me adelantaran. Ya no había duda de que eran los tipos contratados por SP para que me siguieran, pero lo iban a tener peor que crudo.

Una hora y media después, absorto en la delicia de redibujar la autopista, me encontré de pronto con las cúpulas del Pilar y tuve que hacer un cambio de dirección de regreso a Barcelona.

Me preocupaba hasta qué punto el seguimiento al que me había sometido SP era detallado. Aparte de las simples cuestiones de pudor, ¿me habrían visto haciendo guardia nocturna en la calle Guillamet, metido en la Bestia con la Fina?; y si era así, ¿cómo lo habrían interpretado?: ¿habrían adivinado mi interés en el número 15? Había miles de circunstancias que ignoraba.

Ahora sé que hacía bien en seguir dándole vueltas al asunto, pero en aquel momento me sentí ridículo: evidentemente a *The First* lo habían secuestrado para pedir un rescate: era sólo cuestión de horas que alguien se pusiera en contacto con SP. Pero aun así, me acercaba ya de regreso a Barcelona dando un rodeo para entrar por la Meridiana, cuando decidí pasarme por Jenny G. Estaba claro que la idea tenía que ver con mi reticencia a dar la aventura por terminada, pero me engañé a mí mismo aceptando que sólo pretendía celebrar la resolución del misterio y despedirme a lo grande de Bagheera y la tarjeta de crédito. Pronto sería de nuevo Pablo Baloo Miralles, peatón sin blanca. Y entonces caí en la dolorosa constatación de que entre vivir para siempre en Internet y el efímero placer de conducir en vida un Lotus Esprit, prefería sin duda el Lotus. Pero era ya demasiado tarde para cambiar de vida.

Bajé por Villarroel y encontré un parquin que prometía por medio de un cartelón amarillo estar abierto toda la noche. Me metí en él y desde allí mismo tecleé en el teléfono móvil de *The First* el número conveniente. El reloj de la pantalla digital daba las tres y cuatro minutos de la madrugada.

—Jenny G.: buenas noches.

Marcado acento inglés, igual que la primera vez.

—Hola. Mira, soy una amigo de la casa y había pensado en ir a tomar una copa, pero no sé si es demasiado tarde.

—En absoluto.

—Estupendo. Oye, no recuerdo la dirección exacta...

Cierto número de cierta calle de la zona más alta del barrio de Sarriá, donde la ciudad se difumina montaña arriba. Paré un taxi nada más salir del parquin: balada de los Crowded House en la radio, restos de perfume de mujer en la tapicería, taxista modosito. Durante el trayecto me revisé los bolsillos y conseguí reunir ochenta y dos mil pelas arrugadas entre las llaves y los aparejos de liar. Un poco justo, quizá, conque le pedí al taxista que parara en un cajero de la plaza de Sarriá y saqué cien papeles de refuerzo; después aún seguimos un trecho y, llegados al lugar de localización probable del número que tenía memorizado, me apeé.

Tuve que caminar un poco, pero di enseguida con el edificio. Era un enorme caserón neoclásico de cinco o seis pisos de altura, rodeado de jardines. A pesar de su imponente mole, el volumen resultante era armonioso, compuesto y acabado con gracia. La fachada, amarilla y blanca, se veía favorecida por el verde de la hiedra y el lila de unas buganvilias rampantes. Aquello tanto podía albergar una residencia geriátrica como una de esas universidades privadas donde enseñan a ganar dinero en grandes cantidades, y por segunda vez en lo que iba de noche me arrepentí de haber elegido la camisa jaguayana al salir de casa. Pasé ante una garita con dos vigilantes que limitaban el paso de vehículos, «Buenaaas», atravesé parte del jardín y subí la breve escalinata de mármol sintiendo de nuevo la protesta de mis muslos, hartos de tanto trabajo extra. Arriba me encontré con una cancela acristalada que dejaba ver el zaguán, un espacio al que en su día debían haber tenido acceso las caballerías y del que partían dos escalinatas, ascendente y descendente, profusamente decoradas. Pulsé un timbre que vi embutido en una placa dorada. Se leía «Jenny G.» bajo un adorno grabado que me pareció una vara de nardos (pero igual eran magnolias, porque entiendo más bien poco de flores). Estuve tentado de buscar un trapito rojo en los alrededores del quicio, pero me contuve al ver a través del cristal que se acercaba a abrir la cancela una chica con traje de chaqueta y pinta de ejecutiva no demasiado agresiva. No me abandonó la sensación de *déjà vu* hasta bastante rato después; pero era un falso *déjà vu*, puesto que podía identificar perfectamente sus precedentes.

La chica gastaba el mismo acento que había oído por teléfono. Le dije que acababa de hablar con ella y se acordó de mí.

—¿Es usted socio?

—No.

—¿Su primera visita?

—Sí.

—Su carnet de identidad, por favor...

—¿Tengo que darle el carnet de identidad?

—Una formalidad ineludible.

Bué, lo tengo caducado desde hace varios años, pero lo llevo siempre encima junto con el pasaporte también caducado: una costumbre de mis tiempos de viajero. La tipa no se fijó en fechas, se limitó a introducir el número en un teclado. Segundos después salía de la pequeña impresora una tarjeta ya plastificada.

—Permítame que le explique. Necesitará esto, es una tarjeta magnética —tagjeta mágnetica—. Los empleados irán grabando en ella los servicios que solicite durante su estancia. La entrada es de cincuenta mil pesetas. Si desea consultar los precios, dispone de varias listas distribuidas por todo el local.

Pensé que era mucho más sencillo el viejo sistema de chapas, pero de todas formas acepté aquella especie de carnet con el logo de los nardos, mi número de DNI y una banda magnética en el dorso. Algo me hizo pensar que acababa de entrar en un parque temático, pero la sensación se me pasó enseguida porque alcancé a ver a un joven gorila con cuello cisne negro y americana Gales. Se asomó a la puerta de una dependencia que se alojaba en parte bajo la escalinata de subida. Desde ese mismo lugar me llegó también un discreto murmullo de conversación en inglés y pensé en algo así como el cuerpo de guardia de un cuartel. El asomado debía de pasar del metro noventa, todo hombros y pectorales; daban ganas de ponerle un yogur en la mano y hacerle fotos. Se mantuvo un momento atento a la actitud de la chica ante mi llegada y, visto que todo estaba en orden, volvió a su cubil con un movimiento que puso en evidencia un bulto oscuro bajo la americana, a la altura del sobaco, que no debía de ser precisamente un golondrino. No me gustó mucho el detalle, pero ya que estaba allí me decidí, siguiendo las indicaciones de la recepcionista, a subir la escalinata y meterme por un umbral del piso alto que parecía conducir a la entrada definitiva.

Nada de ancianas sentadas ante su chimenea: tras un recodo llegué enseguida a un gran salón con aspecto de ser el bar principal, más grande incluso que el zaguán de entrada.

Aquí es cuando me acordé de aquel viejo anuncio de cerveza en el que un joven diplomático es destinado a un país remoto y, una vez allí, se encuentra con un decorado exótico que promete aventuras la mar de glamurosas. «Bienvenido, señor cónsul.» Lo de glamuroso ya me lo esperaba, pero el exotismo era de una especie extraña: quizá el que tendría Barcelona desde el punto de vista de un extranjero, no sé: aquello era un club típicamente británico que sin embargo no estaba en Londres, estaba en lo más alto del barrio de Sarriá, y ese desplazamiento se expresaba en cada detalle, en la propia arquitectura del edificio, en las tintas chinas que mostraban un Paseo de Gracia de principios de siglo, en las sillas modernistas, en los grandes ventiladores del techo, en el azul luminoso del tapizado de las paredes y las enormes y poco mediterráneas kentias que acababan de redondear el toque colonial. Me gustó, la verdad. Y de hecho ya volvía a tener ganas de emborracharme, o, caso de encontrar una partener adecuada, quién sabe si de echar el segundo polvo loco del día, qué demonios. Sonaba música de yas, no muy alta. No sé por qué en todos los sitios elegantes ponen yas a bajo volumen, me gustaría saber qué pensaría Charlie Parker al respecto. El caso es que allí, ante un grandísimo ventanal de cristales ahumados que daba al jardín y a la ciudad, vi una barra de bar y en primera instancia no necesitaba otra cosa para ser feliz.

Como no me quería complicar mucho la vida pedí al camarero un simple Havana con un toque corto de limón —era un tipo de mediana edad, con chaleco negro y la inevitable pajarita; éste no tenía acento inglés—. Dejé a su alcance la tarjeta y me quedé observando, una vez me hubo ya servido, cómo la pasaba por la ranura de un raro teclado, visible desde donde yo estaba. Después di media vuelta en el taburete para inspeccionar el cotarro.

Unas quince o veinte personas perdidas en la inmensidad de la sala: un par de tíos negociando algo en una mesa apartada, una pareja sin ningún aspecto de formar precisamente pareja, un grupito de cuatro en unos sofás del centro del salón... Me pareció un lugar agradable y tranquilo en el que tomarse un pelotazo, aunque se respiraba, además del glamur y el exotismo barcelonés a la británica, un nosequé enigmático. Debía de contribuir a ello el flujo de personal que, en solitario o formando parejas, incluso pequeños grupos, entraba y salía del salón por alguno de sus innumerables accesos, siempre a través de pasos quebrados en recodo que mantenían oculto lo que hubiera más allá. Pensé que la trastienda debía de ser potente. Es más: aposté a que no tardaría mucho en tener compañía. Y en efecto: aún no había terminado el Havana cuando se acercó a la barra una de las señoritas que había aparecido procedente del misterioso interior. Porte elegante, vestido negro de aire desabillé, treinta y tantos, media cabellera rojiza, perfecta para un anuncio de Raíces y Puntas. Cuando se volvió a saludar vi que era inusualmente guapa, de bello rostro, quiero decir, con unos ojos verdes como dragones apostados. No es que fuera exactamente mi tipo pero me dieron ganas de hacerle un cásting, aunque sólo fuera para variar de ganado. Apoyó el bolsito de mano sobre la barra a un par de metros de donde yo estaba y saludó muy cortésmente. Devolví el saludo con mi mejor dicción para darle a entender que lo de la camisa jaguayana era una simple excentricidad, y seguí repostando ron a sorbitos cortos. Enseguida aproveché que pidió al camarero un Campari con naranja (curiosa coincidencia) para encargar otro Havana con limón y empezar el cásting cuanto antes:

—¿Me permite que la invite? —dije.

Mirada, sonrisa, buen rollo.

—Encantada. Muy amable.

Breve pausa para no parecer impaciente. Vuelta a la carga:

—Bonita noche.

—Estupenda, sí.

—Solsticio de verano: un momento propicio para salir a tomar una copa. En cambio dormir empieza a ser difícil.

—Sí, a veces pienso que deberíamos dormir sólo en invierno.

—Bueno, el secreto está en desplazar el sueño hacia las horas diurnas.

Me levanté del taburete y dispuse otro para ella, a la distancia precisa de mí y de la barra:

—Perdone, ¿no quiere sentarse?

Algo tenía aquella tipa, aunque no podía ser más que unos pocos años mayor que yo, que le hacía a uno sentirse cómodo tratándola de usted. Daba hasta morbo, no sé.

—No recuerdo haberle visto antes por aquí —dijo.

—Es mi primera vez. Conozco el local por un amigo que viene a menudo.

—Entonces es posible que conozca a su amigo.

—Se llama Eusebio. Yo soy Pablo. Pablo Cabanillas. Encantado de conocerla.

Le tendí la mano y me la tomó como hacen a menudo las mujeres, entregando sólo los dedos doblados por los nudillos.

—Beatriz.

—Bonito nombre. ¿Crees que podemos tutearnos, Beatriz?

—Yo creo que sí.

—¿Y tú: vienes a menudo?

—Dos o tres veces por semana, siempre el sábado. ¿Cómo se apellida tu amigo?

—Lozano, Eusebio Lozano.

—No me suena. Claro que hay a quien no le gusta usar su nombre auténtico. A la gente le encantan las fantasías.

—Ah, ¿sí? ¿Por ejemplo?

—No sé: llamarse de otra manera, fingir que se es otro...

—Un entretenimiento inocente.

—Depende de quién se sea y de quién se finja ser. De todas formas también puede ser que no conozca a tu amigo. Por aquí pasa mucha gente.

—Pensé que éste era un club selecto.

—Y lo es. Probablemente sólo una de cada diez mil personas puede permitirse frecuentarlo. Pero eso da más de trescientos mil candidatos, si no calculo mal.

—¿Incluyes a los chinos?

—He conocido aquí a más de uno.

Mi Havana se había terminado en unos pocos tragos largos. Pedí otro y también un Campari con naranja para mi acompañante. Ella lo rechazó alegando que apenas había probado el que tenía. Estaba visto que en Jenny G. las putas no tenían comisión en barra.

—Oye, ¿sabes qué me gustaría?

—Qué.

—Que me enseñaras el lugar. Mi amigo me ha contado maravillas, pero estoy seguro de que me las perderé casi todas si nos quedamos aquí.

—¿Quieres un cicerone? Muy bien, tráete el vaso. —Se dirigió al camarero—: Gerardo, nos llevamos las copas.

Parecía hacerle gracia la idea de enseñarme el garito. Incluso me tomó la mano y tiró de mí.

—A ver, ¿qué te apetece primero, el cielo o el infierno?

—¿Se puede elegir?

—Claro. ¿No estudiaste el catecismo?

—Debía de tener la cabeza en otra parte... Vamos primero al infierno, prefiero dejar lo mejor para lo último.

—¿Qué te hace pensar que el cielo sea mejor que el Infierno?

—Bueno, se supone que las palabras cargan con marcas connotativas que las dotan de un sentido complejo.

—Ese Chomsky es un cretino.

—Lo sabía.

—¿Lo de Chomsky?

—No, que eras filóloga.

—Pues te equivocas: me licencié en Historia.

Andábamos, ya fuera del salón, por un corredor amplio y bien iluminado —quiero decir, iluminado con talento—, muy parecido a los que suelen rodear la zona de palcos en los teatros: allí desembocaban todas las salidas desde el salón-bar. Taquillones, tapices, cuadros, alfombras, puertas, pasillos, escaleras y escalinatas; incluso varios ascensores. También había gente que se cruzaba aquí y allá: un par de chicas monas impecablemente vestidas, una pareja diciéndose cosas al oído, un señor gordo en mangas de camisa. El edificio entero debía de ser un descomunal burdel, pero estábamos en la zona en la que nadie perdía del todo la compostura.

—¿Quieres que antes de bajar tomemos algo?

Pensé que se refería a algo de beber y levanté un poco mi copa casi llena. Ella señaló su bolsito de mano. Bué: un poco de lo que fuera no me vendría nada mal. Cambiamos de dirección por el pasillo y nos metimos por una puerta sin distintivos tras la que aparecieron unos lavabos corridos con grandes espejos rodeados de bombillas, tipo camerino.

—¿Tienes un billete?

Le di uno de diez mil y lo enrolló. Lo enrolló antes de sacar del bolso un espejo y un paquetito. Probablemente coca, pensé; preparó un par de rayas generosas y me ofreció el espejito listado. Me metí medio tiro por cada agujero de la nariz —coca, en efecto—; le pasé los bártulos, esnifó ella otro tanto y lo guardó todo de nuevo en el bolsito, incluido mi billete de diez mil.

—Cómo sabes que no soy policía —dije, por minarle un poco la moral. Ni caso:

—Oye, qué prefieres, que vayamos en ascensor o que bajemos por las escaleras de planta en planta.

—Mejor de planta en planta.

—Te advierto que hay un montón. ¿Te suena la *Divina comedia*?

—Mucho, pero desde donde vivo no se pilla Antena 3. Oye, espero que todo esto no sea un rollo alegórico, porque de lo que tengo ganas es de otra cosa.

—Todo en este mundo es alegórico, cariño, pero si lo prefieres podemos ir al grano. A ver: ¿te gusta comer, beber, mirar, ser visto, los chicos, las chicas, los grupos, sufrir, hacer sufrir, la ropa interior, algún fetiche, alguna filia pintoresca, copro, zoo, geronto, necro, o prefieres algo más normalito? El único límite es que no sea ilegal. Aquí todo el mundo es mayor de edad, está en sus cabales y ha venido por iniciativa propia.

—Lo dejo en tus manos, tú eres la experta.

—Muy bien: sótano tres: yo lo llamo el Escaparate. Ahí puedes ir ambientándote.

Más que el infierno de Dante aquello parecía El Corte Inglés: «Planta Semi-Sótano: lencería y *ménage à trois*, consulte nuestras ofertas en sodomía». De todas formas debo reconocer que estaba impresionado, no imaginaba algo así a cuatro pasos del viejo centro de Sarriá. Ahora, bajando un segundo tramo de escaleras que se adentraba bajo el nivel del suelo, las ventanas desaparecieron y con ellas la referencia primero de la ciudad —algo distante, pero tranquilizadora—, después de la garita con los vigilantes que separaban los dominios del caserón, y, por último, las copas de los árboles más cercanos del jardín. No puedo decir que tuviera miedo: iba acompañado de una chica simpatiquísima que se movía con toda confianza por aquellos vericuetos, la seguridad de los clientes estaba ostensiblemente garantizada por elegantes gorilas que uno se iba encontrando aquí y allá por las zonas de paso, y además estaba acostumbrado a lugares de apariencia infinitamente más jevi, en particular recuerdo una especie de arrabal flotante en los alrededores de Saigón que me curó de espantos de por vida. No, no tenía exactamente miedo, pero sí sentía una presencia en la boca del estómago que dificultaba la normal deglución de mi Havana con limón. Es curioso que tanto el miedo como la sobredosis de excitación sexual produzcan ese mismo efecto. Además, la coca tiene siempre cierta acción estimulante y ésta en concreto era lo suficientemente buena como para dejarse notar.

Llegamos al poco a la planta en cuestión, el Escaparate, tres pisos por debajo del bar de partida. En la sala de acceso, uno de los gorilas pasó mi tarjetita por otro de aquellos teclados con ranura y nos metimos en un complicado dédalo. Al principio, mientras nos íbamos adentrando pasando de un salón a otro —supe que nos *adentrábamos* a pesar de que mi sentido de la orientación había sido anulado por las complicaciones del recorrido—, no se veía nada que llamara la atención, sólo la decoración procuraba algún entretenimiento. La moqueta anaranjada, los dibujos con motivos eróticos colgados en las paredes, los divanes y las sillas tapizadas, habían ido ganándole terreno a kentias y ventiladores. Y de repente, cuando parecíamos acercarnos a una especie de galería interior, apareció caminando en nuestra dirección un viejo blanquísimo, calvo, extremadamente delgado, vestido únicamente con una camisa blanca que le caía hasta medio muslo como un blusón. Se detuvo al vernos aparecer al otro extremo del pasillo y atento a nuestros ojos se levantó los faldones de la camisa para mostrarnos el sexo, un pene delgado y larguísimo que colgaba lacio de un pubis de vello inesperadamente oscuro. Primero insistió, con ojos casi suplicantes, en que lo mirara Beatriz, quizá porque caminaba en primer lugar, delante de mí. Ella lo complació, pude darme cuenta de que bajaba la mirada hacia sus genitales y pude ver el brillo de agradecimiento en los ojos del viejo. Después, cuando ella hubo superado su altura, me tocó a mí encontrarme con su demanda. Le mantuve la mirada durante un momento, pero costaba mucho más mirar aquellos ojos mendicantes que volver la vista hacia el espectáculo que quería mostrarme. Me fijé en aquella culebra escurrida, acentuada su longitud por un prepucio sobrado, y enseguida regresé la vista a sus ojos como para dar por terminado el encuentro. Creo que nunca antes había visto desnudo a alguien tan viejo, me sorprendió la finura aparente de la piel, su transparencia, la laxitud de los genitales rendidos a una gravedad excesiva: resultaba extraño ver en las partes normalmente ocultas de un cuerpo esos mismos efectos de la vejez que resultan tan familiares en un rostro o unas manos. Me giré un momento unos pasos después de haberlo superado y vi que se había situado de espaldas, sin dejar de mirarnos girando el cuello. Ahora nos mostraba las nalgas, un culo amarillento y consumido que trataba de encuadrar con las manos para que no hubiera error sobre cuál debía ser nuestro nuevo centro de interés.

Eso fue sólo el principio. Llegados a un enorme prisma cuadrangular que perforaba el edificio entero y sobre el que se abalconaban las sucesivas plantas, empezaron a verse más cosas curiosas. Para empezar sobrecogía la propia construcción, aquel vacío de diez pisos entre la piscina de mosaico verdoso que se hundía en el último sótano y la cubierta de cristal que limitaba con la oscuridad del cielo nocturno. Iniciamos entonces el periplo alrededor del hueco central como quien se pasea por el Salón del Automóvil, con la diferencia de que lo que se exponía en aquella feria singular era un montón de peña dándose al fornicio en las más diversas variantes. Lo primero que vi, sobre un banco corrido a nuestra izquierda, fue una pareja tratando de completar sin mucho éxito una cópula *ad mode ferarum*. Nuestra presencia pareció estimularlos un poco y enfatizaron los jadeos, me pareció que para llamar nuestra atención más que para autoestimularse. Más adelante, dos tíos muy parecidos el uno al otro, tanto en la indumentaria como en sus rasgos generales, se besaban furiosamente, como un par de gemelos incestuosos. En una zona de sofás continuos, una hilera de individuos amontonados hasta formar un sólo cuerpo de miembros semovientes se manoseaban con manifiesta fruición. Otros simplemente mostraban con ostentación su desnudez, o sus complicadas y a menudo aspaventosas caricias solitarias; alguno, más interesado en la pasión de los demás que en la suya propia, iba masturbándose desganadamente por aquí y por allá, como poniendo a prueba el talento de los demás ejecutantes. También se veía a quien, como nosotros, daba un paseo por el recinto, o se detenía brevemente ante algún conjunto meritorio, o se sentaba en una silla a fumar. Caminamos, habiendo de sortear a veces a alguien con el culo en pompa que se introducía un rotulador de fosforito en el ano, o despropósito semejante, hasta agotar el primer lado del cuadrado. Parecía evidente que la intención de mi guía era rodear todo el perímetro de la barandilla hasta acabar por dónde empezamos, de modo que me limité a seguirla. Poco más adelante, llegados a un entrante más recogido que prolongaba el primer rincón que encontramos, una pequeña aglomeración de diez o quince personas mereció que Beatriz abandonara un momento el rumbo para acercarse. La verdad es que tanta concurrencia despertó también mi curiosidad y la seguí de buen grado. El corazón de la reunión, parcialmente oculta tras los que observaban de pie, lo constituía un curioso trío formado por una pareja madura que se me figuró matrimonio —los dos igualmente rollizos, vestidos de señor notario y esposa—, y una delicada joven de purísimos ojos azules que no podía pasar de los dieciocho años. Estos tres personajes, al contrario de los vistos hasta el momento, parecían concentrados sólo en su complicado tejemaneje, indiferentes a la expectación que pudieran concitar. La señora, sentada sobre la moqueta y apoyando los hombros en la parte baja de un sofá, abría las varicosas piernas todo lo que su constitución le permitía y se hacía hueco en la mullida entrepierna con las manos, centro del que emergía, como una flor carnosa, la vulva abierta y la protuberancia blanquecina de un clítoris desasosegado por el estímulo del anular de la derecha, instrumento que también usaba alternativamente para penetrarse la vagina. El hombre, completamente vestido, tenía la bragueta bajada y de ella emergía la cabeza del pene, morada y tersa como una garrapata sobrealimentada bajo el michelín del vientre. Aquí es donde intervenía la muchacha que, sentada en el sofá junto al hombre, le tomaba delicadamente la corona del glande con dos dedos y, a juzgar por las instrucciones que él le dirigía con un punto de vehemencia contenida, trataba de imprimir el toque justo para mantener al propietario del órgano al borde de la eyaculación. La mujer, disfrutando discreta pero largamente de sus propias maniobras, miraba fijamente la bragueta del hombre, él miraba del mismo modo la entrepierna de ella, la muchacha alternaba la atención entre sus responsabilidades manuales y la expresión facial de la respetable pareja, y los espectadores, en un silencio sólo perturbado por las instrucciones del hombre —«más rápido», «para», «así»— y los leves quejidos de la señora, asistían a aquel ejercicio de precisión como si fuera una partida de billar a tres bandas. Como me daba nosequé mirar directamente la acción principal, me puse a observar a los observadores, algunos de ellos sentados en los huecos que el trío dejaba en los dos grandes sofás enfrentados.

El conjunto tenía auténtica calidad pictórica, como uno de esos cuadros renacentistas en los que todo el mundo parece haberse quedado congelado alrededor del centro de la composición. A lo más, alguien se atrevía a mover el brazo para llevarse el cigarrillo a la boca, o los ojos para cambiar momentáneamente el centro de atención de uno a otro de los oficiantes. Lo peor era que se respiraba una tensión insoportable, como si todos estuvieran esperando a que se dilucidara el tanto para ponerse a aplaudir. Eso me daba un especial mal rollo y busqué consuelo en mi Havana, pero el tintineo del hielo rompió por un instante la concentración de la joven de ojos azules y estuvo a punto de producirse un cataclismo, un desequilibrio fatal del sublime montaje. Cayeron sobre mí varias miradas reprobatorias, empecé a sentirme ridículo —sí: yo—, con mi camisa chillona y mis exabruptos de neófito, y busqué alguna complicidad en la mirada de Beatriz. Afortunadamente la encontré: estaba tan pendiente de mí y de mis reacciones como de lo que ocurría a nuestro alrededor. Puse cara de dar aquello por visto y reanudamos la marcha por el siguiente lado del cuadrado.

—Oye, la moqueta de esta planta me da dolor de cabeza —dije.

—Ya nos vamos.

Parecía divertirle mi incomodidad. Aligeramos el paseo, pero aún se detuvo un momento ante una hilera de tres diminutas habitaciones delimitadas por paredes de cristal y ocupadas casi completamente por una cama grande. Dos de ellas estaban vacías, pero en la otra una pareja joven, completamente desnuda —creo que fueron las únicas personas que vi completamente desnudas, los demás lo estaban siempre a medias—, copulaba con ese espíritu gimnástico de las películas porno con banda sonora maquinorra, *chump*, *chunga-bum*, *chump*, *chunga-bum*.

—Esto es lo que yo llamo el Escaparate —dijo Beatriz, señalando aquella especie de acuario.

—Estos parecen profesionales.

—Puede que lo sean. Una vez vi metido en una de estas a Rocco Sifredi. Vino a Barcelona por el festival de cine erótico.

—Ya. ¿Oye, y te conoces todo el infierno?

—Bueno, hay zonas con las que no he podido. Hieren mi sensibilidad. No soporto el mal olor, por ejemplo, y tampoco me gusta nada ver sangre. ¿Quieres que bajemos un poco más? La siguiente planta todavía es tolerable.

—Me apetece más tomar un poco el aire.

—Muy bien. Entonces vamos arriba.

Estábamos ya lejos de la galería central, de regreso a la zona de ascensores, pero hicimos otra parada en unos lavabos para meternos la segunda raya. Naturalmente ya no le valía el billete de antes y me pidió otro.

—¿Qué hay en las plantas altas?

—El cielo.

—Ya, pero qué hay.

—Si el Infierno es la tierra, la materia, la carne, puedes suponer que el cielo es el aire, la mente, el espíritu. Abajo vas a satisfacer el cuerpo, arriba a reconfortar el alma. Hasta el segundo piso todavía hay contacto físico, pero a partir del tercero nadie se toca, todo lo más se habla.

—Y en el séptimo hay terapia de grupo y un confesionario.

—Bueno, no exactamente.

—¿Y a qué planta vamos?

—Al ático.

—Guau.

—No creas, los extremos se tocan. Lo más alto y lo más bajo se comunican directamente con la ciudad. La realidad es el cielo y es el infierno. Pura alegoría, como ves.

En efecto, el último piso estaba ocupado por una especie de snack central rodeado por un solárium que mostraba de nuevo la ciudad. Todavía era oscuro, debíamos estar en algún momento entre las cinco y las seis de la mañana. El aire se me antojó puro y limpio, lo aspiré bien hondo —Beatriz también lo hizo— y nos sentamos en una mesa de la desolada terraza esperando que se acercara algún camarero. Beatriz quiso otro Campari y yo me decidí por una botella de vodka helado y un vaso largo con hielo. Me tragué casi sin respirar la primera medida hasta el límite de los cubitos y, sacudido de pies a cabeza por el escalofrío, seguí a tragos cortos desde ahí. Mientras, a Beatriz le dio por teorizar. El Bosco, Goya, el Golem, Guy de Maupassant, las brujas de Baroja, Nietzsche, los Cantos de Maldoror..., una empanada de referencias cuyo denominador común trataba de postular confusamente a base de ideas que la conducían invariablemente a otro universo: Fausto, Fredy Krugger, Dorian Gray y vuelta a empezar.

—Oye, ¿tú eres puta? —le pregunté cuando empecé a hartarme de tanta cultura.

—¿Perdona?

—Que si eres puta..., prostituta...

—¿Por qué lo preguntas?

De repente se me había ocurrido una idea un poco loca.

—Nada, curiosidad. Pensé que esto era un burdel.

—Pues no exactamente.

No supe si la negativa era por lo del burdel o por su condición de prostituta, pero me dio igual.

—Verás, te voy a ser franco... Soy detective privado. Ando buscando a alguien por encargo de su familia y es posible que tú puedas facilitarme alguna información. A cambio de una pequeña retribución, por supuesto.

—Lo sabía.

—¿El qué?

—Que eras detective. Me lo pareció en cuanto te vi.

¿Noté una leve ironía?

—Pues pensé que no se me notaba.

—Das el perfil. Y además soy buena psicóloga.

—Excelente, ya lo veo... Oye, antes has dicho que conocías a los habituales del lugar...

—A casi todos los que se dejan ver por el bar. Pero no quiero líos.

—No pretendo meterte en ningún lío. ¿Te dice algo el nombre de Sebastián Miralles?

No le cambió la cara.

—¿Le ha pasado algo a Sebastián?

—¿Lo conoces?

—Sí. ¿Le ha ocurrido algo?

—No lo sabemos. Desapareció hace unos días y su familia me ha encargado que haga algunas averiguaciones.

—¿Te ha contratado Gloria?

Joder: la familia que se pervierte unida permanece unida.

—¿También conoces a Gloria?

—Sí.

—¿Y a Lali, Eulalia Robles?

—También.

¿Por qué me extrañó la manera como dijo «también»?

—¿Los has visto por aquí últimamente?

—Hace un par de semanas que no.

—¿Vienen juntos?

—A veces...

—He pensado que quizá su desaparición tenga algo que ver con el hecho de que frecuenten este lugar. ¿Crees que tiene algún sentido?

Me miraba con cara de póquer:

—Oye, me parece que ya te he contado demasiado.

—No has dicho nada que yo no supiera ya.

—Pero en un lugar como este la discreción es fundamental.

—Mira, yo no doy detalles de la investigación a nadie: busco al tipo, si lo encuentro, bien, y si no, presento un informe general y cobro la minuta mínima, sin más.

—¿Y quién dices que te ha contratado?

¿Y por qué me pareció que se estaba burlando de mí y no creía en absoluto que fuera detective?

—Gloria. Ella me dio esta dirección —le repetí la pregunta que había quedado colgada—: ¿Crees que su desaparición puede tener algo que ver con este sitio?

—Éste tiene fama de ser uno de los lugares más seguros de la ciudad.

A partir de aquí fue ella la que quiso saberlo todo sobre el caso, cómo, cuándo, por qué y para qué, y comprendí que ya había agotado la fuente y a partir de ese punto empezaba a ser ella la que obtenía información. De hecho no había averiguado nada nuevo excepto que el trío Lalalá frecuentaba también en grupo aquel edificio, cosa que ya no me parecía del todo rara.

Llegados a este punto amanecía ya el último día de primavera, aunque la atmósfera conservaba aún el fresco de la noche y parte de su oscuridad perforada por las farolas. A la botella de vodka helado le faltaba ya un buen cuarto de litro y empecé a tener ganas de irme a casa. Le conté a mi guía que llevaba tres días sin dormir y eso la convenció de dejarme marchar sin atosigarme con más preguntas. Incluso se ofreció a acompañarme hasta el salón de la planta de entrada.

Cuando estuvimos a solas en el ascensor hurgué un poco en mi bolsillo y saqué otros dos billetes de diez mil.

—Toma, por si te apetecen otro par de rayas.

Los tomó con toda naturalidad, me dio las gracias y me tendió la mano a modo de despedida.

La broma, tasada por la ejecutiva de recepción, ascendió a ciento veinte mil pelas —entrada, consumiciones y extras incluidos—, lo que me hizo empezar a entender el porqué de la potencia de la tarjetita de crédito de mi Estupendo Hermano. Eso sí: pidieron un taxi para mí, que apareció enseguida ante la barrera de la entrada, y la llamada no me costó ni un duro.

Entrar en el taxi y bajar hacia Les Corts fue un alivio. La radio adelantaba los partidos del mundial para la tarde, un Egipto-Mongolia y un Pakistán-Islas Fiyi, o algo igualmente absurdo, pero me alegró enormemente saber que la humanidad todavía veía partidos de fútbol, que existía la televisión, los locutores de radio y las revistas del corazón. Incluso, a la vista de un quiosco abierto en Carlos III, me apeteció comprar algún periódico, por ver si terminaba de atrapar aquella ramita verde de olivo.

Pedí al conductor que parara un momento y volví poco después con *La Vanguardia*, *El País* y *El Periódico*. Por supuesto, ni en el taxi ni cuando llegué a casa, se me ocurrió hojear el interior de ninguno de los diarios. Y fue una suerte, porque gracias a eso pude acostarme y dormir un poco.

Un estrés de cojones

Como no tengo lugar donde dormir, Miquel Barceló (el pintor) se enrolla y me deja ocupar su estudio. Es una planta baja agradabilísima, con un patio encalado lleno de macetas con geranios en flor que desprenden su vigoroso perfume. Hace una mañana cálida de primavera, la luz inunda el taller e ilumina telas inacabadas, botes de pintura, viejos muebles manchados de mil colores. Todo sería perfecto y podría dormir si no fuera por los animales. Los hay por todas partes: aves de corral, perros, gatos; y también otros más exóticos, mandriles, loros..., en particular, una familia de gorilas y una manada de hienas son los más molestos. Se pelean preferentemente en el patio, pero me incomodan lo mismo: las hienas se carcajean como idiotas y los gorilas prorrumpen en rugidos para librarse del acoso al que se ven sometidos. Los gorilas son mucho más fuertes, pero sólo hay tres adultos, el resto son crías; las hienas en cambio son más de una docena y están excitadísimas. La bronca sube de tono, tanto que me asomo al patio a ver qué pasa. Varias hienas han saltado sobre los gorilas obligándolos a emplearse a fondo para repeler el ataque; algunas han sido ya puestas fuera de combate de un mazazo, estampadas contra la pared, trituradas por un poderoso abrazo de gorila, pero la ofensiva ha conseguido desorganizar la defensa familiar y la jauría en pleno corre en pos de las crías que huyen. Una de ellas escapa de milagro a una dentellada, se cuela por el pasillo y pasa como una exhalación hacia el interior del taller. Yo, que naturalmente estoy del todo a favor de los gorilas, corro detrás del cachorro por ver si puedo ayudarlo, cerrar una puerta detrás de él o algo así, pero un grupo de hienas ha entrado también por el pasillo siguiéndole la pista. Gruñen como endiabladas, están furiosas, se encaran incluso a mí mostrando los belfos fruncidos y la dentadura sanguinolenta. Me acojono y me pongo a salvo subiéndome a una escalera de mano que se apoya en una enorme librería. Desde allí asisto a la desordenada carrera en persecución del gorilita, que chilla reclamando ayuda como un niño sin amparo. Lo llamo a gritos para que trepe por la escalera, pero cuando repara en mi mano tendida no tiene tiempo ya de encaramarse; le dan caza, ya lo tienen, varias fauces lo mordisquean indecisas, sabiendo que la pieza es privilegio de una de las hienas, la más siniestra, y que el resto tendrá que retirarse apresuradamente en busca de otra víctima. Ahora sólo quedamos en la habitación el gorilita paralizado por el terror, la enorme hiena que lo husmea, y yo, fascinado por la inminencia de algo que intuyo terrible. Veo a la cría panza arriba, a merced de su verdugo; veo a la hiena irguiéndose como un demonio hasta alcanzar cierto antropomorfismo; veo que empuña con las garras delanteras el mango de un hacha, la alza y descarga un golpe que amputa la mano del gorilita a la altura de la muñeca. La hiena, indiferente al chorro de sangre que le moja el pelo de las patas, vuelve a levantar el hacha y le corta la otra mano. El pequeño queda traspuesto, presa de un temblor que le agita los muñones, quiero pensar que incapaz ya de sufrir por la enormidad de sus heridas. La hiena, satisfecha, se retira llevándose los trofeos: con ellos confeccionarán macabros ceniceros que, ahora que me fijo, se ven por todas partes rebosantes de colillas. Estoy horrorizado, pero suena el teléfono y tengo que bajarme. Debe de ser Miquel Barceló: he de contarle lo ocurrido para que meta en vereda a las hijas de puta de las hienas. Descuelgo el aparato y a pesar de todo sigue sonando: algún maldito teléfono sigue sonando en alguna parte, no sé dónde demonios.

En la sala de estar de mi piso. Ring-ring, ring-ring. Salté a responder sin haber salido aún completamente del sueño.

—¿Pablo?

—Gloria..., qué pasa.

—¿Has leído *El Periódico*?

—Qué periódico...

—Han matado al hijo de Robellades.

—¿A quién?

—Robellades, el detective.

—¿Qué...?

—¿Estás dormido?

—Dame un momento, haz el favor. Y empieza por el principio.

Para cuando *Lady First* se calmó y pudo explicarse más despacio yo ya había comprendido lo sustancial, pero la dejé hablar de todas formas:

—Lo acabo de leer en *El Periódico de Cataluña*, viene en la página 22, con foto y todo. Se despeñó con su coche por el hueco de una obra, anoche, aquí mismo, en el barrio. Y no está claro que haya sido un accidente, han iniciado una investigación porque hay otro coche implicado.

—Oye, espera, tengo *El Periódico* de hoy en casa, déjame que lo lea y te llamo.

Página 22, apartado Sociedad, sección Sucesos: «Aparatoso accidente mortal en Les Corts». Dos columnas. Foto: más allá de un tramo de valla metálica abatido, la cámara se asoma a un grandísimo agujero excavado; en el fondo, junto a la base de la grúa, se distingue un coche patas arriba. Pie de foto: «El vehículo colisionó contra la barrera de seguridad y cayó al vacío». Cuerpo: «*El Periódico*, Barcelona. Francesc Robellades Marí, de veintiocho años, ha ingresado cadáver esta madrugada en el Hospital Clínico de Barcelona a consecuencia de las heridas sufridas al precipitarse el vehículo que conducía en la excavación de un parking en construcción, sito en la confluencia de Travessera de Les Corts y Jaume Guillamet. En el accidente se vio implicado un segundo automóvil que según declaraciones de un testigo presencial a la Guardia Urbana se alejó a toda velocidad tras el suceso, ocurrido alrededor de la medianoche. En espera de esclarecer los hechos y reclamar las responsabilidades en las que pudiera haber incurrido el conductor fugado, se han iniciado ya las diligencias de búsqueda de este segundo vehículo, un Seat Ibiza de color rojo. Fuentes de la constructora responsable de las obras informan de que "el área afectada estaba debidamente iluminada" y "se habían observado todas las medidas de seguridad requeridas por la legislación vigente para este tipo de excavaciones". Según estas mismas fuentes, el resultado fatal del siniestro sólo encuentra explicación en la violencia inusual del choque, ya que el vehículo accidentado circulaba a velocidad muy superior a la permitida. Varios vecinos que oyeron el estruendo desde sus domicilios han confirmado esta hipótesis al referir el sonido de los motores y el chirriar de neumáticos que precedieron a la espectacular caída de doce metros de altura. Lamentablemente, las especiales circunstancias del accidente dificultaron las labores de auxilio a la víctima y, a pesar de los esfuerzos del personal médico y bomberos que acudieron al lugar de los hechos, no pudo hacerse nada por el joven conductor del vehículo, que falleció durante el traslado al hospital».

La puta.

Me acerqué el teléfono y marqué el número de *Lady First*. Descolgó inmediatamente.

—No te preocupes, puede que haya sido un accidente. Ocurren cada día cosas parecidas... —le dije, por ver de tranquilizarla.

—¿Un accidente? ¿Qué esperas: que le pongan al muerto un pósit explicando que se lo han cargado? Está bien claro: la policía busca un segundo coche... Y ha sido a doscientos metros de casa y del despacho, no me digas que te parece una casualidad.

Y eso que a ella no le decía nada la calle Jaume Guillamet ni el hecho de que el segundo coche fuera pequeño y rojo.

—Bueno, es probable que esté relacionado, pero no estamos seguros. En cualquier caso vale la pena tratar de comprobarlo.

—Comprobarlo cómo.

—Puedo llamar a la redacción de *El Periódico*, o al Clínico, no sé, ya me ocuparé de eso. De momento cálmate y no salgas de casa.

—¿Que no salga? Claro que no voy a salir. Pero aun así estoy aterrorizada. Tengo a dos niños en casa...

—Deja que me ocupe también de eso. Conseguiré que mi padre te envíe a alguien lo antes posible.

Logré convencerla. Supuse que estaba tan nerviosa que sólo esperaba que alguien organizara la acción por ella.

—¿Has mirado el buzón de casa, a ver si ha llegado el sobre que te autoenviaste?

—Sí, esta mañana... Pero el buzón estaba vacío: me lo he encontrado sin la placa identificativa. Entonces me he acordado de que el día que vinieron a casa los Robellades bajaste a quitarla por no sé qué cosa. ¿No la volviste a poner en su sitio?

Mierda: no: no la había vuelto a poner en su sitio, olvidé hacerlo al salir del portal aquella tarde. El sobre debía de haber llegado hacía días y por mi estupidez lo habíamos perdido quizá definitivamente. Aunque si el envío no especificaba remitente lo probable era que hubiera sido devuelto a la oficina de correos del distrito y allí estuviera esperando a que alguien lo reclamara.

—Necesitaré tu carné de identidad para que me den el sobre en correos. O espera..., ¿lo enviaste a nombre de mi hermano?

—Lo envié sin nombre. Sólo con la dirección.

—¿Y es la que aparece en tu DNI?

—Sí.

—¿Qué hora es?

—Las nueve.

—Vale. Oye, en algún momento de la mañana pasaré por tu casa a recoger el carnet. Si llegan antes que yo los tipos que te enviará mi padre, dales mi descripción para que me reconozcan.

—¿Qué descripción?

—Chica, no sé: diles que soy un tipo atractivo, elegante... Y por si acaso añade que peso ciento veinte kilos, conduzco un Lotus Esprit y llevaré una camisa rojo sangre.

Nada como desayunarse con un muerto para despejarse de buena mañana. Lo sentí por el chaval, parecía buen tipo, y lo sentí casi más aún por su padre, probablemente porque le recordaba mejor la cara y es más fácil apiadarse de alguien cuyas facciones se retienen. Le habían amargado sin remedio la vejez, y su diente de oro relumbraría en adelante un poco menos. Me puse de verdadera mala hostia, cosa que me ha ocurrido menos de cinco veces en toda la vida: por Robellades-hijo, y por Robellades-padre, y por SP atropellado y hasta por *The First* desaparecido. El asunto pasaba a otra fase que requería arremangarse. Pero de momento, el siguiente movimiento era pertrechar una buena defensa siciliana.

Llamé a casa de mis SP's. Descolgó la Beba, y tuve que hacer un poco de comedia para no levantar la liebre. La encontré tristona, no tenía una idea muy clara de qué demonios estaba pasando, pero intuía que tenía que ser algo gordo. Me dijo que SP había pasado la noche despierto en su despacho y por la mañana había despedido a la asistenta. Le pedí que me desviara la llamada a la biblioteca.

—¿Papá?

—Qué.

—Necesitamos a un par de tipos duros en casa de Sebastián.

—A buenas horas.

—¿Has leído *El Periódico*?

—Y *La Vanguardia*, y *El País*, y el *Abc*, y *El Mundo*...

—¿Te has enterado?

—Si te refieres a lo de Robellades-hijo, estoy al tanto desde anoche a las dos de la mañana.

—¿Y por qué no me has avisado?

—Te he estado llamando desde las cuatro y media hasta las seis, en total no menos de veinte veces. La próxima vez que despistes a la gente que contrato para que te siga haz al menos el favor de escuchar los mensajes del contestador automático. Tengo a la Guardia Civil de media España esperando ver pasar un Lotus a doscientos cincuenta kilómetros por hora.

—Lo siento, no tenía ni idea de lo que iba a pasar.

—No te apures, no volverás a escaparte tan fácilmente.

¿Habría contratado un McLaren con piloto incluido? Era perfectamente capaz. La cuestión es que desde la madrugada tenía el domicilio de *Lady First* custodiado, pero no le había dicho nada a ella por no alarmarla. Se había enterado del accidente a través de la vigilancia a la que tenía sometido a Robellades-padre. Ya se había comunicado con alguien del Ministerio de Interior (SP nunca explicita nombres) y podía considerarse que la pasma había tomado cartas en el asunto: discretamente, en plan Miralles, como si dijéramos: nada de rellenar formularios en la comisaría de distrito.

—Me ha contado Eusebia lo de la asistenta.

—Sí. Le he explicado la situación sin entrar en muchos detalles y le he dicho que podía tomarse unos días libres hasta que las cosas volvieran a la normalidad. Pero ha preferido despedirse. Ésta no es su guerra. Y yo me he quedado también más tranquilo, la verdad. Le he firmado un cheque y listo.

—¿Y mamá?

—Sigue sin dirigirme la palabra. Por cierto, no estaría mal que vinieras a verla. Con Eusebia termina todas las conversaciones peleándose.

—Me pasaré en algún momento del día. ¿Os llevo algo?

—Nos traen todo lo que necesitamos.

—Bien. Oye: dile a los gorilas que han ido a casa de Gloria que se den a conocer. Ya ha leído lo de Robellades en el periódico, y estará más tranquila si sabe que tiene protección.

Creo que por primera vez en la vida, SP aceptó recibir instrucciones mías.

Bueno, visto que mi Señor Padre ya había montado el grueso de la defensa a su manera, ahora tocaba mover mis hilos. Busqué en la agenda el teléfono de John en Dublín y marqué. Los lunes por la mañana no tiene clase, así que el domingo por la noche forma parte de su güiquén. Su voz, como era de esperar, sonó a cierta modalidad de resaca-martillo:

—*Come on, leave me alone, could you please? I'm hangovering, and I'm not for your ass hole of...*

No le di tiempo a terminar de jurar. Traté de hacerle entender que algo gordo estaba pasando y acabó por dejarme hablar.

Traduzco:

—Escucha John: vas a callarte un momentito y vas a responder una a una a todas las preguntas que te haga, ¿vale? Venga: primera: ¿has recibido mi mail?

—¿Qué mail?

—Vamos bien. En cuanto cuelgues haz el favor de enchufarte a la Red y mirar el correo. Léete lo que te envío y después pásale el texto a alguien que sepa algo de literatura inglesa, quiero que me lo daten. ¿Tenéis en el campus a algún filólogo documentado, o todo el profesorado es igual que tú?

—Se lo puedo enviar a Woung. Ha vuelto a Honk Kong de vacaciones, pero tengo su dirección. Oye, se puede saber...

—Tú léete el texto y cuando acabes serás el primer interesado en saber de dónde ha salido. Otra cosa: necesito un *hacker*. El mejor que conozcas.

—¿Un *hacker*?

—¿Cómo se llamaba aquel grupo alemán que se metió en el ordenador central de la Interpol?

—*¿Stinkend Soft?*

—Eso, tienes amistad con uno de ellos, ¿no?

—Con Günter. Nos conocimos en una de esas movidas campestres que montan con otros grupos...

—Vale, servirá. Necesito que me averigüen todo lo relacionado con el dominio *worm.com*. Es la dirección de donde he sacado el texto que tienes que leer. Quiero saber en qué servidor están alojados, a qué se dedican y si fuera posible quisiera entrar en el mismísimo disco duro del sistema de origen. Y apunta esto —esperé a que buscara un boli y le deletreé «Jaume Guillamet 15»—. Es una dirección de Barcelona: me interesa mucho saber hasta qué punto está relacionada con el dominio que te he dado. ¿Podrás conseguir todo eso de los alemanes?

—Si les insisto puede que hagan algún esfuerzo, pero no será como con Woung. Esta gente sólo se mueve por diversión, si no les propones nada interesante no se inspiran.

—No te preocupes por eso, tengo la impresión de que se divertirán. Lo primero que tienes que hacer al colgar es ponerte en contacto con ellos, y lo segundo leerte el texto. Son setenta páginas, te doy tres horas. Tengo que salir de casa de aquí a un rato, ¿para cuándo podrás confirmarme que podemos contar con tu amigo Günter?

—No sé, puedo intentar citarlo en el chat del Metaphisical. Y también a Woung. ¿Digamos a las cinco...?

—¿No puede ser antes?

—¿Antes?: eres un cabrón de mierda: a Günter tengo que localizarlo en Berlín por teléfono, y es posible que no esté en casa..., y además me estás jodiendo con tus...

—¡John!

—¡Qué!

—Gracias.

—Vete a tomar po'l saco.

Lo último fue en gaélico y precedió inmediatamente al cataclong de colgar el teléfono.

Enseguida, preso de un ataque de hiperactividad, consulté en la cabecera de *El Periódico* y marqué en el teléfono uno de los números que encontré.

—Primera Plana, buenos díaaas.

—Buenos días. Quisiera cierta información adicional sobre una noticia que ha aparecido hoy de *El Periódico de Cataluña*...

—Un momento, por favor, le paso con redacción.

En redacción otra señorita me pasó con Cosas de la Vida y en Cosas de la Vida un tipo me puso con Sucesos. Al fin llegué a alguien que parecía saber algo por sí mismo, pero resultó ser de los impertinentes:

—De qué empresa llama.

—Bueno, llamo en mi propio nombre.

—¿Y cuál es su propio nombre, si no es mucho pedir?

—Pablo Cabanillas.

—¿Pariente del político?

—Nada que ver.

—¿Pariente de alguien que valga la pena mencionar?

Hijo bastardo de tu puta madre y un auxiliar de la Quinta Flota, iba a decir, pero me contuve.

—Soy investigador privado, no tengo inconveniente en darle mi número de licencia si es necesario. La cuestión es que este accidente puede tener que ver con uno de mis clientes.

—Lo siento, licenciado, pero no facilitamos más información que la que se publica.

—Lo supongo, pero no espero que me digan nada que no pudiera averiguar yo mismo pasándome por el lugar del accidente, sólo pensé que el reportero que hubiera estado allí podría ahorrarme un poco de trabajo, nada más.

—No hacemos excepciones a la norma. Además, el redactor que cubrió la información no está en este momento.

Bah: a la mierda. Sólo uno de cada diez mil tíos es así, pero cuando uno da con él no hay nada que hacer. Y supuse que la Guardia Urbana aún iba a ser menos explícita, así que decidí adelantar otra de las vías de investigación posibles. Busqué el número del despacho de Robellades entre los papeles salidos de mi impresora y llamé. Contestó una voz distinta a la de la primera vez, una veinteañera.

—Buenos días, ¿con el señor Robellades-padre, por favor?

—¿De parte de quién?

—Pablo Molucas, un cliente.

—Ah, sí: el señor Robellades dejó anoche un informe para usted. Tendrá que ausentarse durante un par de días a causa de un fallecimiento en la familia. No hay nadie más en la oficina, pero si no puede usted pasar a recogerlo puedo enviárselo con un mensajero, a menos que prefiera esperar unos días y comentarlo con el propio señor Robellades...

Le dije que estaba enterado de la muerte del chaval por el periódico y, después de preguntarle, me explicó que lo enterraban al día siguiente. Trasladarían el cuerpo a la capilla ardiente de Sancho de Ávila esa misma mañana. Le pedí también que me recordara la dirección de sus oficinas y quedé en que seguramente pasaría esa misma mañana a recoger el informe.

A lo visto, los del anatómico-forense habían dado por examinado el cadáver. ¿Qué podía concluirse de eso?: ni puta idea. Aproveché el momento de incertidumbre para hacerme el primer café, fumarme un porro de mil pelas, ducharme y vestirme. Pensé que la actividad me ayudaría a canalizar el mal rollo.

En la calle, el sol, la primavera redondeando su exposición final: aceras iluminadas como pasarelas de desfile, amas de casa fatigando mercados, grupos de oficinistas volviendo del desayuno, viejos ávidos de infrarrojos y palomas mutiladas comiendo guarrerías. Afortunadamente la generación Play Station estaba ya en el colegio y nadie daba po'l saco con bicicletas y pelotas. Llegué al cruce de Guillamet y Travessera sin darme mucha cuenta del camino que seguía, torciendo aquí y allá al capricho de las aceras en sombra.

Cuando llegué a la esquina del accidente, nada me pareció indicar que hubiera ocurrido un choque esa misma madrugada. Las vallas amarillas que formaban un pequeño paso protegido para los peatones se habían restituido, y la otra valla continua de chapa metálica que limitaba la excavación había sido reparada. Tuve que fijarme para identificar el lugar del golpe, pero una vez encontrado el primer indicio, los demás fueron apareciendo solos: el brillo del polvo de cristales sobre el asfalto, algún travesaño metálico deformado y, sobre todo, un largo frenazo que oscurecía el piso en un trazo curvo. La prolongación imaginaria de su trayectoria indicaba que el coche procedía de Guillamet y se había abierto demasiado al tomar la curva con Travessera. Se reconocían también evidencias de otro frenazo, de huella más fina y corta, que se detenía en seco poco antes de cortar oblicuamente al más largo. Eso sugería dos coches a toda hostia tratando de detenerse en plena curva: uno se lleva las vallas por delante y derriba el murete metálico; el otro se detiene poco antes, o quizá choca con el primero, a juzgar por el brillo de cristalitos amarillo auto.

Para salir de dudas quise ver si el vehículo caído mostraba alguna abolladura lateral, de modo que eché un vistazo al hueco de la excavación por encima del murete. La altura era tremenda, como de cuatro o cinco pisos, y no parecía fácil izar un coche desde el fondo, pero el coche ya no estaba allí. La única línea de investigación posible en estas circunstancias era seguir hacia atrás las huellas del frenazo y tratar de establecer dónde pudo iniciarse la persecución, si es que la hubo. El tráfico escaso en aquel tramo me permitió embocar Jaume Guillamet caminando por la calzada, atento al suelo. A menos de cincuenta metros por debajo del número 15 (justo al lado del taller de chapa y pintura) encontré otra huella de neumáticos: una arrancada furiosa, sin duda. Eso era lo que andaba buscando, pero no quise detenerme allí mucho tiempo y seguí caminando. Se me ocurrió entonces hacerme pasar por periodista y tratar de sacarle información a alguno de los vecinos que mencionaba *El Periódico*. Pero a la vista de los numerosos edificios desde donde era posible haber visto algo comprendí lo difícil que podía ser la labor de identificar a esos testigos. Y comprendí también lo absurdo de ponerme a investigar la muerte del detective que había contratado justamente para investigar por mí. Absurdo y acaso peligroso.

Me costó el tiempo de un Ducados entero ver pasar un taxi libre. Lo paré y le pedí al conductor que me llevara a la entrada principal del Clínico. Antes de recoger a Bagheera bien podía husmear un poco por allí, quedaba apenas a un par de manzanas por debajo del garaje de Villarroel donde la había aparcado.

—Quisiera saber si sigue aquí el cuerpo de Francesc Robellades o si lo han enviado a algún tanatorio exterior. Ha muerto esta noche en accidente —le dije en el hospital a la tipa del mostrador de información, muy solícita. Consultó en el misterio de una pantalla de ordenador de la que yo sólo veía la trasera:

—El cadáver ha salido ya del Instituto Forense. Deben de estar a punto de trasladarlo a Sancho de Ávila.

—¿Sería posible hablar con algún médico que conozca el caso?

Algo me dijo la tipa acerca de los horarios de información médica, pero me desanimó advirtiéndome que suelen hablar sólo con la familia más directa. Sé que Sam Spade se hubiera ido directamente a la puerta principal del pabellón adecuado, hubiera recorrido los pasillos haciéndose pasar por neurocirujano y habría conseguido incluso examinar el cadáver con sus propios ojos. Y no digamos lo que hubiera conseguido la señora Fletcher. Pero a mí me daban vahídos sólo de pensar en ir examinando cadáveres de accidentados hasta dar con el que me interesaba. No me quedaba más recurso que la retirada.

Ya había dado las gracias a la chica de información cuando se me cruzó una idea:

—¿Sabes si está ingresado aquí un tal Gerardo Berrocal?

Escalera 11, segunda planta, traumatología, habitación 43: allí estaba el Berri.

—¿Se puede saber desde aquí qué tiene?

La chica consultó la ficha electrónica: contusiones, tibia rota con herida abierta y una muñeca bastante machacada. Nada agradable, pero podría volver a subirse a una moto.

Me llegué andando hasta el parquin de Villarroel, saqué de allí a Bagheera y volví al barrio rodando lento. De camino me acordé de mis Ángeles de la Guarda y busqué el Opel Kadett blanco por el retrovisor. Allí estaban; pero no solos: comprendí que venían asistidos por aquella enorme Honda que pululaba a mi alrededor. Eran no menos de setecientos cincuenta centímetros cúbicos puestos al mando de un mequetrefe forrado en cuero y rematado por un casco integral. Suficiente para no perder a un Lotus en la autopista.

Paré en el portal de *The First*. Dejé a Bagheera en doble fila con los intermitentes encendidos y entré con la esperanza de que me dejaran subir a por el DNI de *Lady First*.

En el jol, además del conserje —que no era el mismo que había visto en mis anteriores visitas—, había también un gorila. No sé cómo había conseguido SP que los vecinos aceptaran la presencia de un tipo así en el jol de un edificio respetable, pero lo había hecho. Me reconoció sin dificultad según la descripción de *Lady First*, lo noté en que dejó de mirarme enseguida, me dio la espalda y se llevó una mano al oído para hablarle a un pequeño micrófono que llevaba oculto en algún lugar de la americana. Di los buenos días. Contestaron. Me fui directo al armario de los buzones, busqué por encima con la mano hasta dar con la chapa escondida y la restituí a su lugar en el buzón correspondiente. Ellos me dejaron hacer hasta que, cuando me dirigía a los ascensores, el que hacía de conserje me salió al paso.

—¿Pablo Miralles?

—Sí. Voy a ver a mi cuñada.

—Está intentando dormir un poco. Me ha dejado esto para usted.

Era su DNI: Gloria Garriga Miranda. Bueno: eso me ahorraba subir al ático. Me volví a Bagheera. Estaba empezando a tener un estrés de cojones.

En correos había una modesta cola que compensaba su escasa longitud tardando una eternidad en avanzar y conseguía así ser lo suficientemente irritante. Un cartelito impedía fumar. Un niño desescolarizado y sin collar trotaba por la oficina ante la indulgencia de su mal llamada madre. Un perro fue en cambio obligado a esperar en la puerta mientras el amo chupeteaba gran cantidad de sellos. El perro se estaba razonablemente quieto y no llevaba calzado fosforescente, pero el género humano ha pecado siempre de inicuo. Me llegó el turno en la ventanilla justo cuando ya estaba a punto de inmovilizar al niño por el método de soltarle un directo en el plexo solar. Lo salvó la campana en forma de funcionario con gafas que me miraba con cara de «y tú a qué coño has venido».

—Vengo a buscar un sobre.

—¿Tiene el resguardo?

—No, pero es que...

Dio lo mismo lo que dije después. El tío volvió a la misma pregunta después de toda mi explicación, aunque esta vez acompañó la interrogación de un tono que expresaba su infinita paciencia con la panda de palurdos que acudían cada mañana a importunarlo. Volví a intentarlo empezando por el principio, pero ahora ya ni siquiera me miraba, parecía más interesado en una de sus uñas:

—Sin resguardo no le puedo entregar ningún sobre.

En lo que a mí respectaba, el asunto acababa de entrar en Fase B:

—Muy bien: quiero hablar con el director de la oficina, por favor. Inme-diata-mente.

—Lo siento pero no puede ser.

—¿No? Pues si no sale inmediatamente el director de la oficina voy a poner esa silla en el centro de la sala, me subiré a ella, me bajaré los pantalones, después los calzoncillos, y si para entonces todavía no ha salido el director, empezaré a masturbarme ahí mismo, delante de toda esta gente: señoras, niños y perros incluidos. Además pienso eyacular lo más lejos que pueda, y le advierto que puedo bastante. Usted verá lo que le conviene.

—Oiga: ya le he dicho que el director no puede salir. Y si insiste voy a tener que llamar a la Guardia Urbana.

—Cumpla con su obligación, pero adviértales que traigan un par de esponjas porque van a poder abrir un banco de semen municipal con lo que voy a dejar pegado en esa pared. Llevo almacenando material desde hace dos semanas, amigo.

—Y a mí qué me explica.

»A ver, el siguiente, por favor.

El tipo se creía muy duro, pero no sabía con quién se la estaba jugando. Me di media vuelta, agarré la silla que había señalado, la puse en medio de la oficina haciendo todo el ruido que pude y me subí en ella no sin cierta dificultad dada mi constitución poco propicia a la escalada. Después, desde aquella atalaya que enfatizaba mi masa triunfante, hice unos cuantos pases de prestidigitador para asegurarme de que todo el mundo mirara antes de empezar el espectáculo desabrochándome lentamente la camisa:

—Cin-co lobi-tos tie-ne la lo-ba...

Ilustré la tonada con la derecha alzada, ensayando la conocida coreografía dígito-manual que suele acompañarla. Para cuando a la zurda le quedaban todavía por desabrochar dos botones de la camisa, vi que el tipo de la ventanilla se escabullía por una puerta hacia el interior invisible de la oficina. Enseguida bajé de la silla, la puse en su sitio, me abroché y, cuando el tipejo volvió a aparecer con su superior, yo ya parecía una persona aproximadamente normal que esperaba junto al mostrador. La superior en cuestión era una mujer de unos cuarenta y pico, con traje de chaqueta gris y una chapita de Correos colgada de la solapa: la estampa de la eficiencia. Le expliqué que debido a unas obras de remodelación en la finca de mi cuñada a su buzón le faltó la placa identificativa durante unos días, etcétera. Después de algunos titubeos terminó por entregarme el sobre a cambio de que le firmara un papelote y, además del DNI de *Lady First*, presentara el mío propio. Por suerte no le importó que estuviera caducado.

Volví a la Bestia y aparqué encima de una acera para examinar el sobre tranquilo.

Salió de allí una carpeta de cartulina llena de papeles. Muchos papeles. Lo primero era un informe de varias páginas redactado por un gabinete americano de informes comerciales. Me detuve un poco en él. Lo segundo fue un tríptico de propaganda de un aparato de gimnasia. Lo desestimé enseguida. ¿Metió *Lady First* los papeles en el sobre tal como salían del cajón?, me pregunté. Pero el oficio de detective no es tan fácil como parece: no sólo hay que hacerse buenas preguntas, hay que saber también qué significan las respuestas, y mi inteligencia silogística se ve estorbada por un exceso de imaginación, así que en cuanto llego a la única respuesta posible a un enigma enseguida se me ocurren otras veinticinco posibilidades que me la estropean. Total, durante un buen rato estuve simplemente pasando papeles ante mis ojos, a ver qué se me ocurría. Había de todo: copias de cartas a clientes, una tarjeta de visita (Bernardo Almáciga, Peluqueros), más informes comerciales, una factura de taller pijo por una puesta a punto y cambio de aceite de Bagheera (ochenta y tres mil pelas, IVA incluido), un catálogo de corbatas Gucci, consultas impresas desde Access, una nota manuscrita con la estupenda letra de mi Estupendo Hermano («La mitad es menos de lo que él piensa», decía la nota) y..., hacia el final del montoncito, varios folios impresos y grapados que mostraban una larga lista de direcciones. Traía una fecha de cabecera: 22 de junio; direcciones concretas de varias ciudades europeas: Burdeos, Manchester... Enseguida, en la página 3 encontré esta:

G. S. W. Amanci Viladrau
Password: 25th Montanyà St.;
08029-Barcelona (Spain)
Address: 15th, Jaume Guillamet St.; 08029-Barcelona (Spain)

Y la encontré enseguida porque, además de que yo ya esperaba encontrarla, estaba envuelta en un círculo aproximado que la destacaba. Y en el exterior del círculo, trazado con el mismo lápiz y estupenda caligrafía, había escrita una sola palabra:

«Pablo».

Me dio un repelús y estuve a punto de soltar el papel en un movimiento reflejo. Ver mi nombre allí me pareció cosa de malaje, no sé, una representación gráfica de mi persona ante aquel jardincillo cercado de la calle Guillamet, como una premonición nefasta que había empezado a cumplirse.

Ya arrancaba el motor cuando tuve una ocurrencia súbita: mi Estupendo Hermano me llama siempre Pablo José, como mi Señora Madre. Y lo hace sólo porque sabe que no me gusta que me llamen así, pero incluso en sus pósits de uso privado escribe siempre *P. José*, lo mismo que en su agenda grabada en el teléfono. Y sólo de pensar en que mi Estupenda Cuñada hubiera falsificado esa nota imitando la letra de su marido con el propósito de que yo la viera y prestara atención a la dirección indicada, me daba una especie de vértigo.

De nuevo saber más era saber menos, pero preferí no ofuscarme en la contemplación del abismo y conduje hacia el despacho de Robellades.

El tráfico era de puta pena, y el departamén d'educasió de la Yeneralitat debía de haber abierto ya las jaulas, porque un par de cachorros humanos con cartera escolar (o esos sustitutos modernos, con ruedas y toda clase de gachets) pretendieron acercarse a la ventanilla para mirar el interior de Bagheera. Les gruñí y salieron disparados hasta parapetarse en un buzón de correos, desde donde me dedicaron un ostentoso corte de mangas. Tenía razón Ignatius Really: ya no hay ni Geometría, ni Teología, ni leches en vinagre.

Llegué al despacho de Robellades media hora después. Resultó ocupar el segundo piso de un edificio viejo. La chica que encontré en recepción era la misma del teléfono. Me parece que le gusté en cuando me vio, no sé, supongo que represento para las mujeres justo lo que les han enseñado a no desear y a veces noto que eso les da morbo. Pero se limitó a ser amable, dentro de la compunción a la que las luctuosas circunstancias obligaban. Recogí el sobre, le pagué los sesenta papeles de la minuta que también me entregó, y en un momento volví a estar abajo, ante un guardia que apuntaba la matrícula de la Bestia.

—¿Multa?

—Sí señor: ha estacionado usted en una zona de carga y descarga, reservada a vehículos comerciales.

—¿Serviría de algo decirle que he venido a cargar este sobre?

—¿Y me va a decir también que éste es un vehículo comercial?

—Es un taxi kuwaití. Ya sabe cómo son estos jeques...

—Ya: le ponen a sus taxis deportivos matrícula de Barcelona.

—La B es de Burqan, al suroeste de país. Qué casualidad, ¿no?

—Buen intento. Pero tendrá que decirle al jeque que recurra la multa.

Ocho mil pelas. ¿Cuánto será en euros? Pensé en pagarla en ese mismo momento, pero preferí que le llegara a mi Estupendo Hermano para joderle un poco la reaparición. Di una vuelta a la manzana y me subí a otra acera amplia, en la Carretera de Sarriá, para leer el informe. El sobre era también de buen tamaño, pero más fino que el de correos: contenía sólo tres folios escritos a máquina:

Barcelona tal de tal: Sres. Molucas, informe preliminar de bla-bla-blá, desaparición de Eulalia Robles Miranda (¿de qué me sonaba a mí ese apellido?), etcétera, etcétera, página y media de etcéteras que desestimé, y al final una conclusión en negrita:

«Consideramos, tomando las debidas reservas, que probablemente su desaparición está relacionada con la de Sebastián Miralles, que a su vez parece mantener cierto conflicto de intereses con una empresa inmobiliaria, con sede probable en Bilbao o sus alrededores, cuya resolución lo mantiene ilocalizable.

»Finalmente, por todo lo expuesto, no podemos descartar que las dos personas mencionadas viajen juntas por propia voluntad y se hallen en estas fechas en algún lugar del norte de España».

La repera. El trabajo de los Robellades era bueno, me di cuenta en cuanto releí el informe entero, sin saltarme la exposición previa a las conclusiones, pero la última fuente con la que habían tenido tiempo de entrar en contacto había sido sin duda mi Señora Madre, la reina de la desinformación. Si el KGB hubiera contado con sus servicios, hoy día Tejas sería una República Socialista Soviética: sólo ella podía haber sugerido a Robellades lo de la inmobiliaria vasca: inmobiliaria que no podía ser otra, naturalmente, que la Ibarra que daba nombre a mi bote de mayonesa. Y por un momento, al comprobar que en ninguna parte se hacía referencia a la casa de Jaume Guillamet, sentí que me liberaba de un peso invisible puesto que nada conducía a pensar que la muerte del chaval tuviera nada que ver con mi encargo. Sólo que enseguida me acordé de las huellas de los neumáticos y los cristalitos de intermitente a cincuenta metros de aquel jardincillo de Guillamet. Si era casualidad, era mucha casualidad. Parecía más acertado pensar que Robellades-hijo hubiera encontrado alguna nueva pista cuando su padre ya tenía un primer informe redactado, y decidió seguirla hasta el fondo de la excavación de un parquin, a doce metros bajo el nivel de la calle.

Aún me quedaba un puñado de billetes que me había metido en el bolsillo al salir de casa, pero me paré lo mismo en un cajero a por cien más. Después, retomando Travessera, se me ocurrió pasarme a ver al Nico. Quizá pudiera comprar algo de farlopa, y en cualquier caso no me vendría mal repostar costo, con tanto ajetreo el pedrusco de cinco talegos había menguado considerablemente. Paré un momento en doble fila y me adentré un poco en los jardines.

Ni rastro del Nico.

De vuelta a la Bestia me crucé con el Ángel de la Guarda que ya conocía de la gasolinera. Había bajado del Kadett tras de mí al verme desaparecer por los jardines.

—Perdona que te haya hecho correr, he parado sólo un momento a ver si encontraba a un amigo —le dije.

—Nada, a tu rollo. Son gajes del oficio.

—¿Tienes hora?

—Las dos.

Hora de ir pensando en la manduca:

—Oye: os invito a comer.

—Ffff..., habrá que preguntárselo a López.

López resultó ser el otro Ángel de la Guarda, que se había quedado en el coche. Nos acercamos. Era un cincuentón barrigudo, vestido con una americana pasada de moda. Le repetí la invitación hablándole por la ventanilla.

—Gracias, pero no puede ser.

—Venga, hombre: tengo hambre y en cuanto entre en un restaurante tardaré un buen rato en salir. ¿Qué vais a hacer vosotros mientras, quedaros aparcados en la puerta y pedir una pidsa?

—No conviene que se nos vea juntos.

—Bueno, podemos quedar en algún sitio que esté un poco lejos y salimos zumbando hacia allí por separado. Dudo que nadie pueda seguirnos.

El tipo seguía dudando. Insistí:

—Mire, tengo mal día. Han secuestrado a mi hermano, atropellado a mi padre y asesinado al detective que contraté para que investigara. No me apetece comer sólo.

Se ablandó. Me preguntó si me gustaba la paella, le dije que sí.

—¿Conoces los merenderos de Las Planas, enfrente de la estación? Vete para allí por la carretera de Vallvidrera. Te seguirá la moto. Nosotros nos rezagaremos un poco.

Tomó una radio de mano del soporte que la alojaba en el tablero central y dijo algo a alguien que escuchaba en algún sitio. Era un tipo listo, el barrigón: el continuo zig-zag de la carretera de Vallvidrera le daba ventaja a la moto sobre cualquier coche. Así que hubo paella, costillitas de cordero y vino barato del que se bebe en porrón, bien frío aunque sea tinto, mejor aún con una parte de gaseosa. Y también hubo estomacal, y farias, y buena conversación hecha de pura narrativa: episodios escabrosos a cargo de López, ex policía, y picaresca arrabalera de Antonio, ex quinqui robacoches. El motorista y yo hicimos sobre todo de oyentes. Buena gente. Nos volvimos a Barcelona despacio, un poco achispados: ellos con ganas de aparcar delante de mi portal y echar la siesta en el coche.

Yo también quise irme a dormir nada más llegar a casa, pero antes no pude evitar conectarme un momento a la Red.

Fui directo a *worm.com*, entré en el sait, introduje la contraseña «molucas_worm» en el casillero, y me encontré en la página de las preguntas referentes a *The Stronghold*. ¿Que qué llevaba Henry en la mano cuando conoció a la reina?: un *red kerchief*. ¿Que a qué se dedicaba el rey en el patio de armas?: a *training*; así hasta completar las veinte preguntas, no siempre tan triviales, que me obligaron a consultar dos o tres veces el texto impreso antes de elegir la opción pertinente en la lista de respuestas. Le di al *Submit* y crucé los dedos.

Bingo. Ahora, bajo el título, «Welcome to the Worm Gate», tenía a la vista tres frases en inglés moderno. Estas tres que traduzco:

> EL CAMINO ES LARGO Y ESFORZADO. NO SIEMPRE UNA VIDA ES SUFICIENTE.
>
> PREGUNTA A TU CONCIENCIA. POBRE DEL QUE SE APROXIME CON INTENCIONES IMPURAS. AUNQUE JAMÁS LLEGARÁ AL CORAZÓN DE WORM, SERÁ PERSEGUIDO.
>
> PREGUNTA A TU CONCIENCIA. BIENVENIDO EL QUE SE APROXIME CON EL ALMA BLANCA. AUNQUE NO LLEGUE AL CORAZÓN WORM, SERÁ BIENAMADO.

O sea: tres anillos para los reyes elfos bajo el cielo y la abuela fuma. Sólo eso, un link con la dirección *mail@worm.com* y un botón que decía *First Contact*. Todo aquello era un poco pueril, de acuerdo, pero daba nosequé, y ahora tenía motivos para pensar que las amenazas no eran vanas. Bah: le di finalmente al botón: con un par de huevos. Por suerte la dirección postal que había escrito el día antes —al llenar el primer formulario para conseguir la clave de acceso— era, aunque falsa, próxima a la real, porque lo que se me mostró cuando terminó de cargarse la ventana emergente fue un nombre y un número de teléfono asignados por cercanía geográfica a mis señas. Concretamente, este nombre y este número de teléfono:

Villas, 93 430 13 21

Por supuesto, en cuanto hube dado un respingo sobre la silla, corrí a buscar el papelito en el que había apuntado los números grabados en la memoria del móvil de *The First*. Lo encontré: *Villas, 93 430 13 21.*

Volví a la pantalla. «Call this number and tell the Worm you are Molucas-worm», decía la frase escrita bajo el número.

Demasiado rápido. De-ma-sia-do rá-pi-do. Calma. Tranquilidad. Pensemos. Había llamado ya a ese número: había llamado, habían contestado e inmediatamente habían colgado, me acordaba muy bien, había hecho dos o tres intentos. ¿Sería porque no di ninguna contraseña? Ahora la tenía, pero ¿era conveniente?

Al cabo decidí que valía la pena esperar a tener una primera impresión sobre la autenticidad de *The Stronghold*. Eso me hizo caer en que en poco más de una hora tendría que estar preparado para entendérmelas con otro trío muy distinto al de mis Ángeles de la Guarda: un metafísico irlandés atormentado por la resaca, un informático alemán, y un filólogo chino especializado en literatura medieval inglesa.

Hay que joderse con la de malabarismos que se requieren para preservar una vida tranquila.

Traté de dormir, pero no pude. Me rondaban por la cabeza demasiadas ideas.

Cuando me decidí a levantarme de la cama faltaba aún un rato para la cita en el chat, y como esperar se me ha dado siempre fatal, decidí adelantarme y darle a John un telefonazo. Contestó con su mejor mala leche. Traduzco:

—¿Se puede saber qué coño te pasa?, acabo de hablar con Günter hace cinco minutos. Dice que no puede hacer nada desde casa. Está castigado.

—¿Que está qué?

—Castigado. Su padre le ha prohibido conectarse a la Red en una semana. ¿Qué pasa?: ¿en España no os castigan, cuando os portáis mal? Así os va de mayores.

—¿Cuántos años tiene?

—¿Günter?: trece, por qué...

Lo que faltaba. Debe de haber en este mundo cien mil jaquers mayores de edad y tenía que ir a topar con un adolescente castigado sin módem. Suerte que según John no estaba todo perdido: el chaval podía ir al local de Stinkend Soft para conectarse al chat, y desde allí mismo le echaría un vistazo al tema. Era de esperar que hacia el final de la tarde pudiera darnos alguna noticia.

—¿Has empezado a leer *La Fortaleza*?

—¿Vas a dejar de dar po'l saco? Sí, la he estado leyendo esta mañana.

—Vale. Oye: ¿te importa conectarte ahora y hablamos en el chat? Si no, la llamada a Dublín me va a costar un huevo.

Accedió a regañadientes. Le di cinco minutos para conectarse y me fui yo también al ordenador. Nuestro jompeich en *Metaclub.net* mostraba algunos cambios de diseño que hubiera querido explorar con calma, pero me fui directo a la sección de los chats y me metí en el rum general. Allí estaba el nic-neim de John (Jhn), en el box de asistentes.

Traduzco:

Pbl> Ya estoy aquí.

Jhn> Estarás contento, ¿no?, me has jodido el día completo. Espero que me expliques a qué viene tanto jaleo.

Pbl> ¿Dices que has leído *The Stronghold*?

Jhn> Sí, qué pasa con eso.

Pbl> ¿No has notado nada raro?

Jhn> ¿Algo raro que debería notar?

Pbl> Joder, Jhn, ¿qué antigüedad dirías que tiene el texto?

Jhn> *Middle English*, digamos s. XIV. Quizá anterior. Woung nos sacará de dudas.

Pbl> No seas cazurro, eso no es posible.

Jhn> ¿Por?

Pbl> ¿Has leído el poema entero?

Jhn> SIIIIIIIIÍ.

Pbl> Y no te extraña que en un texto del s. XIV aparezcan referencias freudianas.

Jhn> No me jodas, Pablo: si algo no es Freud es original, te lo encuentras desperdigado por la literatura de todos los tiempos.

Pbl> Y qué me dices de Russell: en el texto está completamente explicada la teoría del lenguaje-retrato, y eso es puro siglo XX.

Jhn> El día en que no recuerde en qué siglo escribió Russell me jubilaré.

Pbl> Hablo en serio: la teoría está ahí, casi literalmente, en una docena de versos hacia el final del poema.

Jhn> Si no recuerdo mal, la teoría del lenguaje-retrato propone literalmente el isomorfismo entre el lenguaje y la realidad. ¿Hay algún verso que hable de eso, así de literalmente?

Pbl> Sabes muy bien que eso se puede explicar con otras palabras... ¿Recuerdas cuando Henry se empeña en dibujar la estructura de la fortaleza? Hay un par de estrofas en las que se hace exactamente las mismas suposiciones que Russell: estudiar el lenguaje para entender la estructura de la realidad, la misma mezcla de lucidez y ceguera. Y Wittgenstein habla en el *Tractatus* de las proposiciones del lenguaje como «pinturas de lo real»: exactamente la misma expresión que se cita en el poema, la referencia es clarísima, no hay más que leerla.

—Woung *from Honk Kong is joining the chat at 17:01 (GTM + 1).*

Ésa era la línea que insertaba el sistema para avisar de la llegada al rum del chino.

Woung> Hola, Jhn, y compañía.

Jhn> Woung, te presento a Pablo, mi socio en Barcelona.

Woung> Encantado Pablo, he oído hablar mucho de ti.

Pbl> Hola, Woung, gracias por acudir.

—121 *from Berlin is joining the chat at 17:02 (GTM+ 1).*

Otro que entraba. El nic-neim no me decía nada.

Jhn> ¿Qué nos cuentas del texto, Woung?, Pbl está delirando anacronías entre la forma y el contenido.

121> hola, jhn. eres john?

Woung> Bueno, no he tenido tiempo de leer el poema entero, sólo unas cuantas estrofas al azar. Interesante.

—Puck *from Norway is joining the chat at 17:04 (GTM + 1).*

A partir de aquí las cosas se pusieron difíciles. Un chat con cuatro tíos y un duende no es fácil de seguir.

Jhn> Sí, 121, soy Jhn. ¿Eres Günter?

121> sí. günter. hola para todos. mi inglés no muy bueno.

Jhn> Os presento a Günter: el mejor *hacker* a este lado del Misisipi.

Pbl> Hola, 121.

Pbl> Woung: ¿no puedes darnos una primera opinión sobre la antigüedad del texto?

Puck> 121: ¿eres de verdad un *hacker*? ¿Has metido algún virus en los ordenadores de la NASA?

Woung> Inglés Medio: posterior al s. XII con toda seguridad.

Pbl> Woung: ¿puedes concretar un poco más?, me interesa sobre todo el límite superior de la datación.

Woung> Es difícil fijar límite superior. Yo diría s. XIV, pero puede ser del XIII, o quizá del XV. No puedo especificar más partiendo sólo del lenguaje.

121> puck: yo no *craker* que pone virus.

Jhn> Puck: no le preguntes nunca a un *hacker* si es un *hacker*.

Woung> Las dataciones precisas requieren un análisis de contenido y un buen trabajo de documentación histórica. Suelen hacerse en equipo con especialistas de distintas áreas. Yo ni siquiera he leído todo el poema.

Puck> ¿Por qué no puedo preguntar?

121> puck: yo no *craking*. me gusta *hacking*. admiro mucho.

Pbl> Woung: lástima, porque no hay en todo el texto ninguna referencia histórica explícita, quiero decir, batallas, o guerras, o personajes reconocibles. ¿Te referías a eso?

Jhn> Puck: porque un auténtico *hacker* jamás se presentaría a sí mismo como tal. Ésa es una dignidad que deben reconocerle los demás.

Pbl> 121: ¿te ha contado John lo que necesito?

Puck> ¿Qué es *craking*?

Pbl> 121: el texto del que hablo con Woung tiene que ver con el dominio *worm.com.*

Woung> No sólo referencias históricas precisas. Todo el entorno: la ropa, el mobiliario, las costumbres... Ayudan mucho a la datación.

121> sí pbl. jhn me contó un poco.

Puck> ¿Alguien puede decirme qué es *craking*?

121> *craking* es mal cyberpunk. *hacking* no nunca *zerströrend. hacking* construcción buena para libertad.

Jhn> Puck: se supone que los crack son malos y tontos y los hack buenos e inteligentes.

Pbl> Woung: hazme un favor, vete escribiendo todo lo que puedas decir de esas pocas estrofas que has leído. Me interesa todo lo que se te ocurra. Te leo.

Pbl> 121: ¿puedes conseguir la información que necesito?

121> *hacking* es información para todos en armonía.

Jhn> Aunque hay movimientos *cracker* que denuncian la hipocresía *hacker* y proponen una especie de purificación por el fuego, estilo revolucionario.

Puck>121: pero ¿has entrado en la NASA?

Pbl> Jhn: quieres, ya que no ayudas, al menos no estorbar. No le des carrete a Puck.

Woung> A primera vista encontramos un poema de unos quinientos versos dodecasílabos de rima consonante ABABA, frecuente en el s. XII.

121> pbl: sí puedo darte información. pero mejor con ayuda.

Jhn> Oye, cara de mierda, ¿me has sacado de la cama a las nueve de la mañana y ahora no voy a poder hablar de lo que quiera en mi propio Club? Si no quieres leerme dale al *ignore* y no me toques los cojones.

121> sí hecho *hacking* en nasa.

Woung> El léxico corresponde probablemente a finales del XIII, de modo que la versificación es seguramente un resto arcaico.

Pbl> ¿Qué ayuda, 121?

Pbl> No te pares, Woung, te sigo.

Puck> LOL.

Woung> La ortografía puede pertenecer también al XIII, aunque es más plenamente del XIV. En cualquier caso no creo que vaya más allá del XV.

Jhn> ¿De que te ríes, Puck?

121> pbl: ayuda de amigos.

Woung> No me paro, es que no puedo teclear más deprisa.

Puck> Me ha hecho gracia eso de «cara de mierda». Pensaba que éste era un chat filosófico.

Pbl> Perdona Woung, te agradezco mucho la ayuda. Sigue a tu ritmo.

»121: ¿ayuda de amigos?, ¿puedes conseguirla?, ¿has podido averiguar ya algo?

Jhn> Puck: y lo es, muy filosófico.

»Por cierto, cara de mierda: ¿has leído las *Primary Sentences* que te envié?

Woung> Por lo poco que he leído he podido ver que aparecen personajes típicos de las *quest*, el Caballero, el Rey, el Mago, la Reina... Eso hace pensar en los viejos *talk-tales*, posiblemente la historia tenga origen en una leyenda bretona que dio lugar a sucesivas versiones escritas.

Puck> Pbl: te preocupa algo?

121> he testeado con satan. tiene buena seguridad. hay que probar generador de claves. unas horas con suerte. quizá un troyano. muy importante entrar?

Jhn> CARA DE MIERDA: QUIERO SABER SI HAS LEÍDO MIS PRIMARY SENTENCES.

Pbl> Lo siento, Puck, no estoy para charlas. Otro día.

Woung> En resumen: apostaría a que es del siglo XIV, pero no puedo asegurarlo. Siempre es difícil hacerlo. Hay aventuras de Robin Hood que se han estudiado durante años y todavía no se sabe si son del XII o del XIV.

Pbl> 121: ¿qué es «satan» y «troyano»?

»John: VETE A TOMAR PO'L CULO UN RATO: TÚ Y TUS PRIMATE SENTENCES.

Woung> Además es muy corriente que lo que llegue a nuestras manos sea una compilación de fragmentos ampliados o reinterpretados en sucesivas versiones de distintas épocas.

Pbl> Woung: ¿puede ser un texto apócrifo, falso?, quiero decir: ¿es posible que sea una imitación de estilo arcaico escrita ahora?

Puck> 121: ¿hay información sobre extraterrestres en la NASA?

121> satan: *security analizer*. herramienta básica *hacker*. troyano es programa que entra sistema como troya de caballo. programa espía.

Jhn> Oye, cara de mierda: el único «primate» que hay aquí eres tú. Y te recuerdo que tenemos un trabajo que hacer. Vale que el encargado de redactar sea yo, pero si ni siquiera haces el esfuerzo de leer lo que te envío vamos a tardar años en tener un corpus teórico mínimamente presentable. Tú verás.

Woung> Descarto que el texto sea falso. Siempre existe la posibilidad, pero la estimo muy pequeña. Si lo ha redactado un contemporáneo no solamente es un filólogo erudito sino también un excelente poeta. Podría ser si sólo se tratara de unas pocas estrofas, pero más de mil buenos versos...

121> demasiada mucha información en NASA. es divertido entrar pero demasiado mucha información para mirar y mirar.

Pbl> [*Private to Jhn*] No he podido leerlas todas, John, no te cabrees, lo siento, estoy metido en un lío de cojones. Ya hablaremos. Te enviaré un mail o te llamaré por teléfono.

Puck> 121: ¿no puedes enseñarme cómo entrar en la NASA? Es un buen sitio para hacer travesuras.

Woung> Me ha contado John que encontraste el texto en la Red. Lo que me extraña es que no hubiera oído hablar de él antes. No es tanto lo que se conserva escrito en inglés medio, y yo estoy acostumbrado a manejar los principales catálogos. Quizá investigando la dirección en la que lo has encontrado podrías averiguar algo más.

121> qué cosa dice traversuras?

Jhn> [*Private to Pbl*] Eso espero. Te va a costar justificar el día que me has hecho pasar.

Pbl> 121: «travesura» significa *Schelmenstriech*; no hagas caso a Puck: Puck es nombre de *Poltergeist*. Oye: ¿no puedes decirme nada, absolutamente nada, respecto al dominio que me interesa?

»Ya sé, Woung: en eso estoy, 121 está investigando el sistema de origen.

Puck> Yo no soy ningún poltergeist, soy un duende.

Jhn> Puck: ¿cómo demonios has venido a parar a este chat?

Woung> Si consigues más información házmela llegar a woungw@usa.net. Te lo agradecería. Entretanto leeré el poema entero. ¿Puedes darme una dirección-e?

Jhn> [*Private to Pbl*] Ya te dije que a Günter hay que estimularlo un poco. Está remolón. Preséntale el trabajo como la resolución de un misterio interesante, si no se olvidará de ti en cuanto salga del chat y se dedicará a cualquier cosa más divertida que tus paranoias.

121> lo siento Pbl. todavía no averiguado.

Jhn> Puck: *Poltergeist* significa «duende» en alemán. ¿Ves como éste es un chat serio?, hasta hablamos alemán.

Puck> Jhn: a los duendes nos gusta meternos donde no nos llaman. En la NASA, por ejemplo.

Pbl> Woung: miralles@metaclub.net Es mi dirección del Metaphisical.

Puck> Esto se está poniendo muy aburrido. Jhn: deberías decir para todos esas cosas tan divertidas que me cuentas en *private* acerca de Pbl.

Woung> Por cierto, Pbl y Jhn, he sabido que en Richmond hay un estudiante interesado en componer una tesis sobre las ideas que difundís desde este site. Está tratando de que el departamento de filosofía contemporánea acepte la petición, y parece que lo conseguirá. He oído algunas versiones muy atractivas de esa teoría vuestra de la Realidad Inventada. Estáis de moda en las facultades de letras de la Costa Este, estuve por allí este invierno.

Jhn> No sé de qué hablas, Puck, yo no te he enviado ningún private.

Pbl> Puck: en español diríamos que *se te ve el plumero.*

Jhn> Si Pbl bebiera un poco menos y trabajara un poco más lograríamos publicar algo coherente, pero ni siquiera tenemos la teoría definida formalmente, no es más que un montón de mensajes electrónicos desperdigados por la Red. No estaría mal que me pusieras en contacto con el estudiante del que hablas. Quizá pueda ayudarnos a recopilar. Nos vendría bien un becario.

Puck> Bah, y quién habla español... Sois muy aburridos. Me voy: quizá encuentre a Oberón en el bosque.

—Puck left the chat at 17:26 (GTM + 1).

Jhn> Menudo gilipollas, el duende.

Pbl> [*Private to 121, Jhn*] Günter, he de aclararte algo. Tu ayuda y la de tus amigos resulta de vital importancia. Ya sé que parece una locura, pero, en resumen, estamos tratando de descubrir el origen de un poema del siglo XIV que (presta atención) contiene información sobre lo ocurrido durante los seis siglos posteriores a su redacción. Woung está trabajando con nosotros: es un especialista en literatura medieval inglesa, acaba de confirmarnos la antigüedad del texto. Sabemos que el dominio worm.com está relacionado con ese poema y pensamos que llegando hasta el sistema de origen tendremos acceso a más datos. ¿Comprendes la importancia de vuestro trabajo? Están implicados en la investigación expertos de todo el mundo, pero nos falta un buen equipo de informáticos. Piensa que estamos tratando de obtener INFORMACIÓN SOBRE EL FUTURO. Por favor: envíame un mail en cuanto tengas alguna noticia. Estaré pendiente del correo. Y sé discreto, no conviene que esto que te digo se divulgue demasiado, informa sólo a tus colaboradores más inmediatos.

En fin, supongo que me pasé un poco de rosca, pero confié en que mis palabras surtieran efecto: para un chaval de trece años todavía es posible la aventura, por descabellada que parezca. Por lo menos prometió hacer algo esa misma tarde y enviarme un mensaje en cuanto tuviera algo. Por lo demás, el lío de intervenciones cruzadas siguió aún durante unos minutos, pero yo había obtenido ya toda la información posible y me desconecté en cuanto el mínimo sentido de la cortesía me lo permitió. Como de costumbre, mis esfuerzos indagatorios terminaban siendo estériles: por un lado *The Stronghold* se revelaba auténticamente antiguo, pero por otro ya no estaba muy seguro de que eso fuera tan extraño. Es verdad que toda la historia de la filosofía es una constante reformulación y se le pueden encontrar antecedentes a cualquier idea pretendidamente contemporánea.

El caso es que la ensalada mental que tenía ya a aquellas alturas era importante, necesitaba desintoxicarme un poco, y, visto que ya no podía hacer más desde casa, pensé hacer la prometida visita a la familia y de paso ver si SP había averiguado algo interesante respecto al accidente de Robellades-hijo.

Estaba ya en la puerta cuando sonó el teléfono.

—Holaaa, qué tal...

La que faltaba.

—Ya ves, aquí, contestando al teléfono...

—Y qué, qué explicas.

—No explico nada, Fina, absolutamente nada: estoy sencillamente esperando a saber para qué demonios has llamado.

Antes de enterarme tuve que disculparme por ser tan antipático y finalmente supe que José María iba a volver tarde de la oficina, así que ella había resuelto citarse conmigo; a condición, claro está, de que yo actuara como si fuera ella la que me hacía el favor. Pero yo tenía otros planes para esa noche.

—No puedo, Fina, quedamos mañana si quieres.

—Ah... ¿Y se puede saber por qué no puedes?

Mierda: a improvisar otra vez:

—Pues... tengo una cita.

—¿Una cita?, ¿tú?, ¿no será con alguna pelandusca?

Cacé la idea al vuelo:

—No es ninguna pelandusca.

—Mira que lo sabía... Apareces un día con un cochazo impresionante, te disfrazas de treintañero moderno, llevas fajos de billetes grandes por los bolsillos... Y eso no es lo peor. Lo peor es que ya ni haces payasadas de las tuyas. Estás... aneblao.

—Ya ves. Yo pensaba que a estas alturas no podía pasarme algo así.

Lo dije con tono de corderito, como avergonzado.

—La muy zorra... ¿Y quién demonios es, si puede saberse?

—La conocí en la cena de cumpleaños de mi madre. Es hija de unos amigos de la familia. He quedado con ella para cenar… y tomar una copa…

—Será... En cuanto cuelgue no te vuelvo a hablar en la vida. Así que me dejas plantada por la primera guarrona amater que se te cruza en el camino, ¿no?

—Chica, así son las cosas...

—Y una leche: me hiciste una promesa, ¿no te acuerdas? Me prometiste que si alguna vez te enamorabas de alguien sería de mí.

—No seas ridícula, Fina: ¿qué clase de promesa es ésa?

—Una de las tuyas, ya lo ves. Y ahora me sales con que «Me he encoñao de una guarra amiga de mis padres»...

—Yo no he dicho eso. Y no es ninguna guarra.

—¿Qué no? Pues te ha seducido como a un... *teenager*: te pones guapo, y te echas colonia cara, y te quedas como... ausente. Y qué: ¿ya habéis follao, o para eso quedáis esta noche...?

—Fina, por favor...

—«Fina, por favor...», pues sabes lo que te digo, que pienso salir por ahí yo sola. Yo también tengo admiradores, para que lo sepas.

En fin.

Ya en la calle, avisé de mi destino a los Ángeles de la Guarda, que seguían en el Kadett entreteniendo la espera con un siete y medio. No había ya rastro del motorista; supongo que, vista mi renuncia a escapar de la vigilancia, SP había prescindido de sus servicios. Como no tenía ganas de caminar pensé en Bagheera, pero justo por delante del

Kadett pasó un taxi y lo paré casi en un movimiento reflejo. Nunca sabré si aquel taxi me perjudicó o me salvó el pellejo, el caso es que hoy puedo contarlo.

En el jol de mis SP's ya no estaban ni Mariano el portero ni el guardia jurado de uniforme. Ahora el despliegue de gorilas a la vista era impresionante: dos rondando por la calle, dos más en el vestíbulo y otros dos arriba, en la puerta del piso; eso sin contar con los que no vi. Todos parecían estar conectados por radio, o teléfono, algo que les colgaba de la oreja. Uno de los de abajo me pidió que tomara el ascensor de servicio. Al parecer el acceso a la entrada principal estaba intervenido mediante no sé qué gaita electrónica, pero aquello me pareció como si el puente levadizo se hubiera alzado. El gorila más grande de los de arriba tuvo que llamar veinticinco veces a la puerta, hasta que terminó abriendo mi Señora Madre, lo que desde luego era inaudito. Su aspecto, sin embargo, era el de rutina: blusón con bordados exóticos, maquillaje de ver la tele y las perlas de estar por casa. Incluso me pareció que no estaba tan nerviosa como cabía esperar. ¿El Valium?, ¿la sauna?, ¿las manazas de Gonzalito?

—Ah, Pablo José, pasa, hijo. Esto es una locura. Estamos sin asistenta (el bruto de tu padre la ha despedido esta mañana, ya te contaré...). Y no sé qué pasa con Eusebia que no abre la puerta —se introdujo un poco en el corredor de servicio y alzó la voz—: ¡Eusebia, ¿es que no has oído el timbre?! —volvió a prestarme atención a mí—: No te sienta nada bien este bigote, Pablo José —me presentó las mejillas para que se las besara—, pareces un árbitro de fútbol; un árbitro de fútbol gordísimo... Tendrías que ir a algún gimnasio, hijo. Y afeitarte ese bigote horrible.

A todo esto, se había oído una cisterna y rumor de grifos procedentes del corredor de servicio. Al poco apareció la Beba estirándose las sisas de la falda.

—¿No has oído el timbre, Eusebia?

—Claro que l'hi oído: media docena de veces; pero es que estaba en el váter haciendo un pipí...

—Te tengo dicho que es suficiente con saber que estabas en el baño, no es necesario que especifiques qué hacías adentro. El otro día me hiciste la misma delante de la señora Mitjans.

—Pues si no quiere saber, no pregunte... Y amás qué pasa: ¿que la Mitjans no mea o qué? Rediooós..., pues ni que fuera una gallina.

Pero la primera sesión familiar estuvo a cargo de SM, que me condujo al salón en cuanto tuvo oportunidad. Nos sentamos entre dos pantocrators policromados (en su día no hubo manera de hacerle entender que los pantocrators deben exhibirse de uno en uno), y me dispuse a escuchar pacientemente su versión de los hechos acaecidos durante el día. En resumen, la resignada esposa y madre era víctima de una triple conjura: la del esposo intolerante y obstinado, la de la cocinera impertinente y obstinada, y la de unos hijos insensibles y obstinados, sobre todo el mayor, *The First*, que concretaba su insensibilidad obstinándose en no llamarla por teléfono. La cosa es que después de que SM me soltara su película, creí llegado el momento de hacer mis propias indagaciones:

—Mamá: ¿has hablado últimamente con un tal Robelllades?

—Mmmno.

—¿No ha llamado nadie preguntando por Sebastián?

—No sé... El paranoico de tu padre se pasa las horas en la biblioteca descolgando personalmente todas las llamadas. ¿Ves la lucecita? Lleva así todo el día.

Señalaba al teléfono de la mesita, y se refería a las llamadas a la línea, digamos, social.

—¿Y no has hablado con nadie del asunto que te expliqué de Ibarra?..., aquel señor tan maleducado por culpa del cual está pasando todo esto.

—Con nadie. Sólo con Gonzalito y la señora Mitjans. Y puede que con alguna otra amiga. Pero a tu padre no le he dicho ni una palabra, te lo prometo. Ah, sí: ahora me acuerdo de que llamó alguien preguntando por tu hermano: un señor muy raro...

—Cómo de raro...

—No sé, hijo: raro. Repetía continuamente una muletilla..., no recuerdo cuál pero resultaba de lo más irritante. Me preguntó por Juan Sebastián y le dije que estaba de viaje por el norte.

—¿De viaje por el norte?, ¿nada más?, ¿no mencionaste a Ibarra?

—¿A quién?

—Mamá, por Dios: Ibarra, el maleducado.

—¿Cómo querías que lo mencionara si no recuerdo nunca su nombre?

Bah, tanto daba. Era seguro que parte del informe de Robellades que parecía aludir al asunto Ibarra provenía de SM. Preferí no insistir más en el tema, no fuera que algo se le descuadrase y me viera obligado a improvisar más mentiras.

La siguiente sesión familiar fue con la Beba, en la cocina. En cuanto me vio entrar se limpió las manos en el delantal y me arreó los dos besazos que generalmente no se atreve a darme delante de SM. Estaba a punto de empezar a darle forma de croquetas a la masa que tenía reposando en la galería:

—¿Qu'esperas, pa hablar con tu padre? Anda, vete haciéndome las cloquetas que voy a adelantar lo de tu madre. Ahora namás come pescao medio crudo y yerbas de mar: «largas», dice qué... Mirá tú qué ganas de comer largas habiendo cloquetas. Y sin la chica voy apurada de tiempo...

Me lavé las manos y empecé a formar pequeños cuerpos oblongos con la pasta de besamel y bacalao desmigado. Ni se me ocurrió pensar que quizá era la última vez en mi vida que le hacía las croquetas a la Beba. Ella estuvo trasteando por la nevera y de allí sacó varios pequeños cuencos con algas. Reconocí entre ellas dos del mismo tipo de las que habían acompañado el bogavante en la cena con los Blasco.

—Rediós, que'asco. Ni a los cerdos de mi pueblo les daba yo semejante cochinada. Dime tú si esta mujer no podría comer como to'l mundo... Oye, y a'sos chicos d'afuera tendré qu'haceles algo, ¿no?

Se refería a los gorilas de la puerta.

—No te apures, hacen turnos.

—¿Y si no les toca el turno bien pa cenar?

—Déjalos, Beba, ya s'habrá ocupao mi padre d'ellos.

En este punto, tocada en no sé qué resorte, le dio por ponerse dramática.

—Virgen santísima qué casa. Tú te crees que a mi edad, que tengo ganas d'estar tranquila..., eh, y cómo m'hi de ver, sicuestrada.

—Beba, no exageres.

—Sicuestradas, estamos... Y suerte qu'el chico d'afuera, el grandón, ¿sabes?, mu majico, m'ha bajao a buscar Agua del Carmen...

—Hay qu'echale un poco de paciencia, serán unos días namás.

No le convenció mi intento de minimizar. Frunció los labios mientras dejaba caer montoncitos de algas en una fuente redonda y negó repetidamente con la cabeza:

—No.

—No qué...

—Que'hay algo que m'escama. Y tengo un'amargura... Mira que tu hermano lleva una semana sin venir... ni llamar... ni respirar..., como si se l'hubiera tragao la tierra. Ya te digo yo qu'algo l'ha pasao...

Aquí empezó la llorera. Esta vez no trató siquiera de seguir hablando, apretó los labios y se empeñó en seguir amontonando hierbajos en la fuente hasta que los lagrimones empezaron a rodarle mejilla abajo. Dejé las croquetas, hice gesto de limpiarme vagamente las manos de pasta y le di un achuchón. Ella siguió con un puño en los ojos, sin acabar de encajar en mi abrazo, pero se dejó llevar por el disgusto y descargó.

—Venga, tonta, no llores. No ves que si l'hubiera pasao algo malo ya lo sabrías. Y amás: menudo es Sebastián, con la de yudos y taicondos que sabe... Al que le sople lo estozola.

Nada. Además de empaparme la pechera de la camisa, lo que de verdad necesitaba la Beba en aquel momento era una explicación convincente y tranquilizadora respecto al paradero de *The First*. Y como eso es lo que necesitaba la Beba, eso es lo que le di. Afortunadamente mi inventiva, no siempre brillante, suele portarse bien en las ocasiones críticas.

—Escucha, Beba, no t'asustes. Mira: Sebastián no puede llamar porque está en la cárcel... En prisión preventiva.

Lo solté así: de sopetón: después ya iríamos suavizando. Su primera reacción fue separarse de inmediato de mí, mirarme a los ojos y preguntar muy alarmada qué había pasado. Para cuando yo estaba diciendo que nada, que lo habían retenido por error durante cuarenta y ocho horas y no había podido hacer más que una llamada, ella había tenido tiempo de comprender que al menos estaba entero. Después le fui contando que lo habían detenido en Bilbao, lugar adonde había ido por el asunto Ibarra (le hice cuatro apuntes también del asunto Ibarra), que estaba acusado de espionaje industrial (a ella le sonó a cosa fea pero no tan grave como asesinato o robo), que la acusación no tenía fundamento y que los abogados de SP lo sacarían de allí en un par de días impugnando al juez de instrucción (?). Creo que quedó convencida, aunque tuve que asegurarle que *The First* estaba en una celda para él solo, comía bien, no pasaba ni frío ni calor y que los funcionarios eran agradabilísimos. No se le deshizo el nudo en la garganta, pero al menos imaginarse a *The First* en una bonita cárcel tipo Click de Famóbil no llegaba a ser trágico, por sensible que sea la Beba a cualquier cosa que nos pase. Por supuesto le advertí que tenía que ser discreta, que no queríamos que se enterara SM por no darle un disgusto, y que tampoco tenía que hablarlo con SP porque entonces él sabría que yo había contravenido sus instrucciones de no contar nada.

Etcétera.

Para cuando entró SM en la cocina, a la Beba se le había pasado el disgusto, se había lavado la cara de lagrimones y habíamos vuelto ya a las croquetas.

—Pablo José, hijo ¿qué haces aquí? Pensaba que estabas en la biblioteca con tu padre... Eusebia: ¿has preparado la ensalada de algas?

—No. Y sabe qué le digo: que el que quiera comer largas se las prepare. Hala a cascala.

La última sesión fue con mi Señor Padre, en la biblioteca. Me lo encontré en su salsa: la blanquísima camisa arremangada, la corbata floja, el puro mediado en la boca y sin muletas ni escayolas a la vista. Volvía a ser el de siempre: esa difícil síntesis entre Winston Churchill y Jesús Gil. Hablaba por teléfono sentado a su abigarrada mesa de despacho: retratos familiares (también estoy yo, en pleno acto de recibir una hostia consagrada con cara de aprensión caníbal), un juego de escritorio de cuero azul; facturas, recibos, informes, catálogos, tarjetas... Ni rastro de ordenador, solo una máquina de escribir sobre un carrito con ruedas: Continental: teclas de nácar, caja esmaltada en negro y cenefas vegetales en dorado; si la ve el señor Microsoft le da una lipotimia.

Eso sí: el teléfono era moderno.

—... no te apures, Santiago, lo comprendo... No, es igual... De todas maneras diles que estén atentos a la denuncia, voy a hacer que me la tramiten ahora mismo... Sí... Oye, te dejo que tengo una visita.

La visita era yo, naturalmente. A su gesto me senté en una de las dos butacas enfrentadas a su sillón de cuero giratorio y quedé cara a cara con el General Descamisado.

—Llevo dos horas tratando de conseguir que me controlen las salidas del país por carretera y ahora me viene Santiaguito con que no se puede implicar a agentes de uniforme si no hay denuncia previa. No sé por qué me parece que a este pájaro se le va a terminar el alpiste. En fin... Quiero que te traslades aquí durante unos días. Gloria y los niños también. Es más fácil proteger una sola casa que tres. Esto va a ser un búnker.

No me molesté en oponerme verbalmente. Si no te conviene lo que él ha decidido por ti no sirve de nada discutir, es la guerra. Y ese día lo creí perfectamente capaz de hacerme inmovilizar por cuatro gorilas y retenerme en su casa tanto tiempo como le pareciera oportuno. Una vez fracasados los recursos diplomáticos a lo Churchill, SP supera con creces la fase Gil e ingresa directamente en la tipología Corleone.

—¿Sabes algo sobre el accidente de Robellades? —pregunté, no sólo por ir desviando la atención sino también porque me interesaba saber del asunto.

—Que no es un accidente normal. Para empezar, el conductor no había bebido una gota de alcohol ni tomado ninguna droga detectable en la autopsia. Iba solo, así que ni estaba excitado por ninguna discusión ni trataba de impresionar a ningún amigo... o amiga. No ha presentado ningún parte de accidente en los últimos cinco años y ni de lejos da el perfil de andar haciendo carreras con otro coche a medianoche.

—Eso quizá sí: al fin y al cabo era detective privado...

—Los detectives privados no conducen a cien kilómetros por hora por delante de un coche que los persigue en pleno barrio de Les Corts. Generalmente los que persiguen son ellos. Y procuran ser discretos.

—De no ser que el perseguido consiga invertir los papeles.

—De eso se trata. Parece razonable pensar que terminó huyendo de alguien a quien en principio seguía. Y en la huida se cayó al hueco del parquin.

—Pero el otro coche le dio un golpe con el morro ¿no?

—¿Cómo lo sabes?

—Tengo mis recursos.

—El golpe se lo dio un coche rojo, un Ibiza del 97, lo sabemos por los restos de pintura. Iban más o menos a la misma velocidad. Lo más probable es que fuera un choque accidental al abrirse demasiado en la curva. Quizá los del Ibiza trataban de cerrarle el paso, o querían obligarlo a parar, pero no es verosímil que el golpe estuviera calculado para hacerle caer. Digamos que no se puede hablar de asesinato, pero al menos sí de homicidio. Suficiente como para andarse con pies de plomo.

—¿Ese Ibiza puede ser el mismo que te atropelló a ti?

Asintió pero sin mucha convicción y se quedó mirando al techo pensativo. Se me ocurrió, en un momento de debilidad, contarle todo lo relacionado con la casa de Guillamet y ver qué le parecía. Pero no iba a echar por la borda treinta y tantos años de lucha por la independencia justo entonces, cuando el canguelí empezaba a estorbarme en la garganta. «En el 15 de Guillamet me meto yo solito —pensé—, con un par de cojones.» Quizá después de todo mi Señora Madre tenía razón y se había pasado la vida rodeada de mulas tercas. Pero es que, en efecto, los juncos no se quiebran al viento, pero tampoco se quiebran los adoquines.

—Le he dicho a Eusebia que Sebastián está en la cárcel. No he tenido más remedio que inventar algo... —dije al fin, para no sucumbir a la tentación de sincerarme. Fue suficiente para que el General Descamisado dejara de observar el techo y empleara toda la mirada en taladrarme:

—¿Pero a tu madre no le contaste otra cosa?

—Sí, pero si llegaran a hablar del tema, las dos versiones son compatibles. Y a la Beba tenía que contarle algo más dramático que a mamá, no sé...

—Pablo, sabes que se pilla antes a un embustero que a un cojo...

—Papá, joder, que tú también las tienes engañadas...

—Yo no las engaño, me limito a no informarles. Y haz el favor de cuidar tu lenguaje.

—Vale, no discutamos: te lo digo para que lo sepas.

Pausa.

—Bueno, ¿necesitas algo de tu casa? —preguntó.

—Algo para qué...

—Quiero que te traslades aquí esta misma noche. ¿No necesitas una muda, o un cepillo de dientes? Puedo enviar a alguien a buscarlo. Supongo que resistirás una noche entera sin emborracharte, y si no, encontrarás suficiente alcohol en el bar del salón. Siento no poder ofrecerte ningún otro estupefaciente.

No hice caso a la andanada y le seguí la corriente:

—Tendría que pasar yo mismo por casa. Y necesito al menos un par de horas.

—¿Un par de horas para recoger una muda? Sólo tengo que hacer una llamada y tendrás aquí lo que quieras en diez minutos.

—No. Tengo que ir yo.

—Ah ¿sí: por qué?

Joder: siempre tengo que andar inventando excusas.

—Papá: hay cosas que nadie puede hacer por uno mismo...

—¿Como buscar unos calzoncillos en el segundo cajón de la cómoda?

—Como explicarle a la mujer que te espera que no vas a poder verla en unos días porque tienes que esconderte en un búnker.

Pausa. Duda. ¿Sospechaba acaso que lo estaba engañando?

—Pues procura no darle muchas explicaciones, cuanto menos sepa de todo este asunto mejor para ella.

—No te preocupes, va a ser casi todo lenguaje gestual.

—Oye, Pablo, no me gustan ese tipo de procacidades cuando se habla de una dama con la que se mantienen relaciones. Ni siquiera en una taberna, y menos aún en mi casa. ¿O es que estás perdiendo los pocos modales que conseguí inculcarte?

—Me queda algún resabio.

—Si te quedara no andarías con una mujer casada que vive con su marido. Y menos aún te pasearías con ella por su barrio. Le estás faltando al respeto a ese hombre y te estás faltando al respeto a ti mismo. Procura al menos no faltárselo también a ella, así que mide bien tus expresiones al mencionarla, al menos en mi presencia.

Miento como los ángeles, me está mal el decirlo. Una cita, una obligación galante es de las pocas cosas por las que el Venerable Maestro cree que merece la pena arriesgar la vida: cuestión de honor. Pero me acompañó la suerte, porque tomó mi simple mención a una mujer con un encuentro de amantes con la Fina. Sin duda López le había informado de nuestras correrías por el barrio y su imaginación había hecho el resto. Total: excusa redonda para escaquearme durante un buen rato. En realidad, en caso necesario, la excusa podía cubrirme durante toda la noche.

Desalojé de allí inmediatamente, sin siquiera despedirme de SM y la Beba puesto que se suponía había de volver en un par de horas.

Tomé otro taxi de vuelta a casa. En el último momento le pedí al conductor que me dejara en Travessera, a la altura de los jardines privados. Ni López ni el Antoñito se esperaban la parada, me di cuenta de que el Kadett pasaba de largo y se detenía una manzana más allá al darse cuenta de que me apeaba del taxi. Caminé hacia atrás hasta el túnel que atraviesa el edificio y da a los jardines interiores. Costó un poco identificar al Nico entre el grupito que ocupaba uno de los bancos más recónditos.

Todo el mundo escondió las manos y puso cara de buen chico hasta que el Nico dio señales de conocerme y cada cual volvió a consumir su droga favorita.

—Qué quieres, picha.

—Un poco de farlopita, si tienes.

—Chachi, ¿cuánto quieres?

—¿Cuánto tienes?

—Hombre..., no sé... Si me acompañas abajo te puedo pasar lo que quieras. Tengo cuatro gramitos.

—Vale, me llevo los cuatro.

Al Nico debió parecerle una venta demasiado fácil y se sintió obligado a especificar el precio:

—Son cuarenta napos, precio especial...

—No problemo. Y pásame también diez taleguitos de costo, así redondeamos cincuenta papeles.

—Joder, nen, vas fuerte... ¿Has atracao un banco?

—He ganado un concurso de belleza.

—Ya ves, nunca se sabe cómo va a ganarse uno la vida... Vente conmigo, tengo el material en el parquin.

Nos fuimos por el caminito hacia las escaleras que parecían hundirse hacia el subsuelo del parque. Ante la puerta metálica que apareció al final retiró un cartoncito doblado que impedía actuar a la cerradura y accedimos a una caja de escaleras interior. Después bajamos medio piso más, atravesamos otra puerta intervenida, y desembocamos en un parquin enorme. Llegados ante un Corsa amarillento de los de la primera época, el Nico buscó a tientas en una repisa que formaba el muro y sacó cuatro paquetitos blancos. Me los dio con un gesto discreto que no tenía mucho sentido allí abajo.

—Está de puta madre: sin cortar.

—No te esfuerces, me conformaré con que la mezcla no sea letal. ¿Y el chocolate?

Buscó un par de metros más allá en la misma repisa y sacó una pieza en forma de tacón de zapato.

—Na más tengo cinco.

Saqué el fajo de billetes y le di cinco de diez. Él hizo gesto de ir a devolverme las cinco mil de cambio, pero lo detuve:

—Bote: pa que te portes bien cuando me lleguen las vacas flacas.

Si llego a saber que quizá era la última vez que veía al Nico le hubiera dado toda la billetada, pero no lo sabía.

Me encaminé a casa saliendo por la puerta del parquin que daba a la parte baja de los jardines, se podía abrir desde dentro y me evitó el rodeo por el parque.

Apenas me había metido una primera raya sonó el teléfono. Era John. No se molestó en saludar, se fue directo a la impertinencia.

Traduzco:

—¿Se puede saber en qué antro te has estado metiendo, pedazo de cabrón? Acabo de hablar por teléfono con Günter y me ha dicho que están reformateando todos los discos duros del local.

—¿Y...?

—Cómo que «y»: que los de la dirección que les diste les han endiñao un virus del copón.

—¿Qué?

—Un virus, joder, ¿no sabes lo que es un virus o estás idiota? Han tratado de conectar vía FTP para colar un *sniffer* en el servidor y resulta que se les ha vuelto loco y les ha llegado devuelto en forma de no sé qué cosa agresiva que a poco se les come el culo. Un *Scheusal*, dice Günter: un ogro, lo han bautizado así. Se ha extendido por todos los equipos que estaban funcionando en red local: están reformateándolo todo.

—¿Pero se supone que los expertos en virus son ellos, no?

—Pues están alucinando, colega. Se ve que las impresoras han empezado a funcionar todas a la vez, ¿sabes?, clong-clong, ffffff: un folio tras otro con una especie de maldición escrita en grande. Y sonaba también por los altavoces a toda leche: una voz que retumbaba... Dice Günter que se han acojonado tanto que han cortado la corriente eléctrica. Y lo bueno es que al reinicializarse los equipos todo ha vuelto a funcionar normalmente: no han encontrado rastros en los discos ni alteraciones en los archivos. Nada. Pero no se fían, igual la cosa esa resucita y les lía la tangana otra vez.

Hasta el propio John parecía excitado con el relato de una escena que no había presenciado.

—¿Te ha dicho Günter qué maldición era ésa que se imprimía?

—Sí, me la ha enviado por mail. Te la leo: «Pobre del que se aproxime con intenciones impuras. Aunque jamás llegará al corazón de Worm, será perseguido».

—Me la conozco...

—¿Que te la conoces?, pues podías haber avisado...

—Oye, dile a Günter que lo siento mucho, no pensaba que pudiera pasarles nada malo.

—No, si él está encantado. Van a conservar al ogro en uno de los ordenadores y tratarán de estudiarlo. Están como si hubieran atrapado al genio en su lámpara, ¿sabes? Dice que tiene no sé qué cosa que lo hace diferente a los demás virus conocidos.

No hay mal que por bien no venga, pensé. Pero la noticia me había dejado sin ganas de inventar más historias para John. Tuve incluso que fingir que llamaban a la puerta para poder dejar un momento el teléfono y volver al auricular diciendo que tenía que colgar inmediatamente porque el vecino de arriba tenía un escape de agua. «A ver si ha sido el ogro», dijo.

Lo único razonable era meterse un par de rayas más y liar una cebolleta. Un *Scheusal*, menuda ocurrencia. Me imaginé a mi Estupendo Hermano atrapado en una jaula colgada del techo ante las botazas gigantescas de un energúmeno sentado con los pies sobre la mesa. Creo que en ese momento, bajo la ducha, me di cuenta de lo que estaba a punto de hacer. Lunes 22 de junio a medianoche: ésa era la fecha que aparecía junto a la dirección de Guillamet rodeada por un circulito a lápiz. Y tarde o temprano hay que meterse en la Estrella de la Muerte.

El cuarto de hora siguiente pasó como un relámpago, quizá la mezcla de cocaína, hachís, el cuarto de la botella de Cardhu de la Fina que apuré y varios días de no dormir bien tuviera algo que ver. Estaba completamente despierto, atento, pero la vida era sueño. Me llegué a Jaume Guillamet y me aposté tras un camión aparcado, frente a la puerta del jardincillo. A partir de las doce (supuse que eran las doce) empezó la procesión. Llegaba un tío (o una tía, gente de distinta apariencia y edad, pero siempre solos), tomaba el trapito rojo del poste de electricidad, llamaba al timbre, se abría la puerta, el tipo entraba, a los diez segundos el calvorota de la bata marrón salía brevemente a dejar de nuevo el trapito rojo atado al poste; así cuatro o cinco veces, a intervalos de cinco minutos.

Estaba alucinando tanto que no reparé en dos tipos que salían de un coche aparcado cerrándome la salida hacia la calzada, entre el camión que me servía de parapeto y la furgoneta inmediata. El coche no era un Ibiza rojo sino un Peugeot azul marino, pero la mirada de los tipos era inequívoca: jaleo seguro. Fue el de la derecha el que me cerró la huida más directa por la acera hacia Travessera, paraíso de luz y tráfico, así que me erguí todo lo que pude y me encaré a él metiendo una mano en el bolsillo:

—Tú, milhombres: me vas a dejar pasar por las buenas o te voy a tener que soltar un par de hostias.

En un principio creí que el movimiento que inició era para apartarse y pensé, en una fracción de segundo, en la desventaja que me daba pasar junto a él y ofrecerle la espalda. Pero no hubo problema porque el movimiento que inició no era para apartarse: fue un paso atrás para convertir su pierna derecha en una catapulta de siete muelles y dispararme al careto un mocasín del 45, con su pie correspondiente dándole cuerpo.

Lo siguiente que recuerdo es que el embaldosado de la acera de Jaume Guillamet tiene el drenaje en forma de margarita de cuatro pétalos. Y está lleno de polvo, un polvo brillante, como motitas tililantes de purpurina.

El caniche de porcelana

De adolescente leí un cuento de Cortazar que se llamaba *La noche boca arriba* (y me figuro que todavía se llama así). Va de un tío que se supone está delirando de fiebre en un hospital, a ratos despierto y a ratos soñando que una tribu chunga lo captura con intención de ofrecerlo en sacrificio a su dios. Total: después de unos cuantos trucos para despistar al lector (esas cosas que hacía Cortazar), resulta que lo del hospital era el sueño y la realidad a la que termina despertando es el sacrificio ritual y la tribu chunga. Bueno, pues algo parecido me pasó a mí esa noche. Cuando recuperaba un resquicio de conciencia me sentía suspendido por pies y manos, trasladado, depositado, vuelto a trasladar, y al perderla de nuevo soñaba que había llegado a mi cama borracho y el colchón se balanceaba como acostumbra. Las dos cosas resultaban igualmente desagradables, estaban asociadas a un malestar intenso, mareo, náuseas, pero era desde luego mucho más verosímil el sueño que la realidad. Cuando al fin noté que me dejaban caer sobre algo blando (en la realidad que yo tomaba por sueño), noté un pinchazo en el brazo y al poco un descanso total terminó con todos mis males. Nada más hasta que desperté con la cabeza hecha una sopa de clavos.

Al abrir los ojos y tratar de incorporarme, la sopa de clavos se convirtió de pronto en un mazazo en la mitad izquierda de la cabeza. Volví a echarme, lentamente, con los ojos heridos por un fogonazo y los músculos faciales contraídos en un intento de amortiguar los botes que me daba el cerebro. Mucho peor que cualquier resaca que hubiera tenido nunca. Pero poco a poco el fogonazo terminó siendo un simple fluorescente amarillento encendido sobre un espejo en la pared de enfrente, y empecé a comprender que el dolor de cabeza tenía mucho que ver con cierta tumefacción de mi sien izquierda. Tardé unos minutos en ver con relativa comodidad y poder incorporarme en la cama. Estaba vestido, pero alguien me había quitado los zapatos y desabrochado el cinturón y los pantalones, y también mi camisa había sido desabotonada hasta medio pecho. No tenía más dolor externo que el que procedía del golpe en la cabeza: me palpé cuidadosamente el cuerpo y sólo encontré leves molestias y algún arañazo en las muñecas.

Tuve ganas de mirarme en aquel espejo de la pared y ver qué aspecto tenía, pero me lo tomé con calma. De momento le eché un vistazo a la habitación girando un poco el cuello para ver lo que quedaba a mi espalda. Nada espectacular: una cama antigua de hospital, mesita alta a la derecha, un par de sillas de escái verde, una camilla, un biombo blanco plegado, el espejo con un estante y un lavamanos debajo, y una puerta de acceso traspasada por una ventanita cuadrada a la altura de la vista. Sobre la mesita alta estaba mi cartera, las llaves de casa, las de Bagheera, tabaco, encendedor, un montón de dinero, un tacón de zapato y tres papelitos blancos que parecían contener algo entre sus dobleces. ¿Dónde había visto yo un tacón de zapato como ése? En el parquin de los jardines privados, en manos del Nico. A partir de este punto empecé a reconstruir pasito a paso mi última hora de vigilia, antes de encontrarme con un Sebago acercándose a mi ojo izquierdo a velocidad Mach 4. No sabía cuánto tiempo había pasado desde entonces. El recuerdo era como el que deja algo ocurrido dos o tres días antes, pero no podía hacer tanto: me pasé una mano por el mentón y me calculé barba de un día. Perdí el conocimiento a medianoche del lunes, eso quería decir que debía de ser martes, probablemente por la mañana.

Martes veintitrés de junio, víspera de San Juan. Menuda verbena.

Me levanté. Estaba entumecido y me dolía horrores el cabezón, pero podía caminar. El efecto de la patada visto en el espejo era menos espectacular que lo que el dolor hacía prever: un simple chichón enrojecido que me ensanchaba un poco el careto hacia la izquierda. Una vez comprobado que conservaba bastante bien la integridad física, me interesó la ventanita de la puerta, que prometía dejar ver algo de lo que hubiera al otro lado. Pero no: daba a un corredor sin ventanas que se extendía a derecha e izquierda hasta más allá de lo que yo podía escorzar la mirada. El picaporte no tenía orificio para la llave y probé a girarlo; cedió, pero la puerta estaba cerrada por fuera. Pensé en vocear, golpear la puerta, no sé, llamar la atención de quien pudiera oírme desde afuera, pero decidí tomarme antes quince segundos de reflexión. Mi cartera, y con ella mi documentación, estaba conmigo. En mi carné de identidad caducado todavía constaba la dirección de mis Estupendos Padres, así que, si alguien de buena fe hubiera dado conmigo en la acera de la calle Guillamet, ahora estaría en la suit imperial de una clínica de lujo y SM me hubiera traído bombones de alga confitada. La posibilidad de que estuviera en un hospital público quedaba también descartada: ni siquiera en los hospitales públicos hay habitaciones así de cutres, ni está todo tan silencioso y solitario, y mucho menos encierran a los contusos con su tabaco y su cocaína. O sea: mal rollo. Pero después de pensar un poco más me di cuenta de que el panorama era todavía peor. Si las dos hienas que me soltaron el zapatazo me habían puesto en manos de algún desaprensivo, ¿entonces por qué razón López no había avisado a SP? Era obvio que no lo había hecho, de lo contrario mi Señor Padre habría usado el teléfono rojo y un comando de marines habría llegado ya a rescatarme en un F15 con mueble bar.

Traté de recordar la última vez que había visto el Kadett blanco de mis Ángeles de la Guarda. Caí enseguida: en Travessera, una manzana más allá de donde paró mi taxi, justo un poco antes de meterme en el laberinto del parquin con el Nico. Ahí me habían perdido el rastro.

Y ahora estaba solo.

Por mi mala cabeza.

Y por gilipollas.

¿Plan de acción?

No me quedó más remedio que hacer un brainstorm arrejuntando retazos de películas de acción, la poca instrucción de combate que me dejé enseñar en la mili y todos los trucos de Buggs Bunny que pude recordar. Cinco minutos después, tenía ya una estupenda estrategia de Perrito Piloto. Lo primero era recuperar un poco la forma física y psicológica. Para empezar me estaba meando, bajo el dolor principal en el tarro detecté una molestia intensa en la vejiga.

Oriné en el lavamanos y al terminar el mundo fue un poco más cómodo. Después bebí agua a sorbitos cortos y me lavé la cara con agua abundante. Luego puse a prueba el poder analgésico de la cocaína y me metí un buen soplo abandonándome a la sugestión de estar sorbiendo una panacea. Acto seguido procuré borrar las huellas de mi puesta a punto: sequé las gotas más visibles en el lavamanos, recoloqué bien la toalla en su sitio, situé la papelina de coca en la misma posición en que la había encontrado... La estrategia, si alguien entraba, era fingir que seguía dormido y tener así oportunidad de sorprenderlo. Pero supuse que antes de que eso ocurriera oiría pasos por el corredor, de modo que me permití quedarme de pie y hacer algún ejercicio moderado para desentumecerme, ese tipo de cosas que hace la gente sana en las películas. Al principio me limité a ensayar medios molinetes con los brazos, nada que implicara movimientos bruscos de cabeza, pero la coca fue surtiendo efecto y pude ir probando estiramientos más radicales. No me había puesto los zapatos (lo hubiera hecho pero tampoco encajaba en el plan) y se me ocurrió mirar si las plantas de mis calcetines negros no se habrían ensuciado al caminar descalzo. Estirado en la cama las plantas de mis pies iban a ser visibles para cualquiera que entrara, y tenerlas sucias podía evidenciar mis maquinaciones. Pensé en ponerme los calcetines al revés para hacer los ejercicios, o quizá girarlos hasta hacer coincidir el talón del calcetín con el empeine del pie (lo que ofrecía la ventaja de permitir ser restituidos a su posición correcta con mayor rapidez)... Pero un examen rápido de mis plantas reveló que no hacía falta. Generalmente me jode mucho haber hecho una buena observación y que después no sirva para nada, pero como estaba decidido a inundarme de energía positiva me di una palmadita mental en el hombro y procuré que aquella atención al detalle que había demostrado contribuyera al menos a subirme la moral.

Para cuando oí voces lejanas, llaves, pasos, y me estiré de costado en la cama fingiendo dormir, mi estado era ya razonablemente bueno. Y justo entonces caí en la cuenta de que, en vez de hacer el gilipollas con los calcetines, podría haber aprovechado el tiempo para improvisar alguna arma contundente. Lamentablemente tengo mentalidad de Maguila Gorila, no de Terminator.

Los pasos se detuvieron frente a la puerta. Me pareció distinguir al menos tres pares de zapatos.

—Menudo ejemplar, ¿eh?

Oí que decía una voz desde el otro lado. Imaginé que pertenecía a alguien que miraba por la ventanilla de la puerta.

—No me hables: entre cinco guardias no podían traerlo, hubo que arrastrarlo sobre una manta.

—¿No lo dormisteis?

—Le inyectaron un somnífero en la calle, pero a los dos minutos ya se movía... Tuve que suministrarle otra dosis para que dejara de gruñir y dar manotazos.

—Pues como sea igual de tozudo que el hermano va a dar trabajo... ¿No os habréis pasado con las inyecciones?, lleva doce horas durmiendo...

—No, ya se ha despertado. Mira: se ha abrochado los pantalones.

Tuve que dejar enseguida de insultarme mentalmente porque uno de los tipos empezó a dar golpetazos en la puerta:

—¡Eh, amigo, hora de despertar! ¡Vamos!

Con la bulla que armó no hubo manera de fingir que no me enteraba. Primero me removí sólo un poco, pero el tío siguió dale que te pego (pom-pom, «¡Eo!») y tuve que fingir un movimiento de sobresalto abriendo los ojos. Inmediatamente me puse a hacer muecas de sufrimiento, más o menos lo mismo que al despertar de verdad pero exagerando un punto.

—Abra los ojos despacio. Eso es. Hágase visera con la mano. ¿Puede hablar?

Supuse que sí, pero me pareció más conveniente hacer sólo ruiditos guturales. Se aventuraron al fin a abrir la puerta y entraron los dos notas que había oído hablar, uno calvo y otro delgado, pero los dos con bata blanca, debían de ser al menos veterinarios. Parecían poquita cosa, pero al otro lado del quicio distinguí a otros dos tipos con mono azul, botas, y un ancho cinto del que pendía porra y pistola, y éstos eran de tamaño natural. Seguí haciéndome el enfermísimo y uno de los veterinarios, el calvo, me acercó un poco de agua en el vaso que había visto en la repisa del lavamanos. Les interesaba mucho saber si me encontraba mejor, si quería más agua, si era alérgico a no sé qué cosa... Pronuncié varios síes y noes con voz de pollito y me dejé asistir.

—¿Dónde estoy? —dije, en plan película de Jichcot.

—Tranquilícese, respire hondo. Tómese unos minutos y en cuanto se encuentre mejor y pueda andar le acompañaremos a otro lugar donde alguien le explicará.

Fingir que no podía caminar con normalidad era fundamental, así que me inventé un intenso dolor de tobillo que me impedía apoyar el pie en el suelo. El calvo me quitó el calcetín y me toqueteó desde el empeine hasta la espinilla con ese aire de importancia que se dan los veterinarios de persona.

—¿Le duele?

«No... Sí... Ahhh, ahí». Hice gesto de querer ponerme los zapatos y el tío dijo que era mejor ir descalzo hasta que el tobillo me volviera a su lugar. No me convenía renunciar a mis zapatos, pero tampoco era prudente insistir en ponérmelos. Con mucho esfuerzo me levanté a la pata coja y apuntalé sesenta kilos de Pablo en el veterinario delgado. Uno de los dos tipos armados se decidió entonces a entrar en la habitación, nada menos que con intención de ponerme unas esposas. Empecé a balbucear protestas, «¿por qué?», «dónde estoy», etcétera, y monté el paripé de querer desembarazarme violentamente. Lo hice con torpeza tan bien imitada que casi me llevo por delante el biombo y caigo con él; suerte que me sujetaron entre los tres.

—Déjelo, guardia, no es necesario que le ponga las esposas. Recoja sus efectos personales —dijo el calvo.

El guardia improvisó un hatillo con el mismo mantelito blanco que cubría la mesita donde estaban mis cosas, y recogió también mis zapatos. Cuando salimos de la habitación, siempre apuntalado en el esternocleido-tal del veterinario delgado, aproveché para inspeccionar el pasillo a derecha e izquierda. En el primer sentido se sucedían las puertas hasta terminar en unas escaleras que descendían; en el segundo se interrumpía veinte metros más allá, en una puerta de rejas junto a la que otro guardia se sentaba a una mesa de despacho. Hacia él fuimos, y al vernos se apresuró a abrir la puerta con una llave que llevaba colgada de una cadenita. En ese momento, el veterinario-muleta y yo caminábamos delante; tras de nosotros iba el guardia con las manos ocupadas por el hatillo blanco y mis zapatos; después venía el veterinario calvo y, por último, el segundo de los guardias.

Supe que mi momento había llegado cuando alcanzamos el umbral de la puerta de rejas. Es difícil explicar lo que hice entonces. Justo en el quicio murmuré algo y me volví lentamente haciendo girar conmigo al veterinario-muleta, como si quisiera preguntarle algo al guardia que iba detrás. Al quedar frente a él puse cara de asustarme mucho al ver su cara y él, pobre, se asustó tanto de ver que yo me asustaba que dio un respingo. Entonces fui rápido: alargué la mano y le arrebaté el hatillo con la izquierda, casi simultáneamente enrosqué el brazo derecho alrededor del cuello del veterinario-muleta y, cuando se dobló sobre sí mismo tratando de conservar la cabeza unida al tronco, le di un toque de 150 newtons por segundo cuadrado en dirección al guardia. Este, de rebote, chocó contra el veterinario calvo que venía detrás y el resto tengo que imaginarlo porque no vi más: los dejé allí dando voces y arranqué a correr cruzando la puerta.

Doblé el recodo que venía después, seguí corriendo todo lo que se puede correr en calcetines sobre un piso de gres, medié la continuación del pasillo hasta encontrar una caja de escaleras sin iluminar, elegí el tramo que subía, me tragué los escalones de tres en tres y, dos pisos más arriba, tratando de no resoplar muy fuerte, me paré a escuchar. Los guardias llegaban al arranque de la escalera («por la escalera», dijo uno), pero para entonces yo ya había metido la mano en el hatillo, revuelto en él a ciegas en busca de la pieza de costo y, no sin antes darle un mordisco para salvar un cacho, lancé el resto con fuerza hacia abajo, por el hueco de la escalera.

Hubo suerte y el golpe de la pieza sonó un par de pisos por debajo de donde estaban los guardias: inmediatamente oí sus botas bajando en busca de aquel fantasma y yo seguí subiendo: subiendo y subiendo en la oscuridad, quizá seis o siete plantas que superé desestimando las puertas dobles que me iba encontrando hasta que, en el último rellano, no tuve más remedio que elegir la que se me ofreció y meterme en un lugar tan oscuro que sólo pude intuir, quizá por el eco de los sonidos que yo mismo producía, un espacio enorme y vacío por el que seguí avanzando pegado a la pared.

Alcanzado el rincón que formaba esa pared con su perpendicular, me dejé caer en el suelo para recuperar el resuello. Por unos segundos todo yo fui sólo corazón y pulmones pugnando por ver quién sonaba más fuerte. Después empecé a notar el escozor del sudor en los ojos y, de nuevo, el dolor de cabeza pulsátil. No se veía un pijo; olía a humedad, a cartón, no sé: diría que olía a animales disecados, pero no por semejanza con los efluvios de algún producto relacionado con la taxidermia, sino por semejanza con las palabras «animales disecados», y ya sé que es una comparación difícil de entender pero también es difícil de entender la relatividad del tiempo y todo el mundo se la traga. No había oído alarmas ni nada parecido, y confié en que quizá los guardias se entretuvieran buscando planta por planta hasta llegar arriba, pero en cualquier caso había que espabilar. Me saqué de la boca el trozo de chocolate que había logrado arrancarle a la pieza del Nico y me lo metí en el bolsillo de la camisa. Deshice el hatillo y distribuí también su contenido por los pantalones.

De paso aspiré un poco de farlopa con la nariz pegada a la papelina y me apliqué una mezcla de saliva y polvo sobre la sien en la esperanza de que la cocaína tuviera algún efecto tópico. Después me até el mantelito blanco a la cintura por si podía servirme más adelante y empecé a sentirme como en una de esas aventuras de Roger Wilco en las que nunca sabes qué coño vas a necesitar en la próxima pantalla.

A unos diez metros de mí, resplandecía una tenue línea de luz a la altura del suelo, como la que escapa por la rendija de una puerta cerrada. Encendí el mechero y avancé un poco. Efectivamente, una puerta cerrada. La abrí sin pensármelo mucho: era un pequeño aseo con aspecto de no haber sido usado en años, débilmente iluminado por el resplandor que provenía de un ventanuco. Volví a salir y seguí usando el mechero para alumbrarme. El local era amplio y diáfano, como el de unas oficinas, pero sin mesas ni ordenadores: sólo polvo. En una de las paredes encontré otra puerta, una de esas cortafuegos. Presioné la barra horizontal que la recorría y se abrió. Más allá, atravesado un muro grosísimo, me encontré a la luz del mechero en una habitación también vacía, pero mucho más pequeña. Estaba decorada con papel pintado de estampado inglés; la distribución de los enchufes, ciertas marcas en el suelo, zonas donde el papel cambiaba sutilmente de tono, me revelaron que aquello había sido un dormitorio. De ahí pasé a un corredor y enseguida comprendí que me hallaba en una vieja vivienda abandonada a la que habían tapiado las ventanas. Y todo eso pertenecía a otro edificio, no había duda.

De ese segundo pasé a un tercero, y del tercero a un cuarto.

En fin: tratar de describir un laberinto es como tratar de fotografiar a un fantasma. Y en realidad aquello tampoco era un verdadero laberinto, era una alambicada unión de edificios que a ratos daba el pego, nadie lo había planeado para confundir al transeúnte. Aun así, lo desconcertante de un laberinto no es su complicación geométrica, sino la experiencia que induce, y aquella oscuridad interminable inducía de lo lindo. Tuve que recurrir a todo mi aplomo para no sucumbir al terror y extraviarme. Lo que sí perdí fue la noción del tiempo, de modo que no sé cuánto duró mi deambular por locales, viviendas, y escaleras de vecinos sumidas en una eterna noche artificial. El olor a animales disecados persistía: era el olor del abandono, del aire olvidado. Todo lo que encontré aquí y allá fue algún mueble desvencijado en medio de una habitación vacía, o pequeños objetos no por corrientes menos inquietantes: un caniche de porcelana azul abandonado sobre un estante de formica, un calendario del año 83 con foto de paisaje suizo, restos de un póster de Bruce Springsteen en un dormitorio, un rollo de papel higiénico y un cepillo de dientes infantil en un lavabo tomado por las arañas: piezas olvidadas que inspiraban esa congoja de los objetos recuperados de un remoto naufragio. Acordándome de las *quest* para ordenador, recopilé el caniche de porcelana y el cepillo de dientes; el uno no dejaba de ser un objeto arrojadizo contundente, además de proporcionar pedazos de aristas cortantes al romperse, y el cepillo de dientes tenía también un nosequé de herramienta útil. En eso estaba cuando oí un estruendo que hizo vibrar el aire aprisionado. Curiosamente no me asusté; al contrario: comprendí inmediatamente que era un petardo: un bendito petardo que me devolvía a la realidad de que había un lugar, sólo un poco mas allá de las paredes que me rodeaban, donde se preparaba la verbena de San Juan, y al menos supe que seguía en Barcelona.

Resolví no tentar más a la suerte y volver al edificio en que había iniciado el recorrido: no sólo porque era poco probable que los guardias que andaban buscándome se concentraran justamente en el lugar del que había escapado, sino porque el aseo de aquella primera oficina era la única entrada de luz natural que había visto en toda la exploración. También recordé la mención a mi Estupendo Hermano que hizo el veterinario. *The First* no debía de andar muy lejos, no era plausible que quienquiera que estuviera al mando de aquella locura desperdigara a sus prisioneros por todo el laberinto, seguramente aquella planta en la que había despertado constituía algo así como los calabozos de la organización, o la secta, o lo que quiera que formara aquella gentuza.

Una vez llegué al aseo me asomé al ventanuco. Hacia abajo, el hueco de ventilación se oscurecía y apenas dejaba adivinar un fondo negro. Hacia arriba mostraba la luz del cielo tamizada por una claraboya verde. Además de agorafobia, misantropía y aversión a las gallinas, estoy también afectado de un vértigo considerable, pero la necesidad de salir al exterior fue por un momento tan fuerte que me planteé trepar hasta aquella luz glauca. Sin embargo, ese hueco de ventilación debía de pasar probablemente cerca de la zona de calabozos (llamémosla así), bastaba imaginar el esquema de mi desplazamiento en la huida para confirmarlo. Y aceptado esto, quizá lo más sensato no fuera subir por el hueco hacia la azotea, sino bajar por él hasta la planta adecuada y tratar de encontrar a *The First*. Después de todo, lo mío podía considerarse no sólo una huida sino también un rescate. Además, el descenso ofrecía una gruesa tubería de uralita como punto de apoyo, ventaja que no tenía el ascenso. Era impensable bajar seis pisos aferrado a ella, pero quizá pudiera aproximarme varias plantas por las escaleras y salvar el último piso (incluso los dos últimos) a través del respiradero. La pregunta ahora era cuántas plantas por debajo de mi estaban vacías y, por tanto, hasta cuál de ellas tenía acceso al aseo correspondiente sin que nadie me viera.

Sólo había una manera de responder a aquella pregunta: probar a ir bajando. Primero me acerqué con mil precauciones a la caja de escaleras por las que había subido huyendo de los guardias. El silencio era absoluto. La oscuridad también. Me asomé al hueco central y vi luz eléctrica en la planta más baja. Me atreví a bajar un piso; seguí atisbando por el hueco; apliqué el oído a la puerta doble que daba acceso al local de esa planta y no oí nada; abrí una rendija y miré: todo oscuro, como arriba. Eso me animó y bajé una planta más. Y otra y otra: así hasta el nivel inmediato al de la puerta de rejas que daba al corredor de las puertas. Todo permanecía quieto, sólo se oía un «zzzzzz», zumbido de fluorescentes. Esta vez con sigilo reforzado, abrí la puerta del local que quedaba justo encima de la zona de calabozos.

Lo que vi no brindó ninguna novedad a la luz de mi mechero. Salvo porque tenía el suelo de parqué y, junto a la entrada, se amontonaban una nevera sin enchufar, un par de sillas polvorientas y un perchero vacío, en lo demás era exactamente igual que el ático, igual de vacío y sucio, aunque el fuerte olor a laberinto era aquí imperceptible, como si la proximidad de la zona habitada diluyera su esencia. Fui directo al baño del fondo, abrí la ventana del respiradero y comprobé que el abismo terminaba en el piso inmediatamente inferior. Me puse entonces a la labor de sacar mi cuerpo por la ventana. Eso fue lo peor. Después me descolgué y aterricé sin novedad, pero daba bastante yuyu posar los pies descalzos en el suelo de aquel respiradero inmundo, así que probé a entrar por la ventana del piso más bajo lo más rápidamente posible, pasando el marco de cabeza. Eso me obligó a aterrizar en el aseo al que daba haciendo la vertical. Sólo lo sentí porque se me cayeron los gachets de los bolsillos, con el resultado de cuartito de cocaína desparramado y pérdida de porcelana encefálica en caniche azul. A lo del caniche pude ponerle remedio días más tarde con un pega-plus y hoy me contempla mientras escribo, pero amorrarse a chupar el suelo de un aseo me pareció excesivo incluso para Roger Wilco y el cuarto de cocaína se perdió para siempre.

Bien. Ya estaba en el lavabo del piso que me interesaba, probablemente a unos veinte metros del guardia. Y ahora qué.

Oí toses: esa tos de bronquítico que nos hermana a tantos fumadores.

Podía mantenerme escondido en el aseo, esperar a que el tío tuviese ganas de mear y darle un mal tanto con los restos del caniche en cuanto traspasara la puerta. Claro que quizá el tipo tardara horas en entrar, o quizá los guardias meaban en otro sitio, o las normas les impedían abandonar el puesto bajo ningún concepto. Por otro lado no tengo costumbre de dejar a la peña grogui de un sólo golpe y no me sentí capaz de calibrar el impacto mínimo necesario:

tanto podía quedarme corto y darle ocasión de reaccionar, como reventarle el cráneo al primer toque de gracia.

Decidí asomar un poco el bigote por la puerta y ver si se me ocurría alguna alternativa al estozolamiento por caniche azul. Los accesos de tos se repetían cada poco, el pobre tipo trataba de expulsar una flema profunda que se le resistía. Aproveché uno de ellos para abrir la puerta un par de palmos, por si chirriaba. Eso dejó a la vista la escalera descendente que había visto al salir de la habitación entre los guardias: estaba a sólo un par de metros de mí. Al siguiente acceso de tos abrí más aún el batiente y fui asomando a la luz del corredor. La mesa del guardia quedaba parcialmente oculta tras el retranqueo de la pared y sólo se le veía medio cuerpo al tipo. Tenía los brazos doblados por el codo y los puños apoyados sobre las orejas, como el que empolla para un examen. Estaba a unos treinta metros a mi izquierda.

Lo más sensato era bajar las escaleras de la derecha y ver qué había abajo confiando en que no fuera otro centinela. Lo único que quedaba por decidir era si salir del aseo reptando o aprovechar un ataque de tos del guardia y deslizarse de puntillas. A mí, reptar, lo que se dice reptar, no es que se me dé muy bien, todo lo más conseguiría arrastrarme como un caracol, así que era mejor salir de puntillas. Pero me costó decidirme a atravesar la puerta. Los ataques de tos dejaron de repetirse y empecé a ponerme nervioso. Volví a sacar la nariz por el quicio a ver qué coño pasaba. Vi que el tipo se inclinaba a su derecha y oí unos sonidos de fricción, cajones abriéndose... No desperdicié la ocasión y salí de allí con el aliento contenido, no muy deprisa pero sí dando pasos largos en dirección a las escaleras. Sólo me apresuré al llegar al primer peldaño, plin, plin, plin, y bajé lo más rápido que pude hasta la mitad del descenso. Allí me quedé un momento, agachado sobre los escalones, tratando de atisbar la planta a la que llegaba. El descenso desembocaba en un espacio de unos veinte metros cuadrados que no contenía a la escalera sino que empezaba justo a partir del último peldaño, y eso producía la sensación de estar llegando a una cámara encapsulada en una construcción maciza. Sonaba una gota cayendo sobre varios litros de agua quieta, plong, plong... El suelo de cemento estaba encharcado a pesar del desagüe central. Vi un grifo en la pared de enfrente al que estaba conectada una manguera. De ahí procedía la gota, plong, plong, y caía sobre una pila adosada a la pared. El color dominante, además del blanco de las baldosas que cubría la parte baja de las paredes, era un gris hormigón, entristecido por la luz del fluorescente que se reflejaba en el agua del piso. Aquí el olor a humedad era intenso, y si algo de lo que había visto hasta entonces tenía pinta de calabozo era justamente esto: parecía una cámara de torturas medieval reinterpretada por Le Corbusier. Pero lo más interesante del lugar es que las paredes presentaban cuatro puertas enfrentadas dos a dos: puertas metálicas, también grises, con cerrojo y ventanilla a modo de visor, pero eran ventanas mucho más estrechas que las del piso de arriba, recordaban una de esas mirillas que tienen los tanques.

Terminé de bajar las escaleras, ya erguido en toda mi altura, y noté la humedad del cemento traspasándome los calcetines. Me acerqué a la primera de las puertas de la izquierda y miré por el visor. Una silla de madera, un colchón de espuma en el suelo, cortina de plástico que aislaba una cuarta parte de la celda, poco más. Me fijé en las manchas de las paredes, siempre embaldosadas de blanco hasta media altura: algunas eran gotas, salpicaduras, otras refregaduras, degradados, a veces trazos que avanzaban temblorosos en grupos paralelos.

Traté de no dejarme impresionar y fui a mirar por el visor de la puerta de enfrente. Esta vez lo de menos fue el mobiliario y las paredes, porque lo primero que me saltó a la vista fue un tipo grandote en calzoncillos. Quedaba de frente, cabizbajo, sentado en una silla como la de la otra habitación, con las manos ocultas a la espalda. Parecía dormitar, la respiración le abultaba el pecho a intervalos regulares. Al reparar en su cara, incluso en esa posición que la mantenía semioculta, comprendí que alguien le había intentado hacer la cirujía plástica a puñetazos.

Pero el trabajo del hijo de puta que le había hecho eso no me impidió reconocer a Sebastián, mi hermano.

Para cuando hube descorrido el cerrojo, el Cristo sedente había ya alzado la cabeza en dirección a la inesperada visita y trataba de abrir los ojos.

—Qué hay, tete —dije, más que para molestarlo, para facilitarle el reconocimiento a través de aquellos párpados que parecían higos maduros.

—¿Qué... demonios estás haciendo aquí, imbécil?

El mismo *The First* de siempre.

—Ya ves: pasaba y digo, coño, voy a rescatar al pijo de mierda de mi hermano.

—Ah ¿sí?... ¿Y ahora quién te va a rescatar a ti, payaso?

Además de los ojos morados y reducidos a ranuras, tenía sin duda la nariz rota. La hemorragia le había manchado la barbilla y el pecho, pero eso debía de haber sucedido días atrás porque la sangre formaba finas costras. Respiraba a bocanadas cortas que le habían resecado la boca hasta impedirle hablar más que en susurros gangosos, entorpecidos, además, por la hinchazón del labio inferior partido. El resto del cuerpo revelaba también moratones aquí y allá bajo las manchas de la sangre que había manado de la cara, pero a simple vista parecía conservarlo mejor que la jeta.

—¿Vas lo bastante sereno como para desatarme?

—Me estoy pensando si darte un par de hostias más.

Lo dejé correr, quedaba poca cara donde atizarle. Rodeé la silla y me apliqué a soltar la cuerda que le ligaba las muñecas al respaldo. El anular y el meñique de su mano derecha estaban bastante machacados; tuve que cuidar de no tocárselos para que no diera botes en la silla. Cuando solté el nudo adelantó los brazos despacio, con gestos de dolor que parecía especialmente intenso en los costillares. Lo dejé un momento así y salí de la celda hacia la pila embaldosada. Abrí el grifo y probé un trago del agua que salió de la manguera. Su sabor a lejía de primera calidad me pareció indicativo de potabilidad. Lavé lo mejor que pude el cuerpo decapitado y hueco del caniche azul y lo llené de agua. Volví a ofrecérselo a *The First* en los labios, rodeando el borde cortante de porcelana con un dedo, y aún repetí la operación de llenar el caniche tres o cuatro veces, hasta que su lengua hidratada pudo salir de la boca y recorrer los labios en una caricia húmeda que lo animó a volver a hablar.

—Cómo están Gloria y los niños...

—Bien. Atrincherados en casa, con papá, mamá y la Beba. ¿Y tu secretaria?

—Está con ellos.

—¿«Ellos»?

—Es largo de explicar.

Me conformé con no enterarme de momento.

—¿Hay algo que te duela más que lo demás?

Negó con la cabeza:

—Es como... tener agujetas. Cada vez que entran y me zarandean me duelen horrores las heridas, pero al rato entro en calor y dejo de notarlas. Entonces me dejan tranquilo hasta que vuelvo a quedarme anquilosado.

Pensé en darle un poco de coca, pero tenía uno de los orificios de la nariz prácticamente cerrado por el abatimiento del tabique y el otro obstruido por el coágulo de sangre.

—Oye, no te lo mereces pero te voy a limpiar los mocos. Déjate hacer y no te pongas impertinente. Después veremos qué tal puedes caminar; no pienso sacarte de aquí a cotenas.

Asintió. Me di cuenta entonces de que tiritaba de frío y pensé en poner remedio a eso antes de nada. Me quité la camisa, se la eché por encima de los hombros y, agradecido al calor inmediato que le transmitió la tela, se la cerró sobre el cuerpo tirando de los faldones. Quise cederle también los calcetines, pero con las idas y venidas a la pila se me habían empapado y podía ser peor el remedio que la enfermedad. Lo que sí hice fue acercar el colchón mugriento que había en el suelo para que pudiera apoyar los pies sobre él, y, cuando pareció haber entrado un poco en calor, le pedí que echara la cabeza hacia atrás para mostrarme la cara a la luz. Preferí no tocar la ventana izquierda de la nariz, hacia donde se había inclinado el tabique, pero raspé con el dedo la costra de sangre e intenté introducir la uña en el orificio derecho para extraer parte de la masa negruzca que taponaba el caño. Era difícil, y el paciente se quejó cuando traté de abrirme hueco forzando un poco la aleta hacia arriba. Necesitaba algún elemento fino con que hurgar, y se me ocurrió probar con el vástago de la hebilla del cinturón. Con paciencia logré que asomara una punta de masa elástica tras la que salió un macarrón oscuro, del grosor de un lápiz, terminado en una larga baba transparente con vetas de rojo brillante. El «aaah» de *The First* indicaba el alivio del que se ha librado de pronto de una molestia persistente, pero todavía gorjeaba algo por allí adentro. Le tapé completamente el orificio izquierdo presionando con cuidado y le dije que expirara por la nariz con fuerza. Eso terminó de liberar la fosa de sangre seca y mocos y oí el cambio en su respiración. Al menos uno de los conductos funcionaba.

—¿Cómo tengo la nariz? —preguntó, ya sin el sonido gangoso en su hablar susurrado.

—Como una polla vista de perfil.

Se llevó la mano a la cara.

—Pónmela bien.

—¿Queeé?

—Que me la pongas recta. A ti te será más fácil que a mí, pero si te da aprensión lo dices y me apañaré solo. Llevo días con el hueso así, si empieza a soldarse en esta posición voy a tener después más problemas.

—Pero te va a doler...

—Ya.

En fin, después de su alarde no quise parecer un medianena, pero todavía me dan escalofríos al acordarme de aquel cric-cric de huesecillos rotos. No es que la operación resultara técnicamente difícil: bastó con tomar el apéndice con las dos manos, elevar hacia el centro de la cara todo el tabique abatido, y remodelar un poco el puente ayudándome con el mango del cepillo de dientes que, a indicación del propio *The First*, introduje todo lo que pude en la fosa a modo de horma. Mientras duró aquella rinoplastia de campaña mantuve todos y cada uno de los músculos de mi cuerpo en tensión, desde los dedos de los pies hasta el cuero cabelludo. *The First* se limitó a apretar los dientes (incluso cuando un par de veces, al notar que yo vacilaba, me animó a seguir) y soltar alguna lágrima que le brotaba de pronto y quedaba expuesta sobre el acolchado violáceo que formaban sus párpados, como un diamante en su estuche de terciopelo.

Terminada la faena, la nariz seguía estando hinchada y se torcía ligeramente a la izquierda, pero ya tenía otro aspecto, y cuando él mismo volvió a sonarse los mocos parecía haber recuperado casi todo el caudal de paso de aire. Era el momento de echar mano de las virtudes de la cocaína. Hice un canuto con un billete, abrí una de las papelinas y le dije que aspirara.

—¿Qué es eso?

—Mitad de bicarbonato sódico, cuarenta por ciento de barbitúricos surtidos, y puede que un poco de cocaína de ínfima calidad. Pero funciona.

—Que yo supiera sólo eras adicto al alcohol y al hachís...

—Y a la cola de impacto... No me toques los cojones, Sebastián: ¿no te tomarías un café?, pues esto se parece mucho a la cafeína. Aspira un poco de polvo y será como si te bebieras un cuarto de litro de expreso, te sentará bien.

—Gracias, pero no necesito que ningún politoxicómano me dé lecciones de farmacología.

—Es verdad, lo que necesitas con urgencia son lecciones de urbanidad. Primera: hay que mostrarse amable con quien te acaba de recomponer la tocha.

—Te equivocas, la Primera dice que hay que dejarse romper la tocha para proteger al imbécil de tu hermano menor. ¿No se te ocurre por qué me han dejado la cara así?

—Déjame pensar, ¿tiene que ver con tus modales de pijo sabelotodo?

—Tiene que ver contigo, mamarracho. Me dejo medio matar por no dar tu nombre y luego tú solito te metes en la boca del lobo.

—Oye, come-mierda, el que se ha metido en la boca del lobo has sido tú, yo estaba poli-intoxicándome tan ricamente cuando me metiste en este fregao: a mí y a toda la familia.

—Ya te dije que te olvidaras de la casa de Guillamet, ¿te lo dije o no te lo dije?

Estábamos realmente gritándonos en voz baja. Sin embargo, su mención a la casa de marras consiguió que me olvidara por un momento de la pelotera:

—¿Estamos en la casa de Guillamet?

—Tú sabrás..., ¿por dónde has entrado?

—No sé, estaba inconsciente.

—Valiente rescate...

—Oye, don Virtudes, ¿quieres que hagamos algo por escapar juntos o prefieres que te vuelva a atar a la silla y me busque la vida yo sólo? Te advierto que hoy eres tú el que huele peor que yo, así que no apetece nada discutir contigo.

Hizo un silencio. Realmente olía bastante mal, a una mezcla de sudor y orina. Además de sangre, varios cercos amarillentos manchaban sus calzoncillos Calvin Klein originalmente blancos: debían haberlo tenido allí sentado durante días. Cualquiera se hubiera derrumbado por el miedo y la humillación acumulada, pero *The First* es mucho *The First*, hay que reconocer que tiene un par de huevos, meaos pero un par. Asintió a mi ultimátum con un punto de cansancio. Yo relajé la cara de Baloo enfurecido y le pasé la papelina y el billete. No discutió más y se metió un tirito por cada agujero del narizo. Yo diría que tenía práctica.

—Ayúdame a levantarme, quiero beber más agua.

Le ofrecí apoyo y se puso en pie. Excepto por un golpe amoratado en la espinilla tenía las piernas en bastante buen estado, aunque un poco débiles por la inmovilidad. Lo peor era el dolor en el costado, pero los últimos pasos hacia la pila del agua los dio él solo. Le dije que de momento no se lavara, que convenía que mantuviera aproximadamente el mismo aspecto, y contestó que no pensaba hacerlo. Traté entonces de ganar tiempo hablándole mientras él sorbía agua del chorrito de la manguera:

—Oye, ¿dices que vienen de vez en cuando a zurrarte?

Movió la cabeza afirmativamente.

—¿Cuántos?

Levantó dos dedos.

—¿Armados?

Otra vez asentimiento y gesto de pistola con los dedos.

—Bueno, en la salida de arriba hay un sólo guardia, pero tiene treinta metros de pasillo a la vista para darse cuenta de que vamos a por él. Sería mejor intentar sorprender a los dos que entran en tu celda —dije «tu celda»—. Les soltamos un par de guantazos, les quitamos las pistolas y subimos a por el de arriba bien pertrechados. ¿Sabes usar una pistola como Dios manda?

Hizo gesto de que sí. Me pregunté dónde podía haber adquirido semejante habilidad y enseguida recordé que había sido Estupendo Alférez en las COE, casi me pareció volver a verlo con su uniforme hecho a medida y su estrella de seis puntas cosida a la boina negra (nada que ver con el Che).

Terminó de beber:

—¿Y tú?, ¿sabes usar una pistola?

—No, pero he visto muchas películas.

—Oye, ¿cómo has llegado hasta aquí sin que te vieran? ¿No podríamos salir haciendo el camino inverso?

—He bajado ocho pisos por el desagüe de un respiradero de lavabos —me pareció oportuna la pequeña exageración—. Para hacer el camino inverso tendríamos que subir el primer tramo de escaleras y es fácil que el guardia nos viera. Además tú no estás para trepar por tuberías, y creo que yo tampoco. Veo más fácil quedarnos emboscados y prepararles una fiesta a las visitas. Hasta puede que eso nos proporcione un disfraz además de las armas. ¿Qué te parece?

—Falla un detalle.

—Qué detalle.

—Te lo diré en cuanto consigamos reducir a los dos primeros.

The First y sus adivinanzas, no lo soporto.

Volvimos a la celda, él caminando despacio, pero ya un poco mejor. Al llegar se quedó de pie y empezó a hacer movimientos vagamente chinos: no era taichí pero tenía un aire.

—¿Y los que vienen a zurrarte son también guardias, de ésos con mono azul y botas?

—No. Van de paisano, con traje. Actúan también en el exterior.

—¿Podremos con ellos?, quiero decir, ¿son tíos gansos, y tal?

—Están en forma, son duros y saben pelear.

«Gorilas contra hienas», pensé.

—Ya: uno de esos me hizo una exhibición —me señalé la sien.

—¿Una farola?

—Una patada.

—Muy bien dada...

—Si tengo oportunidad ya felicitaré al autor.

—Tampoco creas que dejarte a ti fuera de combate tiene mucho mérito. Eres como una morsa: mucha masa y poca movilidad.

—Ah, sí: pues has de saber que esta morsa tiene sus recursos.

—¿Emborrachar al contrincante?... Oye, qué tal si en vez de perder el tiempo en delicadezas nos concentramos en urdir una estrategia mínima.

—Muy bien: tú le arreas el primer guantazo al que se te acerque, y yo salgo de detrás de la cortina y le sacudo al otro.

—¿Y quién nos garantiza que no sea él el que te sacuda a ti? Hace falta mucho nervio para tumbar a un tipo de esos sin darle tiempo a sacar la pistola.

—Tú ocúpate del tuyo. Finge que apenas puedes hablar y deja que acerqué el oído a tu boca. Cuando lo tengas a tiro le das un mazazo y yo salgo inmediatamente de la cortina a por el otro. Espero que no tengas Síndrome de Estocolmo...

—Déjate de tonterías y procura que no te vuelvan a sorprender con una patada de principiante. Cúbrete al menos la cabeza, y los genitales..., así, ¿ves? Evita que te desequilibren; presenta el perfil, las piernas abiertas, bascula un poco; ¿a ver? —me punzó con el índice en el ombligo—, bueno, si te dan ahí saldrán rebotados, lo que no sé es qué poder ofensivo puedes oponer.

—No te preocupes, de pequeño me caí en un caldero. Lo peor es que con el jaleo igual se entera el guardia de arriba.

—Está acostumbrado a que haya jaleo aquí abajo... Prueba a meterte detrás de la cortina, a ver si se te ve.

Probé. Oculto tras el telón de plástico gris y opaco había un retrete rebozado con mierda humana de varias generaciones. *The First*, dando ahora botecitos cortos, avisó que se me veían mucho los pies. Corregí la posición, dio el visto bueno y salí de allí enseguida: casi olía mejor mi Estupendo Hermano que aquel rincón.

—¿Tienes alguna idea de cuánto pueden tardar?

—Últimamente se pasan por aquí dos o tres veces diarias. La última vez ha sido esta mañana, debe de hacer tres o cuatro horas, he perdido un poco la noción del tiempo dormitando.

—¿Y cómo sabes que era por la mañana?

—Por la mañana les huele el aliento a café con leche. Por la tarde a cerveza.

—No está mal para tener el narizo hecho fosfatina...

El tío seguía saltando.

—Ahora casi no me pegan. Llegan, me interrogan de mala gana, me dan a probar un poco de comida, un sorbito de agua y se van.

—¿Y qué demonios esperan que les digas?

—Entre otras cosas tu nombre. Sabían que había encargado a alguien investigar la entrada de Jaume Guillamet, pero no a quién. Ahora ya lo saben...

—Oye, por cierto: ¿tú llamaste a tu mujer para que metiera algo en un sobre?

—¿En un sobre?

—¿Y escribiste «Pablo» en un listado en el que venía la dirección de Guillamet 15?

—Que yo recuerde no. No sé de qué me hablas.

—Pues de que tu Estupenda Esposa me la ha querido jugar.

—No la culpes. Debía de tener sus razones. ¿Desde cuándo estás aquí dentro?

—Desde anoche. Oye, ¿por qué dices que saben que lo de Guillamet me lo encargaste a mí? Tú no has dicho nada, y yo tampoco...

—Lo saben, seguro. Y ahora estarán deseando interrogarte a ti, así que si nos pillan vete haciendo a la idea.

—¿A mí?: y una mierda, yo no sé nada...

—Puede, pero ellos no lo saben.

—¿Sería mucho preguntar quiénes son «ellos», o forma parte de algún acertijo de los tuyos?

—¿Ves? Uno no puede evitar sentir curiosidad. Eso es lo que les preocupa. En realidad cuanto menos sepas mejor. Y ahora, si no te importa, necesito concentrarme en recuperar un poco de elasticidad. Lástima que se haya terminado el sucedáneo de cocaína, me iría bien otra dosis.

Saqué del bolsillo otra papelina y el billete enrollado y los dejé sobre el asiento de la silla.

—Nos quedan dos gramitos. Es decir: si al señor no le molesta drogarse con aguachirles.

—Yo no me drogo: me medico. Hay una diferencia fundamental.

Se sirvió, pero convirtiendo el agacharse hasta la silla en un ejercicio para los muslos. Después se entretuvo en apoyar un pie en la pared, elevado por encima de la altura de su cabeza, y masacrarse los abductores por el método de abrazarse la pantorrilla alzada y forzar la aproximación del tronco hasta tocarse con el narizo en la espinilla. Una cosa tan difícil de describir como de justificar. Pero, cuando dio por terminada esa coreografía, aún empezó a hacer aspavientos tipo Fu-fú: una especie de puñetazos rápidos y secos, fuuu, fuuu, que se enroscaban hacia el vacío y volvían atrás como si hubieran sido disparados por un resorte. A los pocos minutos de semejante exceso empezó a entrar en calor y se quitó mi camisa. Hacía lustros que no veía a *The First* en calzoncillos; apenas había cambiado desde los veinte años, un caso claro de inhibición del desarrollo: todo él, piernas, tórax, brazos, espalda, era una recopilación de anuncios de mayonesa virtual y galletitas para hacer caca. Una pena.

—Oye, Brus-Lí, a ver si te va a salir una hernia y la jodemos...

—Tú ocúpate de ti mismo, que pareces un verraco.

—Y tú una langosta, colega.

Seguimos así quizá una hora que *The First* invirtió casi completamente en hacer cabriolas y yo en observar atentamente el techo desde el colchón. Hubiera querido dormir un poco pero no pude, aquel sucedáneo de coca te mantenía en forma al precio de no dejarte dormir, así que no tuvimos más remedio que soportarnos el uno al otro lo mejor que pudimos. A pesar de todo, entre insulto e insulto, nos dio tiempo de pulir la puesta en escena y llegar a algún acuerdo sobre el procedimiento de ataque. La cosa es que cuando oímos voces arriba no tardamos ni cinco segundos en situarnos en posición: *The First* abatido en la silla, con los brazos pretendidamente sujetos al respaldo, y yo de puntillas tras la cortina, tratando de no hacer mucho ruido al respirar.

Nada más ocultarme estaba ya psicológicamente preparado para partirme la jeta con quien fuera, pero no lo estaba para encontrarme de nuevo con la cara desfigurada de *The First* que, contraviniendo de repente todos los planes, había abandonado la silla y descorrido la cortina para hablarme en tono de reproche:

—¡El cerrojo!

—¿Qué cerrojo?

—El de la puerta, idiota, en cuanto bajen las escaleras se darán cuenta de que está abierto.

Mierda. Cierto.

—Sal de aquí y ciérralo antes de que empiecen a bajar. Escóndete en otra celda y ven enseguida cuando me oigas gritar.

Planes...

Salí lo más rápido que pude, volví a cerrar la puerta tras de mí, corrí el cerrojo rogando que el leve chirriar pasara desapercibido entre las voces que se acercaban, me metí en la celda de enfrente y entorné la puerta.

Oí los pasos bajar las escaleras; enseguida, el cerrojo de la celda de *The First* descorriéndose. Atisbando por el visor vi las espaldas de dos tíos vestidos de agente de seguros, los dos de azul marino. Uno de ellos había traspasado ya el umbral de la celda de *The First* y le acercaba una bandeja metálica; el otro se quedó apuntalado en el quicio. Algo le estaba diciendo el primero a mi Estupendo Hermano, no entendí qué pero sonaba a cachondeíto. Pasaron unos pocos segundos en los que *The First* debió desarrollar su papel de moribundo y enseguida el tipo se agachó un poco hacia él. La espalda del otro en primer plano me impidió ver qué pasaba exactamente, pero oí un alarido en el vozarrón de *The First*, seguido de un quejido amortiguado y la visión de una bandeja metálica volando por los aires. No esperé más: abrí la puerta violentamente y salí a toda velocidad lanzando un grito hipohuracanado. El tío que se había quedado en el quicio estaba en posición de alerta máxima por la repentina resurrección de *The First*, pero mi alarido le indicó que también tenía enemigos a la espalda y trató de volverse mientras se hurgaba la sobaquera en busca de algo. No le dio tiempo a encontrarlo: ciento veinte kilos de verraco avalados por media docena de metros de carrerilla se lo impidieron. El impacto fue tremendo. Yo choqué de perfil, protegido por el escudo que formaba mi brazo tenso, y sólo tuve que lamentar el cabezazo que me di contra su barbilla. Él en cambio no tenía previsto encontarse de repente en la trayectoria de Obelix persiguiendo jabalíes: quedó por un momento retratado en una expresión de pánico y, décimas de segundo después, era un hombre a una pared pegado, concretamente la del fondo de la celda, a unos cuatro metros de vuelo sin motor. La mayor parte de mi energía cinética fue transmitida al cuerpo del infortunado, pero aún me sobró inercia para desequilibrarme, caer sin control, y llevarme la silla por delante (afortunadamente *The First* ya no la ocupaba). Di varias volteretas por el suelo y me pareció que tardaba una eternidad en pararme, sobre todo porque mi obsesión era recuperar la posición lo antes posible y asegurarme de que el tipo no pudiera usar la pistola. A la segunda voltereta había perdido el sentido de la orientación, pero noté que mi mano tocaba algo blando y supe que era el tipo, que debía de haber resbalado de la pared hasta el suelo. Sin ver muy bien qué hacía le palpé la americana en busca de la cartuchera. Metí la mano bajo la chaqueta y saqué la pistola. Sólo entonces me levanté del suelo lo más ágilmente que pude y me di cuenta de que el tío, aunque aún se movía tratando de levantar cabeza, estaba fuera de combate.

Pero eso era sólo la mitad del trabajo que había por hacer. Mientras yo me había ocupado de mi partener, *The First* había estado batallando con el otro, y a lo visto todavía no le había encontrado el punto. Cuando me giré hacia ellos me los encontré haciendo posturitas. Mi Estupendo Hermano era una mantis religiosa en plena danza nupcial, daban ganas de tatuarle un dragón en la espalda; pero la hiena trajeada debía de conocer también un par de trucos y no se dejaba acogotar. Tras varios amagos, el tío hizo un rápido tirabuzón de trescientos sesenta grados girando sobre el eje de su altura. La gracia estaba en soltar la pierna en el momento propicio de la vuelta y golpear cualquier cosa que se encontrara en el sector barrido, concretamente el cogote de mi Estupendo Hermano, que apenas tuvo tiempo de volverse dolorosamente sobre el costado malo para no exponer los morros. Yo tenía una pistola en la mano pero no sabía qué hacer con ella: usarla como arma arrojadiza era una idea, pero temí que se disparara y la liáramos. No había mucho tiempo para pensar, el golpe encajado por *The First* estaba dando oportunidad a la hiena de meterse la mano en la cartuchera para sacar su propia pipa, y al parecer él sí sabía qué hacer con ella. Por suerte *The First* había recuperado el equilibrio y le soltó una elegante coz en la mano que hizo volar la pistola. Con todo, llevaba las de perder: se movía con dificultad, y su adversario le conocía los puntos doloridos. Lo peor es que aquella danza resultaba tan complicada que no sabía cómo demonios meterme, tuve la sensación de que no iba a hacer más que estorbar, así que no me decidí a intervenir hasta que la hiena logró colocar un toque de puño en el costado de *The First*. Ahí lo baldó, se notó en el grito, esta vez nada marcial, con que el destinatario acusó recibo. Entonces fue cuando tomé la pistola con toda la manaza para proteger el gatillo e inicié una nueva carga con efectos especiales de gruñido enfurecido. No hubo tanta suerte como en la primera embestida: el tipo me vio venir de reojo y le dio tiempo a escurrir el bulto parcialmente, así que nos repartimos a partes iguales el choque contra la pared inmediata, yo de frente y él de espaldas. Mi rodilla pareció estallar contra el muro y quedó automáticamente anestesiada; reboté hacia el suelo y allí me quedé. El tipo también se dio un buen tanto en el retropucio, pero el rebote le fue favorable y salió trastabilleando hacia adelante. Pero ahí lo esperaba *The First* con un ingenioso movimiento compuesto de doble puñetazo fu-fú en el plexo solar y, al encorvarse el homenajeado sobre su propio fistro, mazazo de precisión en la nuca que terminó de clavarlo de bruces en el suelo, lugar donde quedó inerte como un sapo atropellado.

Miralles Bros. 2 - Unión de Hienas 0.

En realidad la cosa no estaba para muchas celebraciones. A *The First*, le habían castigado las costillas a base de bien, y mi rodilla me había abandonado: notaba el pie, notaba el muslo, pero, entre el uno y el otro, quedaba un espacio hormigueante donde podía haber cualquier cosa.

Lo primero fue atar y amordarzar a las hienas. Suerte que *The First* conocía una estupenda diablura china y, presionándoles la garganta con el pulgar y el índice, consiguió mantenerlas inconscientes mientras las desnudamos, atamos y amordazamos aprovechando la cuerda que había sujetado a mi Estupendo Hermano a la silla y que destrenzamos para que cundiera más. Me pareció reconocer a uno de aquellos tipos, justamente el que yo mismo había estampado contra la pared, y confirmé la impresión comprobando que llevaba unos Sebago negros. Arrieros somos... Le quité los calcetines, se los metí en la boca cuidando de no tocar mucho la parte húmeda de la tela, y completé la operación sellándole los labios con sus propios calzoncillos, tipo slip elástico, que le anudé en torno a la cabeza procurando que la rayita marrón de la trasera le quedara justo debajo de las narices.

—¿Se puede saber qué demonios estás haciendo, psicópata?

—Que dé gracias a que no he usado la ropa interior del otro.

En cuanto los tuvimos inmovilizados y amordazados nos ocupamos de inventariar el botín. Dos trajes con etiqueta de El Corte Inglés, dos camisas, dos corbatas, dos cinturones y dos pares de zapatos, uno de ellos con cordones; también dos carteras de cuero con quince mil pelas en suma (sólo había eso en las carteras), unas llaves de Peuyot, monedas, un paquete de Camel, un encendedor barato casi a plena carga, y lo más importante: dos pistolas con sus correspondientes cargadores. A *The First* parecía venirle bien toda la ropa de uno de ellos, incluidos los zapatos. Yo traté de calzarme los Sebago pero, además de que me daban un poco de asco, no acababan de entrarme. *The First* fue entonces a lavarse a la pila mientras yo improvisaba un petate con los pantalones sobrantes, anudando las perneras y pasando un cinturón a modo de cierre. Ahí metí una selección de lo mejor del botín.

Cuando salí a su encuentro, mi Estupendo Hermano estaba igual de maltrecho que antes, pero sin restos de sangre y con traje de El Corte Inglés ya tenía otro aire.

—Oye, ¿no podríamos interrogar a esos dos? No sé por qué, pero creo que nos va a costar encontrar la salida —le dije.

—A eso vamos. ¿Tienes a mano el cepillo que has usado para enderezarme la nariz? Voy a asustarlos un poco.

—¿Y no prefieres asustarlos con otra cosa? Tenemos dos pistolas en buen estado.

—Le he tomado cariño al cepillo.

Volvimos a la celda y cerramos la puerta. Las hienas se habían arrastrado hasta la cercanía de las paredes, donde la humedad del suelo no llegaba a formar charcos. *The First* se agachó junto al que le había dado el toque en las costillas y le habló en tono amistoso:

—Estaba apostando con mi hermano... Yo digo que el mango de este cepillo de dientes te entraría por la nariz hasta las cerdas. ¿Ves?, es muy fino. Él dice que no. ¿Qué dices tú?

No decía nada, se lo impedía la mordaza, pero tampoco parecía muy asustado.

—Vamos a hacer una cosa. Te voy a quitar eso de la boca y después te haré un par de preguntas: si contestas algo interesante puede que nos olvidemos de la apuesta. ¿Cómo lo ves?

Siguió imperturbable mientras *The First* le desataba la camiseta interior que había usado para embozarlo. El tío estuvo un rato escupiendo zurrapas de lana húmeda.

—Atención, va la primera pregunta. Verás: no somos de aquí y estamos buscando la salida, ¿crees que podrías indicárnosla?

—Vete a la mierda.

Contestó el interpelado.

The First, sin perder la calma, le metió la puntita del mango del cepillo en un agujero de la nariz. El tipo frunció los ojos.

—Sigo pensando que entraría entero. Al fin y al cabo el cerebro es un órgano blando...

—No creo que llegaras mucho más allá de la mitad —dije yo, con aire experto—; enseguida encontrarás hueso.

The First empujó un poco más el mango hacia el interior de la fosa.

—¿La mitad?: fíjate, está ya a una cuarta parte y todavía no he empezado a apretar. Es verdad que hay hueso, pero si al tiempo que aprieto voy enroscando... ¿Quieres que pruebe?

La pregunta iba dirigida a la hiena. Supongo que aquello era ya lo suficientemente molesto como para dificultarle el habla; *The First* lo comprendió y sacó un poco el mango de su alojamiento.

—No vais a salir de aquí. Y vais a pagar caro lo que me hagáis —dijo el tío, ahora con una lagrimilla que le resbalaba por la nariz, pero sin perder el tono de desplante. *The First* mantuvo en cambio sus modales de pijo:

—No es eso lo que te he preguntado. Las dificultades que tengamos que sortear para salir constituyen el tema principal de las próximas preguntas, de momento estamos aún en la primera, ¿te acuerdas?: dónde está la salida: dón-de.

—Je..., ¿qué quieres, que te haga un plano? Tampoco os serviría de mucho.

Para estar atado de pies y manos y amenazado con un cepillo de dientes infantil, la verdad es que el tipo aguantaba. Y *The First* estaba empezando a perder puntos: se notó que pasaba a la siguiente pregunta sin que le hubieran respondido aún a la primera:

—¿Hay guardias?

—Claro que hay guardias.

—¿Cuántos?

—Y yo qué sé... Muchos. Y no sólo guardias, también agentes.

—Perdón: ¿alguien podría informarme de qué es un «agente»? —pregunté, alzando el índice.

—Un agente soy yo, idiota —contestó el tío.

Me agaché en busca de uno de los cubiertos que habían salido por los aires con la bandeja de la comida.

—Qué hago —fingí preguntarle a *The First*—, ¿le doy la mierda a cucharaditas o le metemos la cabeza en el váter y que se sirva él mismo?

Contestó otra vez la hiena:

—Haz lo que quieras, idiota, si me dejas vivo me acordaré de ti. Y si no, se acordarán otros.

Con esta clase de gente no hay manera.

—Oye, pedazo de cabrón: no arriesgues mucho porque te suelto un par de hostias que te apabilo, ¿estamos?

The First había ya renunciado al numerito del cepillo y hacía gesto de querer salir de allí:

—Déjalo, no vale la pena.

—Puede. Pero no se va a librar de comerse también sus calcetines.

—No hay tiempo, vámonos —dijo *The First*, restituyéndole la mordaza original—. Puede llegar el relevo del guardia de arriba en cualquier momento, y éstos llevan ya un buen rato aquí abajo, alguien puede echarlos de menos.

Verdaderamente, que perdiéramos tiempo era lo que más le convenía a aquel capullo, y el tío era lo suficientemente duro como para aguantar un vapuleo sin soltar prenda. Por otro lado tampoco apetece sacudirle a un fardo humano atado de pies y manos, da como mal rollo, no sé...

Salimos de nuevo hacia la pila de agua.

—Bueno, qué hacemos: ¿subimos directamente y le enseñamos al guardia las pistolas, a ver qué hace? —dije yo, ya metido en acción.

—¿Te acuerdas que te he dicho que a tu idea le fallaba un detalle?

Horror.

—Déjame adivinar... Estamos en un submarino y no podemos escapar hasta que emerja y toque puerto en Macao. ¿Caliente?

—Frío.

—¿Alguna pista, o me lo vas a poner difícil?

—Tienen a tu novia. Está en el piso de arriba. No le han hecho daño, pero la tienen constantemente sedada para que no grite.

—Ya: me han buscado novia sólo para poder secuestrarla... ¿Y es de buena familia?

—No seas idiota, caray, tienen a esa chica con la que andas, una tal Josefina.

—¿La ex de Bonaparte...?

—Tú sabrás: te vieron merodear con ella en mi coche.

Cielo santo: la Fina. Quedé tan estupefacto que tardé varios segundos en reaccionar.

—Pero, si ella no tiene nada que ver en todo esto.

—Ya, pero no se han dado cuenta hasta que ya la tenían aquí. Era mejor que capturarte a ti. Ella no llevaba protección, y tú sí.

—¿Y por qué no me lo has dicho enseguida?

—¿Para qué?, ¿para ponerte nervioso antes de tiempo?

—Pues sí: me gusta ponerme nervioso con suficiente antelación, qué pasa. Y me jode mucho esa manía que tienes de guardarte información, ¿te enteras? A ver: ¿cuál es la próxima sorpresa?, ¿llevas puesto un supositorio explosivo?

—¿Quieres, aunque sólo sea por una vez en la vida, comportarte como un adulto responsable? Hay que pensar cómo vamos a salir los tres de aquí.

Estábamos gritando otra vez en susurros.

—Bueno, pues te toca pensar a ti, ya que eres tan listo.

Lo hizo:

—Muy bien: voy a subir y acercarme al guardia fingiendo ser uno de los matones. El alto tiene mi talla y el pelo del mismo color. Hasta el peinado se parece si me hago la raya, y le conozco varias muletillas que no para de repetir. Me puedo tapar fingiendo que el prisionero me ha herido en la cara. Así, ¿ves? Tú te quedas a mitad de las escaleras y me cubres con la pistola en caso de que algo vaya mal. En cualquier caso llevaré la mía escondida apuntando al guardia. Tendré toda la ventaja: puedo darle a un hombre en el brazo a veinte metros de distancia.

—Cómo está la patronal...

En realidad no podía quitarme de la cabeza el asunto de la Fina, pero no había mucho tiempo para recomponer puzzles. La cuestión es que el cepillo de dientes resultó de nuevo muy útil para peinar a *The First*, y a falta de espejo tuve que hacer de peluquero y hasta ajustarle el nudo de la corbata de la hiena. Él, a cambio de mis servicios de *toilette* y *coiffure*, trató de iniciarme en el manejo de una de las pistolas. Fácil: bastaba quitar el seguro en forma de palomilla y, llegado el caso, pulsar el gatillo asegurándose de que el cañón apuntara hacia adelante.

The First estuvo bien en su papel, me jode reconocerlo: supongo que mi genialidad histriónica tiene un origen genético por parte de Señora Madre (para estas cosas SP es más inocente que un Sugus). La cosa es que, mientras yo me apostaba agachado en los escalones, él subió deprisa, tapándose la cara con el mantelito blanco y refunfuñando maldiciones. Era la primera vez que oía en boca de *The First* expresiones como «hijo de la Gran Puta» o «le voy a dar po'l culo con un abrelatas», que mezcló con sabias toses y carraspeos. «Ese cabrón de mierda me ha jodido la nariz de una patada», aún le escuché decir antes de desaparecer escaleras arriba. Luego dejé ya de entender las palabras, pero oí que el guardia hablaba también, que movía su silla y caminaba quizá al encuentro de la falsa hiena pateada. Supongo que al estar lo suficientemente cerca debió descubrir la trampa, porque me pareció distinguir un «¡eh, alto!» seguido de signos de lucha, quejidos, taconazos en el suelo. Entonces terminé de trepar por los escalones y asomé la vista a la planta.

Allí estaba *The First*, hacia el final del pasillo, sujetando el peso inerte del guardia desde atrás.

—¿Ya está? Joder, tío: qué les das...

—Déjate de tonterías y date prisa, hay que atarlo y amordazarlo.

—Chssst: a mí no me chilles que me estreso enseguida. Estoy hasta los cojones de tu carácter podrido.

—Pues en vista de que no apruebas mi actuación, al próximo guardia que se nos ponga delante lo vas a dormir tú, saco de grasa.

—Ya salió el Maestro Lichí... ¿Y quién te ha librado antes del otro, eh?: si no llega a intervenir este saco de grasa te machaca vivo.

—Bonita intervención kamikaze. Te quedan dientes de milagro.

—Pues aun sin dientes seguiría siendo mucho más agradable que tú, don Pijo.

A pesar de la bronca logramos atenazar al guardia antes de que volviera en sí. Esta vez usamos su propio cinturón para atarle las manos, una parte desgarrada de su camisa para los tobillos, la otra para amordazarlo, y añadimos a nuestro botín una porra y otra pistola, además de algo que echaba de menos desde hacía horas: un par de botas de mi número. No es muy cómodo andar con el calzado de otro, pero es mejor que ir en calcetines y resbalar por todas partes.

—¿Bueno, dónde está la Fina?

—No lo sé, en alguna de las habitaciones. Busca tú mientras yo escondo a éste y voy a ver qué encuentro en el botiquín.

Por lo visto había botiquín, y debía de ser la primera de las habitaciones, porque allí se metió *The First*. Yo recorrí el pasillo mirando a través de la mirilla de las puertas. Reconocí la habitación que había ocupado yo por el biombo aún caído. La tercera después de ésa estaba ocupada por una Bella Durmiente de rostro conocido. Llevaba una bata blanca que le daba un aire un tanto lúbrico, como el de esas tías disfrazadas de enfermera que anuncian teléfonos eróticos.

Entré en la habitación, me senté en la cama junto a ella y la zarandeé un poco.

—Fina, soy Pablo, ¿me oyes?

Sonrió a ciegas:

—Holaaa, qué tal... Y qué..., qué haces...

Por primera vez en la vida arrinconé del todo mis resabios burgueses y abofeteé a una mujer, plas-plas: dos buenas hostias. Puso cara de desagrado. «Voy a llevarte a cuestas, procura colaborar todo lo que puedas», le dije. Me la cargué al hombro estilo Tarzán, pero la Fina pesa como dos Jane y una Chita y me costó un huevo avanzar por el pasillo con la rodilla inutilizada para cumplir su función de bisagra. Llegué a la mesa donde había estado el guardia y allí senté a la Bella Durmiente, apoyada contra la pared.

A todo esto salió *The First* del botiquín. No me gustó nada la mirada que le dedicó a la Fina:

—He encontrado alcohol, algodón, somníferos, analgésicos, jeringuillas, tijeras, un bisturí... Hasta sutura y agujas esterilizadas.

Pensé que quizá mi Estupendo Hermano conocía también a Roger Wilco.

—Oye: no sé tú, pero yo pienso salir de aquí a escape y emborracharme de camino al traumatólogo, así que no veo para qué necesitamos todo eso.

—¿Salir de aquí?

—Salir, sí: *go out*...

—Ya.

—¿Qué pasa: más adivinanzas?, ¿por algún sitio se saldrá, no? Tenemos tres pistolas, una porra y un perro de porcelana. Si con todo eso no nos abrimos camino...

—¿Abrirse camino hacia dónde? Tenemos ya a un pequeño ejército buscándote por toda la fortaleza desde que te escapaste, y en cuanto venga el relevo del guardia sabrán además que tu novia y yo hemos escapado también.

—¿«La Fortaleza»?: ¿has dicho «la Fortaleza»?

—La fortaleza, sí. Tenemos que escondernos en algún sitio seguro para planear la salida. Tú casi no puedes andar, yo no puedo pelear y tu novia está como un tronco.

—No es mi novia: es una amiga *stricto sensu*, ¿vale?, y no te quedes ahí mirando: ¿no conoces algún truco chino para despertar a la gente?

Desapareció otra vez en el botiquín y salió con un frasquito blanco. Apestaba a amoníaco. Se lo dio a oler a la Fina.

—Pablo...

—Sí, no te preocupes, estás bajo los efectos de un somnífero. Se te pasará en un rato, pero tienes que esforzarte un poco.

—¿Qué..., qué haces tú aquí?

—Joder, Fina, ¿no lo ves?: rescatarte.

—Y desconchar paredes a rodillazos —apostilló mi Estupendo Hermano, que a lo visto acumulaba un exceso de buen humor y había decidido excretarlo cuanto antes.

La Fina cayó en la cuenta de que estábamos en compañía y se llevó la mano a la boca, impresionada por el trabajo de artesanía que llevaba *The First* en la cara.

Al muy soplagaitas de él no se le ocurrió otra cosa que tomarle la otra mano y besársela.

—Encantado de conocerte. Me llamo Sebastián, Sebastián Miralles. Hermano de Pablo.

—Bueno: digamos que hijo de los mismos padres —puntualicé.

—Mucho gusto. Josefina. He oído hablar mucho de ti.

—¿Mucho?, ¿quién te ha hablado mucho de él?, yo no...

—Oye, tienes la cara hecha una pena...

—No es nada, sólo un poco aparatoso. Me ataron a una silla y estuvieron interrogándome.

—... yo no recuerdo haberte hablado nunca de él..., ¿me oyes?

—Te debe de doler mucho...

—No creas: es cuestión de autocontrol. Una mente entrenada puede reinterpretar incluso el dolor.

—Finaaa, eooo, ¿me oyes?

—Siiiií, qué quieres, pesao, no ves que estoy hablando con tu hermano... Por cierto, estoy muy cabreada contigo: ¿cómo se te ocurre dejarme plantada anoche? Salieron un par de tíos de un coche y me pusieron un pañuelo en la boca...

—¿Así que te dejó plantada?

—Como lo oyes.

—Bueno, no se lo tengas en cuenta: ya sabes que bebe un poco.

—¿Un poco?: yo lo he visto vaciar una botella de vodka en dos horas.

—Bueno ya esta bien, ¿no? —tuve que intervenir—: no es momento de hacer vida social.

The First dijo que iba a terminar de empaquetar nuestros gachets y me dejó un momento a solas con la princesa rescatada.

—No me habías dicho que tenías un hermano tan apuesto.

«Apuesto»: dijo «apuesto»: no «guapo», ni «guay», ni «chachi»: dijo «apuesto», como en las telenovelas.

—Fina, por favor: si tiene la cara hecha un mapa.

—Bueno, pero tiene buena planta, está cachas. Y además se nota que en condiciones normales debe de ser muy guapo. Y ahora que tú te has buscado compañía..., no te creas que me olvido... Además, encuentro que tiene unos ojos azulones muy sexis.

—Sí: exactamente igual que yo.

—Qué más quisieras... Además, te sobran cuarenta kilos —de repente puso esa cara que pone la gente moderna cuando toca temas escabrosos pero no quiere parecer pacata—: Oye, necesito una cosa... ¿No habría por ahí compresas; o tampones, algo...? Me parece que está a punto de venirme la regla.

A la princesa Leia Organa jamás le vendrá la regla en mitad de un rescate, ni a Lady Marian, ni a Helena de Troya; pero a la Fina sí: a la Fina le viene la regla.

—Muy bonito: te gustan los ojos de Mister Sexi pero las compresas se las pides al gordo...

La dejé tirándome insidiosos besitos y me fui hacia donde *The First* terminaba de apañar los fardos. Entré en el botiquín, a ver, pero enseguida comprendí que allí no había nada parecido a compresas o tampones, aunque sí encontré un montón de fundas de almohada en uno de los armarios y pensé que a lo mejor podían servir. Volví con ellas.

—¿Y qué se supone que puedo hacer con una funda de almohada? ¿Una caperuza del Ku Klux Klan?

—Joder, Fina, no sé... ¿Antes de que hubiera Tampax y cosas así las mujeres se arreglaban con paños, no?, tú sabrás lo que hay que hacer...

En fin, supongo que para cuando estuvimos en condiciones de salir de allí debió de haber pasado un buen rato. No sólo hubo que esperar a que la Fina estuviera «presentable», según su propia expresión, sino que convino también adiestrarla en los rudimentos del manejo de armas, tarea que quedó a cargo del Estupendo Instructor *The First*. La pupila, haciendo gala de una capacidad de abstracción impropia de su sexo, pareció entender perfectamente la teoría (por dónde salían las balas y todo lo demás), pero llegada a la fase práctica de empuñar el arma no pudo más que tomarla como si estuviera tocando el tarro de la miel. Un número. La cuestión es que al rato, el extravagante comando formado por el guerrillero cachas con sus dos fundas de almohada por alforjas, Doris Day con su pistola al cinto de la bata, y un Maguila Gorila renqueante y cargado con un fajo de paños higiénicos de recambio, se aventuraba más allá de la puerta de rejas hacia las primeras oscuridades de aquella estructura absurda.

—¿Adónde vamos? —se me ocurrió preguntar.

—A explorar el laberinto —contestó *The First*.

Bonita aventura. Sólo faltaba Darth Vader, y lo cierto es que no tardó mucho en aparecer.

Dado que lo que recorríamos no era un laberinto de verdad, bastó con ir siguiendo las zonas iluminadas por luces de emergencia para dar con una especie de túnel subterráneo que funcionaba a modo de espina dorsal de todo aquello. Sin duda conducía a alguna parte, porque había aparcados un camión y una excavadora en el margen. O sea: que el túnel era ganso.

—¡Qué caña! —dije, a modo de valoración preliminar. *The First*, siempre en su papel de héroe avezado, se fue directo a examinar un acopio de travesaños y otros materiales de construcción que ocupaba tanto espacio como un tercer vehículo tras la excavadora. Cuando volvió, traía ese aire de tenerlo todo controlado que da tanta rabia:

—Lo mejor será que sigamos las roderas del camión. Por algún sitio debe de salir a descargar la tierra.

—Ah, ¿sí?, ¿tú crees que alguien puede haber sacado con ese camioncito toda la tierra que falta?

—Han tenido tiempo para ir haciendo. Vámonos, puede que tengamos que caminar un buen rato.

El Capitán Trueno no se conformaba con ir acumulando enigmas sino que ya estaba empezando a dar órdenes. En fin, le dejé que encabezara otra vez la comitiva y me puse a la cola, tras la Fina. Avanzamos durante un rato por el túnel, pegándonos a la pared desprovista de lámparas, casi a oscuras pero no tanto como para no ver dónde pisábamos. Fue como ir en busca del Templo Maldito, aunque en realidad era una aventura de bajo presupuesto, sin boas constríctor ni cataratas subterráneas. Todo lo más, aquí y allá pisamos manchas de la humedad que resbalaba por las paredes y, eso sí, hacía casi frío, se echaba de menos una chaqueta de entretiempo.

Enseguida, a la distancia de dos o tres manzanas subterráneas, llegamos al siguiente acceso al túnel, un súbito ensanchamiento que rompía la monotonía del trayecto. Al principio no reconocí el lugar, sólo me sorprendió la estructura de arcadas semienterradas a cuyo través se distinguía una cuidada selección de desechos humanos. Latas de Coca-Cola (el clásico de los vertederos), condones usados, restos de un paraguas, revistas deshojadas... Pero cuando reconocí en una de aquellas hojas sueltas la foto de un enorme par de tetas haciéndole una cubana a un gachó color canela, plano cenital, caí en la cuenta de dónde estaba. Aquello eran las ruinas de la bóbila, enterradas bajo el parque que montaron encima en los años ochenta. Estábamos pues, con bastante probabilidad, bajo la calle Numancia, sin duda bastante por debajo de la calzada.

Se lo dije a *The First*. Y aunque no creo que mi Estupendo Hermano se hubiera hecho nunca pajas en la vieja bóbila estimulándose con revistas robadas, alcanzó a ubicar el lugar:

—Sabemos que hay una salida en el 15 de Jaume Guillamet, y eso está a dos travesías del lugar donde estamos ahora. Puede que sea mejor abandonar el túnel en el siguiente acceso a los edificios y probar suerte.

No nos dio tiempo a considerar la posibilidad. La Fina nos alertó gritando: «¡Por ahí viene alguien!», y mientras volvía a nuestro lado señalaba el sentido hacia el que habíamos estado avanzando. Entonces oí el «¡Alto!» que alguien profería a lo lejos. *The First* se rodeó el cuello con mi brazo para ayudarme a andar y le ordenó a la Fina que corriera, que corriera tanto como pudiera y se metiera por la última salida del túnel que habíamos pasado de largo. Yo me zafé un poco de mi asistente para saltar más rápido; la Fina había llegado ya al acceso y se asomaba hacia nosotros jaleándonos.

Llegamos también antes de que quienquiera que nos siguiese nos diera alcance; entramos en una planta de parquin tan demencial como el resto del lugar, y vi que la Fina corría ya hacia lo que parecían unas puertas de ascensor y pulsaba frenéticamente la llamada. *The First* se desembarazó de mí y me dijo que siguiera solo. Al darme media vuelta para ver adónde demonios iba, vi como llegaba desde el túnel un guardia de mono azul y detenía un poco la carrera al encontrarse con que uno de los fugitivos había cambiado de rumbo y se iba derechito hacia él. El tipo, con gesto de lanzador de jabalina, alzó la porra para descargar un golpe sobre *The First*, pero mi Estupendo Hermano hizo una cosa que lamento no haber podido grabar en vídeo. La cosa es que, tras un rapidísimo movimiento de prestidigitación, el guardia se encontró con un rodillazo en los huevos y con que mi Estupendo Hermano, intacto, le había birlado la porra atrapándola bajo el brazo izquierdo. Se la sacó de ahí con un movimiento seco de la derecha y estuvo en condiciones de partirle la cabeza al contrincante mucho antes de que el pobre hubiera terminado de pronunciar el largo «uuuuuh» con que expresó la sorpresa por el rodillazo. *The First* se limitó a darle un empujón que acabó con el tío retorcido en el suelo y entonces apareció en la planta un segundo guardia corriendo. A éste no hizo falta ni tocarlo: viendo el destino de su compañero y ante la exhibición que le dedicó mi Estupendo Hermano con la porra a modo de bastón de mayoret, dio media vuelta y desapareció por donde había venido.

Aprovechó el momento para apresurarse con paso elástico hasta el ascensor, donde lo esperábamos la Fina y yo con el dedo a punto de pulsar el piso más alto posible.

—Perdona, ¿me firmarías un autógrafo? —dije, a modo de desahogo cómico.

—Déjate de tonterías. El que ha salido corriendo llevaba una radio. Vamos a tener problemas.

Aquel cacharro subía a toda máquina, se veían las lucecitas avanzando en la botonera: directos al piso 6. El total de plantas era catorce, pero de la sexta en adelante se requería una llave para activar el ascenso. Nos habíamos metido en un edificio pijo.

—No saquéis las pistolas, si ven que vamos armados pueden ponerse nerviosos y freírnos a tiros. Josefina, escóndetela en un bolsillo.

La Fina obedeció, atónita. Entonces, de repente, empezó a sonar algo como la señal de zafarrancho de combate de un submarino, *mooooc*, *mooooc*, un cosa que daba grima. Llegamos a la sexta planta frenéticos. Se abrieron automáticamente las puertas, *dong*, *bssssss*, y nos quedamos un momento apretados contra las paredes del ascensor. *Mooooc*, *mooooc*, la alarma no paraba. *The First* fue el primero en asomar los morros, pero yo ya me había dado cuenta de que allí debía de haber alguien: al fondo, tras una puerta acristalada que transparentaba lo que parecía la recepción de un despacho elegante, identifiqué a una chica que se levantó de una silla tratando de ver a qué venía tanto escándalo.

—¡Salid del ascensor! —dijo *The First*, dirigiéndose a la Fina y a mí.

Salimos y mi Estupendo Hermano se aplicó inmediatamente a destrozar a culatazos la botonera de llamada. No se quedó tranquilo hasta que vio aparecer unos cablecitos de colores y pudo tirar de ellos para romperlos. Después miró a su alrededor en busca de no supe qué y terminó por elegir una inofensiva maceta con una sanseviera plantada. La desarraigó, rompió la cerámica contra el suelo, y encajó uno de los pedazos a modo de traba en la puerta de otro de los ascensores, detenido en ese mismo piso. Todo ocurría a un ritmo demasiado rápido para mí: cualquier decisión que no pueda tomarse bebiendo una cerveza me parece precipitada. Dejé que *The First*, más acostumbrado al estrés, tomara momentáneamente el mando y centré mi interés en que tras las puertas de cristal, más allá de un set de sofás y de la chica de la recepción, un enorme ventanal daba al exterior y se encaraba a la fachada trasera del edificio de enfrente. La luz era de anochecer y el sonido de los petardos llegaba ahora claramente bajo el moc-moc de la alarma. Eso fue media vida, no estaba deseando otra cosa más que asomarme a esa ventana y ver que el mundo seguía tal como lo habíamos dejado. *The First*, una vez inmovilizados los dos ascensores, se acercó también. La chica, aterrorizada ante el avance de semejante energúmeno con la cara hecha un mapa de los Alpes, intentó esconderse detrás de todo lo que fue encontrando en su retroceso.

—No tengas miedo, no queremos hacerte daño —le dijo *The First*, tratando sin mucho éxito de que la chica depusiera su máquina grapadora. Más efectivo fue el «Tranquila, son amigos» que le dirigió la Fina. Fue una frase absurda dadas las circunstancias, pero el solo hecho de que la pronunciara una mujer, o su misma presencia entre aquellos dos tipejos con un aspecto que para sí quisieran muchos Ángeles del Infierno, debió ofrecerle a la chica más garantías.

—No te preocupes —insistió la Fina—, sólo queremos escapar. Nos persiguen.

The First se había acercado al ventanal y yo me fui tras él hasta pegar las narices al cristal. Apenas pude distinguir un patio interior y, sobre la estrecha franja de cielo de San Juan, el estallido luminoso de un cohete lanzado al aire. La alarma paró de pronto de sonar y oímos un trasiego de pisadas procedentes de la zona de ascensores.

—¡Poneos a cubierto! —gritó *The First*, sin más especificaciones.

Jamás nadie me había dado semejante instrucción, pero algo en el universo contextual en que nos hallábamos me indicó que no se trataba de resguardarse del chirimiri, sino de interponer entre nosotros y el resto del mundo alguna barrera a prueba de balas. Me pregunté si la Fina habría entendido el mensaje o estaría buscando un chubasquero. Traté de averiguarlo pero en primera instancia no la vi. Después me di cuenta de que caminaba a gatas por detrás del mostrador, precedida de la chica de la grapadora, y de que se metían las dos por una puerta doble que tenía toda la pinta de dar acceso a un despacho. Visto el movimiento de las chicas, decidí parapetarme tras el sofá imitando a mi Estupendo Hermano. ¿Será un sofá barrera suficiente para una bala?, me pregunté. Era un Chesterton de tono difícil de definir, aunque tampoco creí que el color tuviera mucho que ver con su eficacia como trinchera. *The First*, mientras tanto, parecía seguir una línea de pensamiento ligeramente distinta.

—¡Quietos, estamos armados! —gritó, empuñando de nuevo su pistola no ya como martillo rompe-botoneras de ascensor sino a la manera convencional.

Para reforzar la amenaza disparó al techo. Sonó a pistolita de balines, nada comparado con los petardos de la verbena que empezaba más allá del ventanal, pero supongo que la placa de yeso que cayó del techo hecha pedazos fue aval suficiente.

—¿No habías dicho que no sacáramos las pistolas? —pregunté yo. Con *The First* nunca sabe uno a qué atenerse.

—Ahora sí, idiota.

—Oye, media-mierda...

—Cállate un poco, ¿quieres?, estoy tratando de repeler un ataque armado.

—Pues no hace falta que te esfuerces: ya eres repelente por naturaleza.

Por si acaso me rebusqué en el bolsillo hasta dar con la pistola y la saqué junto con un montón de billetes de diez mil que quedaron desparramados por el suelo. De haber podido elegir armas hubiera preferido un combate de caniches de porcelana, pero tampoco era plan de que empezara la balasera y me pillara con la pistola en el bolsillo. Recordé la precaución fundamental de disponer el cañón hacia adelante y traté de imaginar lo que hubiera hecho John Wayne en caso semejante. Pero apenas había soltado el primer escupitajo, nos sobresaltó una voz estentórea que llegaba desde algún lugar del vestíbulo, junto a los ascensores. Sonó como un coche de propaganda electoral. Era un megáfono:

«Entreguen las armas. Repito: entreguen las armas y salgan con las manos en alto o procederemos al lanzamiento de gases».

Soy de la opinión de que si alguien no sólo amenaza con lanzar gases sino incluso con proceder a su lanzamiento, debe ser tomado completamente en serio. Ignoro qué tipo de gases serán los que promete la amenaza, pero estoy seguro de que resultan completamente deletéreos.

—¿Qué hacemos? A mí los gases me dan sinusitis, ni siquiera me gustan los ambientadores de pino.

—Qué quieres que hagamos: rendirnos.

Menos mal, los del Grin-Pis nos lo iban a agradecer. Afortunadamente *The First* se encargó también de las formalidades del armisticio, porque a mí se me dan fatal los protocolos. Me pidió la pistola y, con las dos en la mano, gritó que vale, que de acuerdo, nos rendimos y ahí van las armas. Las deslizó por el suelo por debajo del sofá y sacó las manos por encima del respaldo dándome un codazo para que lo imitara. A mí me costó un poco más levantarme porque la pata tiesa dificultaba el movimiento, pero terminé consiguiéndolo.

«Dónde está la mujer. Repito: dónde está la mujer.»

Ese era otra vez el del megáfono.

—Ahí dentro —dije yo—: ella también se rinde. Y al que le ponga una mano encima le arreo un guantazo, así que cuidadín.

»Finaaaa: ¿me oyes?

—Síiii. ¿Qué hago...?

Habló mi Estupendo Hermano:

—Josefina, tira la pistola a ras de suelo fuera de la habitación y sal con las manos en alto.

Por lo visto al tipo del megáfono no le gustó que tomáramos iniciativas.

«Manténganse en silencio y con las manos en alto. Repito: manténganse en silencio. Nosotros daremos las órdenes.»

Para cuando el tipo terminó de repetirse la Fina ya había asomado con las manos alzadas y cara de susto. Detrás de ella apareció la chica de la grapadora.

—¿Yo también he de rendirme? —preguntó, sin dejar muy claro si se dirigía a mí o a *The First*.

—Sí: quédate ahí quieta y no pasará nada.

«Silencio. Repito: ¡silencio!» —dijo el del megáfono, cada vez más harto de que todo el mundo lo ningunease.

En cuanto un primer guardia con casco y máscara de gas recogió del suelo las tres pistolas, empezaron a hacerse visibles otros enmascarados con mono azul apuntándonos con escopetas (o CETME's, o lo que fuera aquella cosa). Como ya me figuraba, pretendieron ceñirnos un juego de esposas a cada uno (excluyendo a la chica de la grapadora, que en cuanto fue identificada se marchó lo más aprisa que pudo), pero antes de hacerlo nos obligaron a ponernos contra la pared al estilo de cuando te pilla la pasma ligando ful. El del megáfono debía de ser el jefe de la movida, porque no paraba de hablar con su gualqui-talki y dar órdenes a diestro y siniestro. Algún insensato pretendió cachear a la Fina y, en un pronto, la ofendida le endiñó tal hostia que al tipo le saltó la máscara antigás que llevaba colgada del cuello. Yo estaba de espaldas, pero oí el plaf y vi la máscara volando. Gracias a eso se libró también de las esposas y se limitaron a situarla en fila india entre *The First* y yo.

Nos metieron en el ascensor, liberado el mecanismo de la puerta de su traba, y después nos hicieron seguir pasillos y más pasillos de comunicación entre edificios, algunos de ellos habitados. Aquí y allá se veía a un guardia sentado a la mesa, o gente vestida con monos negros como el de la chica de la grapadora, incluso a un par de aquellas hienas que llevan los calzoncillos sucios bajo el traje de El Corte Inglés. Lo peor fue que uno de los guardias me obligaba a andar dándome culetazos en la espalda, y yo estaba empezando a cabrearme. Al enésimo toque me paré en seco para que el tío chocara contra mí y me volví hacia él con cara de furia:

—Oye, te podrías dar con la culatita en los cojones, ¿vale?, ¿no ves que tengo la pierna chunga?

Todo lo que obtuve fue un culatazo extra en el mentón y otro en la barriga. El de la barriga no fue nada, pero el de la cara me jodió lo suficiente como para que se me fuera la olla y embistiera a la pata coja contra el tío. Fue una estupidez: maniatado, caí torpemente al suelo y a los guardias que iban detrás les dio por hacerme levantar a patadas. La Fina, viendo lo que pasaba, se lanzó contra el primero que le vino a mano, lo pilló por los pelos y le hizo una tonsura gratis. Por suerte, *The First* intervino a gritos pidiendo que nos estuviéramos quietos. De cualquier manera el numerito no sirvió de nada, no me libré de seguir sintiendo los toquecitos de culata hasta el momento mismo en que llegamos a un vestíbulo especialmente elegante y nos metieron en un ascensor. Mientras subíamos se me ocurrió pensar qué pasaría en caso de que me interrogaran al estilo de lo que habían hecho con mi Estupendo Hermano. Me prometí aguantar al menos hasta que me dejaran un poco peor que a él. Le tengo aprecio a mi tocha, pero las heridas del honor cicatrizan peor que las del cuerpo. En cuanto a que me dejaran mearme encima, estoy acostumbrado a oler bastante mal, así que no me preocupaba mucho.

Pero aquella planta no tenía pinta de cámara de torturas, y el despacho en el que nos obligaron a entrar tampoco.

Y allí, sentado tras la mesa en una espectacular butaca de respaldo alto, es donde apareció Darth Vader.

Se acabó lo que se daba

A primer golpe de vista, aquel individuo entronizado tras la mesa me recordó a Vargas Llosa, pero con menos dientes. Supongo que fue una sorpresa, pero estaba ya tan harto de sorpresas que no me inmuté. Además, de pie a su lado, había otra: una tipa elegante, treinta y tantos, media cabellera Raíces y Puntas, bello rostro y ojos como dragones apostados.

Sí me extrañó, sin embargo, la mirada que se mantenían *The First* y mi Beatriz de los ojos verdes.

—Vaya, vaya... Los hermanos Miralles al fin reunidos. Y con una encantadora señorita —dijo el Exorcista.

—Señora —corrigió la Fina, que es muy sensible a los tratamientos y venía un poco mosca tras el reciente episodio con los guardias. El tío se levantó de la mesa con la vista puesta en ella y me aposté un cubata a que estaba a punto de besarle la mano. Gané.

—Perdón: señora.

A la Fina empezó a deshelársele la mueca; incluso, como avergonzada por el descuido, se apresuró a quitarse de la mano recién besada unos cuantos pelos de guardia que se le habían quedado enredados en los dedos.

El Exorcista hizo ver que no se daba cuenta y siguió con los saluditos. Ahora le tocó turno a mi Estupendo Hermano:

le tendió la mano y *The First*, naturalmente, no pudo responder al gesto.

—Oh... Perdona: no me había dado cuenta de que estabas esposado.

—No te apures, puedo pasarme sin darte la mano.

Bien dicho, qué caray: estaba claro que aquel tío era el mandamás de todo aquello, no había más que ver el despacho. Pero se limitó a asentir sonriendo al desplante de *The First* y dedicó el último turno de salutaciones a mi persona:

—Nos conocemos, ¿verdad? Espero que le resultara agradable la cena con Gloria. Perdices encebolladas, si no recuerdo mal... Y creo que también conoce a mi hija Eulalia.

Bueno, eso desdoblaba a mi Beatriz en secretaria de dirección y sobrina-nieta de un nuncio, todo de un mismo saque. Procuré no dejar ver mi asombro:

—Sí, nos conocemos.

»Una comedia divina, Beatriz, te felicito.

—Gracias, tú tampoco estuviste mal...

Lo dijo sin mirarme. Sólo tenía ojos para mi Estupendo Hermano. Se acercó a él y le dio un beso en los labios. *The First* se dejó hacer, mirándola muy serio. Mal rollo, pensé: ten una amante y págale un sueldo de secretaria de dirección para esto.

—La compañía es muy grata pero tengo que dejaros —dijo ella, y, sin privarse de pasarle el dorso de la mano por la mejilla a *The First*, salió de la habitación.

—Tenéis que perdonar a mi hija. Hoy tenemos numerosos compromisos que atender. Lamento haberte estropeado la verbena, Pablo..., ¿me permites que te llame Pablo?

—Lo soportaré. Pero no creo haberle autorizado a tutearme —dije, para que viera que puedo ser tan antipático como mi Estupendo Hermano. El tío hizo ver que se reía:

—Siempre con la espada en alto, eh... Bien, no se lo reprocho. Pero le aseguro que terminaremos entendiéndonos.

»Guardia, por favor: retire las esposas a los detenidos.

»No serán necesarias, ¿verdad? —añadió, dirigiéndose a nosotros.

—En lo que a mí respecta sí: pienso saltarle al cuello en cuanto tenga las manos libres —contesté.

—Muy amable al advertirme. Sin embargo, no le aconsejo un jaque al rey, al menos en un solo movimiento. Como verá tengo las torres bien situadas.

Inmediatamente hizo gesto al guardia de que cumpliera la orden de soltarnos. Me fijé en el par de hienas que flanqueaban la mesa. Eran especiales, tan especiales que las reconocí: los mismos dos enormes tiparracos que custodiaban la puerta del restaurante. Además de ellos seguían con nosotros tres de los guardias que nos habían traído y el voceras del megáfono. La Fina, viendo que la escena empezaba a adquirir cierto aire civilizado, se atrevió a preguntar si había algún lavabo de señoras, y el Exorcista dio entonces instrucciones al del megáfono para que se retiraran los guardias y añadió que enviara «una oficial para acompañar a la señora». Después pulsó el botoncito del intercomunicador que tenía sobre la mesa y pidió que viniera también quienquiera que estuviese al otro lado.

Durante un par de segundos sólo se oyeron los petardos de la verbena, ahora tan intensamente como se oyen desde cualquier edificio de la ciudad. «San Juan: una noche mágica», dijo al fin nuestro anfitrión, rompiendo así toda la magia que pudiera tener la noche. Me olí una inminente disertación sobre el rapto de Perséfone; y yo tenía hambre, tenía sed y tenía ganas de terminar con aquello lo antes posible. Miré a *The First* de reojo y comprendí en su mueca que por una vez en la vida habíamos encontrado a alguien que nos caía igual de mal a los dos. La Fina en cambio parecía encantada con lo de la «noche mágica». Pero entraron en la habitación dos mujeres e interrumpieron la disertación: una vestida de guardia y otra con uno de esos monos de color negro. El mono negro venía a ser el último grito allí dentro, la mayor parte de los individuos que había visto por los pasillos lo llevaban. La verdad es que parecían figurantes de una película de ciencia-ficción con Florinda Chico y Antonio Garisa.

Cuando la Fina hubo ya salido con el guardia-hembra («Disculpadme, ahora vuelvo», dijo, contagiada de tanta delicadeza), el Exorcista nos preguntó a *The First* y a mí si necesitábamos algo. A mí, a parte de tener hambre y sed, me apetecía horrores un café y un porro. El porro podía proporcionármelo yo mismo si me devolvían el contenido de mis bolsillos, y así se lo hice saber al tipo. *The First* quiso sólo agua, pero su ascetismo era pura apariencia porque en cambio no se privo de dedicarme una de esas largas mirada desaprobatorias en las que a menudo se complace. El Exorcista pronunció un «por favor» dirigido a la chica del mono negro para darle a entender que debía ir en busca de lo que pedíamos y después nos invitó a sentarnos. Tanto *The First* como yo aceptamos la propuesta y nos dejamos caer con alivio en las butacas enfrentadas a la mesa.

El Exorcista ocupó de nuevo su trono de cuero negro:

—¿Sabían ustedes que la fiesta de San Juan es probablemente de origen caldeo? Algunos antropólogos la asocian a un antiguo culto en honor al dios Bel. Parece que ya remotamente se comía una torta circular para celebrar su memoria, una torta con un agujero central en representación del disco solar…

Malditas las ganas que tenía de asistir a una conferencia, pero no quise contrariarlo, al menos hasta que me hubieran servido el café. Mi Estupendo Hermano, en cambio, no pudo contenerse:

—Mira, Ignacio, tienes una conversación muy interesante pero, si no te importa, preferiría volver a mi calabozo cuanto antes.

El Exorcista sonrió a su modo característico, enseñando toda la piñata:

—Oh…, qué desconsiderado soy. Debéis de estar cansados, habrá sido un día duro para vosotros. Es lástima, porque la noche se presta a la charla... Fíjate: la ciudad explota.

Lo dijo mientras su mano bajo el sobre de la mesa accionaba algún dispositivo que matizaba la intensidad de las luces. Casi al tiempo, oímos un zumbido mecánico que nos hizo volvernos hacia la pared de nuestra espalda. Toda su anchura era en realidad un telón metálico, que ahora se alzaba hasta descubrir un enorme acristalamiento tras el que apareció Barcelona vestida de noche, como una vedet con su mejor traje de lentejuelas. Si quería impresionarnos iba por buen camino, pero de momento me interesó más ubicar nuestra posición que recrearme en la pirotecnia. Estábamos en un edificio muy alto, demasiado para ver la calle sobre la que se alzaba, pero me bastó fijarme en las azoteas para comprender que estábamos en Jaume Guillamet, justo al lado de la casa del 15. Eran quizá las once, y la ciudad entera debía de estar comiendo coca y bebiendo ese champán barato que los usuarios registrados de Güindous llaman «cava». En eso pensaba justamente cuando reapareció la chica del mono negro empujando un carrito sobre el que destacaba, además de lo que *The First* y yo habíamos pedido, una coca de piñones y la consabida botella verde oscuro, aunque ésta no procedía de San Sadurní sino de la mismísima Gabacia. Un examen más detenido de la superficie del carro reveló también la presencia de mi librillo de Smoking y mi última china, ambos presentados en una bandejita de plata.

Chachi.

—He pensado que debíamos celebrar la fiesta *comme il faut* —dijo el Exorcista—. ¿Una copa de *champagne*?, es un *brut* magnífico. Desde luego el paladar aconsejaría tomar otra cosa con los dulces, pero las tradiciones populares pierden todo el encanto si uno no las respeta tal cual se manifiestan, ¿no le parece, Pablo?

—Pse: tengo por costumbre respetar únicamente las tradiciones populares imprescindibles.

—Aja..., ¿por ejemplo?

—Respiro.

Ni siquiera hizo gesto de subir a la red, sólo enseñó de nuevo la dentadura a modo de encaje deportivo. *The First*, aparentemente ajeno al rifi-rrafe, se sirvió agua en un vaso y bebió. Yo hice lo mismo mientras don Ignacio aprovechaba la pausa entre dos sets para descorchar su Estupenda Botella. Todavía se estaba sirviendo en una copa alta cuando *The First*, que ya debía de conocerse el percal, volvió a meterle prisa.

—Bueno, Ignacio, si quisieras ir al grano y decirnos lo que tuvieras previsto...

El tío se volvió a su trono con la copa llena, dio un sorbito y cerró un momento los ojos teatralmente, como si le encantara ese vino malo con gas que siempre resulta ser el champán. Quedábamos en la habitación sólo nosotros cuatro (y las dos super-hienas armadas, pero era como si formasen parte del mobiliario) y, para ser franco, el clima de aquel espacio abierto a la creciente bulla verbenera empezaba a transmitir un nosequé muy cinematográfico. Era como si tras el ventanal se estuviera proyectando un anuncio de Repsol, y creo que de haber tenido una lira a mano hubiera entonado una oda a la ciudad en llamas.

Pero tuve que dejar de prestarle atención al espectáculo porque el Exorcista terminó con los aspavientos degustativos y volvió a hablar. Y esta vez, siguiendo el ruego de *The First*, trató de ser más directo:

—Tengo pensado haceros una propuesta, pero creo que será mejor empezar con un turno de preguntas. Supongo que debéis de estar un poco confundidos... Sobre todo usted, Pablo. Y cuanto mejor comprenda la situación en que se encuentra mejor podrá valorar esa proposición que pretendo hacerle.

Se había terminado dirigiendo a mí, pero fue *The First* el que habló, lo hizo con el aire escéptico del periodista que pregunta algo concreto a un político:

—Muy bien, empecemos con las preguntas: ¿cuándo vas a dejarnos salir de aquí?

—Digamos que eso depende del acuerdo al que lleguemos.

—Bien, pues acordemos: qué quieres de nosotros.

—Completa discreción.

—Oquey, seremos discretos. ¿Podemos marcharnos ya?

—Temo que necesito alguna garantía.

—Tienes nuestra palabra.

—No será suficiente. Entiéndeme: no tengo nada personal contra vosotros, pero no dependo de mí mismo, ya lo sabes.

Yo, aunque estaba aún en fase de lamer la goma del papel, no quise descolgarme del todo:

—Perdón: ¿alguien podría informarme de qué se está tratando?

El Exorcista abandonó la momentánea circunspección con que había estado hablando con *The First* y me dirigió su tono más grandilocuente:

—Ha entrado usted en la Fortaleza, señor Miralles: ha traspasado la frontera hacia un lugar en el que rigen otras leyes, y ése es un raro privilegio por el que generalmente ha de pagarse un precio.

Bonito, casi parecía un aforismo, pero a mí se me estaba empezando a agotar la paciencia.

—Mire, don Ignacio, perdone la franqueza pero si hay algo que no soporto son las adivinanzas. Partiendo de que no sé qué demonios es esa Fortaleza de la que habla, ¿puede decirme de forma inteligible por qué se nos retiene aquí?

Pareció rebuscar en su memoria hasta dar con un registro vulgar:

—Digamos que saben ustedes demasiado. ¿Le parece esto lo suficientemente inteligible?

—Va aprendiendo. Pero si eso es lo que le preocupa, sepa que yo no sé nada de nada: de hecho llevo una semana sin enterarme de qué está pasando.

—Siento contradecirle pero sabe usted más de lo que cree. Sabe que existe Worm, puede asociarlo a una dirección concreta de una ciudad concreta, y conoce al menos dos de las Puertas de la Fortaleza en Barcelona. Además puede identificar a varios miembros externos de la organización, incluido yo, que no soy exactamente un externo sino alguien que por razón de su jerarquía tiene cierta relevancia para Worm. Y toda esa información es suficiente para poner en peligro ochocientos años de discreta existencia. Creo que sabrá de qué le estoy hablando: recibimos su cuestionario vía web. Por cierto, espero que a sus amigos alemanes no les cause mucho contratiempo el virus de defensa que les enviamos. Nuestros técnicos tienen instrucciones de actuar con toda rotundidad en casos de ataque informático.

Una panda de locos bien pertrechada. Pero *The First*, unos pasos por delante de mí, quería acelerar la conversación a toda costa:

—De acuerdo, has dicho que tenías una propuesta que hacernos. Hazla.

El tipo se repantigó un poco en el sillón, nos miró alternativamente y, cuando ya no podíamos prestarle más atención, dijo:

—Uno de los tres tiene que quedarse con nosotros. Y tiene que ser Pablo.

Casi se me atraganta la bocanada de porro que mantenía en los pulmones, de modo que fue mi Estupendo Hermano el primero en expresar su desacuerdo:

—Ni hablar... ¿Por qué él?

El Exorcista hizo alarde de paciencia:

—Sebastián, por favor, sé sensato. Estás casado, tienes dos hijos y un negocio que regentar, hay un montón de personas que notan tu ausencia cada hora que pasa; tu padre es un hombre poderoso, tiene excelentes contactos, puede complicarnos mucho la vida. Y aparte de que tampoco nos conviene, no creo que prefieras que se quede vuestra amiga... Pablo es el único que puede desaparecer del mapa sin que nadie se extrañe demasiado: lo ha hecho antes, bastaría una postal sellada en el extranjero de vez en cuando para mantener a tu padre tranquilo.

—Perdone usted, pero me encuentro muy a gusto en el mapa y no pienso salirme de él, así que vaya pensando en otra cosa —intervine.

El tío se me quedó mirando con una cara que no le conocía:

—Creo que debería probar, Pablo... Quédese con nosotros, necesitamos hombres como usted.

Era la primera vez que alguien que no regentara un establecimiento de hostelería me decía una cosa así, y tengo que confesar que me sentí halagado, pero me resistí de todas formas.

—Le advierto que tengo poca predisposición a ingresar en ninguna secta. No me van las reglas.

—¿Secta? —se sonrió—: nunca se me había ocurrido pensar en Worm como una secta —volvió a reclinarse en el trono—. Si no recuerdo mal lo que suele denominarse así cumple ciertos requisitos que no tienen ningún paralelo en nuestro caso. Nosotros no hacemos apología de nuestro modo de vida, al menos no de forma indiscriminada: casi podría decirse que nuestra manera de actuar es antipublicitaria. Nos interesan muy pocas personas, y a las pocas que nos interesan les ponemos bastante difícil la aproximación; usted es una excepción, se ha saltado el procedimiento normal. Tampoco tenemos un líder carismático. Yo, por ejemplo, ocupo un alto cargo, pero mi poder no es personal, he sido elegido por un consejo que, a su vez, está en constante renovación. Y cierto que un alto rango lleva aparejado algún privilegio, como el de este excelente *champagne*, pero ocurre lo mismo con cualquier directivo de una compañía multinacional. Por otro lado, todos nuestros recursos económicos provienen del exterior, de negocios que nada tienen que ver con el núcleo de la organización. Nuestros internos y nativos no tienen más obligación que la de observar la disciplina y ocuparse de sí mismos, y si hemos de contar con empleados externos remuneramos generosamente el servicio —hizo un gesto que incluía a las dos superhienas, impávidas—. Definitivamente no somos una secta, o no lo somos más que el Fútbol Club Barcelona, aunque como ellos somos también más que un club. Incluso más que una sociedad secreta. Casi diría que somos un mundo aparte. Y este otro plano de la realidad necesita pensadores tanto como los necesita el mundo que hasta ahora conocía usted, amigo Pablo.

—Pues sepa usted que yo pienso lo menos que puedo, y casi siempre a regañadientes.

El tío rió y compuso una expresión de inteligencia:

—No sea modesto... En los últimos días hemos seguido muy atentamente su teoría de la Realidad Inventada y nos ha sorprendido muy favorablemente. Creo que si de algo nos ha servido todo este embrollo ha sido para dar con usted. En general no solemos ocuparnos de la Red más que por razones de comunicación interna, pero a raíz de la conexión que estableció con nosotros bajo nombre falso nos pareció conveniente seguirle el rastro. No sólo comprendimos inmediatamente que era usted el hombre al que Sebastián había encargado investigar nuestra Puerta, sino que, casi por casualidad, también llegamos al Metaphisical Club, ¿no es así como se llama? Al principio no podíamos creer que quien escribía aquellas palabras no tuviera nada que ver con nosotros: las mismas conclusiones: casi literalmente las mismas palabras que llevaron a Geoffrey de Brun a fundar la Fortaleza y retirarse del mundo en la primavera del 1254. La diferencia quizá es que usted se apoya en ocho siglos más de pasado y nuestro fundador tuvo que salvar esa distancia solo. Pero aun así es una coincidencia realmente notable. Creo que puede ser usted feliz con nosotros, y desde luego muy útil para la organización. Estamos en condiciones de ofrecerle cualquier cosa que necesite para continuar con su trabajo.

—Lo dudo —dije. Ahora era *The First* el que no se enteraba de qué iba la conversación.

—¿Por qué lo duda? Pruebe a pedir...

—Mire, no vale la pena. Para empezar, yo no tengo ningún trabajo que continuar. Tenga en cuenta que los metafísicos tenemos poco que hacer; de hecho por eso me gustó el oficio: nadie te paga pero tampoco tienes mucho trabajo, y el poco que hay casi nunca es urgente. Por otro lado ya le he dicho que no me van las reglas, me da igual si son las de Van Gaal o las de la Orden de Malta. Si ha leído usted mis intervenciones en el Metaphisical sabrá que, al margen de esos ocho siglos de tonterías acumuladas, tengo por costumbre hacer estrictamente lo que me viene en gana: ni más ni menos. Digamos que soy oso de espíritu, si usted me entiende.

—¿Incluso cuando se le termina el crédito? Perdone, pero desde luego nuestra investigación no se ha limitado a seguirle la pista por la Red... Piense por un momento en un lugar en el que pudiera hacer lo que se le antojara sin preocuparse del dinero. Aquí no lo usamos, no existe en La Fortaleza.

—Ya que está usted tan bien informado sabrá que la mitad del dinero de mi padre es mucho más de lo que necesito para mantenerme borracho durante los próximos quinientos años. Después ya veremos.

—¿Conoce usted el contenido del testamento de su padre? Puede que después de todo no divida su fortuna a partes iguales.

—Da igual, la legítima sería también suficiente.

El tío fingió cejar por un momento:

—¿Debo entender entonces que no acepta mi propuesta?

The First me tomó el relevo en el diálogo:

—Claro que no acepta.

—Bien. En ese caso no me queda más remedio que reteneros a los tres —dijo el tío, como si le diera mal rollo tener que tomar tal medida.

The First se rebotó:

—No seas ridículo, Ignacio: tú mismo has dicho que nos echarán de menos. Mi padre removerá cielo y tierra para encontrarnos, tarde o temprano dará con vosotros, lo sabes.

—Siempre podemos proporcionarle un par de cadáveres a los que llorar. Tres cadáveres, para ser exactos: sus dos queridos herederos y la amiga de uno de ellos. Un accidente lamentable: tres pasajeros apretados en el interior de un Lotus biplaza, alto contenido de alcohol en sangre, la música a todo volumen...

Me acordé del Corsa patas arriba en el hueco del parquin en construcción:

—El hijo de Robellades no tenía ni veinticinco años: es usted un cerdo, señor mío.

—¿Quién es Robellades? —preguntó *The First*, pero ni el Exorcista ni yo nos entretuvimos en ponerlo en antecedentes.

—Antes de perder los modos, sepa que lo de Robellades fue un accidente auténtico, y lo lamenté tanto como usted. Estoy siendo completamente sincero, créame: había llegado demasiado lejos y quisimos actuar al respecto, pero teníamos planeada otra cosa. No somos asesinos.

—¿Y lo de atar a este en una silla y sacudirle el polvo también ha sido sin querer, o le han puesto la cara así los mosquitos?

—Con su hermano hemos tenido que llegar bastante más lejos de lo que acostumbramos. Es un hombre obstinado, no sabíamos hasta qué punto. Pero hemos tenido buen cuidado de no causarle ningún mal que no se remedie en un par de semanas de reposo. Piense, antes de juzgarnos tan severamente, que está en juego nuestra supervivencia, y recuerde que ustedes mismos han tratado de intimidar a uno de nuestros empleados amenazando con introducirle un objeto contundente por la nariz. Un... cepillo de dientes, si no me han informado mal —lo leyó de un papel que rondaba por su mesa.

—Sólo queríamos asustarlo —dijo *The First*.

—¿Quieres decir que la tortura psicológica deja de ser tortura? Eso por no hablar de los huesos que les habéis roto y de que hay un guardia en la enfermería con un testículo partido en dos mitades. No tienes más disculpa que nosotros, Sebastián, lo sabes muy bien. Todos hemos estado tratando de eludir un peligro que amenazaba nuestra supervivencia. Y nada de esto hubiera pasado si no te hubieras entrometido en nuestros asuntos. Sabes que Lali está con nosotros por propia voluntad, del mismo modo que Gloria no lo está, y no tenías ningún derecho a inmiscuirte. Quisiste salvar a su pesar a quien no necesitaba ser salvado, ese ha sido tu error. Y ahora no os estoy amenazando, simplemente os estoy ofreciendo la única posibilidad que veo de salvaros. Tómalo como una muestra de buena voluntad: sabes que quiero a tu mujer como a una hija, y sé que tú quieres a mi hija como a una mujer.

Al margen del trabalenguas final, el Exorcista debía de tener razón en acusar a *The First* de metomentodo, reconozco su estilo. Por otro lado pensé que aquel tipo podía perfectamente retenerme a la fuerza y dejar marchar a *The First* y a la Fina con la amenaza de hacer rodar mi cabeza si se iban de la lengua. Es decir: en realidad importaba poco que estuviéramos de acuerdo o no con su idea: tenía la sartén por el mango.

No dije nada porque de momento no me pareció buen rollo expresar semejante idea, pero en caso extremo me parecía mucho mejor eso que terminar nuestros días en las curvas de Garraf. Y visto de este punto de vista, lo mejor era aceptar directamente la proposición de quedarme; eso permitiría quizá negociar las condiciones.

—Bien, supongamos por un momento que aceptara quedarme aquí como rehén —empecé a decir.

—Ni hablar —interrumpió *The First*.

—Cállate un poco, ¿quieres?, estoy hablando con tu amigo.

—Bien: supongámoslo —dijo el Exorcista—. Pero empecemos por considerarlo, no un rehén, sino un invitado.

—Muy bien. Supongamos que me quedo como invitado: ¿en qué condiciones concretas se daría el caso?

—En las que usted prefiera. Podemos proporcionarle casi cualquier cosa que desee, ya se lo he dicho. ¿Qué cree que necesitaría para sentirse a gusto?

Pensé un poco y traté de hacer un recuento de mis *bare necesities*:

—A gusto, lo que se dice a gusto..., no sé... Comida abundante... Un litro diario de aguardiente o su equivalente en alcohol de baja graduación... Diez gramos de hachís semanales... Compañía femenina de vez en cuando (sólo con fines sexuales, naturalmente)... Una conexión a Internet... En fin..., y nada de horarios preestablecidos, soy alérgico a los despertadores.

Parecieron hacerle gracia mis exigencias.

—Es usted un hombre extraordinario, permítame decirlo. Estaría encantado de charlar más detenidamente con usted. Pero de momento puedo decirle que estoy en disposición de aceptar sus condiciones, con algún pequeño matiz. Puedo proporcionarle casi cualquier tipo de droga, alcohol incluido, pero la compañía tendrá que buscársela usted mismo, aunque verá que en la Fortaleza no le resultará difícil encontrarla. Nuestra población femenina en este enclave es de casi dos mil mujeres entre internas y nativas, y estoy seguro de que una buena parte de ellas estará interesada en usted. En cuanto a la conexión a Internet, es un raro privilegio aquí dentro, pero atendiendo a las circunstancias especiales de su caso no habrá inconveniente en facilitársela. Siempre bajo ciertas condiciones de control, por supuesto, comprenda que no podemos dejarle comunicarse indiscriminadamente. Me atrevo a adelantarle que podrá acceder a cualquier información que le interese pero, con toda seguridad, sus emisiones tendrían que superar un proceso de censura. Creo que eso será técnicamente posible. Y además, por supuesto, disfrutará de unas condiciones de higiene y salud adecuadas y de un espacio privado lo suficientemente amplio como para trabajar y descansar cómodamente. ¿Qué le parece?, ¿se le ocurre algo más?

Pensé con toda la concentración de que fui capaz tratando de no dejarme nada fundamental.

—¿Podré ver la tele?

Volvió a sonreír. No sé qué coño le hacía tanta gracia.

—Lo siento pero eso no puedo concedérselo: es decir: a menos que se organice usted para verla a través de la Red.

The First me miraba con cara de «no sabes dónde te metes», pero a mí empezó a parecerme un lugar apetecible. De hecho no creo que yo mismo pudiera imaginar un paraíso más a mi gusto: en el Jardín del Edén había una sola mujer, nada de alcohol y ni siquiera un triste transistor; eso por no hablar de Yahvé, que debía de ser como SP pero mucho peor, y encima omnisciente. Sólo me preocupaba lo de las «condiciones de higiene y salud» (¿me obligarían a ducharme cada día?), y sobre todo que fuera tan fácil encontrar compañía femenina en un lugar donde no circulaba el dinero. El lector fiel ya sabe cómo desconfío de las mujeres que no cobran por la jodienda. ¿Qué demonios podía interesarle de mí a una mujer de la Fortaleza?: algo sórdido, seguro.

En ese momento volvió la Fina del lavabo acompañada de la oficial, que sólo asomó un momento para abrir la puerta. Había cambiado la bata por uno de aquellos monos negros y ahora parecía un ángel de Charlie.

—¿Me he perdido algo?

Contestó el Exorcista:

—Sí: una copa de *champagne*. ¿Le apetece?

—Si está fresquito...

—¿Y un pedacito de coca?

—¿De frutas?

—De piñones.

—Bueno, pero sólo un pedacito que engorda horrores. Veo que estáis celebrando la verbena —se fijó en el ventanal abierto—: uh, qué bonito: han encendido los focos de Montjüich.

El Exorcista sirvió a la Fina y alzó la copa para formular un brindis:

—A su salud, Pablo, y por que el trato que hemos cerrado sea tan beneficioso para nosotros como va a serlo para usted.

Entonces también *The First* se levantó:

—Perdona Ignacio, pero todavía no hemos cerrado ningún trato. Y si no te importa quisiera hablar unos minutos con mi hermano, a ser posible en privado.

—Desde luego. Comprendo que tengáis algunos asuntos particulares que zanjar. Puedo ofreceros mi sala de juntas. Mientras tanto quizá vuestra encantadora amiga quiera terminar su copa charlando conmigo.

A un gesto del Exorcista, la superhiena de la izquierda abrió una puerta corredera que pasaba desapercibida sobre el aplafonado de madera. *The First* se acercó al umbral con decisión y desde allí me hizo señal con la cabeza para que lo siguiera.

La sala a la que accedimos estaba amueblada con una mesa oval y su correspondiente veintena de sillas. Otro gran ventanal daba a los fuegos de la ciudad tras las lamas de una persiana metálica.

—¿Estás loco? —dijo *The First*.

—Naturalmente —dije yo.

—No te están proponiendo unas vacaciones en el monasterio de Poblet, idiota, te están proponiendo que pases el resto de tu vida aquí dentro. ¿Te das cuenta de lo que significa eso?

—¿Y qué?, si no acepto el trato estaré igualmente condenado de por vida a quedarme afuera.

—Haz el favor de no empezar con tus galimatías, ¿quieres?, y deja de fumar esa porquería, te está reblandeciendo el cerebro. Ahora mismo vamos a salir de esta habitación y le vamos a decir a Ignacio que no aceptamos el trato.

—Ah ¿sí?, ¿prefieres que nos despeñen a los tres en tu coche?

—Que lo intenten, te aseguro que antes de conseguirlo les vamos a dar guerra.

—Ya está: ya habló el Terrible Sven: ¿y la Fina qué?, listo, ¿vas a obligarla también a morir con la espada en alto? ¿Y tus hijos?, ¿cómo llegarán tus hijos a ser tan pijos como tú si no estás con ellos para adiestrarlos?

Vaciló un momento y aproveché para reforzar mi razonamiento.

—Piensa un poco: si nos negamos a colaborar no vamos a escapar ni de milagro, todo lo más conseguiremos que nos maten con la sangre caliente. En cambio si aceptamos estaremos ganando tiempo, y desde fuera quizá puedas hacer algo para ayudarme a salir. ¿No te parece más fácil que sólo tenga que escapar uno de nosotros, planeando tranquilamente la fuga y contando con ayuda externa?

—Muy bien, entonces me quedo yo y tú sales con Josefina.

—Ya has oído lo que ha dicho tu amigo: no aceptará a nadie más que a mí.

—Veremos.

Cambié de táctica:

—Sebastián, joder: ¿no ves que me apetece probar?

Eso sí que lo sacó de sus casillas:

—¿Probar?, ¿probar a qué?, ¿a meterte en un agujero?

—Ya estamos... Te has pasado toda la maldita vida tratándome como si me estuviera hundiendo en la miseria. Entérate de una vez de que estoy encantado con mi miseria.

—Lo que tú estás es enfermo.

—Vale, pero no quiero curarme.

—No dices más que tonterías.

—Muy bien, pero por una vez en tu vida escúchalas porque no voy a repetirlas. No me interesa tu mundo ni me interesa tu gente. Puede que a veces le tome cariño a alguien, pero casi siempre es como tomarle cariño a una tortuga acuática: puedes observarla al sol de la terraza pero no puedes sentirte acompañado por ella, ¿me sigues? Yo no necesito a nadie; tú sí: tú necesitas un público que te admire, espejitos que reflejen las distintas facetas de tu grandeza: mujer, hijos, amante, padres, amigos, clientes, empleados, viajar en primera, ganar medallas, tocar a Debussy, conducir un Lotus, satisfacer sexualmente a las mujeres. Yo no: ¿y sabes por qué?, porque la única manera en que el común de la gente puede admirar es sólo una forma velada de envidia, y yo no quiero que me envidien: me da asco, me da vergüenza, me repatea, ¿te enteras? Y te voy a decir más: es posible que durante un tiempo sí estuviera enfermo: enfermo de soledad, como el Patito Feo, o como un neanderthal erguido y lampiño en un mundo de cromañones; tan enfermo que llegué incluso a recorrer el planeta tratando de encontrar al resto de los cisnes. Pero descubrí que no hay cisnes, apenas uno o dos por cada cien patos, lo mismo aquí que en Yakarta, y me costó aceptarlo pero terminé por hacerme a la idea. Desde entonces siento preferencia por aislarme de ese mundo que habéis inventado tan mal. ¿Qué me propones?: ¿sustituir la cerveza por el gimnasio, el Metaphisical por un coche llamativo, las putas por una esposa a la que sólo le interese como progenitor y una amante que me la chupe de vez en cuando para compensar? Gracias pero ya estoy hecho a lo mío, disfruto de la vida a mi manera y eso es mucho más de lo que puede decir la mayoría.

Parece que mi vehemencia estaba causando el efecto de hipnotizar a *The First*, que no tenía costumbre de oírme hablar en ese tono. ¿Dije lo que pensaba? ¿Me sinceré, por una vez, con mi Estupendo Hermano? Es difícil saberlo: lo que solemos llamar verdad es sólo una mentira más, pero mejor publicitada. Pongamos que dije lo que me pareció adecuado decir en aquel momento ante *The First*, y que así seguí durante un buen rato, hasta que me pareció que él empezaba a entender algo.

Cuando terminé el discursito *The First* tenía una expresión grave. Apartó una de las sillas, se sentó en ella con los brazos apoyados en la mesa y durante cerca de un minuto permaneció en silencio mirándose los pulgares enlazados. Yo di la vuelta a la mesa y me senté frente a él en la misma posición, dejando que se cociera un poco el silencio.

—¿Estás seguro? —preguntó al fin, levantando la vista hacia mis ojos.

—Llevo un buen rato explicándotelo.

—Bueno, entonces hazme un favor.

—Veremos.

—Voy a proponerle a Ignacio una modificación del trato. Quiero que de aquí a un año podamos volver a vernos y hablar a solas tú y yo. Si para entonces has cambiado de opinión tendrá que aceptar que durante el siguiente año me quede yo en tu lugar.

—Idea de Perrito Piloto.

—¿Qué?

—Da igual... De acuerdo: si él acepta yo también.

—¿Qué le vamos a decir a tu amiga?

—De momento que nos han secuestrado para pedir un rescate y que papá ha pagado. Supongo que el Exorcista se prestará a seguirnos la corriente. Y en cuanto a que yo no salga de aquí con vosotros, podemos decirle que me quedo hasta que paguen el segundo plazo. Después ya le escribiré una postal convenientemente sellada explicándole que me he marchado en busca de cualquier cosa que suene bien. Aunque ella piense lo contrario, me conoce lo suficientemente poco como para creérselo.

—¿Y a papá y mamá?

—A mamá le diremos de momento que me has enviado a Bilbao a investigar.

—¿A Bilbao?

—Ella cree que estás en Bilbao.

—Ah ¿sí?, ¿y qué se supone que estoy haciendo en Bilbao?

—Necesitaré un buen rato para explicártelo. Para el que va a ser más difícil inventar algo es para papá. Lleva días siguiéndome los pasos. Pero si se la cuentas tú creerá cualquier historia que no incluya marcianos. En cuanto a tu mujer, tendrás que apañarte solo porque yo ni siquiera estoy seguro de cuánto sabe ella de todo esto. Por cierto: curioso que tu mujer y tu secretaria tengan el mismo segundo apellido.

—Ya te he dicho que no has de juzgar mal a Gloria.

—Desde luego tiene talento. Contratamos a un detective y llegó a fingir que fingía ser la hermana de quien en efecto lo era... Otra cosa, y perdona pero siempre se me ha dado mal seguir los argumentos: si tu secretaria es, además de hermanastra de tu mujer, hija del jefe de todo esto, ¿por qué la secuestraron contigo?

—A ella no la han secuestrado: sólo desapareció de la circulación a la vez que yo por si la policía tomaba cartas en el asunto. Eso reducía el caso a una fuga con la amante.

—Pero Gloria lo sabía...

—Pero Lali es su hermana, y Gloria ni siquiera llegó a conocer a su padre, así que se crió con Ignacio al morir su madre.

—Joder, ahora resulta que he estado metido en una película de Almodóvar... Pero yo cené con tu mujer en El Vellocino y no me pareció que la relación entre Ignacio y ella tuviera nada de paterno-filial.

—Debieron cuidar de que no lo notaras.

—Vale, pero aun así tú eres su marido, y por descabellado que parezca yo diría que te quiere...

—Por eso trató de que encontraran cuanto antes a quien realmente buscaban. Sabía que darían contigo tarde o temprano y quiso ahorrarme la molestia de resistirme a dar tu nombre.

—Y a papá, a santo de qué lo atropellaron…

—Para presionarme. Pero se dieron cuenta enseguida de que con él no se puede jugar.

—¿Y por qué no te dejaron en paz en cuanto supieron que era yo el que andaba husmeando en Guillamet? Parece que hace días que lo saben.

—Porque me cuidé mucho de dar pistas falsas. Y lo hice tan bien que cuando supieron que tú andabas en el ajo pensaron que no eras el único y que, además de a mi hermano, estaba tratando de proteger también a otra persona. Supongo que también sospecharon de Josefina. Y a ella pudieron simplemente meterla en un coche y traérsela.

—Me están dando mareos...

—Bueno, déjalo y vamos a lo práctico. Hay que pensar también en qué le vamos a decir a la Beba.

—Le conté que estabas en la cárcel, también en Bilbao, así que no será difícil engarzar la versión con la de mamá.

—¿Le has dicho a la Beba que estoy en la cárcel?, ¿has hecho eso?

—Joder, Sebas, me gustaría haberte visto a ti inventando patrañas para justificar la movida que se había montado en casa.

—Pues para ser un especialista en patrañas, ésta me parece bastante burda. Si no bebieras tanto mentirías mejor...

—Pues yo creo que sólo te parece una patraña burda porque eres un pijo de mierda, tete.

—Si me vuelves a llamar «tete» va a volar ese cenicero. Y haz el favor de concentrarte en lo que estamos y no empezar con tonterías...

En fin, aquí empezó una noche muy larga pese a la fecha, pero creo que el resto se puede fácilmente imaginar. Así que se acabó lo que se daba.

Epílogo

Es sabido que el final de una historia es sólo el principio de otra distinta.

Hoy es 23 de junio, así que hace casi exactamente un año desde aquellos días que he recordado a lo largo de tantas páginas. Es decir, hoy debería ver a mi Estupendo Hermano, aunque finalmente llegamos con Ignacio a un acuerdo aún más favorable para mí: esta noche tengo permiso para salir al exterior mientras *The First* me sustituye. Tendré que volver antes del alba de mañana, tipo Cenicienta, pero no necesito mucho más. Uno acaba echando de menos a sus tortugas acuáticas, y hasta me apetece pasarme por el bar de Luigi a tomar unos pelotazos, pero sé que mañana querré volver.

Sigo recogiendo el correo del Metaphisical, me sobra tiempo para las sentencias de John y, desde hace unos meses, hasta tenemos trabajando a dos becarios. La alta filosofía es siempre un juego de salón para aristócratas desocupados, una exquisitez y una mariconada, así que este es el sitio perfecto para ocuparse del Ser y la Nada; mejor aún que el departamento universitario donde John dormita las resacas, yo ni siquiera he de hablarles de Heidegger a una panda de ceporros con acné. En realidad he dedicado gran parte de este año a escribir una especie de actualización de *The Stronghold* en la que Ignacio tenía mucho interés. No sé exactamente cómo he terminado reducido al triste papel de escriba pero así es. Al parecer hacía tiempo que el Worm World Council andaba detrás de un texto capaz de heredar el espíritu del viejo *The Stronghold* sin llamar tan escandalosamente la atención como el original, y a Ignacio se le ocurrió que yo era el más indicado para versionarlo. No sé..., se empeña en decir que soy algo así como la reencarnación de Geoffrey de Brun; lo suelta en tono de broma, pero a veces se le ve un brillo en los ojos que da escalofríos. Por mi parte, al margen de que no me gusta ser la reencarnación de nadie, traté de convencerlo de que lo de escribir no era lo mío, pero insistió tanto que terminé por tomarle gusto al asunto. La cosa es que enviamos la redacción definitiva hace cosa de quince días, y el Consejo ya le ha dado el visto bueno. Supongo que a los del Metaphisical les gustará.

La Fina recibe regularmente una postal desde Devils Lake (Dakota del Norte), donde se supone que doy clases de español para yankis y vivo con aquella guarra que me sedujo y a la que acabé atribuyéndole nacionalidad norteamericana. En las primeras y larguísimas cartas de respuesta que me llegaron, invariablemente metidas en un sobre lila perfumado a juego, me ponía a parir. Pero según se desprende de la última (curiosamente mucho más breve y en sobre azul celeste), parece que el bueno de José María se ha puesto a la labor hasta el punto de que van a tener cachorros humanos. ¿Sabrá la Fina cómo elaborar algo tan complicado?: he rogado a Nuestra Señora de Microsoft para que no se haga un lío al replicar el ADN, y confío en que algún especialista en genética de la Seguridad Social le explicará despacito lo que tiene que hacer. En cualquier caso no creo que me eche mucho de menos. Cierto que las mujeres suelen reclamar toda la atención que uno pueda dedicarles, pero el común de ellas cambia radicalmente en cuanto consigue su objetivo principal de reproducirse: dales un cachorro y no volverán a interesarse en nada más durante años, y eso vale también en lo que respecta al marido.

Desde luego, también mi familia me cree en Yanquilandia, no era plan de inventar historias incompatibles. Para SP pergeñamos un rescate por su Estupendo Hijo que le costó cien kilos (no quisimos abusar). Y sospecho que se los habrá embolsado el listo de *The First*: sin duda comprará con ellos un camión cisterna de colonia cara, los frasquitos que venden en las perfumerías no deben de durarle nada. Con SM hablo de vez en cuando por teléfono y, naturalmente, sólo está interesada en saber de esa novia mía americana. La Beba en cambio se huele que algo raro pasa, y he tenido que explicarle cómo es el apartamento en el que vivo, qué me dan de comer, y que esa academia de idiomas en la que trabajo no es un tugurio como el de la peli de Sidni-Puatier; eso además de lo que me costó hacerle entender que alguien me pagara por enseñar algo tan fácil como hablar en castellano.

Por lo demás, aquí se pasa bien. Quiero decir que puede uno tomarse un pelotazo en el ático de Jenny G., o comer en El Vellocino, por citar sólo dos lugares que el lector conoce. Y si a uno le apetece relacionarse con externos, puede jugar al fútbol con tipos que cobran una fortuna por hacerlo fuera los domingos, y hasta asistir a las sesiones técnicas que ofrece un entrenador holandés que ya no fuma. Pero si no te van los deportes, también viene por aquí aquel chaval que se estresa tanto en directo, y hasta se pasan a veces el amiguete que hacía de policía y otros chulos de gran nombre. Desde luego tampoco faltan los que mataron a Kennedy o se encriptan embrujados o marujean a su aire (eso cuando no llega uno con el ala triste y amanece que no es poco bajándose al moro), pero el sector ilustre ya tiene una edad y se porta con mesura. Más juego dan las visitas que traen prozac y dudas, o una tesis para el día de la bestia, momento en que bebemos tequila como para resucitar a un torero.

Pero hay más: ¿adivináis quién ameniza al piano el final de mis veladas? Bueno, en realidad el piano lo empleamos poco: a la larga te resientes de codos y rodillas. Lo malo es que últimamente no para de hablar de cachorros —por bohemia que sea está en la edad—, y como reproducirse vivíparamente sigue pareciéndome un atraso, me niego en redondo a abandonar el gremio del látex. Pero la muy ladina sabe cómo ponérmelo difícil, así que cualquier día saldrá algo mal y la liaremos, se lo tengo dicho.

Claro que la mayor parte de este tropel que entra y sale sólo conoce una parte de lo que hay, y yo en cambio soy un interno y estoy siempre aquí, como los nativos, así que estas páginas que he estado componiendo a hurtadillas las debe de haber escrito el resto de morriña que me queda. Por eso me alegra poder salir aunque sea una única noche al año, justamente esta noche en que lo más florido de los externos acudirá a pasar la verbena dentro. Desde anoche a las doce están entrando, con su trapito rojo. A veces me cuesta aceptar que todo siga intacto afuera, ahí mismo, detrás de las simples paredes que circundan la parte emergida del enclave, y tengo que asomarme a una terraza, o atender al estruendo de los petardos que atraviesa paredes para cerciorarme de que sigo en Barcelona. Naturalmente comprendo que lo que debería hacer ahora es aclarar qué es eso de los «nativos», y los «internos», y todo lo demás, pero *The First* tenía razón en una cosa: precisamente la curiosidad que despierta la Fortaleza es el mayor peligro para cualquiera que se acerque a ella: cuanto más se sabe más se quiere saber, y no conviene empezar a husmear porque ya sabéis el fregao en el que puede uno meterse.

Pero se me está poniendo el cuerpo de verbena, así que sólo emplearé un minuto más para terminar explicando que, por supuesto, todo esto que he escrito es completamente falso, es decir, verdadero («Dadle a un hombre una máscara y os dirá la verdad»). Y por eso esta noche saldrá subrepticiamente conmigo un disquet con este texto. A pesar de mis precauciones deformando nombres y lugares, sé que si le pidiera permiso a Ignacio no me lo daría, de modo que no voy a decirle nada. Y respecto al lector: qué más da si la Fina se llama de otra manera, el caso es que es *naïf* como ella sola, y también da igual si el coche de mi Estupendo Hermano no es un Lotus sino un Maserati; o si en vez de un Estupendo Hermano tengo una Estupenda Hermana; o si no soy Pablo sino John, o incluso si en realidad soy *Lady First* que por fin dejó quieta la botella y logró transcribir la historia de locos en que se metieron su marido Sebastián y su cuñado el tarambana. Aunque, ahora que lo pienso, últimamente tengo la sensación de que Ignacio esconde algo en la manga: he llegado a pensar incluso que esto pudiera haberlo escrito él. Y en ese caso hubiera sido una osadía imperdonable haber suplantado durante tantas páginas a nuestro presidente del Worm

World Council: el gran Pablo Miralles, dignísimo sucesor de Geoffrey de Brun.

En cualquier caso, es sabido lo mal que se me da entender el argumento de las películas, así que, por si me he despistado y algo no ha quedado claro, atenderé a preguntas en *pablomiralles@hotmail.com.*

Miro el correo a diario.

Índice

Biografía

Después de varios años tratando de sentar cabeza, Pablo Tusset (Barcelona, 1965) terminó por dejarlo estar. Hombre eminentemente de acción, abandonó un confortable futuro como lector para dedicarse a escribir. *Lo mejor que le puede pasar a un cruasán* es su primera novela. Actualmente, se esconde de parientes cercanos y prepara su próximo atentado al buen gusto convencional.

Otros títulos publicados en Punto de Lectura

Rapiña global
Carlos Taibo

Una espía en el Reino de Galicia
Manuel Rivas

Cabo Trafalgar
Arturo Pérez-Reverte

Nuestra incierta vida normal
Luis Rojas Marcos

La llave maestra
Agustín Sánchez Vidal

El hijo del acordeonista
Bernardo Atxaga

Cuerpos y almas
Maxence van der Meersch

Codex Templi
Templespaña

Delirio
Laura Restrepo

Tu inteligencia
A. Vallejo-Nágera y R. Colom Marañón

Dulce tentación
Carole Matthews

Libres. Ciudadanas del mundo
Carmen Alborch

La ciudad y los perros
Mario Vargas Llosa

Nuestro pequeño Billy
Billy Hopkins

El tambor de hojalata
Günter Grass

Fantasmas del invierno
Luis Mateo Díez

El porvenir de mi pasado
Mario Benedetti

De mis pasos en la tierra
Francisco Ayala

Muertes de perro
Francisco Ayala

La cultura: todo lo que hay que saber
Dietrich Schwanitz